누나
못
믿
어?

누나 못 믿어?

초판 1쇄 찍은 날 § 2006년 11월 16일
초판 1쇄 펴낸 날 § 2006년 11월 26일

지은이 § 민휘
펴낸이 § 서경석

편집장 § 문혜영
편집책임 § 이종민
편집 § 한지윤

펴낸곳 § 도서출판 청어람
등록번호 § 제1081-1-89호
등록일자 § 1999. 5. 31
어람번호 § 제5-0115호

주소 § 경기도 부천시 원미구 심곡1동 350-1 남성B/D 3F (우) 420-011
전화 § 032-656-4452 팩스 § 032-656-4453
http://www.chungeoram.com
E-mail § eoram99@chollian.net

ⓒ 민휘, 2006

ISBN 89-251-0409-1 03810

※ 파본은 구입하신 서점에서 교환하여 드립니다.
※ 저자와 협의하여 인지를 붙이지 않습니다.

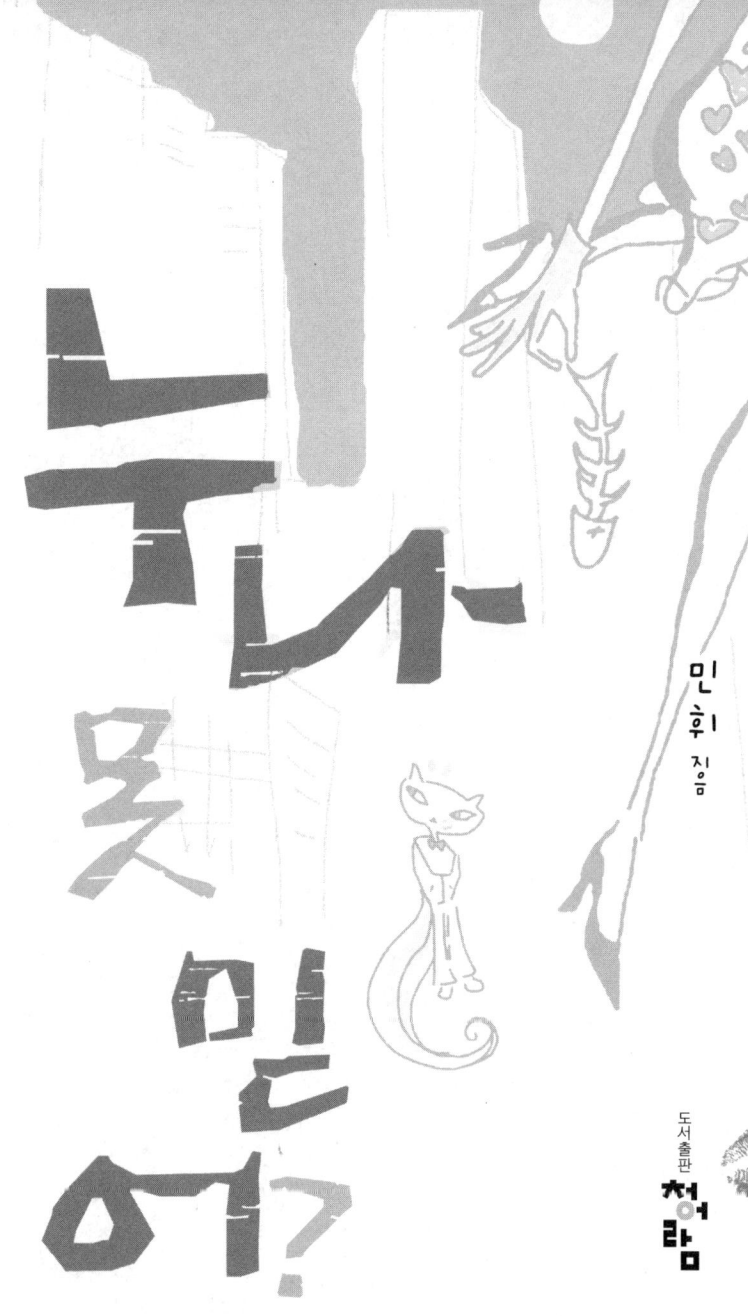

누나 못 믿어?

민휘 지음

도서출판 청어람

Prologue ··· 7

Chapter 1 ··· 15

2 ··· 48

3 ··· 86

Chapter 4 ··· 125

5 ··· 173

Chapter 6 ··· 220

7 ··· 278

Chapter 8 ··· 323

9 ··· 367

Epilogue 1 ··· 398

2 ··· 421

Postscript ··· 430

Prologue

륜은 짜증이 났다.

주인공인 자신이 싫다는데 굳이 송별 파티를 감행하는 바보들이 짜증났다. 아침 일찍 비행기를 타야 하는데 밤늦게까지 호텔에서 미적거려야 하는 상황이 짜증났다. 일부러 미간에 주름을 잡고 있는데도 틈만 나면 말을 걸어오는 바보들이 짜증났다. 떨쳐 내고 싶어 살짝 무안을 줬더니 그 별것 아닌 몇 마디에 울어버리는 찌질이들이 짜증났다. 온통 바보에 찌질이뿐인 멍청이들 사이에 끼어 있는 자신의 모습이 짜증났다.

하지만 무엇보다도 짜증이 나는 것은!

애초에 거절을 하고도 유일한 친구외, 너만을 위한 피디라는 둥, 오늘이 지나면 언제 다시 만날지 알 수 없다는 둥의 꼬드김에 여기까지 오고야 만 마음 약한(?) 자신이었다.

'아, 젠장.'

그냥 지금이라도 가버릴까? 흠, 괜찮은데? 문득 떠오른 생각에 솔깃해진 륜이 충동적으로 몸을 돌릴 때였다.

"헤이, 륜!"

뒤쪽에서 그를 부르는 소리가 들렸다.

륜은 작게 한숨을 내쉬며 몸을 돌렸다. 무시해 버리고 싶은데 유감스럽게도 그럴 수 없었다. 그를 부른 이가 바보나 찌질이가 아닌 륜의 유일한 친구, 이현이었던 것이다. 하지만 지금은 그 역시도 반갑지 않다. 바보와 찌질이들 사이에서 귀한 시간을 낭비하고 있는 이유가 바로 저 씹어 먹어도 시원찮을 장이현 덕분이었던 것이다.

륜이 짜증스레 얼굴을 구겼다. 그러자 이현이 다가오다 말고 멈추어 서더니 웃음을 터뜨렸다.

"하하. 너 지금 뭐 하는 거냐? 나한테 시위하는 거냐?"

"……"

륜이 대답하지 않자 이현은 두 손을 들며 희극조로 말했다.

"좀 봐주라~ 사실 내가 이러는 것도 다 내일이면 떠날 널 위해서잖나. 결코 내가 파티를 좋아해서 이러는 게 아니라고. 근데 뭐냐, 넌? 친구의 성의는 생각지도 않은 채 눈에 잔뜩 힘이나 주고 있고. 혹시 지금 일부러 나한테 벌주는 거냐?"

"뭐?"

"분위기 봐라, 분위기 봐. 이게 무슨 파티냐? 다들 네 눈치나 살피고 있고. 분위기 완전 다 죽었어!"

"그러게 안 온다고 했잖아."

류이 여전히 찡그린 얼굴로 딱딱거리자 이현은 푹 한숨을 내쉬더니 골치가 아픈 듯 이마를 짚으며 말했다.

"몇 번을 말해야 되는 거야? 주인공 없는 파티는 있을 수 없다고 했지? '은륜 송별 기념 파티' 니까 너는 의무적으로 파티에 참석해야 하고, 또 즐겨야 하는 거야. 알겠어?"

이현은 거기까지 말하고 주위를 두리번거렸다.

"어디 보자. 누가 좋을까나……."

작게 중얼거리다 말고 갑자기 눈을 빛냈다. 곧 그가 저 멀리 누군가를 소리쳐 불렀다.

"사라! 이리 와봐, 사라!"

'……사라?'

순간 류의 양 눈썹이 꿈틀했다.

사 년간 자신을 지겹도록 쫓아다닌 여자의 이름을 듣고 좋아할 사람이 어디 있겠는가? 하지만 이현은 미처 그것을 보지 못했다. 그가 몇 번 다그쳐 부르자 저 멀리에서 한 여자가 오도도, 뛰어왔다. 귀염성있게 생긴 얼굴에 보호본능을 자극하는 매력이 돋보이는 여자. 바로 사라였다.

그녀는 류의 가까이에 온 것만으로도 기쁜 듯 활짝 미소를 지었다.

"헉헉. 륜! 내, 내일 돌아간다고 들었는데 아쉬워서 어떻게 해요? 만약…… 만약에 기회가 닿으면 나 한국으로 놀러가도 돼요?"

헐떡이는 숨을 고르지 못한 채 조심스레 묻는 사라가 귀엽게 느껴져 이현이 빙그레 미소를 지었다. 반대로 륜은 끔찍하다는 표정이었다. 여기서도 충분히 귀찮고 짜증났는데 어디를 오겠다고?

륜은 더 들어줄 것도 없다는 듯이 싹 무시하고 그대로 몸을 돌렸다.

"어? 륜?"

이현이 당황했다.

"저, 저기……."

사라도 당황했다. 내일 아침 비행기라 했으니 지금이 아니면 기회도 없는데……. 초조한 마음에 자신도 모르게 돌아서는 륜의 팔을 잡아챘을 때였다. 륜의 한쪽 눈썹이 위로 치켜 올라가기 무섭게 탁, 하고 매섭게 팔을 뿌리치는 게 느껴졌다.

"감히 어디다 손을 대!"

노기 가득한 륜의 음성이 고막을 강타하고, 동시에 사라의 몸이 기우뚱했다. 막 뛰어와 제대로 자세를 잡지 못하고 있던 터라 가벼운 떨침이었지만 미처 균형을 잡을 수 없었던 것이다.

"어어……."

얼른 발에 힘을 주었지만 이미 늦어 있었다. 뒤늦게 달려와 사라를 잡아주려다 놓친 이현의 눈동자가 동그랗게 변하는 것을 보며 그녀는 뒤로 넘어지고 말았다. 그리고 유감스럽게도 그때 서빙을 하던 웨이터가 마침 그녀의 바로 뒤를 스쳐 지나가고 있었다.

"아앗!"

"악!"

와장창—

짧은 비명 소리와 넘어지는 소리, 잔이 깨지는 소리가 한데 어우러졌다. 사라의 새하얀 원피스가 와인에 알록달록 범벅이 되었고, 깨진 유리에 어딘가 다쳤는지 붉은 피가 점점이 바닥을 물들였다. 사라가 넘어지면서 저만치 밀려난 웨이터는 지금의 사태를 이해하지 못한 듯 멍한 표정이었다. 사라 역시 반쯤 얼을 빼놓고 있었다. 도저히 믿을 수 없다는 듯이. 파티답지 않게 고요하던 안은 어느덧 침묵에 휩싸였다. 딱딱하게 얼어붙어 버린 모두의 시선이 륜에게로 몰렸다.

"젠장."

거칠게 내뱉어진 음성이 침묵을 깼다. 그 소리에 정신을 차린 듯 이현이 주저앉아 있는 사라와 륜을 번갈아 보다 입을 열었다.

"너……."

"손대지 말라고 했잖아. 더럽다고. 알면서 왜 잡아, 잡기를."

탁탁, 사라에게 잠시나마 잡혔던 옷자락을 털며 기분 나쁜 듯 말하는 륜. 앞서 내뱉어진 '젠장'이 예기치 못한 상황에 따른 후회의 말이 아닌, 남의 손이 닿은 것에 기분이 나쁘다는 뜻의 말이었음을 그제야 깨달은 이현은 말을 잇지 못했다.

아무리 싸가지가 바가지라지만 어떻게 저럴 수 있을까? 자신의 경솔한 행동에 사라가 넘어져 피를 보이고 있었고 죄없는 웨이터도 같이 넘어졌으며 와인 잔이 산산조각났다. 거기다 주변 공기도 한겨울에 버금갈 만큼 꽁꽁 얼어붙어 있었다. 그런데 그런 상황에서 한다는 말이, 손대지 말라고 했잖아? 더럽다고? 알면서 왜 잡아, 잡기를? 미안함이라고는 티끌만큼도 찾아볼 수 없는 륜의 태도에 이현은 기가 막혔다.

뭐라 말하지 못하고 입만 뻥끗대는 그를 힐끗 쳐다본 륜이 신경질적으로 머리카락을 쓸어 넘기며 말했다.

"지금까지는 참았지만 짜증나서 더는 못 있겠다. 난 먼저 갈 테니까 너희들끼리 잘 놀고 장이현, 넌 다음에 보자."

이현을 제외한 다른 이들은 다음에도 볼 필요 없다는 뜻을 노골적으로 드러내며 말한 륜이 그대로 몸을 돌렸다. 누구 한 명 제대로 숨도 쉬지 못하는 상황이 잠시 이어졌고 곧 이현의 한숨과 함께 사라의 울음소리가 그곳을 울렸다.

*

세흔은 튀어나오는 한숨을 겨우 참았다.

어디서 저런 게 나왔을까? 사람이 맞긴 맞나? 요즘 자주 들리는 한강에 나타난다는 괴물이 혹시 저 남자의 진정한 정체는 아닐까?

별의별 생각이 다 들었다.

아무리 너무한다 너무한다 해도 '정도'라는 게 있는 거다. 최소한 마주 보고 커피를 마실 수 있을 정도는 되어야 하지 않느냐고, 세흔은 생각했다. 입에 고이는 침조차 삼키기 싫어질 정도라니…….

세흔은 찌푸려지는 눈살을 펴기 위해 안간힘을 써야 했다. 확, 생각 같아서는 깽판을 놓고 싶은데 맞선시장이라는 데가 워낙 좁은 곳이라 차마 소문이 날까 그렇게 할 수 없었다. 뭐니뭐니 해도 오늘이 첫 맞선이 아닌가 이 말이다.

"세흔 씨는 오늘이 몇 번째 맞선이십니까?"

"……처음이에요."

그래서 무척이나 심란하다. 첫 맞선부터 당신 같은 남자를 만나서. 속마음과 달리 세흔은 억지로 입가를 당겨 미소를 지어주었다.

"아, 그래요?"

남자가 활짝 웃으며 반색했다. 벌어진 입술 사이로 드러난 상어 이빨을 보며 세흔은 슬퍼졌다. 겨우 흔적이나마 찾을 수 있을 법한 눈썹에 단춧구멍보다도 더 작은 눈, 한껏 위로 들려진

Prologue 13

들창코, 반쯤 뒤집어진 입술, 얼굴을 가득 메운 곰보, 번들번들한 개기름, 두툼한 손, 튀어나온 배에 이어 아홉 번째로 발견하는 슬픔이었다.

세흔은 탁자 아래에서 휴대폰을 꼭 쥐었다.

이 맞선이 끝나면 바로 민에게 전화하리라. 오늘 눈이 너무 심하게 오염됐다. 이대로 집에 갔다간 썩을지도 몰라. 그러니 조금이라도 정화를 해줘야 해! 그렇게 속으로 중얼거리며 휴대폰을 꼭 그러쥔 세흔이 사라지려는 미소를 애써 붙들었다.

하지만 그것도 잠시였다. 긴장이라도 한 건지 이마 위로 비 오듯이 흐르는 땀을 닦아 내리는 남자의 손길을 따라 조금씩 비틀리는 가발을 보며 세흔은 열 번째로 슬퍼졌다.

Chapter 01

"푸웃—"

어느 카페의 창가 구석진 자리에 탁자를 사이에 두고 두 남녀가 앉아 있었다. 허리까지 내려오는 검고 긴 머리카락과 하얀 얼굴, 커다란 눈동자가 돋보이는 단아한 외모에 연분홍색 정장까지 갖추어 입어 마치 '현모양처란 이런 것이다' 라고 말하는 듯한 모습의 여자와 모자, 선글라스로 가리고 있지만 그럼에도 숨겨지지 않는 빼어난 외모에 아이보리 색 니트와 청바지를 입은 모습이 그림같이 잘 어울리는 남자가 바로 그들이었다.

뭐가 그리 억울한지 근 십 분간 열심히 말을 늘어놓는 여자. 그러다 잠시 숨을 돌릴 겸 주스를 마시는데 맞은편에서 웃음소리 비슷한 게 들리자 여자의 눈이 상큼하게 위로 치켜 올라갔다.

탁. 여자가 주스 잔을 탁자에 놓으며 경고했다.

"웃기만 해."

"푸…… 하! 하하! 하하하!"

협박조의 말에도 불구하고 남자는 마치 그 말이 신호라도 된 듯 박장대소를 터뜨렸다.

그 탓에 선글라스가 삐뚤어지고 푹 눌러쓴 모자가 뒤로 넘어갔지만 남자는 두 손으로 모자의 양 끝과 선글라스 다리를 잡으며 큭큭, 웃기에 정신이 없었다. 당연히 여자의 얼굴은 시간이 갈수록 점점 구겨졌다.

"좋은 말로 할 때 그만 해라."

"큭큭……."

"……그만 하라고 했다, 분명히."

"큭…… 큭큭……."

빠드득, 이를 갈며 경고했지만 남자는 그 말이 들리지 않는 모양이었다. 아니, 들리지 않은 게 아니라 사실은 그 말을 듣고 멈추려고 했지만 되지가 않았다. 남자는 선글라스와 눈 사이에 검지를 넣어 삐져 나온 눈물을 닦아내며 낄낄댔다.

잔잔하게 흐르던 재즈 선율이 조금씩 웃음소리에 묻히고 금세 그치겠지 하며 관심을 가지지 않던 이들이 의아함을 내비치며 하나둘 고개를 돌렸다. 누구보다 대중의 눈을 피해야 할 남자가 카페 안 사람들의 시선이 몰리는데도 정신을 차리지 못하고 낄낄대자 여자가 탁자 밑으로 남자의 정강이를 걷어찼다.

"악!"

예기치 못한 공격에 남자가 비명을 지르며 벌떡 자리에서 일어났다. 순간 카페 안 사람들의 시선이 일제히 그에게로 몰렸고 뒤늦게 그것을 알아차린 남자는 머쓱해하며 도로 자리에 앉았다. 그러면서도 이해를 할 수가 없는지 의문스런 시선을 여자에게 던졌다.

"그냥 살짝 알려주면 될 걸 왜……."

"웃지 말라고 했잖아, 내가."

그제야 사람들의 시선이 몰렸다는 것을 알려주기 위해서가 아니라 응징의 뜻으로 발을 휘둘렀음을 안 남자는 뚱하니 볼을 부풀렸다.

"아무리 그래도 그렇지, 좀 웃었기로서니 이럴 수 있는 거냐? 우리 사이에."

탁자 위로 상체를 숙이고 속삭이는 말에 여자가 고개를 갸웃했다.

"우리 사이? 무슨 우리 사이?"

남자의 은근한 어조가 마음에 들지 않았던 여자는 눈으로는 쏘아보면서 입으로는 웃는 기행을 펼쳐 보였다. 남자가 피식, 웃으며 장난스레 말했다.

"무슨 사이이기는~ 딩연히 너무너무 싸랑하는 친구 사이지~"

"하! 너무너무 싸랑하는 친구 사이? 웬수 사이는 아니고?"

"야, 무슨 그런 말도 안 되는……."

"그게 아니면! 내 실패담에 그렇게 노골적으로 웃을 수는 없는 거지. 안 그래, 주민 씨?"

말을 뚝, 잘라 버리고 두 손을 뻗어 멱살을 움켜쥐며 살벌하게 말하자 선글라스 속 남자의 눈동자가 기민하게 움직이기 시작했다.

이거 아무래도 잔뜩 약이 오른 것 같다. '주민 씨'라니? 그것은 그의 말괄량이 친구가 머리끝까지 화가 났을 때나 나오는 호칭이 아니었던가? 대학교를 졸업하고 라디오를 시작할 당시 방송작가와 DJ로 만나 오 년이 넘게 지금껏 친구 사이를 유지해 오면서도 '주민 씨'라고 불린 적은 손에 꼽을 정도였다. 여성스런 외모와는 달리 털털하고 시원한 성격이 매력인 그의 친구는 웬만한 일은 대부분 웃으며 넘기는 편이었기에 화내는 일이 드물었던 것이다. 그런데 이번에는 많이 답답했던 모양이다. 이렇게 별것 아닌 일로 화내는 것을 보면. 어쩌지? 어쩌지? 아, 왜 그렇게 실컷 웃어서는……. 그냥 억지로 참을 걸. 후회해 보지만 이미 엎어진 물이요, 떠난 기차였다. 여기까지 왔으니 이제 와 아부를 한다고 해도 통하지 않겠지?

이리저리 머리를 굴려본 남자는 '아부하기'를 포기하고 될 대로 되라는 식으로 말했다.

"그러게 내가 말했잖아. 그런 데 나오는 것들은 연애시험에서 낙제한 낙제생들뿐이라고. 괜찮은 놈들은 약삭빠른 아가씨들이 미리미리 찜해놔서 너한테까지 안 온다니까? 게다가 네가 뭐 볼 거나 있냐?"

 화를 내던 것도 잠시, 여자가 잡았던 멱살을 탁 털며 발끈했다.

 "내가 볼 게 왜 없어?! 집안도 검사 변호사 집안이니 괜찮고, 직업도 방송작가면 괜찮은 거고, 얼굴도……."

 남자가 그녀의 말을 딱, 잘랐다.

 "물론 얼굴은 예쁘지, 우리 세흔이. 남자들의 로망이라는 긴 생머리에 연약한 듯 보이는 하얀 얼굴, 똥그라니 커다란 눈동자, 앵두 같은 새빨간 입술! 진짜진짜 예쁘지. 거기다 집안도 빵빵하니 좋고."

 줄줄 이어지는 칭찬에 여자가 으쓱이며 턱을 치켜드는데 남자가 말을 이었다.

 "다른 게 볼 게 없잖아. 방송작가라고 해도 너 지금은 백수나 마찬가지잖아. 말로는 쉬고 있다고 하지만 그게 쉬는 거냐? 일거리가 안 들어오는 거지. 거기다 다른 거 다 그렇다 쳐도 네 나이! 모르긴 몰라도 맞선시장에서 서른한 살이면 노처녀라는 말도 쓰기 아까운 똥값 아줌마 아니냐? 요즘 아가씨들 스물하나, 스물둘 때부터 맞선시장에 나온다던데 서른한 살씩이나 먹은 널 누가 거들떠보기나 하겠어?"

 "아……."

"너보다 어린것들이랑 연결시켜 줄 리 없으니 당연히 삼십대 중반에서 후반, 심하면 사십대 초반 아저씨들이 나올 거고, 그 나이 되도록 애인 하나 없어서 맞선 보러 나온 남자라면 사실 말 다 한 거지."

남자는 암암, 하면서 고개까지 끄덕였다. 듣고 보니 그럴듯했다. 하지만 기분은 좋지 않았다. 여자가 살짝 망설이다 반박했다.

"……그래도 나 같은 경우도 있을 수 있잖아?"

No, No! 남자는 생각해 보지도 않고 즉시 검지를 흔들었다.

"너 아직도 네가 다른 사람들과는 다른, 독특한 사상과 가치관을 가지고 있다는 거 못 깨달았냐? 이 남자, 저 남자 아무나 잡아다 연애만 즐기다가 서른한 살이나 먹어서 결혼해야겠다는 생각에 만나고 다니던 남자들 다 정리하고 맞선 보려는 사람은 대한민국에 너밖에 없어, 정세흔."

딱, 단정 지어 하는 말에 여자가 주춤했다.

"서, 설마 나밖에 없기야……."

"그리고 사실 네가 얼굴을 좀 따지냐? 연예인들조차 쉽사리 눈에 차지 않을 정도로 괴물 같은 심미안을 자랑하는 정세흔이 아니냐. 그렇게 따지면 결혼 상대자로는 집안 괜찮고, 직업 괜찮고, 성격 괜찮고. 그거 다 따지고 거기다 외모까지 네 심미안을 만족시켜야 하는데 어디 네 눈에 차는 남자가 있기나 하겠냐?"

"……."

"그러게 왜 그 많은 남자들을 다 정리해 버리고 그래? 그래도 걔들은 다들 얼굴은 됐는데 그냥 내 충고 받아들여서 그중에 제일 괜찮은 녀석으로 잡아서 결혼해 버리지. 세상에 눈 뻔 남자, 그렇게 안 많다고."

듣다 보니 기분이 좋지 않은 정도가 아니라 매우 나쁘다. 여자는 눈을 한껏 치켜뜨고 남자를 노려봤다.

"야!"

"정 안 되면 저번에 내가 말했었지? 이 한몸 희생해서 구제해 주겠다고. 그거 장난으로 한 말 아니니까 한 번 곰곰이 생각해 봐라. 따지고 보면 네 그 말도 안 되는 조건, 나니까 다 받쳐 주는 거거든~"

남자는 턱을 치켜들며 잘난 체를 했다. 그러다 여자가 쌍심지를 켜자 그녀의 이마를 쿡 찍으며 말을 이었다.

"사실 말이야 바른 말이지, 맞선 같은 거 백날을 해봐라, 어디 네 눈에 차는 남자가 나오나. 오늘이 첫 맞선이라 아직도 네가 꿈을 품고 있나 본데 앞으로도 절대 괜찮은 녀석이 나올 일은 없을 거거든? 그러니까 빨리빨리 포기해 버리라고. 포기는 빠를수록 좋다잖아? 그리고 나랑 결혼하면 아마 다른 건 몰라도 넌 손에 물 한 방울 안 묻히고 살걸? 비록 누구도 내 거룩한 희생정신을 알아주지는 않겠지만 그래도 기꺼이 이 한 몸 불사를 테니 잡으랄 때 잡아. 알겠냐?"

자신이 생각없이 사는 사람임을 알려주기라도 할 요량인지 남자가 빙글빙글 웃으며 말했다. 또 장난이다, 또 장난! 작년, 서른을 넘긴 기념이라면서 서로 사랑하지는 않지만 애인도 없겠다, 더 나이 들기 전에 결혼해서 아이 낳고 친구처럼 살자고 뜬금없이 프러포즈를 하더니 이제는 수시로 난리다.

여자는 탁, 탁자를 내려쳤다.

"아, 됐어!"

남은 심각한데 시종 장난이나 치는 남자가 그렇게 원망스러울 수가 없었다. 눈이 찢어져라 노려보던 여자는 남자가 손을 내밀며 정말 잡으라는 듯이 흔들어대자 더 이상 참지 못하고 벌떡 자리에서 일어났다. 신나게 저주를 퍼부어대던 남자가 어? 하더니 고개를 들어 그녀를 봤다.

"벌써 가게?"

"흥!"

여자는 대답 대신 가방을 집어 들더니 휙 몸을 돌려 쿵쿵 소리를 내며 문 쪽으로 걸어갔다.

정말 가려나 보다. 단단히 삐친 모양인데?

남자가 흐음 하며 재미있다는 표정으로 싱긋 웃을 때였다. 막 카페 문 앞에 다다른 여자가 갑자기 고개를 돌렸다.

눈이 마주치자 씨익 미소를 짓는 그녀.

남자의 얼굴에 머물던 웃음이 서서히 사라졌다. 불길하다. 불길해. 왜 저렇게 웃는 거지? 눈을 가늘게 뜨는데 마치 그 생각을 읽은 듯 다시 한 번 진한 미소를 지어 보인 여자가 턱, 하고 검지로 남자를 정확히 가리키더니 일부러라는 게 확연히 드러나는 목소리로 크게 소리쳤다.

"앗! 저기 '행복한 아침'의 주민이다!"

"……!!"

"주민? 설마!"

"어디 어디?"

"어? 혹시 진짜 주민??"

여자의 말이 떨어지기 무섭게 남자는 흠칫했고, 카페 안 사람들의 시선은 일제히 그에게로 향했다. 믿을 수 없다는 듯이 볼 때는 언제고, 곧 그를 알아본 듯 곳곳에서 웅성거렸다.

남자는 아차 했다. 자신의 말괄량이 친구가 의외로 유치한 복수를 즐긴다는 것을 깜빡 잊고 있었던 것이다. 그가 스멀스멀 피어오르는 위기감에 급히 자리에서 일어나자 벌떡벌떡 일어서는 사람들 머리 위로 카페 문 앞에 서 있던 여자가 혀를 날름 내미는 게 보였다.

"너……!"

막 뭐라고 입을 떼기도 전에 여자는 쏙, 문을 열고 밖으로 튀어나가 버렸다. 남자가 얼른 뒤쫓으려 하는데 어떻게 된 노릇인지 우르르, 갑자기 카페 안으로 사람들이 몰려들어 왔고 그는 그만 많은 사람들 사이에 갇히고 말았다.

이십 분 거리.

짧다고 생각하면 짧고 길다고 생각하면 긴 거리다. 그 거리를 세흔은 긴 거리로 정의 내렸다. 그리고 지금 지하철에서 집까지 이어지는 그 긴 거리를 걸어가며 세흔은 끊임없이 투덜댔다.

"이럴 줄 알았으면 차라도 가져가는 건데. 아, 짜증나."

총 스무 번까지 슬프게 하던 아저씨가 나와 파투 난 맞선에, 위로라도 받으려고 만났건만 그걸 뻔히 알면서 노골적으로 놀리던 주민, 거기다 힐을 신고 이십 분이나 걸리는 길을 걷기까지.

어쩌면 이렇게 운이 없을까?

"하아……."

세흔은 길게 한숨을 내쉬었다. 그러다 무슨 생각이 들었는지 갑자기 킥, 하고 웃었다.

카페 안이 한산하기는 했지만 그래도 족히 스무 명은 되겠던데, 고생 좀 했겠지? 거기다 밖으로 나오자마자 카페 안에 주민이 있다고 소리쳤고 삼십 명은 넘는 인원이 안으로 들어갔으니……. 세흔은 걸어가다 말고 멈추어 서서 깔깔, 소리 내어 웃었다.

그러게 왜 상심한 친구를 놀려? 어떻게 해도 불리한 건 대중들에게 잘 알려져 있는 '행복한 남자, 주민'인데. 방금 전까지만 해도 짜증스레 한숨을 내쉬더니 이제는 재미있는지 신나게 걸어가는 세흔이었다.

Rrr— Rrrrrr—

랄랄라라. 노래까지 흥얼거리는데 휴대폰이 울렸다. 액정을 보자 '왕자병말기환자'가 떴다. 호랑이도 제 말 하면 온다더니, 타이밍도 좋아요. 세흔은 흠흠, 몇 번 헛기침을 해 목소리를 가다듬고 통화 버튼을 눌렀다.

"네. 정세……."

[정세흔, 너! 이게 뭐 하는 짓이야? 유치하다 해도 너처럼 유치한 애는 내가 지금껏 본 적이 없어! 서른한 살 먹은 거 맞아?]

세흔의 말을 뚝 자르며 꽤나 흥분한 음성이 터져 나왔다. 예상대로 고생을 좀 했나 보다. 아이, 고소해라.

세흔은 씨익 웃고 능청스레 말했다.

"나 서른한 살 먹은 거 맞아. 근데 삼십 년 넘게 유치하게밖에 안 놀아봐서~ 아직까지도 너랑 놀고 있는 거 보면 몰라?"

[야……]

"그래서, 반성은 좀 했어?"

뭐라 따지려는 것을 재빨리 잘라내며 은근히 묻는 말에는 장난기가 덕지덕지 붙어 있었다.

휴대폰 성능이 어찌나 좋은지 장난기 다분한 음성이 고스란히 민에게까지 전해졌다. 민은 휴대폰이 세흔이라도 되는 양 한 번 쏘아보고 말했다.

[반성은 무슨 반성? 내가 얼마나 고생했는지 알아? 거기 기자까지 있었단 말이야. 잘못하면 너랑 나, 내일 1면에 실릴지도 모

른다고. 그거 알기는 아냐, 이 말괄량이야!]

"쳇. 알 게 뭐야."

작게 중얼거리는데 정말 휴대폰 성능이 좋기는 좋은 모양이다. 그 소리는 또 어떻게 들었는지 민이 버럭, 소리를 질렀다.

[언제든지 만약 너 때문에 너랑 내가 스캔들 터지면 그때는 정말로 나 너랑 결혼해 버릴 테니까 알아서 해! 알겠냐, 정세흔?]

"하! 웃겨? 누가 허락한대? 결혼은 누구 마음대로 결혼이야?"

아무리 눈 돌아가게 잘생긴 외모와 조각 같은 몸매, 삽차로 푸듯 돈을 끌어 모은다지만 연예인, 그것도 최절정 인기를 구가하는 연예인과 결혼해서 일거수일투족 감시를 받아가며 살 생각은 추호도 없는 세흔이었다. 거기다 어릴 적 보았던, 다정다감하게 공원 벤치에 앉아 대화도 나누고 서로의 어깨도 주물러 주던 노부부의 모습에 그처럼 평범한 남자와 결혼해 평범하게 사는 꿈을 키워온 그녀가 아니었던가. 그런데 누구랑 뭘 해? 웃기지도 않아.

세흔이 코웃음 쳤다. 그런데 웬일로 민이 조용했다.

이쯤 되면 반박이 튀어나와야 하는데? 세흔이 의아한 시선으로 휴대폰을 보다 눈동자를 굴릴 때였다. 협박조가 다분하던 조금 전과는 달리 살살 녹을 듯한 민의 음성이 들려왔다.

[내가, 지금 너희 집으로 갈게. 어머니 뵙고! 우리 어디 진지하게 결혼에 대해서 이야기해 보자고. 응?]

'헉!'

세흔은 급히 숨을 들이켰다.

민이 오기만 하면 몸보신용 삼계탕에, 잡채에, 갖가지 부침개에, 구절판, 떡, 수정과까지 해서 대령하는 엄마의 모습이 문득 떠올랐다. 뒤이어 '우리 민이, 우리 민이' 하며 민이 옆에서 이것저것 집어 밥 위에 얹어주던 모습도 떠올랐다. 지난번에 나이가 너무 많아 첫 선부터 제대로 된 선 자리가 들어오지 않는다며 한숨을 내쉬던 모습 역시 떠올랐다.

세흔은 급히 머리를 흔들었다.

안 돼. 안 돼. 민이 집에 와서 결혼의 '결' 자만 꺼내도 내일 당장 식장으로 가자고 할지도 몰라. 안 돼. 절대 안 돼!

민에게는 말하지 않았지만 사실 세흔은 카페에서 민이 말한, 집안 빵빵하고 좋은 직업에 원만한 성격, 거기다 빼어난 외모까지 갖춘 남편감을 찾으려고 선을 보는 게 아니었다. 세흔이 원하는 남편감은 집안이 어떤지는 볼 것도 없고, 당장 돈에 벌벌 떨지 않을 정도만 되는 직업에 잘나지도 못나지도 않아 사람들과 섞이면 제대로 찾기도 힘든 평범한 외모의 착한 남자였다.

그렇게 치면 민은 그야말로 남편감 기준에서 멀어도 한참은 멀었다. 그런데 지금 언니를 오겠다고?

세흔은 급히 머리를 굴렸다.

"저…… 저…… 민아? 오늘 어…… 오늘…… 아! 오늘 내가 말은 안 했는데 사실 친척들이 오거든? 제사라시~ 근데 너 오면 너랑 나 친구 사이인 거 모르는 친척들이 놀랄 테고, 엄마도 너한테 신경 못 써줄 테니까 불편해하실 거야. 그러니까 다음에, 다음에 시간 나면 그때 와라. 사실 너도 요즘 많이 바빴잖아. 그냥 오늘은 집에 가서 쉬어. 알았지? 그럼 내가 나중에 연락할게. 안녕!"

탁!

세흔은 얼른 폴더를 닫고 배터리까지 분리해 버렸다.

혀를 빼고 헉헉거리다 꼴깍, 침을 삼켰다. 이 정도 하면 됐겠지? 설마…… 설마 정말로 찾아오지는 않겠지? 때구루루, 눈동자를 굴리는 세흔. 심장이 두근두근했다. 설렘이 아닌 불안함으로. 통화가 중간에 끊어지면 받을 때까지 다시 거는 민의 성격을 잘 알기 때문이었다.

혹시라도 민이 정말로 찾아올까, 불안한 마음에 두리번거리며 걷던 세흔이 집으로 이어진 골목에 들어섰을 때였다.

웬 커다란 짐차 한 대가 집 앞에 서 있는 게 보였다. 뭐지? 고개를 갸웃한 세흔이 한 걸음 한 걸음 걸어갔다. 다가가면서 몇 가지 사실을 알게 되었다. 첫째, 짐차가 이삿짐센터의 차라는 것. 둘째, 세흔의 집이 아닌 앞집에 볼일이 있다는 것.

세흔은 고개를 갸웃했다.

자신과 관련된 일이 아님을 알았으면서도 그녀의 표정은 더욱 의문스레 변해갔다. 그도 그럴 것이 그녀의 앞집에는 비록 혈연으로 이어지지는 않았으나 워낙 친하게 지내온 터라 이제는 이모, 이모부라고 부르는 수영 이모네가 살고 있었던 것이다.

그녀는 몇 번 기웃거리다 물어볼 만한 사람이 보이지 않자 어깨를 으쓱이곤 몸을 돌려 자신의 집 초인종을 눌렀다.

피리리릭.

[네.]

초인종이 울리기 무섭게 한 여사의 음성이 들려왔다. 기다리고 있었나 보다. 세흔은 못 말린다는 듯이 고개를 젓고 말했다.

"엄마, 나."

[얼른 들어와!]

삐익—

한 여사의 말과 동시에 문이 열렸다. 맞선 이야기는 하고 싶지도 않다. 하지만 들어가면 분명 물어오겠지?

세흔은 잠깐 생각해 보고 안으로 들어갔다.

"엄마, 앞집에 뭐 하는 거야? 웬 이삿짐센터? 수영 이모네 이사가?"

힐을 벗는 딸을 보며 한 여사가 뭐라 말을 하려고 입을 떼는데 세흔이 한발 앞서 물었다. 그러자 세흔의 의도대로 한 여사는 묻고자 했던 것은 잊어버리고 딸의 페이스에 말려들었다.

"아니, 이사는 무슨. 너 륜이 알지?"

"륜이?"

"그 왜, 십삼 년 전에 유학 갔던 수영이네 큰아들, 완이 형 말이야. 은륜. 몰라?"

몇 가지 설명이 덧붙자 그제야 세흔이 기억난다는 듯이 말했다.

"아~ 그래. 그러고 보니 나 고등학교 때였던가? 그때까지 그런 애가 있었던 것 같기도 하다."

"그런 애가 있었던 것 같기도 하다니? 너랑 친했었잖아."

"나랑 친했어?"

세흔이 당황스레 묻자 한 여사가 고개를 끄덕였다.

"그럼, 너랑 친했었지. 낯가림도 심하고 좀 차가운 애였는데 너랑은 잘 놀았었잖아. 기억 안 나?"

안 난다. 하지만 그게 크게 상관있나? 벌써 십삼 년이나 지난 예전 일인데. 세흔은 대수롭지 않게 생각했다.

"그랬었나? 하여튼 그게 왜?"

"그 아들이 돌아온대. 내일 올 거라는데 짐은 지금 온 거라나?"

세흔은 슬리퍼를 신고 거실로 올라서며 말했다.

"그래도 무슨 짐이 저렇게 많아? 아주 들어오는 것처럼."

"아주 들어오는 거라던데?"

"응? 왜?"

"이번에 MBA 땄잖아. 그래서 들어온다네? 와서 공부를 좀 더 할 수도 있고, 취업을 할 수도 있고. 뭐, 우선은 잠시 쉬고 결정을 하겠다고 했다더라."

"흠. 그래?"

세흔은 대충 대답했다. 열세 살이라는 어린 나이에 유학을 가기에 거기에서 자리 잡고 평생 살 줄 알았더니 들어오기는 들어올 모양이다.

음. 그 녀석도 완이처럼 동글동글 귀여운 얼굴이려나?

십삼 년 전에 어떤 얼굴이었는지도 잘 기억나지 않아 이래저래 기억을 떠올려 보려 하는데 갑자기 한 여사가 등을 짝 소리가 나게 내려쳤다. 세흔이 팔짝, 뛰었다.

"악! 엄마, 아프게 왜……."

"그건 그렇고, 너 말해봐. 어땠어?"

대뜸 물어오는 말에는 주어가 빠져 있었다. 그렇다고 무슨 뜻인지 모를 만큼 둔한 세흔이 아니었으나 그녀는 한 걸음 물러나며 모르겠다는 듯이 되물었다.

"뭐가?"

"선! 오늘 본 선 말이야. 변호사라던데 괜찮대?"

은근히 물어오는 말에 세흔은 눈살을 찌푸렸다.

"괜찮기는. 개떡이었어, 개떡!"

"개떡······."

순간 한 여사는 할 말을 잃고 멍해졌다.

평소 두 모녀가 남자를 평가할 때 떡으로 비유하곤 했었는데 그중에 가장 낮은 등급이 개떡이었다. 최고 등급으로 꿀떡을 두고, 송편, 인절미, 무지개떡, 가래떡 다음이 개떡이었던 것이다. 그런데 서슴없이 그 개떡을 말하다니……. 기가 막혀 반쯤 얼이 나가 있던 한 여사는 세흔이 방으로 들어가려 하자 얼른 붙잡았다.

"정말? 정말 개떡이었어? 송편은 아니더라도 인절미는…… 아니, 말도 안 되지. 그럼 무지개떡…… 아니다. 그럼…… 가래떡? 그래, 가래떡. 가래떡도 안 되니?"

"가래떡이었으면 그 차 타고 왔다, 내가! 아무리 인물 안 따진다고는 했지만 개떡은 너무한 거 아냐? 얼굴 뜯어먹고 살 건 아니지만 최소한 한상에서 밥을 먹을 수 있을 정도는 되어야 하는 거잖아. 밥도 같이 못 먹을 것 같은 사람이랑 내가 무슨……."

"밥을 같이 못 먹어?"

"토할 것 같은데 밥이 목구멍으로 넘어가겠어?"

세흔이 입술을 삐쭉이며 말하고 방으로 쏙 들어가 버렸다. 뒤에 남은 한 여사는 잠시 생각을 해보다 그 즉시 중매쟁이에게 전화를 했다.

"김 여사! 아니, 아무리 내가 외모보다는 사람이 먼저라고 인물은 안 본다고 했다지만 그래도 그렇지, 어디서 개떡을 금지옥엽 우리 하나뿐인 딸한테 갖다 붙여, 갖다 붙이기를!"

[개떡? 그게 무슨…….]

얼떨떨해하는 중매쟁이의 말을 뚝 자르고 한 여사가 쏘아붙였다.

"나이가 나이이니만큼 나도 꿀떡까지는 바라지도 않아! 그래도 송편은…… 아니다. 집안 괜찮고 직업 괜찮고 성격 좋으면 송편까지는 아니라도 되지. 그래, 인절미! 인절미까지는 봐줄 수 있어. 좀 양보해서 무지개떡까지도 이해하려면 할 수 있어. 그런데 가래떡도 아니고 개떡? 지금 우리 세흔이 무시하는 거야, 김 여사?"

아닌 밤중에 홍두깨라고, 느닷없이 영문 모를 소리를 들은 중매쟁이는 당황했다. 그래도 연륜이 있는지라 중매쟁이는 알아들을 수 있는 말을 걸러 듣고 변명했다.

[아이참, 한 여사님도. 제가 따님을 무시하다니요? 그런 거 아니라는 거 아시면서. 근데 갑자기 왜 떡을…….]

이해할 수 없는 말에 의문을 품고 묻는 중매쟁이.

당연했다. 남자의 인물을 두고 떡에 견주는 방법은 한 여사와 세흔만의 특허였던 것이다. 그럼에도 한 여사는 제대로 알아듣지도 못하는 중매쟁이에게 설명은 해주지 않고 신나게 따졌다. 오늘 파투 난 맞선에 속상했던 것이 풀릴 때까지.

십 분 후.

한결 풀어진 표정으로 수화기를 놓던 한 여사는 고개를 돌려 세흔이 들어간 방문을 보며 생긋 웃었다.

"그래도 더 이상 안 보겠다는 소리는 안 하네? 예전이었으면 당장 그 소리부터 나왔을 텐데. 결혼이 하고 싶기는 한가 봐?"

그 말이 정답이었던 듯, 다음날 세흔은 일어나기 무섭게 방에서 나오며 한 여사에게 이렇게 말했다.

"엄마, 오늘 선은 몇 시야?"

소파에 앉아 잡지책을 뒤적이고 있던 한 여사는 역시나를 속으로 중얼거리며 고개도 들지 않고 대답했다.

"없어."

"없어?"

"응."

망설임이라고는 없는 말에 세흔은 의문을 품지 않을 수 없었다.

"하지만 어제 아침까지만 해도 이번 주말에 선 자리 두 개라고 했잖아. 나 아직 한 번밖에 안 봤어."

"알아. 근데 아무리 인물 안 본다고 해도 한상에서 밥 먹을 수 있을 정도는 되어야 하잖아. 그래서 내가 중매쟁이한테 좀 골라 달라고 했지. 또 개떡 걸리면 어떡해. 안 그래?"

"그래서 오늘 선 자리는 취소했다?"

"인물 이야기 꺼내자마자 취소하자고 하는 게, 아무래도 오늘도 개떡이었지 싶어. 그러니까 넌 신경 쓰지 말고 씻기나 해. 수영이네 같이 가자."

탁자 위에 잡지책을 놓고 하는 말에 세흔이 고개를 갸웃했다.

"수영 이모네? 왜?"

"얘가, 왜는? 어제 말했잖아, 오늘 큰아들 온다고. 그러니 음식 장만할 테고 혼자서는 힘에 부칠 테니 그거 도와줘야지. 수영이네도 우리처럼 도우미나 출장 요리사 부르는 거 싫어하잖 니."

 말을 하며 한 여사가 자리에서 일어났다. 그런가? 세흔은 머리를 긁적이며 잠시 생각해 보더니 곧 고개를 끄덕이고 욕실로 향했다.

 한 여사는 꽤나 바빠 보였다.
 오늘 오기로 한 사람은 엄연히 수영 이모의 큰아들인데 왜인지 한 여사도 들뜬 듯했다. 거실 소파에 앉아 기다리던 세흔은 이것저것 주섬주섬 챙겨 들고 부엌을 나서는 한 여사의 모습에 웃어버렸다.
 "누가 보면 수영 이모 큰아들이 아니라 영국에 있는 오빠가 돌아오는 줄 알겠네. 그게 다 뭐야?"
 "아, 이거? 홍두깨잖아. 수영이네에 홍두깨가 없거든. 그리고 칼도 엊그제 갈아놔서 우리 집 것이 더 잘 들 테니 들고 가고, 볼도 많을수록 좋을 것 아니니? 해서 몇 개 챙겼고, 또……."
 "됐어, 됐어. 준비 다 끝났으면 가자."
 한 여사가 하나하나 들어 보이며 설명하자 세흔이 얼른 말을 잘랐다.
 딱 보기에도 만만찮은 양을 들고 있는 한 여사다. 그러니 이대로 두면 주구장창 설명만 들어야 할지도 모른다는 생각이 들어 일른 한 여사의 등을 밀며 집을 나섰다.

"어머어머. 애가 왜 밀고 그래?"

한 여사가 당황해 소리쳤지만 세흔은 못 들은 척했다.

집을 나서 현관문을 닫고, 허리까지 오는 하얀 담장을 지나 앞집에 다다라 초인종을 누르려 할 때였다.

삐익—

누르기도 전에 문이 열렸다. 어라? 뭐야? 기다렸다는 듯이 열리는 문에 세흔이 고개를 갸웃하는데 안쪽 현관문이 열리며 쏙, 하고 머리통 하나가 튀어나왔다.

"어?"

"누나!"

대뜸 소리치더니 다다다 뛰어와서 안기는 커다란 물체.

족히 180㎝를 넘어서는 키에 70㎏을 넘어서 80㎏에 육박하는 무게로 160㎝가 될까 말까 한 세흔에게 억지로 안기는 녀석은 다름 아닌 올해 수능을 앞두고 있는 이 집의 둘째 아들, 은완이었다.

"헉!"

속이야 어떻든 겉보기에는 바람 불면 날아갈 듯 가냘픈 세흔이다. 본래도 여자의 힘으로 남자의 무게를 감당할 수 없는 법인데 자신보다 무려 30㎏은 더 나가는 완의 무게를 세흔이 감당할 수 있을 리 없었다. 세흔은 허리가 꺾이는 듯한 충격에 크게 휘청였다. 그리고 그 모습에 한 여사는 뒤쪽에서 '또 시작이군' 하는 표정을 지었다. 세흔과 완이 만나기만 하면 벌어지는 광경이라 너무도 익숙했던 것이다.

뒤늦게 한 여사가 생각난 세흔이 뭐라 말도 하지 못하고 애처로운 눈빛을 마구 쏘았다. 하지만 그녀의 어머니는 매정하게도 무심히 세흔을 한 번 보고는 바로 안으로 들어가 버렸다.

'윽! 배신자.'

매정한 어머니를 향해 속으로 불만스레 중얼거린 세흔이 스스로의 힘으로 완을 떨어뜨려야 함을 깨닫고 입을 열었다.

"저기, 완아? 이것 좀……."

조심스레 부르며 밀어내려 했지만 완은 떨어지기는커녕 세흔의 목에 머리를 부비며 투정을 부렸다.

"너무너무 보고 싶었어요, 누나! 진짜 너무너무 보고 싶어서 기숙사 담을 넘어버릴 뻔했다니까요."

"그, 그래?"

"네! 도저히 참을 수가 없어서 어제저녁에 집에 오자마자 누나네 집으로 가려고 했는데 엄마가 누나 바쁘다고, 피곤할 테니 괜히 가서 폐 끼치지 말라고 해서 정말 죽을힘을 다해 억지로 참았어요!"

하면서 마구 머리를 부비는 완.

부드러운 머리카락이 목을 간질이자 결국 세흔은 무거운 무게에도 불구하고 웃음을 터뜨렸다. 세흔의 맑은 웃음소리가 귓가를 울리고 현관을 울리자 그제야 완이 고개를 들었다. 부드러운 눈매에 동글동글한 눈동자가 세흔의 얼굴을 훑어 내리다 어느 순간 그렁그렁 눈물을 머금었다.

완이 은씨 집안 사람답게 덩치는 산만하지만 속은 참 여리다는 것을 아는 세흔이었다. 하지만 그래도 이건 너무하다고 생각했다. 만나자마자 실컷 투정을 부리는 것에 모자라 울음까지 터뜨리려 하다니…….

세흔은 당황했다.

"왜…….."

"누나, 선봤다면서요?"

"아!"

왜 갑자기 울음을 터뜨리려고 하나 했더니 그거였나? 하긴 알게 되면 이렇게 될 거라는 것을 예상은 했었다. 그런 생각에 세흔이 내심 고개를 끄덕이는데 완이 입술을 삐쭉이며 울먹였다.

"히잉, 진짜였구나. 엄마가 그렇게 말해도 아닐 거라고 생각했는데, 너무해요! 내가 일 년만 기다려 달라고 했잖아요! 일 년만 지나면 나도 성인이 돼서 누나랑 당당히 결혼할 수 있단 말이에요! 근데 어떻게 나를 놔두고…… 누나 미워!!"

완은 두 눈 한가득 눈물을 매달고 소리치더니 마치 비련의 여주인공처럼 세흔의 품에서 벗어나 열린 문 안으로 눈물을 흩뿌리며 뛰어들어 가버렸다. 뒤에 남겨진 세흔은 황당하기도 하고, 어이가 없기도 해서 잠시 멍하니 서 있었다. 그러다 피식 웃고 안으로 들어갔다.

"이모! 이모! 어디에……."

"부엌이야!"

막 부르며 물으려 하는데 그보다 먼저 부엌에서 대답이 들려왔다. 집주인이 아닌 한 여사의 음성임을 알아챈 세흔은 다시 한 번 피식, 웃고 부엌으로 향했다.

유려하게 둥근 선을 그리며 굽어진 벽을 돌아가자 천장에서부터 머리 위까지 튀어나온 벽이 아치형을 그려 고풍스럽게 느껴지는 부엌이 나타났다. 안에는 무슨 무침을 하는지 볼 한가득 들어 있는 야채를 섞는 진 여사와 파, 고추 등을 어슷썰기 하고 있는 한 여사가 있었다. 그리고 옆쪽 식탁에는 완이 의자를 거꾸로 하고 앉아 두 손을 교차해 팔에 얼굴을 파묻고 있었다.

'후후.'

하는 모양새가 토라진 게 역력해 보이자 세흔이 속으로 웃음을 흘렸다. 그때 진 여사가 먼저 세흔을 발견하고 말을 걸었다.

"어머, 세흔아. 오랜만이네?"

"그러게요. 제가 요 근래 바빠서……."

"어쩜 너는 더 예뻐졌니? 아주 활짝 폈네, 폈어. 이제는 더 이상 집에 두지도 못하겠다. 정말 시집가야겠어. 아, 맞선 본다더니 잘됐어?"

진 여사가 묻기 무섭게 완에게서 '히잉' 하는 울음인지 뭔지 딱 잘라 구분하기 힘든 소리가 들려왔다.

그 소리에 진 여사가 완을 바라보며 절레절레 고개를 저었다.

그리고는 세흔에게 이해하라는 눈빛을 던졌다. 세흔은 씨익, 웃어 보이고 일부러 큰 소리로 말했다.

"선이요? 당연히 잘 안 됐죠!"

"어머, 왜?"

힐끔, 완을 본 진 여사가 묻자 세흔이 크게 대답했다.

"그게, 맞선을 보겠다고 나온 남자가 사십은 넘었을 법한 나이에 머리는 가발이고, 눈은 단춧구멍만 하고, 코는 들창코고…… 정말 말로 다 표현하기도 힘들 정도로 참혹했거든요. 그러잖아도 내키지 않았는데 괜히 나갔다 싶더라구요. 정말 할 수만 있다면 다시는 맞선 따위 안 보고 싶어요!"

오늘 아침 선이 몇 시냐고 물을 때는 언제고 세흔은 능청스레 거짓말을 했다. 그러자 얼굴을 묻고 있던 완이 슬그머니, 고개를 들었다. 그는 아직도 눈물이 한가득 맺힌 눈으로 세흔을 봤다.

"저, 정말 별로였어요?"

세흔은 일부러 크게 고개를 끄덕였다.

"응. 정말 정말 별로였다니까? 완이 정도만 되었어도 당장에 식장까지 OK였을 텐데 턱도 없더라고. 하긴 그런 남자가 어디 선보러 나오겠어? 안 그래?"

"헤헤. 정말 나 정도만 되면 식장까지 OK예요?"

"그럼!"

세흔이 당연하다는 듯이 대답하자 그제야 완전히 화가 풀린 듯 완이 헤헤거리며 웃었다. 그 모습이 무척 귀엽게 보였다. 세흔은 쓱쓱, 완의 곁으로 다가가 머리를 쓰다듬어 주었다. 그러자 완이 고개를 옆으로 기울여 자신의 머리를 더 잘 쓰다듬을 수 있도록 했다. 그게 또 굉장히 귀엽게 느껴졌다. 아유, 얘는 왜 이렇게 귀여운 짓을 잘할까? 생긴 것도 귀엽고.

세흔보다 20㎝는 족히 더 큰 완이다. 그런데도 그 키 차이가 무색하게 세흔에게는 완이 귀엽게만 느껴졌다. 열두 살이라는 나이 차 때문인가? 세흔은 손가락 사이를 스치는 머리카락을 매만지며 고개를 갸웃했다.

그때 문뜩 생각난 듯 진 여사가 물었다.

"참, 그러고 보니 세흔이 너 요즘 뭐 하고 있어? 딱히 세흔이 이름으로 된 프로그램이 없는 것 같던데."

"아, 저 쉬고 있어요."

"그래?"

"네, 뭐 솔직하게 말하면 일거리가 들어오지 않아서 노는 거지만. 그래서 요즘 아르바이트나 찾아볼까 생각 중이에요."

"흐음, 그렇단 말이지?"

세흔은 농담조로 말했지만 진 여사는 그것을 꽤나 진지하게 받아들였다. 그러잖아도 며느릿감으로 탐나던 참인데 이번에 기회 한번 만들어봐? 중학교 시절 한창 방황하던 완을 바로 잡아준 이가 세흔이었기에 나이 차가 무색하게 세흔을 탐내고 있던 진 여사였다. 그녀는 세흔과 완을 번갈아 보고 말했다.

"그럼 완이 과외해 주는 건 어때? 그러잖아도 완이 이번에 기숙사도 나오고 보충 수업도 안 하게 됐는데."

세흔은 당황했다.

"네? 제가요?"

"그래. 너 머리도 좋고, 학창시절에 공부도 잘했잖니."

"하지만 어떻게 고3 과외를 졸업한 지 십 년도 더 된 제가 하겠어요? 말도 안 돼요."

세흔이 손을 흔들었다. 하지만 진 여사는 물러나지 않았다.

"이미 한 번 했던 건데 왜 못해? 그리고 하다 보면 새록새록 기억나지 않겠어? 일당은 내가 세흔이 용돈 준다 생각하고 잘 쳐줄게. 월 이백. 어때?"

'이, 이백?'

무슨 말을 해도 거절을 해야겠다고 생각하고 있던 세흔이었다.

고3 과정을 다시 되풀이하고 싶은 생각도 없었고, 잘 가르칠 자신도 없었다. 하지만 이백이라는 소리에 마음이 흔들렸다. 아니, 흔들린 정도가 아니라 굳건하다 생각했던 방어벽이 삽시간에 무너졌다. 까짓 모르면 공부하면 되지 뭐.

돈에 혹한 세흔은 그렇게 멋대로 생각했다.

"음…… 그럼 우선 한 달만 해볼게요. 잘할 수 있을 것 같으면 더 하구요. 어때요, 이모?"

"그것도 괜찮지. 그럼 하는 거다?"

"네."

세흔이 웃자 진 여사도 같이 웃었다. 하지만 누구보다 좋아한 사람은 다름 아닌 완이었다. 한 달에 한 번 볼까 말까 하던 세흔을 이제부터 매일은 아니지만 과외가 있을 때마다 볼 수 있다고 생각하니 여간 기쁜 게 아니었던 것이다.

"와아!"

완은 환호성을 지르며 자리에서 벌떡 일어나 진 여사에게 달려가 그녀를 안고 빙글빙글 돌렸다.

"고맙습니다. 고맙습니다, 어머니!"

"호호. 이럴 때만 어머니지? 응?"

진 여사가 깔깔, 소리 내어 웃다 완이 내려주자 그제야 팔꿈치로 완의 옆구리를 쿡쿡 찌르며 핀잔을 주었다. 하지만 완은 그저 좋아서 싱글벙글이었다. 그는 세흔의 옆으로 와서 그녀의 목에 두 손을 두르고 머리에 얼굴을 비볐다.

"과외하면서 무럭무럭 사랑을 키워요. 그리고 딱 일 년 지나서 내가 대학에 붙으면 그때 결혼해요, 누나. 그러니까 앞으로선 같은 거 더 보면 안 돼요. 알았죠?"

"하…… 하하……."

이걸 진담으로 들어야 하는 건지, 농담으로 들어야 하는 건지.

어릴 때부터 들어온 말이라 너무도 익숙해져서 매번 건성으로 넘기긴 했는데 슬슬 성인이 되어가는데도 여전히 결혼 타령

을 하는 완을 보니 문득 설마 이 녀석이 진심인가? 하는 얼토당
토않은 생각이 들었다. 어릴 적 엄마랑 결혼하네, 아빠랑 결혼
하네 하는 아이들처럼 완도 세흔과 결혼을 하겠다는 게 그와 다
르지 않다고 생각했다. 하지만 벌써 열아홉 살이지 않은가? 설
마 정말로 자신과 결혼이 하고 싶은 건 아니겠지?

불안해지는 생각에 세흔이 미심쩍은 눈빛을 완에게 던졌다.
"설마 완이, 너 정말로……."
뚜벅뚜벅.
막 진지하게 물어보려고 하는데 어디선가 이질적인 소리가
들려왔다. 누구도 움직이는 이 없건만 정확히 들려오는 발걸음
소리. 환청이 아니었는지 하나둘 그 소리에 고개를 들어 서로를
봤다. 누가 찾아왔나? 고개를 갸웃한 그들이 서로를 보다 일제
히 부엌 입구로 시선을 돌렸다.

그때였다.
"문이 열려 있던데……."
마치 바닥을 쓸며 위로 쳐올린 것처럼 한없이 낮은, 그리고
낯선 음성이 들리더니 굽어진 벽 너머로 한 사람이 모습을 드러
냈다.

말을 하다 말고 진 여사를 보고는 입을 다무는, 정확히 186㎝
인 완에 버금가는 큰 키에 완보다는 조금 마른 듯 보이는 훤칠
한 청년. 딱히 나이를 짐작하기 힘들 듯한 그는, 살짝 위로 치켜
올라간 눈매에 옅은 쌍꺼풀이 진 검은 눈동자와 그보다 더 검게

보이는, 뒷덜미까지 내려오는 새까만 머리카락이 돋보이는 남자였다. 뚜렷한 선을 그리는 날카로운 콧날과 아랫입술이 좀 더 도톰한 육감적인 입술은 세흔이 생각하기에 참으로 올바르게 커서 나라에 이바지는 못해도 자신의 심미안에는 크게 이바지를 하겠다 싶을 만큼 눈에 딱 들어차는 외모였다. 다른 사람들에게는 어떨지 몰라도 세흔에게는 더도 덜도 할 것 없이 딱, 맞았다는 말이다.

저 보라! 그냥 가만히 서 있는 것뿐인데도 섹시함이 물씬 풍겨 나오지 않는가?

세흔은 저도 모르게 침을 꿀꺽 삼켰다.

'와아……. 이건 송편 정도가 아니야. 완전 꿀떡이다, 꿀떡.'

떡 중에서도 최고의 떡으로 치는 꿀떡의 칭호를 당당히 남자에게 내려주며 세흔은 황홀해했다. 그리고 세흔과 비슷한 심미안을 가진 한 여사도 어디 한 군데 빠지는 구석이 없는 남자의 모습에 놀랍다는 표정을 지었다. 그때 진 여사가 앞으로 나섰다.

"륜아! 저녁에 올 거라더니?"

반가움이 여력한 진 여사의 음성.

세흔은 그제야 저 섹시 페로몬을 풀풀 풍기는 남자가 다름 아닌, 오늘 오기로 되어 있는 이 집의 큰아들임을 알 수 있었다. 십삼 년 전에 저런 모습이었다면 잊었을 리가 없다. 그렇다면 크면서 저리 되었다는 말인데, 도대체 어떻게 컸기에 저렇게 잘 큰 거지?

감탄에 감탄을 하는데 류이라 불린 남자가 들고 있던 여행 캐리어를 바닥에 놓으며 입을 열었다.

"뭐, 어쩌다 보니 예정보다 빨리 비행기를 타게 되어서요."

대답을 하며 머리카락을 쓸어 넘기는 류.

그 별것 아닌 모습이 왜 이리 가슴에 불을 지피는 걸까? 그야말로 영화가 따로 없었다. 조명 처리 하나도 안 되어 있는데 세흔에게는 메이크업에 조명 처리까지 완벽하게 된 것처럼 보였다. 세흔은 혹시라도 자신이 침을 흘리지는 않았을까 걱정을 하며 손등으로 입가를 한번 닦고 반가운 표정을 만들어냈다. 그리고는 하나도 기억나지 않았지만 아는 척을 했다.

"아, 네가 류이구나. 십삼 년 만인데 정말 많이 컸네? 반가워."

하면서 얼른 다가가 손을 뻗었다.

갑자기 다가서는 자신의 모습에 슬핏, 눈살을 찌푸리며 한 걸음 뒤로 물러나는 류을 따라 한 걸음 더 앞으로 내디뎠다. 그리고 흠칫해서 뒤로 피하는 류의 손을 얼른 잡아채 악수를 했다. 순간 류의 표정이 딱딱하게 굳었지만 세흔은 보지 못했다. 그녀는 열심히 잡은 손을 흔들며 류의 손을 살펴보기에 정신이 없었다. 아아, 정말 끝내준다. 손가락 하나하나가 길고 섬세한 것이 예술 그 자체다.

어쩌면 이렇게 완벽할까?

큰 키에도 불구하고 하나같이 깨물어주고 싶을 만큼 귀여운 외모를 가진 은씨 집안 사람이라고는 믿기 힘들 정도로 은씨 집안의 큰아들은 세흔의 입맛에 딱 맞았다.

 조금 전 한쪽 눈썹을 치켜 올리며 싸늘하게 눈빛을 굳힐 때는 언제고, 뭔가 믿기지 않는 듯 의아한 표정을 짓는 륜은 보지도 않고 세흔은 꿀꺽, 침을 삼키며 쥐고 있는 손을 뚫어져라 쳐다봤다. 아, 이 손에 애무를 받으면 어떤 기분일까? 정신 못 차릴 정도로 짜릿하겠지?

 십삼 년 만에 놀랍도록 빼어난 인물이 되어 나타난 앞집 큰아들의 모습에 경악을 금치 못하고 있던 한 여사가 뒤늦게 딸의 행동을 보고 조금은 웃기고, 또 조금은 기가 막힌 듯한 표정을 지었지만 세흔은 그것 역시 눈치 채지 못했다. 그저 주구장창 륜만 볼 뿐이었다.

 정말 보고 또 봐도 뭐 하나 모자란 게 없는 남자라는 생각이 들었다. 아니, 모자란 게 다 뭐야? 넘친다. 철철 넘치다 못해 흘러내린다, 흘러내려!

 세흔은 손을 들어 뺨에 비비고 싶은 것을 애써 참으며 침만 꿀꺽꿀꺽 삼켰다. 지금 자신의 모습이 어떨지는 상상도 하시 못하고서. 아니, 알았다고 하더라도 신경 쓰지 않았으리라. 지금껏 삼십일 년의 생을 살아오며 이렇게 완벽한 먹잇감은 처음 발견한 것이다.

 그렇게 세흔은 은륜의 껍데기에 뿅 갔다.

Chapter
02

탁탁.

책을 정리하던 륜이 어느 순간 일체의 행동을 멈추었다.

무슨 생각을 하는지 책상 위에 들고 있던 책을 세워 거기에 손을 얹고 이리저리 머리를 굴려보던 륜이 이내 미간을 찌푸렸다. 머릿속이 복잡했다. 혼란스러웠고, 골치가 아팠다. 알 수가 없었던 것이다. 지금껏 한 번도 겪어보지 못한 일이기에 더욱 이해를 할 수가 없었다.

"어째서……."

눈살을 찌푸리고 고심하는 륜. 그는 자연스레 자신을 고민하게 만든, 대략 세 시간 전의 상황을 떠올렸다.

보드랍고 매끄러운 손.

남자인 자신에 비하면 반은 될까 싶을 만큼 작은 손이다.

"십삼 년 만인데 정말 많이 컸네? 반가워. 나 기억해?"

자신의 어깨에는 올까 싶은 아담한 키에 허리까지 내려오는 검고 긴 머리카락과 하얀 얼굴, 커다란 눈동자의 단아한 외모.

대뜸 다가와 악수부터 하고 보는 여자는 유감스럽게도 기억에 없는 얼굴이었다. 그런데 십삼 년 전에 만난 적이 있기는 있었던 듯, 여자는 정말 반가워하는 얼굴이었다. 재빨리 손을 내밀어 악수를 하려 드는 것부터가 그랬다. 륜은 얼른 한 걸음 물러나며 피했다. 하지만 툭, 건드리면 쓰러질 듯한 외모와는 달리 여자는 운동신경이 상당했다. 분명 손을 뒤로 빼고 더불어 한 걸음 물러나기까지 했는데 정신을 차려보니 어느새 작고 보드라운 손에 자신의 손이 잡혀 있었던 것이다.

뜻밖의 상황에 륜은 잠시 여자의 얼굴을 보다 고개를 내렸다.

"······!"

순간, 그 어떤 상황에서도 평정을 잃지 않고 차갑게 얼어붙어 있던 눈동자가 마치 수면 위에 돌이라도 던진 것처럼 일렁였다.

'어떻게······!'

속으로 신음하며 믿을 수가 없다는 듯이 엉켜 있는 손을 보는데 바로 앞에서 여자의 맑은 음성이 들렸다.

"응? 나 기억나? 십삼 년 전에 자주 어울렸는데."

"······."

여자가 물음을 던졌다. 그에 모두가 궁금하다는 눈빛을 했다. 하지만 륜은 어떤 대답도 하지 못했다. 별것 아닌 질문에도 대답을 해주지 못할 만큼 충격이 컸던 것이다.

닿았다. 분명히 닿았다!

아니, 닿은 게 다 뭔가? 한여름이었다면 땀띠가 나지는 않을까 걱정이 될 정도로 하얀 손은 륜의 손을 꼬옥 쥐고 있었다. 그런데 어째서 소름이 돋지 않지? 어째서 손끝에서부터 머리끝까지 쭈뼛하게 하는 혐오감이 느껴지지 않는 거야? 당장에 팔을 잘라내 버리고 싶을 만큼 끔찍한 느낌은?

아무렇지도 않다. 정말이지, 아무렇지도 않았다.

등골이 싸늘해지고, 머리카락이 쭈뼛 서며 치가 떨리기는커녕 손끝에서 전해지는 온기에 오히려 마음이 편안해졌다. 황당하게도 그대로 손을 맞잡고 침대로 가 눈을 감고 잠을 청하고 싶기까지 했다. 그래서 륜은 평소처럼 차게 손을 뿌리칠 수가 없었다. 화를 내며 다시는 닿지 말라고, 더럽게 누구의 손을 잡느냐는 말도 할 수가 없었다.

부모님이 있든 없든, 상대가 누구든, 어떤 상황이든 가리지 않고 내키는 대로 폭언과 비꼼, 빈정거림을 생활화하는 뻔뻔함을 갖춘 륜이었지만 지금은 도저히 그럴 수가 없었다.

전혀 그럴 마음이 일지 않는데 어떻게 그럴 수 있단 말인가?

악수를 마치고 미련없이 놓는 여자의 손을 보며 아쉬운 마음에 손을 뻗어 잡고 싶은 것을 이를 악물어가며 억지로 참았을 정도였으니 더 말하지 않아도 되리라.

"하아……."

한숨이 나왔다.

그 후로도 륜은 륜이되 륜이 아니었다.

반쯤 정신을 빼놓고 멍하니 서 있다가 세흔이라는, 조금 전 알은체를 하던 여자의 앉아 있으라는 말에 뒤늦게 소파에 앉는가 하면 조근조근 어른들과 이야기를 나누는 세흔의 얼굴을 뚫어져라 쳐다보고만 있다 식사 준비가 다 되었다는 말에도 제대로 반응하지 못하고 세흔이 나와 손을 잡고 이끌자 그제야 알아듣고 부엌으로 가 앉기까지 했다. 그것도 가족들과 뚝 떨어져서 세흔의 옆에.

"이거 맛있어. 먹어봐."

하면서 오랜만에 만난 동생을 챙겨주듯 반찬을 집어주는 세흔의 행동에 평소였다면 차게 쏘았을 텐데 륜은 그저 얹어주는 반찬과 함께 밥을 퍼 입에 넣기만 했다. 가끔씩 어깨가 스치면 짜증스레 화를 내며 자리에서 일어나는 대신 아무렇지도 않은 척을 했다. 때때로 예쁘게 웃어주는 세흔에게 미소를 되돌리기까지 하면서.

믿을 수 있는가?

엄연히 세 시간 전 자신의 행동이었지만 륜은 꿈을 꾸는 것 같았다. 도저히 믿을 수가 없었던 것이다. 도대체 그 여자가 어떤 여자이기에 닿는 것만으로도 절로 소름이 돋는 자신을 마음껏 터치하고도 아무렇지 않을 수 있게 한단 말인가?

마술사인가?

방을 서성이며 고민에 고민을 거듭해 보았지만 아무리 생각해도 이유를 알 수가 없었다.

"젠장."

륜은 거칠게 머리카락을 쓸어 넘기고 욕실로 향했다. 아직도 남아 있는 은은한 향과 온기를 없애지 않으면 잠을 잘 수 없을 것만 같았다.

[쿡. 그래서?]

민은 지금의 상황이 상당히 재미있는 모양이었다. 웃음기 가득한 음성에는 흥미로움이 묻어났다.

세흔은 수건으로 머리카락을 털며 입술을 삐쭉 내밀었다. 요근래 결혼을 해야겠다는 생각에 만나던 남자들을 다 정리하고 맞선 준비를 하느라 금욕을 한 데다 침 넘어가도록 맛있게 생긴 꿀떡을 그냥 보기만 하다가 왔더니 영 기분이 좋지 않았던 것이다.

툭툭 털던 수건을 바닥으로 던진 세흔이 대충 말했다.

"그래서는 무슨 그래서야? 그냥 실컷 만지고 왔지 뭐."

[얼씨구? 천하의 정세흔이 왜 만지기만 하고 말았대? 그냥 확 잡아채서 홀랑 먹어버리지?]

능청스레 하는 말에 은근슬쩍 빈정 상한다.

누군 안 그러고 싶었는 줄 알아? 세흔은 한쪽 눈썹을 치켜뜨고 휴대폰을 노려보다 대답했다.

"나도 생각 같아서는 그러고 싶었는데! 다른 사람도 아니고, 수영 이모의 큰아들이라서 못 그러겠더라. 아무리 나라지만 앞으로 자주 볼 텐데 어떻게 그러냐? 순간에 혹해서 껍질도 안 벗기고 먹어버릴 수는 없잖아. 체할 건데. 소화 안 돼서."

그렇게 말하면서도 세흔은 미련을 떨쳐 버리지 못했다.

생전 처음 보는 최고의 만찬이었다. 그렇게 섹시하게 생긴 남자도, 맛있게 생긴 남자도, 정말이지 처음이었다. 지금껏 꽤 많은 남자들을 만나봤지만 무작정 밀어붙인 적은 한 번도 없었는데 이번은 앞뒤 생각하지 않고 그냥 잡아먹어 버렸으면 싶었다. 하지만 역시 수영 이모의 큰아들이라는 게 걸렸다. 평생을 갈 사이인 두 집안을 생각하면 함부로 건드릴 수 없지 않은가?

아, 아쉽다. 아쉬워.

세흔은 못 먹는 떡을 바라보는 배고픈 사람이 되어 입맛만 다셨다. 역시 민의 휴대폰은 성능이 유독 좋은 것 같다. 입맛을 다시는 소리는 또 어떻게 들었는지 푸하하, 웃더니 민이 말했다.

[아주 침 넘어가는구나? 결혼을 하네 마네 하면서 맞선을 볼 때는 언제고, 남자에 혹하다니……. 못 말린다, 정세흔.]

절레절레 고개를 젓는 민의 모습이 눈앞에 그려졌다. 세흔은 더 설명하기도 지친 듯 중얼거렸다.

"이런 생각은 안 해봤어? 정세흔이 얼마나 먹고 싶었으면 이런 상황에서까지 이럴까 하는 생각."

[흐음. 정말 맛있게 생겼나 봐?]

"그냥 맛있게 생긴 정도가 아니야. 완전 꿀떡이라니까? 나 지금껏 살면서 너보다 더 맛있게 생긴 남자는 처음 봤어. 진짜진짜 환상적으로 맛있게 생겼단 말이야!"

아직까지도 세흔의 음성에는 아쉬움이 가득했다. 그에 민이 마치 음모를 짜는 음모가처럼 음침하게 속삭였다.

[그냥 날을 잡아서 확 잡아먹어 버려.]

하면서 킥킥대는 민. 무슨 소리를 하나 했더니⋯⋯. 세흔은 어처구니가 없다는 표정으로 휴대폰을 보고 푹 한숨을 내쉬었다.

"어휴, 지금까지 내가 몇 번을 말했는데 왜 또 헛소리야? 수영 이모의 큰아들이라니까?"

[그게 어때서?]

기다렸다는 듯이 묻는 말에 세흔이 눈을 동그랗게 떴다.

"뭐?"

[수영 이몬지 뭔지의 큰아들인 건 둘째치고. 어쨌거나 그 녀석, 십삼 년 동안 미국에서 살았고 지금 스물여섯 살이라면서?]

"그게 뭐?"

얘가 갑자기 웬 엉뚱한 소리를 하나 싶어 시큰둥하니 되묻자 민이 은근한 어조로 꼬드겼다.

[이 바보야, 잘 생각해 봐. 스물여섯 살이 될 때까지 미국에

있었단 말이야. 너 미국이 얼마나 성에 개방적인 나라인지 몰라?]

"아!"

[거기다 네 괴물 같은 심미안에도 그렇게 꿀떡 타령을 할 정도로 맛있게 생겼다면 다른 여자들에게는 그야말로 진수성찬이나 다름없었을 텐데 설마 지금껏 동정이겠냐? 분명 거기서도 많은 여자들이랑 놀아봤을 거다. 그리고 미국이라는 데가 오늘 섹스 하고 내일 친구 하는, 좀 이상한 데 아니냐. 분명 그 녀석도 너는 상상도 할 수 없을 만큼 개방적인 사고방식을 가지고 있을걸? 그러니 무슨 이모의 큰아들이고 뭐고 간에 그냥 잡아먹어 버려! 솔직히 진짜 혈연도 아닌데 무슨 상관이야? 안 그래?]

"흐음……."

듣고 보니 혹한다. 세흔은 솔깃해져서 휴대폰을 보았다.

"그, 그렇지? 딱 보기에도 많이 놀았을 것 같던데 내가 좀 나눠 먹는다고 무슨 문제가 생기는 건 아니겠지? 네 말마따나 따지고 보면 진짜 친척도 아닌데."

[그럼그럼. 진짜 친척도 아닌데 네가 좀 나눠 먹는다고 해도 문제될 거 없지~]

민이 즉시 대답을 해왔다. 세흔은 점점 마음이 그쪽으로 쏠리는 것을 느끼며 다시 한 번 동조를 구했다.

"진짜로 맹세하는데, 난 살짝 맛만 보려는 거거든? 통째로 잡아먹으려는 것도 아니고, 그냥 맛만 보는 건데 그건 죄도 아니잖아. 그치?"

맛만 본다는 게 어떤 건지 알 수 없었다. 입만 대고 만다는 건지 아니면 끝까지 가지만 않는다는 건지. 하지만 민은 깊게 생각해 보지도 않고 '친구를 위해서'라고 중얼거리며 동조해 주었다.

[그럼그럼. 맛만 보는 건데 죄 아니지~]

"그리고 사실 내가 맛보고 싶다고 다 되는 건 아니잖아. 그쪽에서 싫다고 하면 어쩔 수 없는 거고. 그냥 나는 기회가 닿으면 맛이나 보자, 이런 거니까 나한테는 정말 죄가 없는 거야. 그치?"

[그럼그럼. 너한테 넘어오면 오히려 그 녀석한테 죄가 있지~]

남자가 돼서 욕구를 참지 못했으니 그게 죄야!

민은 멋대로 정의를 내리고 세흔이 물을 때마다 기꺼이 동조를 해주었다. 휴대폰이라 볼 수는 없겠지만 그럼에도 크게 고개까지 끄덕여 주었다. 그런 상황이 몇 번 이어지자 세흔의 마음은 어느새 한쪽으로 기울었다. 그냥 안면몰수하고 꿀꺽해 버리는 쪽으로.

그렇게 '그림의 떡'을 보며 침만 삼키고 있던 세흔은 민의 조언(?)에 '그림의 떡'을 먹어버리기로 결심했다.

하루 종일 침대 위에서 뒹굴거리던 세흔은 창 너머로 반쯤 검게 물든 하늘이 보이자 자리에서 일어났다.

벽걸이 시계를 보고 씨익, 미소를 짓는 세흔.

"이쯤이면 됐겠지?"

뜻 모를 소리를 중얼거리며 책장을 뒤적였다. 그럴듯한 문제집을 찾았지만 워낙 오래전에 졸업을 한지라 다 버려 버렸는지 찾을 수가 없었다. 세흔은 이 분 정도 뒤지다 포기하고 손을 털었다.

"십 년이면 강산도 변한다는데 그 옛날 문제집이 수시로 바뀌는 요 근래의 입시에 통할 리가 없잖아? 필요하면 완이랑 같이 보면 되는 거고. 까짓것 없어도 돼, 없어도."

뭐라 하는 사람도 없는데 지레 찔려 중얼거린 세흔이 어느 순간 아, 하고 손뼉을 치더니 후다닥 옷장을 열었다. 그리고는 거울을 보며 이옷저옷 몸에 대어보기 시작했다. 몇 번 같은 행동을 반복하다가 분홍색 V넥 니트와 청치마를 입었다. 고데기로 머리를 세팅할까 하다 그러면 너무 꾸민 티를 내는 것 같아 그냥 생머리를 허리까지 늘어뜨렸다.

누드 메이크업으로 마무리까지 한 세흔은 생긋, 거울 속의 자신에게 한번 미소를 지어주고 방을 나섰다.

"꼴이 그게 뭐야? 다 늦은 저녁에 어디 가려고? 선은 주말에 나……."

거실에 앉아 있다가 완벽 무장을 한 딸의 모습에 놀라 소리치는 한 여사를 뒤로하고 세흔은 발걸음도 가볍게 앞집으로 향했다.

"후우……."

심호흡을 하고 조심스레 초인종을 눌렀다.

피리리릭.

자신의 집과 같아 그다지 특이할 것 없는 소리가 났다. 그런데 그 별것 아닌 소리에 왜 이렇게 떨릴까? 입 안이 마르자 꿀꺽, 침을 삼키고 기다렸지만 한참 동안 대답이 없었다.

다시 한 번 누를까 하는 생각에 손을 갖다 대는데 뒤늦게 낮게 가라앉은 음성이 흘러나왔다.

[……무슨 일이십니까?]

'누구십니까?'가 아니라 '무슨 일이십니까?'인 걸 보니 화면을 본 모양이다. 세흔은 너무 예쁜 척하는 게 표 나지 않기를 바라며 곱게 미소를 지어 보였다.

"목소리 들어보니 륜이구나? 들었는가 모르겠는데 이번에 내가 완이 과외를 해주게 됐거든. 그래서 진도는 어디까지 나갔는지, 어떤 식으로 공부를 해왔는지 같은 것 좀 미리 봐두려고. 참, 완이는?"

[아직 학교에서 안 왔는데요.]

"아, 그래?"

세흔은 난처한 기색으로 어떻게 할까 고민하는 표정을 지었다. 물론 이 시간에는 수영 이모나 이모부가 집에 없다는 것도 알고, 월요일이라 완이 늦을 거라는 것도 알고 있었다. 하지만 그녀는 철저하게 몰랐다는 표정을 만들어냈다.

초능력자가 아닌 이상, 세흔의 속내가 어떤지 알 수 있을 리 없었기에 륜은 그녀가 돌아가지 않고 서 있자 눈살을 찌푸렸다.

바로 앞집인데 왜 가지 않는 거야? 나중에 완이 돌아오면 그때 다시 오면 될 것을.

혹시라도 세흔을 집에 들였다가 자신이 어제와 같이 바보처럼 굴까 봐 륜은 들어와서 기다리라고 하고 싶지 않았다. 그러나 세흔이 난처한 기색으로 집 앞에 서 있자 어쩔 도리가 없었다. 이상하게 세흔에게는 지금껏 해왔던 대로 막 대할 수가 없었던 것이다.

륜은 내키지 않았지만 아무렇지도 않은 척 물었다.

[그럼 완이 올 때까지 들어와서 기다리겠습니까?]

"아, 그래도 돼?"

혹시라도 너무 좋아하는 티를 내는 건 아닌가 싶어 세흔은 위로 올라가는 입술에 힘을 주어 끄집어 내리며 물었다. 하지만 이미 튀어나간 음성은 반가워하는 기색을 역력히 드러낸 후였다. 그러자 조금 뒤, 약간은 웃음기가 감도는 음성이 들려왔다.

[들어오세요.]

삐익—

문이 열렸다. 별것 아니다. 그냥 들어와서 기다리라는 뜻으로 열어준 문일 뿐이다. 그런데 왜 이렇게 기쁠까? 세흔은 미처 의식할 새도 없이 환하게 미소를 지으며 안으로 들어갔다.

뭐라도 대접을 해야 하지 않나 하는 생각에 문을 열어주고 주방 쪽으로 가려던 류은 안으로 들어서는 세흔을 보고 순간 흠칫했다. 입가에 맺힌 미소가 너무도 눈이 부셨던 것이다. 하지만 세흔은 미처 그것을 보지 못했다. 문이 닳도록 드나들었던 집인데 마치 처음 와보는 집인 것만 같아 주변을 둘러보다 거실 소파에 앉았을 뿐.

작게 숨을 내쉰 류이 물었다.

"뭐 좀 드시겠습니까?"

"뭐 있는데?"

고개를 들며 되묻는 세흔의 말에 류은 당황했다. 아무거나 달라고 하든지 사양을 할 거라 생각했는데 구체적으로 뭐가 있냐고 묻자 순간 아무것도 생각나지 않았던 것이다.

류은 미간을 찌푸리며 방금 전에 본 냉장고에 뭐가 있었는지를 떠올렸다. 당연히 음료 쪽이겠지?

"흠. 오렌지주스나 매실주스, 토마토주스…… 정도 있는 것 같던데요. 아마 커피나 녹차, 홍차도 있을 겁니다."

"그럼 오렌지주스로 줘. 얼음 띄워서."

"……"

여기가 무슨 카페인 줄 아나? 다른 사람 같았으면 대뜸 튀어나갔을 말이 입 안에서만 맴돌았다. 도대체 왜 이러는 거야? 별의별 거 다 요구하는 세흔도, 평소와는 달리 말 한마디 못하고 있는 자신도 마음에 들지 않았다. 류은 인상을 쓰고 세흔을 보다 그녀가 고개를 들자 짧은 한숨과 함께 머리카락을 쓸어 넘기며 부엌 쪽으로 몸을 돌렸다. 뒤에서 세흔이 뚫어져라 쳐다보고 있는 줄은 꿈에도 모르고서.

탁.

오렌지주스 잔을 탁자에 내려놓고 허리를 펴는데 맞은편 소파에 앉아 있던 세흔과 눈이 마주쳤다.

백 명 중에 한 명 있을까 말까 할 정도로 새하얀 얼굴이라 까만 눈동자가 이상하게 눈에 박혀들었다. 륜은 자신도 모르게 세흔을 가만히 쳐다봤다. 그리고 그때, 세흔 역시 륜에게서 시선을 떼지 않고 있었다. 마치 시간이 멈춘 듯 그들은 한참 동안 서로의 얼굴을 쳐다보고만 있었다.

그렇게 얼마나 있었을까.

"아……."

깜빡이는 세흔의 눈꺼풀에 그제야 정신을 차린 륜이 얼른 허리를 곧추세웠다. 내가 지금 뭐한 거지? 이유도 없이 상대를 빤히 쳐다보다니. 부끄럽기도 하고 어이가 없기도 해서 고개를 돌리는데 세흔이 자리에서 벌떡 일어나며 외쳤다.

"잠깐!"

륜이 멈칫했다.

"네?"

"속눈썹이 떨어져서. 앉아봐."

하면서 세흔이 륜에게 다가와 그의 어깨를 눌러 소파에 앉혔다.

뜻밖의 상황에 예기치 못했던 일이라 륜은 미처 반응을 보이지도 못하고 멍하니 세흔이 이끄는 대로 털썩, 소파에 앉았다. 정신을 차릴 수가 없었다. 또 닿았다, 또 닿았어! 그런데 아무렇지도 않다. 어떻게 이럴 수가 있지? 어제는 귀국한 첫날이라 컨디션이 제대로 돌아오지 않아서 그랬다고 치고, 왜 오늘도 아무렇지 않은 거야? 어째서??

이유를 알 수가 없었다.

혼란스런 마음에 고개를 들 때 어느새 가까이 다가온 세흔이 한쪽 손으로 어깨를 짚고, 다른 손을 뺨에 가져다댔다.

"……!"

진짜 미치겠다. 또 닿았다. 그런데 어째서 아무렇지도 않은 거야?

남녀노소를 불문하고 닿기만 하면 소름이 돋는 몸이다. 의지와는 상관없이 혐오감에 절로 치가 떨리는 몸이란 말이다.

열세 살, 어린 나이에 륜은 가족들과 떨어져 홀로 미국으로 유학을 갔다. 어릴 때부터 특출나게 빼어났던 외모는 동양인이 드문 미국에서 더욱 그 빛을 발했고 애정 표현이 적극적인 미국인들은 남녀노소를 가리지 않고 륜에게 들러붙으려 하곤 했다. 그게 점점 심해져 나중에는 스토커라 불릴 만한 이들이 생겨났고 륜은 치를 떨며 그들을 피해 다녔다. 삼 년의 시간이 흐르자 그전부터 조금씩 이상 증세를 보이던 륜이 기어코 발작을 했다. 집, 학교는 물론이고 욕실까지 쳐들어오는 데다 수시로 유괴를

당하기까지 하니 더 이상 참을 수가 없었던 것이다. 그렇게 열여섯 살 때 처음 발병한 이 병은 약도 없어서 십 년이 지난 지금까지도 여전했다. 그리고 단 한 명도 그것을 피해간 사람이 없었다. 심지어 가족들조차도!

그런데 어째서 이 여자는 아무렇지도 않단 말인가? 어째서?!

륜은 미칠 듯한 심정으로 고개를 들었다.

"아, 움직이지 마."

세흔이 어깨를 탁, 때리며 경고했다. 동시에 바로 눈앞에 자리한 붉은 입술이 벌어지며 따뜻한 입김이 륜의 얼굴 위로 쏟아졌다.

어깨에 닿은 온기, 규칙적으로 이마와 눈꺼풀을 간질이는 숨결, 거실 등불에 반사되어 빛나는 하얀 뺨, 그래서 더욱 두드러지는 붉은 입술. 륜은 마치 홀린 듯 그 입술을 봤다. 그러다 꾹 주먹을 쥐었다. 뭐야, 이건? 뜬금없이 키스하고 싶은 충동을 느끼다니…….

륜은 얼른 숨을 들이키며 눈을 내리깔았다. 그러자 분홍색의 V넥 니트 사이로 세흔의 가슴 굴곡이 눈에 들어왔다. 꿀꺽, 저도 모르게 침이 넘어갔다. 곧 자신의 행동에 기겁을 했다.

이런, 맙소사!

믿을 수가 없었다. 지금껏 여자를 보며 혐오감은 수도 없이 느꼈지만 성욕을 느낀 적은 한 번도 없었다. 사춘기 때는 정상적이지 않은 자신의 몸에 고민도 많이 했지만 지금은 그것조차

초월한 상태였다.

그런데 뭔가, 이 불끈하는 것은?

어이가 없어 웃음도 나오지 않았다.

이대로 있다가 속눈썹을 떼어주겠다는 좋은(?) 의도를 가진 세흔을 덮치기라도 할 것 같다는 생각에 륜은 자리에서 벌떡 일어났다.

륜이 갑자기 일어서자 세흔의 눈동자가 동그래졌다.

"왜……."

"속눈썹 정도는 제가 알아서 할 수 있습니다. 그럼 여기서 완이 기다리십시오. 죄송하지만 저는 일이 있어서 같이 못 있어드리겠습니다."

륜은 세흔이 뭐라 하기도 전에 짧게 목례를 하고 계단을 올라가 버렸다. 뒤에 남은 세흔은 계단 위로 사라지는 륜의 뒷모습을 김빠진다는 표정으로 보다 매우 안타깝다는 듯이 입맛을 다셨다.

벌컥—

샤워를 하고 누우려던 완은 갑자기 방문이 열리자 고개를 들었다. 그러자 문 앞에서 팔짱을 끼고 서 있는 륜이 보였다. 무슨 일이지? 완이 의문스레 고개를 갸웃했다.

"왜?"

"너 과외 하냐?"

완이 묻기 무섭게 되묻는 류. 그런데 그 말이 영 엉뚱하다. 완은 혹시 자신이 잘못 들은 건 아닌가 싶어 물었다.
"뭐?"
"과외 하냐고."
"……."
기다렸다는 듯이 반복하는 류의 말에 완은 순간 대답을 하지 못했다. 너무도 황당했던 것이다. 과외를 하냐니? 이게 무슨 소린가? 평소 동생이 있는지 없는지도 모를 만큼 관심 한번 가져주지 않던 사람이 류이다. 그런데 갑자기 웬 관심?

뜻밖이라고 할 수밖에 없는 형의 행동에 완이 얼떨떨해서 대답을 못하고 있자 류이 눈살을 찌푸리며 재차 물었다.
"앞집 여자가 너 과외해준다고 하던데, 그거 사실이냐?"
세흔의 이야기가 나오자 완의 표정이 살짝 굳었다. '앞집 여자'라고 말하는 류의 어투에서 부정적인 느낌을 받았던 것이다.
완이 눈을 치켜뜨고 류을 보다 말했다.
"그게 형이랑 무슨 상관이야?"
"뭐?"
"내가 과외를 하든 말든, 그게 형이랑 무슨 상관이냐고."
"왜 상관이 없어? 실력도 검증되지 않은 여자한테 동생이 과외를 받는다는데!"
류은 스스로도 이해할 수 없는 이유를 대며 억지를 썼다.
성조차 모르지만 지금으로서는 어떻게든 세흔이라는 여자에 대해 알아야겠다는 생각밖에 들지 않았다. 어째서 그 여자만이 접촉을 해도 아무렇지 않은 건지, 어째서 그 여자에게 키스 충동을 느끼고, 성욕을 느끼는 건지. 무조건 알아야겠다는 생각뿐이었다. 그래서 륜은 어제저녁 세흔과 유독 친해 보이던 완에게 와서 조금이라도 정보를 얻으려 하는 중이었다. 그 방법이 어째 좀 잘못된 듯 보이지만.

과연 어딘가 깔보는 듯한 륜의 말에 완이 딱딱하게 표정을 굳혔다.

"그런 식으로 말하지 마."

"뭐?"

"세흔 누나, 그냥 과외 선생님 아니야. 내가 사랑하는 여자고 앞으로 형 제수씨 될 사람이야."

"……뭐라고?"

반문하는 륜의 한쪽 눈썹이 위로 치켜 올라갔다.

제수씨? 누구 마음대로? 하다가 흠칫했다. 내가 왜? 완이 녀석이 세흔인지 뭔지 하는 여자를 좋아하든 말든 나와 무슨 상관이라고……. 속으로 중얼거리지만 어째 속이 좋지 않았다. 아니, 갑자기 기분이 나빠졌다. 왜인지 오늘 오후 세흔을 만나고 난 후부터 조금씩 들뜨던 마음이 착 가라앉았다. 어째서인지는 알 수 없었다. 그저 배알이 꼬였다.

륜이 눈을 가늘게 뜨고 완을 봤다. 어느새 눈빛은 싸늘하게 식어 있었다. 완이 움찔했다.

"형? 왜……."

퍼억—

말을 다 내뱉기도 전에 발이 날아왔다. 어찌나 빠른지 피할 틈도 없었다. 당연히 슬리퍼를 신은 륜의 발에 오지게 배를 얻어맞은 완이 벌러덩, 침대 위로 쓰러졌다. 륜이 여전히 팔짱을 낀 자세로 한 걸음 앞으로 다가와 다시 발을 들었다.

퍽—

"큭……."

우당탕탕—

옆구리를 걷어차이자 완이 침대에서 굴러 떨어졌다. 하지만 륜은 눈 하나 깜짝하지 않고 그 모습을 보다 완이 고개를 들자 한쪽 입꼬리를 말아 올리며 싸늘하게 웃었다.

"머리에 피도 안 마른 놈이 제수가 어쩌고 저째?"

말이 끝나기 무섭게 다시 올라가는 발. 완이 얼른 일어나 피하려 했지만 역부족이었다. 덩치가 큰 만큼 싸움이라면 웬만해서는 지지 않는 완이었지만 륜의 빠르기는 당해낼 수가 없었다.

퍼억—

"윽……."

"제수 타령하기 전에 재수(再修) 안 하도록 공부나 하시지? 머리도 나쁜 놈이 수능이 코앞인데 공부할 생각은 안 하고 딴생각이나 하다니, 잘하는 짓이다. 거기다 감히 걱정해 주는 형한테 반항을 해?"

차갑게 말을 내뱉은 륜은 완이 반박할 기회도 주지 않고 바로 발을 내뻗었다.

퍽— 퍼억—

륜은 여전히 팔짱을 낀 채 한 발로만 비명조차 지를 틈이 없을 정도로 지근지근 완을 밟았다. 그렇게 얼마나 팼을까. 끝을 모르고 내려가던 기분이 어느 정도 풀리자 그제야 멈추었다. 사정없이 내지른 발길질에 입술이 터진 데다 얼굴 곳곳이 울긋불긋해진 완이 신음과 함께 고개를 들자 륜이 발로 완의 어깨를 꾹꾹, 누르며 위협조로 말했다.

"내 앞에서 한 번만 더 그딴 소리 하면 죽을 줄 알아. 알겠어?"

"……."

완은 대답하지 않았다. 하지만 륜은 상관하지 않고 몸을 돌렸다.

*

화장대 앞에 앉아 스킨을 바르던 손이 어느 순간 멈칫했다. 멍한 표정으로 거울 안의 화장기 없는 얼굴을 봤다. 그러다 눈살을 찌푸렸다.

"왜 안 넘어오는 거지? 완벽했는데……."

상황도 괜찮았고 분위기도 좋았다.

떨어지지도 않은 속눈썹을 떼어주겠다는 구실로 다가갔고, 일부러 어깨에 손을 얹었다. 왜 그 많은 옷 중에 V넥 니트를 골랐는데? 살짝만 눈을 내렸어도 가슴 굴곡이 보였을 거다. 그리고 세흔이 알기로 분명 륜은 눈을 내리깔았다. 그런데 왜 그대로 가버리느냔 말이다.

"하아······."

세흔은 한숨을 내쉬며 거울 속 자신의 얼굴을 뚫어져라 쳐다봤다.

공주병이고 뭐고 따지기 전에, 이 정도면 나쁜 얼굴은 아니지 않나? 지금껏 많은 남자들의 찬사를 들어온 얼굴이다. 그런데 어째서 륜은 한 치의 망설임도 없이 가버릴 수 있는 거지? 어째서?

"도대체 뭐가 문제인 거야?"

알 수가 없다.

세흔은 탁, 소리가 나게 스킨 병의 뚜껑을 눌러 닫았다.

책이나 영화에서 나오는 시간이 멈춘 듯한 느낌. 분명 있었다. 눈이 맞았다는 표현에 들어맞게 한참 동안 서로를 보았다. 보통 그쯤 되면 키스를 하는 게 당연한 수순 아닌가?! 어떻게 키스는커녕 손 한 번 안 잡아보고 가버릴 수 있는 거야?

"······설마 남자로서 뭔가 문제가 있는 건 아니겠지?"

의심스레 중얼거리는데 아래층에서 웅성이는 소리가 들려왔다. 그중에서도 유독 호들갑스레 떠드는 음성은 다름 아닌 한 여사의 음성이었다. 벽걸이 시계를 보니 막 아홉 시가 지나고 있었다. 남의 집을 방문하기에는 많이 늦은 시간인데, 누가 찾아오기라도 했나?

고개를 갸웃한 세흔이 아래층으로 내려갔다.

"그동안 왜 그렇게 연락이 없었어? 많이 바빴어?"

섭섭한 마음 반 반가운 마음 반, 해서 묻는 음성은 한 여사의 것이었다. 정말 누가 찾아오긴 찾아왔나 보다. 세흔이 계단을 내려가며 목을 빼는데 뒤이어 귀에 착착 감겨드는 익숙한 음성이 들려왔다.

"그게, 많이 바빴다기보다는 그냥 잠깐 외국에 좀 다녀왔어요. 화보 촬영이다 뭐다 해서 일주일쯤 전에 갔다 왔거든요. 근데 그렇게 잠깐 나가 있었더니 이래저래 일이 밀려서요. 근래 좀 바빠지더라구요. 그래서 그만 결례인 줄 알면서 이렇게 늦은 시간에 찾아오게 되었습니다. 이러지 않으면 몇 날 며칠이고 세흔이 얼굴 한번 못 볼 것 같아서요. 죄송합니다, 어머니."

"아휴. 괜찮아, 괜찮아. 좀 늦게 찾아오면 어때? 친구 집인데. 난 반갑기만 한걸? 사실 요 며칠 동안 코빼기도 보이지 않기에 난 또 둘이 싸웠나 했거든."

"에이, 싸우기는요. 안 싸워요. 가끔 세흔이 혼자서 삐치지만."

웃음기 감도는 음성에 한 여사도 같이 웃으며 동조했다.

"호호호, 그렇지. 우리 민이가 너무 어른스럽다 보니 세흔이 고것이 별 트집을 다 잡으며 시비를 걸어도 웃으면서 뭐든 받아주기만 하더라. 근데 너무 그러지 마. 버릇 나빠져."

"그래도 어떻게 해요? 세흔이 화내면 무서운데."

"성난 불소 같아지지?"

"역시 어머니세요. 아시네요?"

"그럼! 내가 고것을 삼십 년이나 키웠는데 그것도 모를까."

모자간이라고 해도 믿을 법한 수다를 들으며 세흔은 내려가다 말고 계단 중간쯤에 팔짱을 끼고 섰다. 매번 남의 흉을 보면서 의기투합하는 둘이다 보니 이제는 화도 나지 않는다.

어디, 언제까지 떠드나 보자.

그런 생각에 가만히 지켜보고만 있는데 감은 기가 막히게 좋은 민이 어떻게 알았는지 고개를 들었다.

눈이 마주치자 민이 눈웃음을 쳤다. 이 년 전, 처음으로 방송에 얼굴을 내민 후로 지금까지 최고의 인기를 구가하고 있는 연예인답게 조각을 해놓은 듯한 반듯반듯한 선의 얼굴은 한마디로 예술을 연상시켰다.

연예인은 일반인과 차원이 다르구나 하는 생각이 절로 드는 외모.

그런 얼굴로 눈웃음을 치니 정말이지, 인간 같지가 않았다. 그만큼 눈이 부셨다. 하지만 그 얼굴을 보며 세흔은 어이가 없다는 표정을 지었다. 허. 웬 눈웃음? 지가 제비라도 돼? 어디서 강아지마냥 살랑살랑 꼬리를 쳐? 한 대 맞으려고.

눈을 부라리며 한마디 해주려는데 민이 한 여사에게 소곤거렸다.

"세흔이 내려왔어요."

"어머, 그래?"

"저 표정 좀 보세요. 아까부터 저기서 우리 이야기 다 들었나 봐요. 엄청 살벌한데요?"

하면서 무섭다는 듯이 한 여사에게 달라붙는 민.

순간 세흔의 표정이 더욱 험악해졌다. 이게 어디서 이간질이야? 아주 눈꼴이 시려서 못 봐주겠다. 너 오랜만에 죽도록 맞아볼래? 라고 소리없이 입술로만 말하며 주먹을 들어 보였다. 그런데 그때 마침 한 여사의 고개가 세흔에게로 향했다.

세흔이 하는 짓을 본 한 여사가 쯧쯧, 혀를 찼다.

"너 지금 뭐 하는 거야? 우리 민이 겁먹게."

그 말에 기다렸다는 듯이 민이 한 여사의 등 뒤로 숨었다. 기가 차서 하, 하고 웃은 세흔이 말했다.

"진짜 웃겨서. 어디 그 녀석이 겁먹을 녀석인가? 엄마가 뭘 모르나 본데 그 녀석 싹수도 노랗고 엄청 엉큼한 놈이거든? 그러니까 순진한 척하는 얼굴에 속아 넘어가지 맙시다! 네?"

"너는! 너는! 말을 해도 어디서 그런 말 같잖은 소리를 해? 우리 민이가 어디 엉큼하고 싹수가 노래? 그런 건 다 네 이야기잖아!"

엄마 맞나? 어떻게 딸을 두고 엉큼하고 싹수가 노랗다고 해?

불만스레 입술을 삐쭉인 세흔이 뻔뻔하게 말했다.

"유유상종 몰라? 나랑 그 녀석이랑 다를 거 없거든? 꺼진 불도 다시 보고, 순진한 얼굴도 다시 봐야 하는 거야."

그 옛날 '꺼진 불도 다시 보자' 라는 표어까지 동원해 삐딱하게 한마디 한 세흔이 민에게로 고개를 돌려 툭툭 쏘았다.

"야, 주민! 이렇게 늦은 시간에는 남의 집에 방문하는 거 결례라는 거 몰라? 너 엄마랑 내 욕하러 온 거 맞지? 이쯤 했으면 족히 일주일분은 한 거 같은데 그만 가시지?"

바쁜 스케줄 속에 겨우 짬을 내서 찾아온 건데 세흔이 문전박대에 버금가게 쫓아내려고 하자 민이 볼을 부풀렸다.

"뭐야. 좀 늦게 온 건 맞지만 그렇다고 인사도 안 해주고 가라는 소리부터 하다니, 너무하는 거 아냐?"

"흥! 너무하기는 무슨."

들은 척도 하지 않고 코웃음 치는데 민이 때구르르, 눈동자를 굴렸다. 그러더니 순간 무슨 생각을 한 건지 눈을 빛냈다. 곧 민이 세흔을 향해 예쁘게 웃으며 윙크를 했다. 뭐야, 왜 윙크 따위를 하는 거야? 불안한 생각에 실눈을 뜨는데 민이 짓궂은 미소를 지으며 마치 그제야 기억이 났다는 듯이 짝, 손뼉을 치고 말했다.

"참, 그러고 보니 어젠가? 아랜가? 제사……."

"야! 내…… 내 방 가자. 방금 한 말은 농담이었어. 알지? 여기까지 와서 그냥 돌아갈 수는 없지! 그리고 할 이야기 있는 것 같은데 내 방 가서 조용히 이야기를 나누자고. 응?"

민의 입에서 엊그제 핑계를 댔던 제사 이야기가 나오자 세흔이 화들짝 놀라서 후다닥, 달려가 민의 입을 틀어막았다. 그리고는 당장 가버리라고 할 때는 언제고 억지웃음을 지으며 방으로 가자고 잡아끌었다.

갑자기 변한 상황에 무슨 일인가 싶어 쳐다보는 한 여사에게 세흔이 헤헤, 웃으며 설명 아닌 설명을 했다.

"아니, 사실 나도 민이 오랜만이거든. 그래서 오랜만에 친구들끼리 깊은 이야기를 좀 나누어보려고. 그럼 내 방에 올라가서 마저 이야기할 테니까 시간도 많이 늦었는데 엄마는 들어가서 주무세요."

말을 마친 세흔은 여전히 한 손으로는 민의 입을 틀어막은 채 계단으로 우악스레 잡아당겼다. 민이 히죽히죽 웃으며 뭔가 말을 하려 했지만 세흔은 결코 손을 놓지 않았다. 그렇게 세흔과 민이 계단 위로 사라지자 한 여사는 어리둥절한 표정을 짓다가 시계를 봤다.

"이제 겨우 아홉 시 넘었는데 뭐가 많이 늦었다는 거야?"

중얼거려 보지만 대답해 줄 사람은 이미 이층으로 올라간 후였다.

세흔의 방에 들어선 민은 앉으라는 소리도 안 했는데 침대 옆 의자에 앉았다. 그리고는 작은 냉장고에서 알아서 음료수를 꺼내 마셨다. 완전 자기 집이구만. 기가 막혀서 보는데 그 시선을 느꼈는지 민이 고개를 들었다. 눈이 마주치자 방글방글 웃는다.

왜 웃어? 한마디 해주려는데 민이 먼저 물었다.

"어떻게 됐어?"

반짝반짝, 눈을 빛내며 묻는 게 매우 부담스럽다. 세흔은 따끔하게 한마디 해주려고 할 때는 언제고, 목을 뒤로 빼며 되물었다.

"뭐가?"

"꿀떡~ 꿀떡~ 먹으러 갔을 거 아냐."

반짝반짝 작은 별을 할 때 추는 댄스처럼 손을 뱅글뱅글 돌리며 그 옛날 조용필 오빠의 '못 찾겠다, 꾀꼬리' 노래를 개사해 '꿀떡' 노래를 부르는 민의 행동에 세흔이 눈살을 찌푸렸다. 귀신이야, 뭐야? 뭘 저렇게 잘 아는 거야? 본 것도 아니면서.

"도대체 넌 나에 대해서 모르는 게 뭐야?"

짜증난다는 듯이 묻자 '꿀떡' 노래에 심취해 있던 민이 깊게 생각해 보지도 않고 당연하다는 듯이 말했다.

"네가 어디 차근차근 작전 세울 위인이냐? 앞뒤 재보지도 않고 오늘 바로 쳐들어갈 녀석이지. 너 단순하잖아. 사실 내가 너에 대해 잘 아는 게 아니라 네가 너무 단순해서 저절로 알게 되는 거거든. 아마 너에 대해 조금이라도 아는 사람이라면 다들 네 행동이 어떨지 쉽게 짐작할걸?"

"야, 주민!"

확실히 민은 자신에 대해 잘 알았다. 하지만 그건 그거고, 어쩌면 말을 해도 저렇게 얄밉게 하는 걸까? 확, 한 대 쥐어박고 싶다. 그런 생각에 한껏 쏘아보는데 민이 대답을 재촉했다.

"말해봐. 잘됐어?"

그 말이 떨어지기 무섭게 세흔은 침울해졌다. 털썩, 침대가에 앉은 세흔이 어깨를 축 늘어뜨리고 고개를 저었다.

"아니, 전혀 안 통하더라. 반응조차 없던데?"

"그래? 이상하네. 너 정도면 다른 건 몰라도 외모는 돼서 넘어오게 되어 있는데……."

이해할 수 없다는 듯이 민이 낮게 중얼거렸다. 세흔은 푹 한숨을 내쉬며 푸념을 늘어놓았다.

"분위기 다 잡아놨는데 확, 뿌리치고 가버리는 거 있지? 그냥 살짝 맛만 보려고 한 것뿐인데 이러다가는 맛은 고사하고 입도 못 대보게 생겼어. 아, 맥 빠져. 나 이제 매력이 없나 봐."

그 말에 민이 목을 뒤로 빼 세흔을 훑어보았다.

아니다. 매력은 충분히 있다. 분명 이런 소리 하면 자신의 친구는 기분 나빠할 테지만 어쨌거나 일단 전혀 삼십대 같지 않은 피부와 단아한 외모가 남자들에게 어필될 만했다. 속이야 어떻든 남자들이 꿈에도 그리는 청순가련 긴 생머리가 아니던가! 그런데 왜 안 통한다고 하지?

잠시 머리를 굴려본 민이 아, 하더니 손짓으로 세흔을 불렀다. 왜? 하면서 세흔이 살짝 다가가 앉았다. 민이 은근한 어조로 말했다.

"내가 보기에 네가 매력이 없다거나 그런 게 아니라 작전이 없어서 그런 것 같다. 그러니까 좀 생각해 보자."

"뭘?"

"작전."

"작전?"

뭔가 그럴듯하다. 세흔이 솔깃한 표정으로 좀 더 당겨 앉는데 민이 그녀의 얼굴을 한참 쳐다보더니 눈살을 찌푸렸다.

"그건 그렇고, 넌 이제 겨우 아홉 시 조금 넘었는데 벌써 화장 지웠냐? 좀 하고 있지."

"뭐?"

"아니면 지금이라도 좀 해주든지."

이게 무슨 소리야? 뜬금없는 소리에 세흔은 고개를 갸웃하고 말했다.

"너랑 있는데 화장을 왜 해?"

"내 앞에서도 화장 좀 해줘. 화장한 얼굴만 보다가 맨얼굴을 보려니 어째 영 어색하다. 아참, 그리고 꿀떡 앞에서는 꼭 화장 해라. 알겠냐?"

"야!"

세흔이 발끈해서 일어서자 민이 웃으며 손을 잡아당겼다.

"작전, 작전 세워야지."

세흔은 쌍심지를 켜고 노려보다 그 말에 내키지 않는 표정으로 다시 자리에 앉았다. 뭐니 뭐니 해도 지금은 민의 도움이 필요했다. 절실하게. 비록 장난기 다분한 짓궂은 성격의 민이 단순히 재미와 흥미를 느껴 돕는 것이라 하더라도. 그렇게 그날 민과 세흔은 자정이 다 되도록 작전인지 뭔지를 짜느라 분주했다. 세흔이 생각하기에 그다지 실속이 있을 것 같지는 않았지만.

*

드르륵.

완이 등교를 하려 집을 나서는데 기다렸다는 듯이 앞집 창문이 위로 올라갔다. 그리고 그 사이로 세흔이 상체를 내밀었다.

하얀 얼굴 위로 긴 머리카락이 너울거렸다. 귀찮은 듯 머리카락을 뒤로 쓸자 불어오는 바람에 옆쪽으로 흩날렸다. 마치 한 폭의 그림 같았다. 완이 멍하니 보는데 세흔이 환하게 미소를 지으며 말했다.

"오늘 과외 하는 거 알지? 늦으면 안 돼."

"절대 안 늦어요. 걱정하지 마세요!"

얼른 정신을 차린 완이 환하게 웃으며 손을 흔들었다.

월요일 날 봤으면서 어제 하루 못 봤다고 너무 반가워하는 거 아냐? 세흔은 어이없다는 듯이 보다가 피식 웃었다. 역시 귀엽다니까. 처음에는 지나다니는 사람들 눈치를 보던 세흔도 뒤에는 같이 손을 흔들었다. 그러다 뒤늦게 완의 얼굴이 눈에 들어오자 실눈을 떴다.

"어?"

제대로 보이지 않아 눈에 힘을 주던 세흔이 곧이어 눈을 커다랗게 떴다. 갑자기 왜 저러나 싶어 고개를 갸웃하던 완은 목이 욱신거리자 그제야 자신의 꼴이 평상시와 같지 않다는 것을 알아챘다.

아, 깜빡했다. 그것 때문에 일부러 어제도 세흔을 피해 다녔는데. 완이 얼른 몸을 돌리는데 세흔이 소리쳤다.

"은완! 너 이리 와봐."

"저 가봐야 돼요. 여기서 더 늦으면 지각한단 말이에요."

"이리 와보라고 했다, 내가. 너 누나 말 안 들을 거야?"

일부러 시계를 보며 바쁜 척했지만 통하지 않았다. 어느새 세흔의 음성은 살벌하게 올라가 있었다. 이럴 때 고분고분하게 안 굴면 나중에 고생한다는 것을 잘 아는 완이다. 그러잖아도 오늘부터 과외까지 받는데 세흔의 말을 듣지 않았다가 나중에 감당하게 될 일이 무섭다.

완이 푹, 고개를 숙이고 미적미적 다가가자 세흔이 짧게 명령했다.

"고개 들어."

"누나……."

"어허! 고개 안 들지, 은완!"

불쌍한 척해서 넘어가려 했지만 그것 역시 통하지 않았다. 완이 울상을 지으며 고개를 들었다. 그러자 세흔이 눈을 가늘게 뜨고 완의 얼굴을 훑었다. 잠시 후, 차갑게 가라앉은 세흔의 음성이 들려왔다.

"너 얼굴이 왜 이래?"

"……."

"아니, 다른 거 다 제쳐 두고 누가 이랬어?"

"……."

완이 대답은 하지 않고 난처한 웃음만 흘리는데 세흔이 재촉했다.

"대답 안 할 거야?"

"……."

여전히 대답이 없자 세흔이 살벌하게 눈을 치켜뜰 때는 언제고 피식, 웃었다. 그녀는 고등학교 시절 껌 좀 씹지 않았을까 싶을 만큼 삐딱하게 서서 우두둑, 손가락을 풀었다.

"좋은 말로 할 때 대답하지? 그게 좋을 텐데. 지금껏 겪어봤으니 누나 성질이 어떤지 알지? 시간 끌다가 누나 화나면 아무리 귀여워하는 우리 완이라도 팰지 모른다?"

하면서 생긋 웃는 세흔.

완은 어쩔 줄을 몰라 하며 안절부절못했다. '화나면'이라고 한 말은 아직까지 화가 나지 않았다는 뜻이었지만 힐끗힐끗, 훔쳐보니 이미 세흔은 꽤나 많이 화가 난 상태인 듯 보였다.

완은 속으로 작게 한숨을 내쉬었다.

뭐라고 하지?

형에게 맞았다고 할 수는 없었다. 첫째로, 왜 맞았냐고 물으면 완 역시 정확한 이유를 알 수 없었기에 대답을 하기가 애매했다. 수험생 주제에 '제수씨' 소리를 해서 맞았다고 하기에는 완 스스로 생각하기에 이유가 부족했기 때문이다. 둘째로, 그래도 형이라고 나중에 가족이 될지도 모르는데 세흔에게 나쁜 이미지를 심어주고 싶지 않았다.

그냥 넘어졌다고 해?

"넘어졌다느니, 계단에서 굴렀다느니 같은 헛소리하면 맞는다?"

"……."

마치 완의 속에 들어갔다 나온 사람처럼 기다렸다는 듯이 튀어나온 세흔의 말에 완은 꿀 먹은 벙어리가 되어버렸다.

세흔이 생긋, 웃었다.

"우리 완이, 한창 방황할 때 신나게 맞아봐서 잘 알 거야, 누나가 한 번 손보겠다고 마음먹으면 절대 살살 안 한다는 거. 그치? 그러니까 뼈가 시리도록 얻어맞기 전에 순순히 실토하는 게 좋을걸?"

농담이라도 하듯 실실 웃으며 말했지만 세흔이 결코 장난으로 하는 말이 아님은 완이 더 잘 알고 있었다. 중학교 시절 한창 방황할 때 세흔에게 정말 죽도록 맞아본 경험이 있었던 것이다. 아, 어떻게 하지? 넘어졌다고 하면 정말 오랜만에 신나게 맞을 것 같은데…….

고민스레 머리를 굴리는데 갑자기 세흔이 당장 뛰어내릴 것처럼 척, 하고 창틀에 한쪽 발을 걸쳤다.

"헉!"

순간적으로 깜짝 놀란 완이 주춤 뒤로 물러섰다.

"지, 지금 뭐 하는……."

"자, 뛰어내리기 전에 말해. 누가 그랬어?"

묻는 세흔은 세상사에 물들지 않은 어린아이처럼 방긋방긋 웃고 있었다. 하지만 완의 눈에는 결코 순진해 보이지 않았다.

✽

반쯤 넋이 나간 듯 멍하니 지하철에 도착하자 입구에서 완을 기다리고 있던 친구들이 그를 보고 기겁했다.

"야! 너 꼴이 그게 뭐야?"

"어제는 얼굴이 엉망진창이더니 오늘은 머리냐?"

명윤과 규인이 한마디씩 했다. 그제야 완은 엊그제 륜에게 맞은 곳이 욱신거리는 것과 동시에 머리가 쿡쿡, 쑤셔오는 것을 느꼈다. 완이 아픔에 얼굴을 찡그리는데 규인이 신기하다는 표정으로 그의 머리를 이리저리 훑어보았다. 완전히 폭탄 맞은 머리가 따로 없었다.

규인은 흠, 하더니 물었다.

"패션…… 은 아니지? 꼭 누구한테 쥐어뜯긴 것 같은데."

"쥐어뜯겼어."

침울하게 웅얼거리자 친구들의 눈이 동그랗게 변했다.

완이 어디 누군가에게 맞을 인물이던가? 이 일대에 '은완' 하면 모르는 사람보다 아는 사람이 더 많다. 그 정도로 유명한 인물이 완이다. 그런데 맞은 것도 아니고 쥐어뜯겼다? 엊그제 얼굴이 엉망이 된 것은 형이니 차마 때릴 수 없어 맞아주었다고 치고, 오늘은 누구에게 쥐어뜯겼다는 말인가? 혹시 그 형이라는 사람이 엊그제는 때리고 하루 걸러 오늘은 쥐어뜯은 걸까?

입을 쩍 벌린 채 충격에서 벗어나지 못하는 명윤과는 달리 재빨리 평정을 찾은 규인이 물었다.

"누구한테?"

말이 떨어지기 무섭게 완의 얼굴이 더욱 침울해졌다.

"무서운 미래 내 색시."

"세흔 누님?"

"왜? 몇 년 동안 조용하더니 또 무슨 잘못을 했기에?"

그들은 당연히 완이 잘못해서 세흔이 그의 머리를 쥐어뜯어 놓은 거라고 생각했다.

지금껏 세흔이 한 일이 그랬다.

유치원 때 아이들의 괴롭힘에 유치원에 가지 않겠다고 떼쓰는 완을 구슬린 것도 세흔이고, 완을 괴롭힌 아이들에게 따끔하게 응징을 한 것도 세흔이며, 매일 우유를 먹이고 도장에 끌고 다닌 것도 세흔이고, 중학교 시절 갑자기 쑥쑥 키가 크고 태권도 실력이 늘면서 자신을 괴롭히던 아이들을 반대로 자신이 괴롭히며 한창 방황을 할 때 완을 제자리로 돌려놓은 것도 세흔이었다.

세흔이 없었다면 아마 지금의 완도 없었을 것이다.

그 정도로 완을 친동생보다도 더 아끼며 바른길로 인도해 준 이가 세흔이었다. 그렇기에 십여 년 전, 세흔과 함께 도장에 온 완과 친구가 된 명윤과 규인이 가지고 있는 세흔에 대한 믿음은 굳건했다. 당연히 그들은 세흔이 이유없이 완의 머리를 쥐어뜯어 놓을 리 없다고 생각했다.

명윤이 완의 옆구리를 찔렀다.

"뭐야? 빨리 말해. 또 무슨 잘못을 한 거야?"

완이 펄쩍 뛰었다.

"잘못 같은 거 안 했어!"

"거짓말. 아무 잘못도 안 했는데 세흔 누님이 네 머리를 사자 머리로 만들었을 리가 없잖아?"

"세흔 누님한테 전화해서 묻기 전에 얼른 불으시지?!"

명윤과 규인이 바짝 다가서며 재촉하자 완은 번개 맞은 듯 일어선 머리를 잡아 내리며 그들을 피해 지하철 계단을 후다닥 내려갔다. 그러자 명윤과 규인이 그 뒤를 쫓으며 소리쳤다.

"2차 응징을 당하고 싶지 않으면 불어!"

"잡히면 머리카락 다 뽑아놓을 거야. 그러니까 잡히기 전에 불어!!"

"이미 세흔 누나한테 다 불어서 더 불 것도 없어!"

완이 도망가며 소리쳤지만 명윤과 규인은 들은 척도 안 했다.

대화의 핀트가 약간 어긋나 있었지만 어쨌거나 완의 말은 사실이었다. 이미 세흔에게 온갖 고자질을 다 한 상태라 더 불 것도 없었다.

사실 솔직한 마음으로는 숨기고 싶었다. 하지만 머리를 잡고 흔드는 데는 당해낼 수가 없었다. 결국 세흔의 고문 아닌 고문에 앞뒤 젤 것 없이 다 불어버린 완은 세흔의 앞에만 서면 한없이 작아지는 자신을 새삼 떠올리며 푹 한숨을 내쉬었다. 그러면서도 한편으로는 앞으로 세흔에게 당할 형을 생각하니 고소한 생각도 들었다.

뽑힌 내 머리카락 수만큼 얻어맞았으면 좋겠다. 속으로 작게 중얼거린 완이 도망가는 중에도 그 사실 하나는 기쁜지 히죽, 웃었다.

"서! 거기 서, 은완!!"

물론 그 순간에도 명윤과 규인은 지하철을 누비며 완을 잡으려 혈안이 되어 있었다.

Chapter
03

〈주민 명명(命名), 꿀떡 맛보기 대작전. 그 첫 번째.

지피지기(知彼知己)면 백전불태(百戰不殆)라. '꿀떡'을 공략하기 위해서는 우선 '꿀떡'에 대해 알아야 한다. 많이 접촉해라. 무조건 자주 '접촉'하다 보면 저절로 알게 되는 것들이 생기는 법이다.〉

아래 자정이 다 되도록 짠 작전이 무색하게 지금의 세흔은 유감스럽게도 그런 조항 따위 하나도 떠올리지 못하고 있었다.

터덜터덜, 사자 갈퀴 같은 머리 모양을 한 완이 시야에서 사라지자 기다렸다는 듯이 세흔의 입가에 머물러 있던 미소가 사라졌다. 그녀는 휙, 소리가 나게 고개를 돌려 앞집을 노려봤다.

"내가 어떻게 키웠는데……."

중얼거리는 세흔의 음성에는 숨길 수 없는 노기가 깃들어 있었다.

그도 그럴 것이 당사자인 완이나 다른 사람들은 어떻게 생각할지 모르겠지만 세흔이 생각하기에 완은 자신이 키운 거나 마찬가지였다.

혹시라도 맞고 다닐까 봐 태권도를 가르쳤고, 작은 키로 놀림을 당할까 봐 못 먹겠다고 우는 녀석을 다그쳐 가며 매일 우유를 1.5ℓ씩 억지로 먹였다. 초등학교 시절 통과의례처럼 새 학기만 되면 괴롭힘을 당하는 녀석 때문에 그녀도 새 학기만 되면 녀석 몰래 교실로 찾아가 미리 반협박을 해놓아야 했다. 중학교 시절 머리 좀 굵어졌다고 이유없이 방황을 했을 때는 뒷골목이란 뒷골목은 다 찾아다니면서 바른길로 선도하려 노력했고, 간혹 반항하는 완을 몸으로 대화를 해 교육을 시킬 때도 혹여 상처가 남을까 골병이 안 들 곳만 골라서 때렸다.

그렇게 애지중지해 가며 고이고이 키워놨는데, 아무리 친형이라지만 십삼 년 만에 나타나서 감히 때려?

주먹을 꽉 틀어쥔 세흔은 그 즉시 앞집 문으로 손을 뻗었다.

끼익—

다행이라고 해야 할지, 불행이라고 해야 할지 살짝 밀었을 뿐인데 대문이 저절로 열렸다. 완이 나오면서 잠그지 않은 모양이다. 세흔은 잘됐다는 듯이 열린 대문을 보고 돌계단을 올랐다.

그리고는 주인의 허락도 맡지 않고 기세 좋게 현관문까지 열고 안으로 들어갔다.

벌컥—

"야, 은륜! 어디 있……."

말을 하다 말고 입을 다물었다. 거실 소파에 한쪽 다리를 꼬고 앉아 책을 읽고 있다 갑작스레 열린 문에 고개를 돌리는 륜과 눈이 마주쳤던 것이다. 불쑥 쳐들어온 세흔의 행동에 놀란 듯 순간 부풀어 오르던 륜의 눈동자가 금세 제자리를 찾았다.

그가 책을 덮으며 물었다.

"아침부터 무슨 일이십니까?"

"완이 왜 때렸어?"

인사고 뭐고 다 생략하고 다짜고짜 묻는 말이다. 그리고 그 말에 륜의 얼굴이 딱딱하게 굳었다.

그것은 결코 세흔이 집주인의 허락없이 쳐들어와서도, 현모양처 뺨치게 생긴 그녀가 만난 지 얼마 되지도 않은 자신에게 소리를 질러서도 아니었다. 륜이 화가 나는 것은, 완과는 아무 상관도 없는 세흔이 그녀답지 않게 흥분까지 해 자신에게 따지러 왔다는 사실이었다.

왜? 형이 동생을 좀 때렸기로서니 그게 그녀와 무슨 상관이라고? 주변에서 벌어지는 사소한 일 하나하나에 모조리 끼어들 만큼 오지랖이 넓은 걸까? 아니면 당당히 제수가 될 사람이라고 하던 완의 말처럼 정말 둘이 사귀기라도 하는 건가?

'윽!'

갑자기 뱃속이 뒤틀렸다.

륜은 속으로 신음을 삼키며 눈살을 찌푸렸다. 뭐라 말로 표현할 수도 없을 만큼 기분이 가라앉았다. 그것이 지금껏 제대로 연애 한 번 해보지 못한 자신과는 다른 완에 대한 질투인지, 아니면 다른 이유가 있는 건지 륜 스스로도 알 수 없었다. 하지만 지금 이 자리에 완이 있었다면 죽도록 패버리고 싶을 만큼 기분이 나쁜 건 확실했다.

륜은 탁, 소리가 나게 책을 탁자에 던지고 불쑥 물었다.

"애인 사이라도 됩니까?"

"뭐?"

"둘이 애인 사이라도 되냐고 물었습니다."

한 번 더 반복해 주는 륜의 눈동자는 어느새 차갑게 식어 있었다. 하지만 세흔은 그것을 눈치 채지 못했다. 너무도 어이가 없었던 것이다.

그녀는 기가 막힌다는 듯이 웃고 말했다.

"무슨 소리를 하나 했더니……. 미안한데 나 원조교제 같은 거 취미없거든? 누가 열두 살이나 어린 아이랑 사겨? 이니, 그런 도둑놈이 간혹 있기는 하지만 적어도 난 아니야. 됐어? 그러니까 헛소리는 그쯤 하고 왜……."

"정말 아닙니까?"

말을 뚝 자르고 다시 한 번 확인하려 드는 륜의 태도에 세흔이 참지 못하고 꽥 소리를 질렀다.

"아니야!"

"그렇다면 이상하군요."

"뭐?"

기다렸다는 듯이 고개를 갸웃하며 중얼거리는 말에 세흔이 의문성을 터뜨리자 륜이 자리에서 일어나 그녀를 봤다. 여전히 세흔과 완의 관계를 의심하는 듯한, 그런 눈빛이었다.

"그런 게 아니라면 그저 이웃집 누나와 동생 사이라는 건데, 이웃집 동생이 친형에게 좀 맞았기로서니 아침부터 달려와서 이러는 게 정상이라고 생각하십니까?"

"그냥 이웃집 누나와 동생 사이가 아니야!"

조금 전과 말이 다르다. 사귀는 게 아니라고 해놓고…….

손끝이 싸늘하게 식으며 조금씩 떨렸다. 륜은 손가락을 말아 꽉 주먹을 쥐었다. 그리고는 짧게 숨을 내쉬고 말했다.

"그럼 역시……."

"내가 업어서 키웠어! 내게 완이는 친동생이나 마찬가지라고. 그러니 난 충분히 나설 권리가 있어! 게다가 네가 일방적으로 때린 거라면서!"

륜의 말을 뚝 끊고 세흔이 소리쳤다.

정말이지 생각할수록 화가 난다. 덩치가 좀 크긴 하지만 그래도 완에게 때릴 데가 어디 있다고 발로 자근자근 밟는단 말인가?

사건의 전모를 털어놓으며 울먹이던 완을 생각하니 더욱 화가 치솟았다. 세흔은 한껏 류을 째려보았다. 그리고 그녀에게 째림을 받는 류은 세흔에게는 미안하지만 오히려 조금 전보다 기분이 나아졌다.

저렇게 펄쩍 뛰는 걸 보면 완이 사랑이니 제수씨니 했지만 그냥 완의 짝사랑인 모양이다. 완은 아닐지도 모르겠지만. 아니, 아니지만 적어도 세흔 쪽에서는 완을 친동생 이상으로 생각하지 않는 게 분명했다. 업어 키웠다고까지 하는 걸 보니 나중에 완이 고백이라도 한다면 심한 배신감을 느낄지도 모르겠다.

어쨌거나 애인 사이가 아니란 말이지?

류은 자신과는 전혀 상관이 없는 그 사실에 이상하게 마음이 놓이는 것을 느끼며 계속되는 세흔의 째림에 변명처럼 말했다.

"그게, 저도 완이 녀석이 걱정되어서 그런 겁니다. 수능은 코앞인데 수험생이 공부할 생각은 안 하고 딴소리나 하니까요."

"딴소리?"

세흔이 고개를 갸웃하며 묻자 류이 헛기침을 하고 말했다.

"흠. 세흔 씨도 들었으면 아시겠지만……."

"누나라고 해."

"네?"

"누나라고 부르라고. 스물여섯 살이지? 난 서른한 살이거든. 놀라는 걸 보니 날 기억 못하는 것 같은데 어쨌거나 네가 유학 가기 전부터 알던 사이였으니까 그냥 누나라고 불러."

서른한 살이라는 말에 눈이 휘둥그레지는 륜을 보며 세흔이 가볍게 미소를 지었다. 아직 어려 보이기는 한가 보지?

"그…… 음. 하여튼 들었으면 아시겠지만……."

지금껏 한 번도 불러본 적이 없는 '누나' 소리가 그렇게 쉽게 나올 리 없다. 그래서 륜은 은근슬쩍 그 부분을 그냥 넘겼다. 그러자 세흔이 눈살을 찌푸렸다.

"누나라고 하라니까?"

"……네. 뭐, 그러겠습니다."

물끄러미 세흔을 보던 륜이 고개를 끄덕였다. 그리고 다시 변명 같지도 않은 변명을 해보려 하는데 세흔이 재촉했다.

"해봐."

"네?"

"해보라고. 불러봐, '세흔 누나' 하고."

칼을 뽑은 김에 오이, 무 할 것 없이 다 썰어놓을 생각인지 세흔은 내친김에 팍팍 밀고 나갔다. 곤란하다는 듯이 륜이 눈가를 찡그렸지만 순순히 따라했다.

"세흔 누나."

"그래. 얼마나 듣기 좋아, 정겹고. 그럼 말해. 딴소리라니?"

세흔이 뿌듯한 표정으로 말했지만 들리지 않았다. 륜은 얼굴이 붉어지자 앞쪽으로 시선을 돌렸다.

"하여튼 들었으면 아시겠지만 완이 녀석이 누나…… 를 사랑한다느니 결혼한다느니 뭐 그런 소리를 하더군요. 지금 완이 녀석, 성적이 좋지 않습니다. 형으로서 이런 말 하기는 뭐하지만 머리도 좋다고 할 수 없구요. 그래서 어머니께서도 누나에게 과외를 부탁한 겁니다. 그런데 엉뚱하게 앞으로 함께 공부를 해야 할 과외 선생님을 상대로, 그것도 수험생이 사랑 타령이나 하고 걱정돼서 한 말에 대들기까지 하니까……."

주절주절, 스스로 생각해도 억지가 다분한 변명을 참 열심히도 했다.

그러면서 륜은 왜 자신이 지금껏 한 번도 해보지 못한 변명 따위나 하고 있는 건지 이해하지 못했다. 그것도 절반이 거짓인 변명을 말이다. 그는 처음으로 해보는 '누나' 소리나 거짓말이 뒤로 갈수록 능청스레 잘 나오자 자신의 뻔뻔함에 혀를 내둘렀다. 그리고 그 말을 듣고 있는 세흔은 기특하다는 눈빛 반, 황당하다는 눈빛 반이었다. 동생을 생각하는 형의 마음은 기특했지만 완의 말을 곧이곧대로 믿는 것은 황당했다. 뭐 이런 순진한 녀석이 다 있지? 세흔이 믿을 수 없다는 표정으로 말했다.

"그걸 믿다니? 완이 날 사랑한다느니, 결혼할 거라느니 하는 말들은 다 장난이고 농담이야. 어떻게 그걸 진담으로 받아들일 수가 있지?"

"지금 생각해 보니 장난이었던 것도 같아요. 근데 그때는 미처 그런 생각을 하지 못했습니다. 지금껏 제가 누군가와 장난을 쳐본 적이 없었거든요. 다 제가 융통성이 없어서 그런 거죠. 눈치도 없고."

하면서 미안한 듯 웃는 륜의 얼굴이 창으로 들어오는 햇빛을 받아 찬란하게 빛났다. 아도니스의 환생은 아닐까 싶을 만큼 눈이 부시도록 아름다운 모습. 순간 화가 나 무시했던 주변 상황이 눈에 들어왔다.

'아……'

세흔은 혀를 깨물고 싶었다.

여성스러움을 어필해서 륜을 잡을 계획이었다. '주민 명명, 꿀떡 맛보기 대작전'에도 그렇게 나와 있었다. '남자는 여성스러움에 끌린다. 그러니 어떻게 해서든 본성을 숨겨라'라고.

그런데 지금 내가 무슨 짓을 한 거지?

완의 일로 흥분을 해 다짜고짜 쳐들어와서 륜에게 소리치고 화를 냈다. 여성스러운 척, 내숭을 떨려던 작전이 저 멀리 떠나가는 게 보였다.

'이게 뭐야!'

다 망쳤다, 다 망쳤어. 몇 시간에 걸쳐 짠 꿀떡 맛보기 대작전도 물 건너간 거다. 최고의 하이라이트가 세흔이 가녀린 척해서 쓰러지는 거였는데 이런 모습 다 보여주고 어떻게 가녀린 척을 한단 말인가? 세흔은 완에게 그랬던 것처럼 자신의 머리도 쥐어뜯고 싶었다.

어떻게 하지?

고민됐다. 그러다 결정한 것은 우선 지금 이 순간만이라도 피하고 보자는 거였다. 이름하여 작전상 후퇴!

세흔은 허둥지둥 몸을 바로 세웠다.

"아, 그러고 보니 내가 책 읽고 있는데 방해를 했네? 아침부터 불쑥 찾아와서 뭐 하는 짓인지. 미안…… 앗!"

어색하게 웃으며 주춤주춤 뒤로 물러서는 세흔.

머릿속에서는 온통 '작전상 후퇴'라는 말만이 여기저기 떠돌아다녔다. 그러다 보니 미처 자신의 뒤쪽까지는 신경을 쓰지 못했다. 바로 뒤에 조금 전까지만 해도 륜이 앉아 있던 소파가 있었는데 그것을 보지 못한 것이다. 다시 한 발 뒤로 빼는데 소파 팔걸이에 무릎 뒤쪽을 세게 부딪혔다. 세흔은 짧게 비명을 지르며 비틀댔다. 무의식중에 넘어지지 않으려 팔을 허우적댔고 거기에 하필이면 륜의 셔츠가 걸렸다.

"아앗!"

"윽……."

쿠웅—

일은 순식간에 벌어졌다. 세흔이 소파 팔걸이에 부딪히는 것도, 그래서 비틀대는 것도, 얼떨결에 자신의 셔츠를 잡는 것도 봤지만 워낙 순식간이라 륜은 피할 수도, 몸에 힘을 줘 넘어지지 않도록 받쳐 줄 수도 없었다. 그렇게 앞섶을 잡힌 륜이 세흔과 함께 소파 위로 넘어졌다.

뭉클.

"……!"

"……!"

어떻게 이런 우연이 있을 수 있을까? 앞섶을 잡아당기며 넘어진 세흔을 따라 서로 마주 보고 넘어져서일까?

황당하게도 넘어지면서 류의 손이 세흔의 한쪽 가슴에 안착했다. 그리고 그것을 깨달음과 동시에 류과 세흔은 그대로 얼어 버렸다. 그들은 경악한 얼굴로 서로를 쳐다보며 아무 말도 하지 못했다.

그때 류과 세흔이 티격태격하는 것을 배경 음악 삼아 요리를 하고 있던 진 여사가 세흔의 비명 소리에 무슨 일인가 하고 부엌에서 나오다 그 광경을 목격하고 말았다. 자세한 정황은 알 수 없었지만 어쨌거나 소파에 드러누운 세흔과 그 위에 포개고 누워 세흔의 가슴을 움켜쥐고 있는 류의 모습만은 확실히 눈에 들어왔다.

찬찬히 훑어본 진 여사가 툭 던지듯 말했다.

"완이에게는 비밀로 해줄게."

"……"

정적이 흐르던 거실에 진 여사의 음성이 울려 퍼지자 그것을 신호로 멈춰져 있던 시간이 다시 흐르기 시작했다.

몇 번 눈을 깜빡여 정신을 추스른 세흔은 지금의 사태를 하나하나 되짚어보았다. 작전상 후퇴를 외치며 뒤로 물러났고, 미처 보지 못한 소파 팔걸이에 부딪혔고, 넘어지면서 얼떨결에 류의 셔츠를 잡았고…… 아니, 그런 것 따위는 다 제쳐 두고 지금 류의 손이…….

"악!"

세흔은 아까보다 더 크게 비명을 지르며 벌떡 몸을 일으켰다. 그리고 유감스럽게도 그것까지 잘못된 선택이었다.

"헉!"

"읍!!"

세상천지 이런 일이 어디에 또 있을까?

어이없게도 세흔이 갑자기 몸을 일으키자 손 안의 감촉에 그때까지도 정신을 차리지 못하고 있던 륜이라 그만 제대로 반응하지 못하고 만 것이다. 미처 상체를 일으키는 세흔을 피하지 못했다는 말이다. 그리고 그것은 황당한 결과를 가져왔다. 륜과 세흔의 입술이 정통으로 부딪치는 걸로.

그야말로 황당 그 자체였다.

누구도 예상하지 못했고, 또 너무도 뜻밖의 일이었는지라 입술 박치기를 한 당사자뿐 아니라 아직 부엌으로 돌아가지 않은 진 여사까지 경악했다.

"너희들……."

진 여사의 신음과 동시에 세흔이 후다닥 뒤로 물러났다. 이런 식은 아니다. 입을 맞추고 싶다고 생각한 적은 있지만 이런 황당한 사고를 통해서는 아니었다. 세흔은 아연실색하여 뭐라 말도 하지 못하고 진 여사와 륜을 번갈아 보며 입만 뻥끗댔다.

그 순간 륜은 머릿속이 새하얗게 변하는 듯한 느낌을 받으며 그대로 기절해 버렸다.

"앗!"

뒤로 넘어가는 륜을 잡으며 세흔은 당황했다.

갑자기 기절이라니? 설마하니 여자 가슴 좀 만지고 입술 박치기 좀 했다고 기절을 한 것은 아닐 테고, 무슨 병이라도 있는 건가?

묻는 눈으로 진 여사를 봤다. 가족이니만큼 그녀라면 알지 않을까 해서였다. 하지만 고개를 돌려본 진 여사는 세흔 못지않게 륜의 기절이 뜻밖인 듯 깜짝 놀란 표정이었다.

안 되겠다. 구급차라도 불러야지.

160cm가 될까 말까 한 아담한 키에 가녀리다는 표현이 정확하게 들어맞는 세흔의 힘으로 180cm는 거뜬히 넘어서는, 거기다 몸을 축 늘어뜨려 더욱 무겁게 느껴지는 륜의 몸이 소파 뒤로 떨어지지 않도록 추스르기란 보통 힘든 일이 아니었다. 세흔은 두 손 가득 힘을 줘 륜의 몸을 붙잡고 끙끙대며 소리쳤다.

"이모! 119에 전화하세요, 얼른!"

말이 떨어지기 무섭게 진 여사가 정신을 차리고 수화기를 들었다. 하지만 전화를 건 곳은 119가 아니었다.

"여, 여보! 륜이 갑자기 기절을 해서…… 빨리 와요. 세흔이랑 둘이 있는데, 우리 둘이서는 감당 못해!"

세흔이 황당한 시선으로 보는 것도 모른 채 횡설수설하며 말을 쏟아낸 진 여사는 수화기를 놓고 부산하게 여기저기 돌아다니기 시작했다. 우선은 세흔과 함께 륜을 소파에 바로 눕혔다.

그리고는 세흔에게 팔다리를 주무르라고 하고 이층을 오가며 뭔가를 정신없이 준비했다.

바로 병원으로 가면 되는데 뭘 저렇게 준비하는 걸까?

궁금증은 은 원장이 오자 바로 풀렸다. 진 여사도 그렇고 은 원장도 그렇고, 처음부터 병원으로 데려갈 생각은 없었던 모양이다. 하긴 의사인 은 원장이 왔으니 굳이 병원까지 갈 필요는 없겠지. 세흔은 나름대로 이해하고 륜을 업은 은 원장을 따라 이층으로 올라갔다.

처음으로 본 륜의 방은 한마디로 깨끗했다. 아니, 이 정도면 깨끗함을 넘어선 건가?

하얀 네 개의 기둥으로 된 침대와 하얀 책상, 하얀 책장과 의자, 하얀 옷장, 거기다 침대보와 커튼까지 하얀색이었다. 그리고 그 하얀색들은 먼지 하나 없이 모두 같은 비율이었다. 세계에 어떤 병실도 이렇지는 않을 거다. 한쪽 벽면 전체를 책으로 채운 덕에 방 안 전체가 새하얀색으로 도배되는 상황을 면하기는 했지만 그래도 이건 심하다.

세흔은 뭔가 묘한 집착 같은 것을 느끼며 방 안을 둘러보았다.

그때 꽤나 조심스런 동작으로 하얀 시트를 들어 륜의 어깨까지 덮은 진 여사가 허리를 펴고 세흔을 봤다.

"그러고 보니 내가 정신이 없어서 세흔이 생각을 못했네. 륜이 갑자기 기절해서 많이 놀랐지?"

"아, 아니에요. 좀 놀라긴 했지만 괜찮아요."

주변을 둘러보던 세흔이 그 말에 급히 손사래를 치며 말하자 진 여사가 미소를 지으며 어깨를 툭툭 쳤다.

"아침부터 고생시켜서 미안해. 상황이 좀 엉뚱하게 됐지만 어쨌거나 아까 있었던 일은 사고니까 그냥 웃으면서 넘기고, 륜이 기절한 건…… 뭐, 가끔 있는 일이니까 걱정 안 해도 돼. 이제 괜찮을 거야. 그럼 여기 있다가 괜히 더 시간 뺏기지 않게 그만 돌아가. 바쁘잖니, 세흔이."

"하지만……."

쉽게 발길이 떨어지지 않는 듯 세흔이 머뭇거리자 진 여사가 은 원장을 한번 보고 말했다.

"이이도 있는데 무슨 걱정이야? 괜찮다니까. 너도 할 일이 있을 거 아니니. 이 이상 시간 빼앗으면 너무 미안해지니까 돌아가. 저녁에 완이 과외 해주러 올 거잖아. 정 걱정되면 그때 보면 되지. 안 그래?"

"아, 그렇죠. 그럼 전 이만 갈게요."

"그래."

세흔은 새하얀 방 안과 어울리는 것 같으면서도 어딘가 미묘하게 어긋난 것 같기도 한 륜을 한번 쳐다보고 은 원장과 진 여사에게 인사를 한 후 몸을 돌렸다.

탁.

세흔이 방을 나가고 문이 닫혔다.

진 여사와 은 원장은 고개를 돌려 륜을 봤다. 두 눈을 꼭 감고 죽은 듯이 누워 있는 아들의 얼굴은 일견하기에 너무도 평온하게만 보여 평소 찬 기운을 폴폴, 풍기며 누구와도 접촉하지 않으려 하는 이로는 보이지 않았다. 눈을 떴을 때도 이런 분위기면 좀 좋아? 얼음인간마냥 냉랭해 귀국을 하고도 쉽사리 가족 간의 정을 나누지 못한 게 새삼 마음에 걸렸다. 거기다 진 여사에 비해 집에 있는 시간이 적어 제대로 대화다운 대화조차 못해 봤다는 생각에 더욱 착잡했다. 은 원장은 하나하나 눈에 새기듯 륜의 얼굴을 훑었다.

그렇게 얼마나 시간이 흘렀을까. 은 원장이 물었다.

"어쩌다 이렇게 된 거요?"

"그게……."

잠시 작은 사고에 대해 숨겨야 하나 생각하던 진 여사는 조금 전 세훈과 이야기를 하며 '사고'에 대해 언급했던 것을 기억해 내고 아침에 있었던 일을 설명해 주었다. 륜이 기절까지 한 심각한 상황이었음에도 중간중간 웃음이 터져 나오는 것은 어쩔 수 없었다.

안타깝게 륜을 보던 은 원장도 참지 못하고 피식 웃는데 이야기를 마친 진 여사가 륜을 보며 중얼거렸다.

"그나저나 충격이 컸나 봐요."

"그렇겠지. 손만 잡아도 질색팔색하는 녀석이 사고라지만 입을 맞추었으니 오죽하겠소? 심징이 안 멈춘 것만 해도 다행이지."

 은 원장이 말을 받자 진 여사가 푹, 한숨을 내쉬었다.

 "그래도 난 혹시나 했단 말이에요. 손끝만 닿아도 비누로 몇 번이나 씻고 샤워까지 하는 애가 지난번 세흔이 악수하고 잡아당기고 하는데도 아무렇지 않기에 난 또……."

 "그때는 나도 놀랐었지. 하지만 거기까지인 모양이오. 후우."

 은 원장도 더 이상 참지 못하고 길게 한숨을 내쉬었다.

 열세 살. 그 어린 나이에 홀로 유학을 보냈다. 간간이 만나긴 했지만 따지고 보면 타인이나 다름없이 키웠다. 소위 천재라 일컫는 두뇌를 가진 아들이 자립심과 함께 큰 사람이 되기를 바라고 한 일이었다. 그런데 그런 부모의 기대와는 달리 아들은 큰 사람이 되기 이전에 큰 병부터 얻어왔다.

 냉소적이고 차가운 거야 유학을 가기 전에도 그랬지만 다른 사람과 닿기만 해도 발작을 일으키는 불치병 아닌 불치병은 이른 유학이 낳은 심각한 부작용이었다.

 한 병원을 경영하고 있는 만큼 은 원장은 어떻게든 륜을 병원에 데려가 치료를 하고자 했다. 하지만 타인의 몸이 닿는 것만큼이나 사람들이 많은 곳 역시 륜에게는 쥐약이었다. 그리고 그것은 병원도 마찬가지였다. 다른 곳도 아니고 아버지의 병원이었지만 륜은 지금껏 단 한 번도 그곳에는 발걸음을 하지 않았다. 그러다 보니 어느새 륜의 병은 영원히 치료할 수 없는 불치병이 되어 있었다.

이미 오 년도 더 전에 진 여사와 은 원장은 큰며느리 보기를 포기했다. 지금은 그저 륜이 조금이라도 타인과 어울리며 사람답게 살기를 바랄 뿐이었다.

"참. 오늘 사고, 완이에게는 비밀이에요. 세흔이 선본 걸로 그 난리를 쳤는데 륜이랑 뽀뽀한 걸 알면 당신 둘째 아들까지 기절할지도 몰라요. 그러니까 입 꾹! 알죠?"

갑자기 생각난 듯 진 여사가 손뼉을 치며 하는 말에 은 원장은 묵묵히 고개를 끄덕였다. 큰며느리 보기는 포기했지만 작은며느리 보기는 아직까지 포기하지 않았기 때문이다. 그리고 비록 열두 살이라는 나이 차가 있기는 하지만 그 작은 며느리가 세흔이었으면 하는 게 은 원장의 내심이었다.

한편, 세흔은 륜의 집을 나서며 어이없는 미소를 베어 물었다.

황당함이 여전히 가시지 않고 있었다. 아니, 시간이 흐를수록 더욱 황당해졌다.

왜? 뭣 때문에?

이해를 할 수가 없었다. 뽀뽀 한 번에 기절을 한다는 것은 세흔에게 있어 있을 수 없는 일이었기 때문이다. 그러다 무슨 생각이 들었는지 세흔이 멈칫했다. 미간이 절로 찌푸려졌다.

"흐음······."

혹시 생긴 것과 다르게 여자 손목도 못 잡아본 숙맥 아닐까?

문득 그런 의심이 들었다. 그러고 보니 완의 농담을 진담으로 듣고 엉뚱한 짓을 하기도 했지 않던가. MBA를 딴 걸 보면 어딘가 모자라지는 않을 터. 순진한 걸까? 하지만 세흔은 얼른 머리를 흔들었다.

"아니야, 아니야."

말도 안 되지. 그 얼굴, 그 몸매로 무슨……. 거기다 륜이 어디 있었던가? 미국이다, 미국. 언젠가 민이 말했던 '오늘 섹스하고 내일 친구 하는' 나라. 나름대로 개방적이라 생각하는 세흔조차 감히 따를 수 없는 생각을 가진 이들이 바글바글한 쾌락주의자들의 나라, 미국. 거기서 십삼 년을 살다 왔다. 숙맥일 리가 없다. 완의 농담을 진담으로 오해한 건 단지 십삼 년이나 나가 살다 보니 한국의 정서를 제대로 이해하지 못해서일 것이다. 분명히! 그리고 솔직히 아무리 순진한 사람이라도 뽀뽀 한 번에 기절을 하지는 않는다.

"그래, 말도 안 되는 소리지."

다시 한 번 같은 말을 반복하며 세흔은 세차게 고개를 저었다.

Rrr— Rrrrrr—

그때 휴대폰이 울렸다. 액정을 본 세흔의 얼굴이 활짝 펴졌다. '왕자병말기환자'다. 참으로 나이스한 타이밍이 아닐 수 없었다. 세흔은 얼른 통화 버튼을 누르고 칭얼대듯 상대를 불렀다.

"민아~"

[……뭐야? 무슨 일 있어? 목소리가 왜 그래? 아니, 거기 어디야?]

 한마디 했을 뿐인데 민은 다급한 음성으로 몇 가지 질문을 한꺼번에 던졌다. 그리고는 세흔이 집 앞이라는 말을 하기 무섭게 놀이터에 가 있으라는 말을 하고 바로 끊어버렸다. 온다는 소리다. 세흔은 곧 달려올 해결사를 기대하며 끊긴 휴대폰을 들고 헤헤, 웃었다.

 벤치에 다리를 쭉, 펴고 앉아 하늘을 봤다.
 그렇게 얼마나 있었을까. 뚜벅뚜벅, 발걸음 소리가 났다. 그리고 곧 옆쪽으로 멈추어 서는 소리도 났다. 하지만 세흔은 고개 한 번 돌리지 않고 멍하니 하늘만 바라봤다. 그러자 민이 들고 있던 캔을 세흔의 뺨에 갖다 댔다. 세흔이 깜짝 놀라 펄쩍 뛰었다.
 "아, 차가워!"
 "하하. 그러게 누가 넋 놓고 있으래?"
 민이 재미있다는 듯이 웃음을 터뜨렸다.
 짓궂은 기가 역력한 얼굴이 꼭 놀리는 깃민 같이 세흔은 눈을 가늘게 뜨고 민을 보았다.
 화보에서 막 튀어나온 듯한 고급스런 검은 정장 차림.
 햇볕에 반사되는 새하얀 와이셔츠가 소매 부근에서 구겨져 팔꿈치까지 걷어 올려져 있고 정장 상의가 한쪽 팔에 대충 걸쳐져 있었지만 그조차도 의도한 것처럼 잘 어울리는 남자. 정장보다는 캐주얼을 좋아하고 밖으로 나올 때는 모자와 선글라스로 무장을 하는 게 일상인데 모자는 고사하고 그 흔한 선글라스조차 쓰지 않은 걸 보니 일을 하다 급히 달려온 모양이었다.

이마 위에서 넘실대는 머리카락이 살짝 젖어 있는 것을 본 세흔은 따끔하게 한마디 해주려던 것을 꿀꺽 삼키고 푹, 한숨을 내쉬었다.

뭔가 심각해 보이는 세흔의 표정에 민이 웃다 말고 옆에 앉았다.

"뭐야? 무슨 일인데 아침부터 예쁜 얼굴을 그렇게 잔뜩 구기고 있는 거야, 주름지게."

"……."

뒷말만 없었다면 좋았을 것을.

항상 이 녀석은 한마디가 많다. 안 해도 될 말을 꼭 덧붙여서 화를 돋우지, 하여튼. 세흔은 입술을 삐쭉 내밀다 민이 재촉하자 조금 전 있었던 일을 하나하나 풀어놓았다. 지금은 무엇보다 다른 사람의 조언이 필요했다. 그리고 세흔에게 허심탄회하게 조언을 구할 수 있는 상대는 유감스럽게도 썩 미덥지 않은 민뿐이었다.

언제나 그렇듯 이야기를 들은 민의 첫 반응은 폭소였다.

푸하하, 정신없이 웃어대다 세흔에게 정강이를 얻어 차이고서야 겨우 웃음을 멈춘 민은 세흔의 재촉에 못 이겨 다리를 문

지르며 생각했다. 하지만 그 역시 이유를 알 수 없기는 마찬가지였다. 첫키스를 했을 때도, 첫 경험을 했을 때도 한 번도 기절해 본 적이 없었기 때문이다.

민은 한참 동안 끙끙대다 세흔이 다시 한 번 옆구리를 아프게 찌르자 고개를 들었다. 한차례 눈동자를 굴린 민이 입을 열었다.

"너하고 꿀떡하고 같이 소파에 넘어졌다고 했지? 요렇게 겹쳐서."

두 손바닥을 포개며 확인하듯 묻는 말에 세흔이 고개를 끄덕였다. 민은 흠, 하더니 말했다.

"이건 내 추측인데, 너 깜짝 놀라서 벌떡 일어났다고 했잖아. 혹시 그때 무턱대고 몸을 일으키면서 거기 찬 거 아냐?"

"거기?"

알아듣지 못한 세흔이 되묻자 민이 검지로 자신의 아래를 가리켰다.

"그래, 요기. 남자의 심벌 말이다. 의식하지 못하고 무릎 같은 걸로 찬 거 아냐?"

"……"

그런가? 생각해 보니 그럴 수도 있다 싶었다. 남자가 아니라서 잘은 모르겠지만 굉장히 아프다고 들었다. 그렇지 않다면 급소라고 할 리가 없지 않은가? 하지만 그렇게 치면 수영 이모의 대응이 좀 이상한데? 어째 그녀는 륜이 왜 기절했는지 아는 듯

한 모습이었다. 자신이 차놓고도 얼떨떨해서 못 알아챈 것을 진 여사는 알아챘던 것일까?

세흔이 머뭇머뭇 대답을 못하자 민이 손가락을 튕겼다.

"그래! 바로 그거야! 아니면 다른 이유가 있을 리 없잖아? 백에 하나, 천에 하나, 만에 하나 그 사고가 꿀떡에게 첫 뽀뽀였다고 쳐. 하지만 그렇다고 해도 기절하는 건 말이 안 되잖아. 안 그래? 그러니까 그것밖에 없어. 분명해!"

"흠…… 그런가?"

"아, 그렇다니까."

세흔이 미심쩍은 눈빛을 보내자 민이 확신에 찬 음성으로 말했다. 그에 세흔도 몇 번 생각해 보고는 고개를 끄덕였다. 말 그대로 민의 추측 말고 다른 이유는 없었기 때문이다.

하지만 그런 둘의 추측은 여지없이 빗나갔다.

륜은 '거기'를 차이지 않았다. 그렇다고 그간 신기하게도 세흔에게는 통하지 않던 결벽증이 입맞춤에 새삼 되살아났기 때문도 아니었다. 반대로 그가 기절을 한 것은 첫 입맞춤에도 불구하고 그 어떤 거부감이나 혐오감을 느낄 수 없었다는 것에 충격을 받았기 때문이다. 악수를 하고, 속눈썹을 떼어주겠다고 얼굴에 손을 댔을 때도 그랬지만 설마하니 입술이 닿아도 아무렇지 않을 줄은 생각도 못했다. 아니, 오히려 순간이긴 하지만 뭔가 짜릿한 흥분 같은 것을 느꼈다. 그런데 거기다 난생처음 여자의 가슴까지 만지다니……. 깨어난 순간부터 지금까지, 그야말로 륜은 공황 상태였다.

멍하니 손을 들어보았다.

스펀지보다 더 폭신하고 탱탱볼보다 더 말랑말랑하던 감촉이 되살아나는 듯했다. 뭔가 따뜻하고 말랑하고 뭉클하던 느낌. 생각하자 언젠가 단 한 번 일어났던 일이 다시금 벌어졌다. 아랫배가 묵직해지고 아랫도리에 힘이 들어갔던 것이다.

'헉!'

순간 몸이 굳었다.

지금 현상이 뭘 뜻하는지 모를 륜이 아니다. 하지만 그렇다고 해도 겨우 두 번째로 일어난 반응이라 당황되지 않을 리 없었다.

어이가 없는 듯 아래를 내려다보던 륜은 크게 심호흡을 하고 마치 자신의 것이 아닌 듯 굳어 있는 손가락을 하나하나 움직여보았다. 그러다 천천히 입술에 손을 갖다 댔다. 손에 만져지던 감각과 어딘가 비슷한 듯도 하면서 또 다른 두 가지의 감촉이 자꾸만 떠올랐다.

"하……."

그러다 어느 순간 정신을 차린 륜은 헛웃음을 터뜨렸다.

지금 자신의 상황이 너무도 웃겼다. 왜 완을 때렸냐고 따지는 여자에게 상관할 바가 아니라고 쏘아붙이는 대신 스스로가 생각해도 황당하고 억지스런 거짓 변명을 하고 가슴 한쪽, 입맞춤 한 번에 정신을 못 차리고 몇 번이나 되새김질을 하는 모습이라니……. 이게 무슨 우주 최강 싸가지라 불리던 그 은륜이란 말인가?

어이가 없다. 황당하다. 기가 막힌다.

"하…… 하하……."

륜은 스스로를 비웃었다. 그러면서도 한시도 떠나지 않고 머릿속을 맴도는 장면을 떨칠 수가 없었다. 그래서 더욱 그는 스스로를 비웃었다. 별것 아닌 입맞춤에 정신을 못 차리는 자신의 모습이 너무도 우스워서.

륜을 간호하느라 곁에 있던 진 여사는 혼이 빠져나간 듯 넋을 빼놓고 허공을 보고 있다가, 어느 순간 물끄러미 손을 보고 입술을 매만지더니, 갑자기 헛웃음을 터뜨리고, 심각한 표정을 지었다가, 다시 한쪽 입꼬리를 말아 올리며 비웃듯 웃는 아들의 모습을 걱정스레 보다 절레절레 고개를 저었다.

※

학교에서 돌아온 완은 륜이 보이지 않자 주위를 두리번거렸다.

평소라면 륜이 어디에 있든 별 신경 안 썼을 완이지만 지금은 신경이 쓰였다. 비록 이성간의 사랑은 아니지만 자신을 친동생처럼 끔찍이 생각하는 세흔이니 그냥 넘어갔을 리는 없을 터. 륜이 자신처럼 머리를 쥐어뜯겼는지, 아니면 몇 대 얻어맞았는지 참으로 궁금했다.

"엄마, 형은?"

이층에서 내려오던 진 여사는 완의 물음에 계단 위쪽을 가리켰다. 어디, 어떻게 됐나 볼까? 완이 두 눈을 반짝이며 소파에 가방을 던져 놓고 후다닥, 계단을 올라가려 하자 진 여사가 잡았다. 완이 눈을 동그랗게 뜨고 보는데 진 여사가 고개를 흔들었다.

"지금은 안 올라가는 게 좋겠다."

완은 고개를 갸웃했다.

"왜?"

"네 형 지금 상태가 말이 아니야. 반쯤 실성한 것 같은 게…… 아니, 어쨌거나 그러니까 너도 오늘은 류이 신경 쓰지 않게 조심 좀 해. 알겠니?"

'……상태가 말이 아니다? 거기다 반쯤 실성한 것 같다고? 도대체 무슨 일이 있었기에?'

실성한 것 같다는 말은 작게 중얼거리듯 지나갔지만 청력 좋은 완이 그 말을 못 들을 리 없었다. 완이 실눈을 떴다.

"왜 상태가 말이 아닌데?"

계단을 내려가는 진 여사의 뒤를 쫓으며 묻자 진 여사는 부엌으로 향하다 말고 휙, 몸을 돌려 하소연을 하듯 말했다.

"글쎄, 말도 마. 내가 아침부터 아주 간 떨어지는 줄 알았지 뭐니. 멀쩡하던 아들이 갑자기 눈앞에서 기절하는 꼴을 볼 줄 누가 알았겠어? 아직도 심장이 벌렁벌렁 뛰는 게……."

새삼 아침의 일이 떠오르는지 진 여사가 가슴에 손을 얹고 숨을 몰아쉬었다. 순간 완의 머릿속에 세흔에게 미주알고주알 일러바치고 뽑힌 자신의 머리카락 수만큼 맞았으면 좋겠다고 중얼거렸던 자신의 모습이 떠올랐다. 완은 설마 설마 하며 진 여사를 봤다.

"형이 기절한 게 혹시 세흔 누나……."

"어머, 얘가! 아, 아니야! 세흔이 거기서 왜 나와? 아냐, 절대!"

완이 뭐라 말하기도 전에 진 여사가 크게 소리치며 호들갑을 떨더니 도망치듯 부엌으로 가버렸다. 그리고 그게 진실을 감추기 위한 행동이라는 것을 아들인 완이 모를 리 없었다. 절로 눈매가 찡그려졌다.

"누나는……. 좀 살살 때리지 기절할 정도로 때리나, 그래?"

완은 심한 죄책감을 느꼈다.

*

세흔은 손을 오므렸다 폈다 하며 잠시 망설였다. 그러다 아침에 놀이터에서 륜이 기절한 일로 민과 함께 추가한 조항이 떠올랐다.

〈주민 명명, 꿀떡 맛보기 대작전. 급조된 여섯 번째.

'기회'란 쉽게 오지 않는다. 그렇기 때문에 기회라는 놈이 도망가지 않도록 항상 '목표' 옆에서 기회를 엿보고 있는 게 중요하다. 이런 순간에 '꿀떡'과 사이가 벌어져서는 안 되지 않겠는가? 친해져라. 그럼 언젠가 '기회'라는 놈이 올 것이다.〉

그래, 원래 친한 사이도 아닌데 아침에 있었던 사소한 사고로 괜히 껄끄러운 사이를 만들 필요는 없지. 이것은 꿀떡을 맛보느냐 마느냐의 문제가 아니었다. 은륜이 누군가? 수영 이모의 큰아들이다. 앞으로 평생을 볼 사이란 말이다. 그런데 이대로 어색함을 남길 수는 없지 않겠는가?

시간을 끌면 끌수록 더욱 어색해질 터.

세흔은 완의 과외가 끝나면 따로 만나 어색함부터 풀어야겠다고 결심하고 초인종을 눌렀다.

피리리릭.

오늘따라 초인종 소리도 참 어색하게 들린다고 세흔은 중얼거렸다.

똑똑.

"……."

과외를 끝낸 세흔이 륜의 방문에 노크를 하고 기다렸지만 대답은 들려오지 않았다. 못 들었나? 다시 노크를 했다. 그리고 기다렸다. 하지만 역시나 대답은 없었다.
'흠……'
어떻게 할까? 원래 륜이 누가 노크를 하든 대답을 하지 않는다는 것을 모르는 세흔은 잠시 고민했다. 아침에 있었던 사고가 다시금 떠오르자 그냥 가버릴까 하는 충동이 일었지만 '주민 명명, 꿀떡 맛보기 대작전'에서 급조된 조항을 되새기고 들어가기로 결정했다.
끼익―
문을 열고 살며시 머리를 들이밀자 침대 등받이에 등을 기대고 고개를 뒤로 젖힌 채 눈을 감고 있는 륜이 보였다. 그는 문소리가 들리자 천천히 눈을 떴다. 아래로 내리깐 새까만 눈동자가 세흔의 눈과 마주치자 순간 부풀었다가 제자리를 찾았다.
륜은 뒤로 젖힌 고개를 바로 하고 허리를 곧추세웠다.
"무슨 일이십니까?"
공중을 울리며 들려온 음성은 지독스레 잠겨 있었다. 그런데 그게 믿을 수 없을 정도로 섹시했다.
걸어다니는 섹시 페로몬이 따로 없군. 아니, 지금은 침대에 앉아 있는 섹시 페로몬인가? 세흔은 낮게 중얼거리다 자신도 모르게 꿀꺽 침을 삼켰다. 그러다 멈칫해서 륜의 눈치를 살폈다. 혹시라도 들었나 싶어서. 다행히도 륜은 듣지 못한 듯했다.
세흔은 속으로 안도의 한숨을 내쉬고 말했다.
"잠깐 이야기 좀 할까?"

"네, 뭐……."

륜이 가볍게 고개를 끄덕였다.

허락이 떨어지자 세흔은 방 안으로 들어서며 문을 닫았다. 달칵, 문이 닫히는 났다. 그리고 그것을 끝으로 그곳은 침묵에 휩싸였다.

"……."

륜과 세흔은 서로의 얼굴을 쳐다보며 그렇게 있었다. 륜은 세흔이 먼저 말을 하기를 기다렸고, 세흔은 쉽사리 입을 뗄 수가 없었기 때문이다. 그러다 어색함을 견디지 못한 세흔이 약간 머뭇거리며 물었다.

"저기…… 괜찮아?"

하면서 힐끗힐끗, 시트 속에 가려진 륜의 아래를 봤다. '거기'를 찬 거라고 확신하던 민의 말이 자꾸만 떠올랐다. 세흔은 그녀답지 않게 얼굴을 붉혔다. 그리고 그런 세흔을 보며 륜은 고개를 갸웃했다. 세흔과 민이 무슨 말을 나누었는지, 지금 세흔이 뭘 괜찮냐고 묻는 건지 모르기에 어리둥절할 수밖에 없었다.

륜이 물었다.

"뭐가 말입니까?"

"어? 아니, 그게……."

"근데 아까부터 자꾸 어디를 그렇게 보십니까?"

세흔의 시선을 따라서 륜이 아래로 고개를 내렸다. 그러사 세흔이 흠칫 놀라서 퍼뜩, 고개를 들었다.

"보, 보기는 뭘 봤다고…… 난 아무것도 안 봤어!"

당황해서 버럭 소리치고 나자 륜이 황당하다는 표정으로 자신을 보고 있는 게 눈에 들어왔다. 더욱 당황한 세흔은 허둥대다 휙, 고개를 돌려 시선을 피했다. 보아하니 '거기'는 괜찮은 모양이다. 이미 세흔은 륜이 기절한 것을 '거기'를 차여서라고 단정 짓고 있었다.

다시 방 안에 어색함이 둥둥, 떠다녔다. 그래서 세흔은 분위기를 바꾸려 밝은 어조로 말했다.

"참! 아침에 있었던, 그…… 사고 있지? 그거 난 신경 안 쓰니까 륜이도 신경 쓰지 마. 사실 가볍게 입맞춤하는 거 외국에서는 인사나 마찬가지잖아. 안 그래? 물론 륜이도 외국에서 살다 왔으니까 수십, 수백 번은 더 해봤을 테고……."

뒤에도 계속해서 말이 이어졌지만 륜의 귀에는 들리지 않았다. 어느새 그의 얼굴은 굳어 있었다.

세흔은 쉽게 신경 안 쓴다고 했지만 륜은 신경이 쓰였다. 세흔은 입맞춤을 하는 게 외국에서는 인사나 마찬가지라고 했지만 륜에게는 인사가 아니었다. 세흔은 그가 수십, 수백 번도 더 입을 맞춰봤을 거라고 했지만 륜은 단언하건대 오늘 아침 세흔과의 입맞춤이 처음이었다. 지금껏 살아오며 단 한 번도 해보지 않은 '인사'라는 말이다. 그런데 세흔이 별거 아니라는 식으로 말하자 울컥, 울화가 치밀었다.

왜 신경이 안 쓰인다는 거지? 왜? 난 신경이 쓰이는데 어째서?

아침의 일로 하루 종일 정신을 차리지 못했던 자신이 바보처럼 느껴졌다. 그러면서 정말 세흔과는 어디를 닿든 어떤 짓을 하든 아무렇지도 않은 걸까 궁금하기도 했다.

'다시 한 번 키스를 해보면 좋겠는데…….'

중얼거리다 말고 무슨 생각이 들었는지 륜의 눈이 순간 반짝였다. 그는 지금 바로 시험해 보기로 결정을 내렸다. 그게 단순히 호기심인지, 아니면 그 이상의 어떤 감정에서 비롯된 것인지는 생각지 않기로 했다.

륜은 눈을 내리깔아 혹시라도 드러날지 모르는 감정을 숨기고 일상적인 어조를 가장하며 물었다.

"그런데 지금 집으로 돌아가는 겁니까?"

"응? 아, 응. 과외 끝났으니까."

열심히 입맞춤쯤은 별것 아니니 신경 쓰지 말라는 말을 늘어놓고 있던 세흔이 륜의 갑작스런 물음에 흠칫하다 고개를 끄덕였다. 그러자 륜이 시트를 옆으로 밀치고 자리에서 일어났다.

왜 갑자기 일어나는 거시?

세흔이 멀뚱멀뚱 쳐다보는데 륜이 한 걸음, 한 걸음 그녀에게로 다가왔다. 그리고는 세흔의 어깨를 잡고 중얼거리듯 말했다.

"그럼 인사나 하죠."

말이 떨어지기 무섭게 륜은 바로 고개를 숙였다.

족히 20㎝는 더 떨어져 있던 얼굴이 단번에 성큼 다가왔다. 뭐, 뭐야? 세흔은 깜짝 놀라 눈을 크게 떴다. 바로 앞에 잡티 하나 찾아볼 수 없는 륜의 얼굴이 다가오고 있었다. 그녀는 얼른 고개를 옆으로 돌렸다. 그러자 다가오던 륜의 얼굴이 중간에 멈췄다.

"왜 피하는 겁니까?"

륜이 눈살을 찌푸리고 물어왔다. 세흔은 당황했다.

"가, 갑자기 네가 얼굴을 들이미니까……."

"인사하는 거잖아요. 가볍게 입맞춤하는 거 외국에서는 인사나 마찬가지라고 하지 않았습니까? 그래서 돌아간다기에 인사하려고 한 것뿐인데, 뭐 잘못됐습니까?"

"……."

뭔가 이건 아니다 싶었지만 세흔은 반박을 할 수가 없었다. 방금 전에 인사 어쩌고 한 사람이 다름 아닌 자신이었기 때문이다. 륜은 세흔이 이리저리 눈동자를 굴리자 비웃듯 한쪽 입꼬리를 말아 올렸다.

"방금 전까지만 해도 가벼운 입맞춤 정도, 인사니까 신경 안 쓴다고 해놓고 설마 지금에 와서 신경이 쓰이는 것은 아니겠지요? 별거 아니잖아요, 가벼운 입맞춤은. 그냥 인사인데."

"그렇지. 인사인데 뭘. 안 써, 신경. 누가 신경을 쓴다고……."

"그럼 가만히 계세요. 인사하게."

뚱하니 중얼대는 세흔의 말을 뚝 자른 륜이 낮게 속삭이며 어깨를 누른 두 손을 목 쪽으로 당기더니 양 검지로 세흔의 뺨을 꼭, 찍어 눌러 옆으로 돌아간 고개를 바로 했다. 언젠가 감탄해 마지않았던 길고 섬세한 손가락이 뺨을 누르자 저절로 입술이 삐쭉, 튀어나갔다.

륜이 살짝 미소를 짓더니 고개를 내렸다.

"……!"

처음 본 것이나 마찬가지인 미소에 세흔은 순간 멍해졌다.

너무도 아름다웠다. 살짝 올라간 눈매나 날카로운 선의 얼굴이 섹시한 반면 냉랭한 느낌을 주었는데 미소를 짓자 그 냉기가 한순간에 사라졌다.

백만 불짜리 미소란 바로 이런 것을 두고 하는 말이리라.

세흔은 정신을 차릴 수가 없었다. 그렇게 반쯤 넋을 빼놓고 있는 세흔의 빼꼼히 내밀어진 입술에 스치듯 륜의 육감적인 입술이 닿았다. 보기에도 먹음직스럽던 입술은 상상 이상으로 부드러웠다. 하지만 세흔은 부드러움 이전에 당황스러움을 느꼈다.

〈주민 명명, 꿀떡 맛보기 대작전. 그 다섯 번째.

남녀관계에서 가장 중요한 것은 뭐니 뭐니 해도 '스킨십'이다. 남자는 몸으로 생각하는 동물. 수시로 가벼운 '터치'를 해라. 그것이 키스가 될 수도 있고 애무가 될 수도 있다. 단, 아무리 높은 수위라도

유혹을 하는 게 아니라 친근함의 표현으로 보이는 것이 관건이다.〉

조항에도 있듯 기회가 닿으면 과감히 스킨십을 시도할 생각을 가지고 있던 세흔이다. 그런데 륜이 '인사'를 언급하며 먼저 키스를 해오자 왜인지 부끄럽기도 하고 당황스럽기도 했다.

두근두근.

심장이 미친 듯이 뛰었다.

세흔은 정면으로 보이는 륜의 새까만 눈동자와 눈이 마주치자 그대로 시선을 빼앗겼다.

블랙홀 같았다. 그래서 빨려가듯 빼앗긴 시선을 되돌릴 수가 없었다.

어쩌면 저렇게 아름다울까?

단지 눈동자일 뿐인데, 누구에게나 다 있는 동공이 있고 공막이 있고 각막이 있을 뿐인데, 어째서 저토록 아름다울 수 있는 걸까?

세흔은 더 이상 보고 있을 수 없어서 눈을 감아버렸다. 꿀떡을 맛보고 달고, 그대로 있다가는 마음부터 빼앗길 것 같았다. 혼란스럽다. 그래서 세흔은 보통 인사라면 가볍게 입술이 닿았다 떨어져야 하는데 지금은 그러지 않고 있다는 것을 생각하지 못했다.

그리고 그것은 륜 역시 다르지 않았다.

아무 생각도 나지 않았다. 아침에 느꼈던 느낌 이상의 무언가가 류을 잡고 놓아주지 않았다.

돌과 돌이 부딪치며 이는 불꽃, 또는 감전 때의 짜릿함과 비슷하면서도 다른 어떤 것이 입술이 타고 몸 안으로 물밀듯이 스며들어 왔다. 감긴 세흔의 눈꺼풀을 보던 류이 천천히 눈을 감았다. 입술에 또 다른 심장이 뛰고 있는 것 같았다.

좀 더 맛보고 싶다. 좀 더 깊게, 좀 더 확실하게.

그런 생각이 들기 무섭게 류은 망설이지 않고 혀를 내밀었다. 그리고는 혀끝으로 세흔의 입술을 맛보았다.

"음······."

누구에게서인지 모를 신음 소리가 흘러나왔다.

류은 배고픈 고양이처럼 보드라운 입술을 할짝이며 음미했다. 한 번도 먹어본 적은 없지만 생크림을 먹으면 이런 맛이 아닐까?

달콤했다. 그리고 무엇보다 황홀했다.

그래, 이런 것을 황홀하다고 할 것이다. 류은 처음으로 느껴보는 감정을 그렇게 정의했다.

딥 키스라고까지 할 것은 없었지만 키스는 그들 스스로도 모르는 사이에 점점 깊어졌다. 그리고 아침에 느꼈던 감촉을 잊지 못하고 있던 류은 키스가 깊어지자 충동적으로 손을 내려 세흔의 가슴을 움켜쥐었다. 폭신하고 말랑말랑한 느낌. 역시다. 하루 종일 손 안 가득 머물고 있던 감촉은 거짓이 아니었다. 한 손에 쏙 들어오는 세흔의 가슴은 놀랄 만큼 충족감을 주었다.

세흔과 맞닿은 류의 입술에 기분 좋은 미소가 피어올랐다. 하지만 유감스럽게도 그 순간 세흔에게 걸려 있던 마법이 깨져 버렸다. 류이 가슴을 움켜쥠으로써 반쯤 나가 있던 정신이 되돌아왔던 것이다.

세흔은 정신을 차리자 스스로 의식하기도 전에 류의 어깨를 밀었다.

갑자기 세흔이 밀칠 줄은 몰랐던 류이 주춤, 한 걸음 뒤로 물러났다. 그리고 그와 동시에 거의 반사적으로 세흔의 손이 날아갔다.

짝—

날카로운 소리가 방 안을 울리고 류의 고개가 옆으로 돌아갔다.

순식간에 화끈 달아오르는 뺨을 느끼며 류은 황당함을 감추지 못했다. 그는 돌아간 고개를 바로 하고 세흔에게 의문스런 시선을 던졌다. 하지만 세흔은 그것을 보지 못했다. 때린 사람은 세흔이고 맞은 사람은 류인데 꼭 자신이 맞기라도 한 듯 그녀는 당혹스런 눈으로 자신의 손과 류의 뺨을 번갈아 보더니 후다닥, 도망치듯 방을 나가 버렸다.

꽈앙—

살벌하게 문이 닫히는 소리가 세흔의 손바닥과 류의 뺨이 맞부딪치는 소리에 이어 방 안을 울렸다.

"아……."

홀로 남은 류은 힘이 빠진 듯 털썩, 그 자리에 주저앉아 버렸다.

머리가 나빠서 그런가. 지금의 상황이 이해가 가지 않았다. 어떻게 해야 하는지도 알 수 없었다. 쫓아가야 하는 걸까? 그래서 왜 때렸냐고 물어야 하는 걸까? 아니면 가슴을 만져서 잘못했다고 해야 하는 걸까? 그도 아니면 화를 내야 하는 걸까? 손을 들어 부풀어 오른 입술을 천천히 훑고 화끈거리는 뺨을 더듬었다.

아프다, 뺨이. 그리고 어딘지 모를 곳이.

류은 어쩔 줄을 모르고 한참 동안이나 멍하니 닫힌 문을 보았다. 정신을 차린 것은 그로부터 오랜 시간이 흐른 후였다.

"아, 다시 기절하고 싶다."

중얼거리는 류은 망연자실한 표정이었다.

한편, 정신없이 류의 방을 뛰쳐나온 세흔은 거실에 앉아 있던 진 여사가 후다닥, 계단을 뛰어내려 오는 자신의 행동에 의아한 표정을 지으며 부르는 것도 알지 못하고 류의 집에서 도망을 나왔다. 그리고 류의 집 대문이 닫히자마자 쓰러지듯 그 자리에 그대로 주저앉았다.

"하아…… 하아……."

두 손으로 바닥을 짚고 무릎에 이마를 대고는 차 오른 숨을 골랐다. 그러다 방금 류에게 했던 스스로의 행동이 떠오르자 경악했다.

"맙소사! 도대체…… 무슨 짓을 한 거야, 나?"

달려들어도 모자랄 판에 가슴을 만져 오는 륜에게 얼씨구나 하고 더 내밀어주지는 못할망정 때리고 오다니…….

이런 미친 짓이 또 어디 있을까?

아무리 뜻밖이고 당황스러워도 때려서는 안 되는 거였는데. 후회가 물밀듯 밀려왔다. 왜 그랬을까? 도대체 왜? 무슨 이유로?? 알 수 없는 의문에 머릿속이 터질 듯 혼란스러웠다. 더 이상 생각할 수도 없을 만큼.

세흔은 어둠으로 물들기 시작한 골목에 홀로 쭈그리고 앉아 아직도 얼얼한 손바닥을 내려다보다 그만 질끈, 눈을 감고 말았다.

Chapter
04

"아, 어쩌지? 어쩌지?"

방 안을 서성이며 세흔은 고민했다.

어떻게 해야 할지 모르겠다. 이번 일 역시 아침의 사고와 마찬가지로 오랜 시간을 끌면 끌수록 안 좋다는 것은 알고 있었다.

물론 인사치고 입맞춤이 좀 길기도 했고, 또 그냥 입맞춤이라고 하기에는 농도가 짙기도 했고, 또또 느닷없이 가슴을 만져지기도 했지만 어쨌거나 뺨을 때린 건 자신의 잘못이다 싶었다. 게다가 길어지는 입맞춤에도 가만히 있었으니 륜의 입장에서 보면 반쯤 허락한 거나 마찬가지로 보였을 테고. 하나하나 따지고 보니 먼저 사과를 하는 게 옳다 싶다. 그런데 쉽사리 발이 떨어지지 않았다. 어떻게 풀어야 할지 막막했던 것이다. 그러나 그 막막함은 책상 의자에 앉으면서 사라졌다.

책상 위에 놓인, 지난번 자정이 넘도록 '꿀떡 맛보기 대작전'을 짜고 난 후 민이 주고 간 시사회 티켓 두 장.

그것을 집어 들며 세흔은 언제 안절부절못했었냐는 듯이 활짝, 미소를 지었다.

"위기는 곧 기회다, 이 말이지. 후후."

낮게 흘리는 세흔의 웃음소리가 음흉하다.

다음날 아침 세흔은 일어나기 무섭게 일층으로 내려갔다.

달그락달그락.

소리가 나는 게 한 여사가 아침 식사 준비를 하고 있는 모양이다. 세흔은 부엌으로 들어가 싱크대 쪽을 보고 선 한 여사의 허리를 손으로 감고 등에 얼굴을 묻었다. 인기척도 없다 갑자기 달려든 세흔의 행동에 한 여사가 깜짝 놀랐다.

"어머, 얘가 왜 이래?"

"엄마……."

"뭐야? 뭐 원하는 거 있어?"

칭얼대듯 자신을 부르는 딸에게 한 여사가 지레짐작으로 물었다. 그러자 세흔이 허리를 감고 있던 팔을 풀며 입술을 삐쭉댔다.

"그게 무슨 말이야? 꼭 내가 원하는 게 있을 때만 이러는 것처럼."

빙글 몸을 돌린 한 여사는 싱크대에 한쪽 팔을 얹고 실눈을 떴다.

"그럼 아니란 거니? 너 매번 뭔가 원하는 게 있을 때마다 괜히 되지도 않는 애교 부리고 그렇잖아. 말해. 이번에는 뭘 원하는 건데?"

"그런 거 없어!"

뭘 달라고 한 적도 없는데 오해하는 한 여사가 서운해 세흔은 버럭, 소리치고 바로 몸을 돌렸다. 하지만 그러면서도 과감히 부엌을 나가 버리지는 못했다. 힐끗, 보니 어느새 한 여사는 그럴 줄 알았다는 표정으로 팔짱까지 끼고 세흔을 보고 있었다.

완전 귀신이다, 귀신. 어쩌면 저렇게 나에 대해 모르는 게 없지?

세흔은 불만스레 한 여사를 보다 얼른 표정을 바꿔 애교스런 표정을 지으며 샐샐 웃었다.

"엄마, 수영 이모네에 뭐 갖다 줄 거 없어?"

"수영이네?"

무슨 옷이 사고 싶다거나 무슨 목걸이가 예쁘다거나 그런 말을 할 줄 알았던 한 여사는 세흔이 앞집 이야기를 꺼내자 뜻밖이라는 표정이었다. 세흔은 열심히 고개를 끄덕였다.

"응 응, 수영 이모네. 이모가 자주 음식 같은 것 해서 수고 그러잖아. 그러니까 빈 그릇을 갖다 줘야 한다거나 아니면…… 아니면…… 그래! 엄마가 뭐 맛있는 거 만들었으면 그거 갖다 줘야 한다거나."

"흐음……."

"없어?"

얘가 도대체 무슨 속셈일까? 하는 눈으로 보는데도 자신만의 꿍꿍이를 챙기기에 바쁜 세흔은 그런 시선을 전혀 눈치 채지 못했다. 잠시간 딸을 보던 한 여사는 무슨 못된 꿍꿍이가 있을 것 같지는 않자 별일 아닐 거라 여기고 식기 건조대에 두었던 접시 몇 개를 꺼냈다.

"이거 수영이네 거야. 갖다 줘."

"아, 응!"

세흔이 좋아라 하며 뺏듯이 받아 들자 다시 한 여사의 의심스런 시선이 날아들었다. 하지만 세흔은 이번에도 눈치 채지 못했다. 그녀는 룰루랄라 몇 개의 접시를 들고 집을 나섰다. 그런 그녀의 바지 뒷주머니에는 밤새 책상 위에 놓여 있던 시사회 티켓 두 장이 매달려 있었다.

접시를 무슨 보물이라도 되는 양 꼭 끌어안은 세흔은 열린 문으로 들어서며 진 여사를 불렀다.

"이모, 저 왔어요. 이모! 어디……."

신나게 진 여사를 부르다 말고 멈칫했다.

마치 어제 아침을 재연하듯 소파에 륜이 앉아 있었다. 륜은 책을 읽고 있던 어제 아침과는 달리 지금은 TV를 보고 있었다. 그러다 세흔이 들어오자 고개를 돌려 그녀를 봤다.

 눈이 마주쳤다. 동시에 세흔은 저도 모르게 한 걸음 뒤로 물러섰다. 그때 부엌에서 진 여사가 나왔다.

 "세흔이 왔니? 어제저녁에는 왜 그렇게 가버렸어? 얼마나 불렀는데. 어, 그건 뭐야?"

 "……."

 이른 아침부터 찾아왔음에도 진 여사는 불쾌해하기는커녕 오히려 반가워하며 몇 가지 질문을 던졌다. 하지만 세흔은 그 어느 것에도 대답을 해주지 못했다. 목이 꽉 막혀 버린 듯했다. 그래서 어떤 말도 할 수가 없었다. 세흔은 아무 말도 하지 못하고 그저 접시를 든 손만 내밀었다. 그러자 진 여사가 의아한 표정을 지으며 세흔에게 다가갔다.

 "아, 우리 집 접시네. 이거 돌려주러 왔나 보구나?"

 "……."

 진 여사가 접시를 받아 들며 물었다. 세흔은 이번에도 대답하지 못했다. 하지만 진 여사는 그것을 알아채지 못했다.

 그녀는 세흔의 손목을 잡아 륜의 맞은편 소파에 앉히고 말했다.

 "온 김에 딸기 좀 가지고 가. 어제 그이가 사 왔는데 어찌나 단지, 안 그래도 좀 있다가 가져다주리고 했는데, 어떻게 알고 왔네? 금방 내올 테니까 잠깐만 기다려."

진 여사가 밝게 웃고 부엌으로 갔다.

평소였다면 같이 너스레를 떨거나 아니면 부엌으로 따라 들어갔을 세흔이다. 그런데 지금은 그럴 수 없었다. 아니, 그러지 못했다. 아까부터 심장이 불규칙적으로 뛰어대고 있었다. 하지만 그조차도 세흔은 느끼지 못했다. 맞은편 소파에 앉은 륜이 굉장히 차갑고 살벌한 표정으로 그녀를 보고 있었던 것이다. 감히 말을 붙여보기도 힘이 들 정도로.

선이 날카로워 자못 차가운 인상이라는 것은 이미 알고 있었다. 그렇지만 그녀는 한 번도 륜이 저런 표정을 지을 수 있을 거라고는 생각해 보지 못했다. 그래서 충격이 더 컸다.

세흔은 멍하니 륜을 봤다. 그러자 륜은 시리도록 차가워 오히려 더욱 매력적으로 보이는 눈으로 세흔을 한 번 쳐다보고 TV로 시선을 돌려 버렸다. 어떻게 보면 무심하고 어떻게 보면 냉기 어린 반응에 세흔은 진 여사가 나올 때까지 륜에게서 시선을 떼지 못했다.

"하아……."

딸기를 가지고 륜의 집을 나서며 세흔은 한숨을 내쉬었다.

같이 소파에 앉아 있던 십여 분간 단 한 마디도 붙여보지 못했다. 그런 상황에서 시사회 티켓을 꺼낼 수 있을 리가 없지 않은가. 세흔은 다음을 기약하며 터덜터덜, 딸기를 들고 자신의 집으로 들어갔다.

그 후로도 몇 번이나 시도를 했지만 세흔은 단 한 번도 시사회에 같이 가자는 말을 하지 못했다.

류의 태도가 워낙 차갑고 딱딱해서 같은 공간에 있는 것조차도 힘이 들었다. 그런데 무슨 시사회 티켓? 말도 안 되지. 세흔은 시사회 티켓을 건네주기 전에 먼저 사과부터 해야겠다고 생각했다. 류이 저토록 차가운 태도를 보이는 게 자신이 사과하기를 바라서가 아닌가 싶어서였다. 하지만 지독할 만큼 시린 시선은 사과조차 할 수 없게 했다.

'이렇게 차가운 녀석이었나?'

섹시하면서도 차갑게 보이는 외모와는 달리 순하게만 느껴지던 류이 요 며칠간 보여주는 딱딱한 모습은 세흔을 놀라게 했다. 이틀 동안 별별 핑계를 다 대가며 수없이 찾아와 말을 걸려 했지만 그때마다 류이 말 한마디 하지 않고 쏘아보기만 하자 미안해하던 것도 잠시, 세흔은 점점 화가 나기 시작했다.

'이런 식으로 나온다 이거지?'

세흔은 눈을 가늘게 뜨고 류을 노려봤다. 그리고 그런 세흔의 눈빛에 류은 심장이 덜컥 내려앉는 듯했다.

사실 세흔의 생각과는 달리 류도 그 나름대로 사과를 하려고 기회를 엿보고 있던 중이었다. 하지만 지금껏 한 번도 사과란 것을 해본 적이 없고, 또 누구와의 관계든 어긋나지 않게 하기 위해 노력을 한 적도 없었기에 어떻게 사과를 해야 하는지 알 수 없어 막막했다. 그렇다 보니 류은 세흔만 보면 사과란 것을 해야겠다는 생각밖에 없었다.

자연 그 외 다른 생각은 할 수도 없었다.

심지어 세흔이 어떤 눈으로 자신을 보고 있는지도 알아채지 못했다. 조금만 자세히 살펴봤다면 세흔이 그와 비슷한 눈으로 자신을 보고 있다는 것을 알아챘을 텐데 그저 세흔을 볼 때면 사과를 해야 한다는 생각에 마음을 가다듬으며 심호흡만 하다 보니 그 사실을 전혀 눈치 채지 못했던 것이다. 그런 데다 그 사과의 말조차 쉽게 나와주지 않으니 륜은 그 어떤 말도 하지 못했다. 그리고 그게 어쩌다 보니 세흔에게는 말 한마디 하지 않고 쏘아보는 걸로 보여 오해를 낳았던 것이다.

직접 부침개까지 만들어 그 핑계를 대고 와 기회를 엿보던 세흔은 결국 참다못해 진 여사가 잠깐 밖에 나간 사이 둘만 남게 되자 꽝, 탁자를 세게 내려치고 벌떡 자리에서 일어났다.

"야, 은륜!"

갑자기 세흔이 자리에서 일어나며 버럭, 소리를 치자 륜이 깜짝 놀란 듯 눈을 동그랗게 떴다.

그 모습이 시종 차갑게만 굴던 모습과 오버랩 되어 굉장히 귀엽게 보였다. 하지만 세흔은 그것을 싹, 무시하고 내친김에 그간 쌓였던 것을 새록새록 되새기며 다다다, 쏘아붙이기 시작했다.

"내가 아무리 잘못을 했어도 그렇지 너무한 거 아냐? 그까짓 뺨 좀 때린 것 가지고 무슨 대역 죄인이라도 되는 것처럼 노려

볼 건 뭐야? 먼저 키스를 한 것도 너고, 인사라고 해놓고 혀를 내민 것도 너고, 뜬금없이 가슴을 만진 것도 너잖아!"

세흔이 검지로 턱, 하고 륜을 가리키자 륜의 얼굴이 삽시간에 붉어졌다.

"저기……."

"나는 그래도 뺨을 때린 게 미안해서 어떻게든 너랑 화해하려고 노력했는데, 너는 볼 때마다 노려보고 내가 무슨 큰 죄라도 지은 양 차가운 눈빛이고. 진짜, 어떻게 이럴 수 있어?!"

륜이 뭐라 말을 하려 입을 뗐지만 세흔은 기다리지 않고 정신없이 쏘아붙였다. 그리고는 이틀 동안 가지고 다녔던 시사회 티켓을 탁자에 던졌다.

"아, 됐어! 나도 더 이상은 못해! 이까짓 시사회 티켓 가지고 다니면 뭘 해? 넌 화해할 생각이라고는 눈곱만큼도 없는데 나 혼자서만 괜히……. 됐어! 됐다고! 어차피 나는 친구가 주연 한 영화라서 무대 인사하는 거 보러 가야 하니까 갈 거지만 너는 오든지 말든지!"

세흔은 거기까지 말하고 바로 몸을 돌려 가버렸다.

그렇게 세흔이 씩씩대며 가버리자 방금 세흔에게서 들은 말을 곱씹어보던 륜이 고개를 내렸다. 탁자 위에는 그가 한마디 반박도 하지 못하게 쉼없이 쏘아댄 세흔이 던지고 간 티켓이 있었다.

륜은 허리를 숙여 그것을 집어 들었다.

〈난 친구 넌 연인.〉

제목으로 보아 멜로 영화쯤으로 보이는 영화 시사회의 티켓이었다. 잠시간 티켓을 내려다보던 륜은 가볍게 눈매를 찡그렸다.
"사람 많은 곳은 딱 질색인데……."
중얼거리는 륜의 얼굴에는 어느새 미소가 피어올라 있었다.

✱

아침부터 한 여사는 세흔을 달달 볶고 있었다.
"삼십일 년을 겪어봤으니 내가 얼마나 끈질긴지 잘 알 거야. 그러니 밤낮으로 괴롭힘당하고 싶지 않으면 말해, 빨리."
"……."
"나랑 같이 가자니까, 도대체 누구한테 티켓을 준 거야? 응?"
"……."
"내가 우리 민이 보고 싶다고 했어, 안 했어? 그렇게 노래를 불렀는데도 네가 어떻게 이럴 수 있어? 우리 민이 나흘씩이나 못 봤더니 눈이 다 짓무르는데 넌 어떻게……."
"엄마! 나 지금 준비하는 거 안 보여? 좀 비켜주지?"
입만 꾹 다물고 있으면 말하기 지쳐서라도 물러날 줄 알았는데 전혀 그럴 기미가 보이지 않자 더 이상 침묵으로 밀고 나갈 수 없었던 세흔이 옷장에서 붉은색과 검은색이 교차된 체크무늬 치마를 꺼내며 말했다. 하지만 한 여사는 쉽게 물러나지 않았다.

"그러니까 말해보라잖아. 누구한테 티켓을 준 거야? 도대체 누구기에 며칠 전부터 같이 가자고 노래를 부른 나까지 떼어놓고 가려는 거냐고. 응? 빨리 말해."

옷자락까지 잡아당기며 재촉이다.

세흔은 한 여사가 잡고 있는 셔츠를 그대로 훌렁 벗었다. 그리고는 옷장에서 하얀 블라우스를 꺼내 입었다. 한 여사는 뱀 허물처럼 손에 덩그러니 남겨진 셔츠를 보았다.

검은색 재킷을 꺼내 들던 세흔이 힐끗, 한 여사를 봤다.

"엄마는 개봉하면 그때 보면 되잖아. 뭘 그렇게 꼬치꼬치 캐묻고 그래? 그냥 그러려니 하지. 아니면 엄마의 '우리 민이'에게 엄마 티켓도 달라고 하든지. 준다는 사람한테 '세흔이랑 같이 가면 돼' 하면서 거절한 게 누군데."

"같이 갈 줄 알았지!"

"같이 가겠다고 한 적 없어, 난."

딱, 부러지게 말하고 재킷을 걸친 세흔은 거울을 보며 옷매무시를 가다듬었다. 그리고는 화장대 위에 올려둔 백을 챙겨 들고 방을 나갔다. 그 뒤를 한 여사가 졸졸 따라갔다.

"그럼 내가 너랑 같이 갈 거라고 할 때 너 왜 싫다고 안 했어?"

한 마디만 했어도…….”

"미안."

중간에 뚝 말을 자른 세흔이 빙글, 몸을 돌려 한 여사를 봤다. 그녀는 두 손을 들어 보이며 말했다.

"나 지금 나가봐야 하니까 2절은 다음에 해줘. 물론 꼭 하고 싶다면. 그럼 난 간다!"

세흔은 혹시라도 한 여사가 붙들까 얼른 도망쳤다.

한참 따지려는데 말을 뚝, 자르더니 뒤도 안 돌아보고 달려나가는 딸을 한 여사는 황당하다는 듯이 쳐다봤다. 그리고는 고개를 내려 그때까지도 손에 들려 있는 셔츠를 보며 의문스레 중얼거렸다.

"도대체 뭘 저렇게 서두르는 거야? 거기다 맞선 보러 나갈 때보다 더 꾸민 건 뭐며……. 그새 남자라도 생겼나?"

쌍둥이처럼 똑같이 생긴 두 집 사이 골목에 한 남자가 나와 있었다.

두 손을 정장 바지에 찔러 넣고 하얀색 대문 옆 벽에 등을 기대고 선 남자. 눈가까지 내려온 머리카락이 가끔씩 바람에 흩날릴 때마다 살짝 위로 치켜 올라간 눈매가 드러났다.

눈을 아래로 내리깔고 있어 눈동자를 볼 수는 없었지만 손을 대면 베일 듯 날카로운 콧날과 도톰하게 부풀어 오른 붉은 입술이 남자의 외모가 범상치 않음을 드러내기에는 부족함이 없어 보였다. 180㎝를 간단히 넘어서는 훤칠한 키와 대놓고 찾아 다녀도 흔히 볼 수 없는 외모는 주위의 시선을 모았다. 그래서 사람들은 남자를 그냥 지나치지 못했다.

힐끗힐끗.

그렇게 골목을 지나가는 이들이 한 번씩 힐끗거릴 때마다 남자의 얼굴에 균열이 갔다.

웃음기 하나 없는 싸늘한 얼굴이 조금씩 일그러지기 시작하더니 대학생으로 보이는 여자 몇몇이 길을 가다 말고 멈추어 서서 그를 쳐다보자 천천히 눈을 들었다. 그리고는 휙, 소리가 나게 골목 끝으로 고개를 돌렸다. 어느새 남자는 싸늘함 이상의 험악한 표정을 짓고 있었다.

"⋯⋯!"

눈이 마주친 여대생들이 흠칫해서 퍼뜩 고개를 돌렸다. 그러자 남자는 비죽, 한쪽 입꼬리를 끌어올려 싸늘하게 한차례 웃어주고 시선을 돌렸다. 그게 비웃음이라는 것을 모를 사람은 없었다.

눈 보신 좀 하겠다는 생각으로 평소보다 천천히 걸으며 남자를 훔쳐보고 있던 이들이 그 한 번의 행동으로 일제히 남자에게서 시선을 뗐다. 심장까지 얼려 버릴 듯한 시선을 아무렇지 않게 받아넘길 만큼 간덩이가 큰 사람은 없는 모양이었다.

그때였다.

갑자기 남자의 분위기가 180도로 변했다.

여전히 미소는 단 한 점도 보이지 않았고 자세조차 그대로였지만 남자의 주변을 맴도는 공기가 어느새 겨울에서 봄으로 바뀌어 있었다.

남자의 차가운 시선에 등 떠밀리듯 도망가려던 이들이 하나둘 자신도 모르게 멈추어 섰다. 동시에 남자가 벽에 기대고 있던 몸을 바로 했다. 그리고 잠시 후, 남자가 서 있는 곳에서 정면으로 보이는 집의 대문이 열렸다. 순간 남자의 얼굴에 미소가 스치듯 지나갔다.

"헉!"

"아……."

잘못 본 건가? 잠깐 봤을 뿐이지만 얼마나 찬 사람인지는 충분히 알아챌 수 있었다. 그런데 미소라니?

믿을 수 없어 어떤 이는 눈을 크게 뜨고, 어떤 이는 눈을 비빌 때 막 집을 나선 세흔은 오늘따라 골목에 유독 사람들이 많이 있자 어리둥절한 표정으로 주변을 훑었다.

세흔이 주변을 둘러보느라 자신의 존재를 눈치 채지 못한 듯 보이자 륜이 그녀의 앞으로 걸어갔다.

"어제……."

일부러 모르는 척 주변을 둘러봤지만 이미 륜이 나와 있다는 것을 알고 있던 세흔은, 륜이 성큼성큼 다가오더니 인사도 하지 않고 불쑥 엉뚱한 소리를 꺼내자 눈을 동그랗게 떴다.

"응?"

"어제 말입니다. 저 노려보고 있었던 거 아니에요. 어제도 그렇고, 그제도 그렇고, 한 번도 노려본 적 없습니다. 화 안 났어요, 저. 오히려 언제 사과를 해야 할지 몰라서 기회만 엿보고 있었는데, 그러고 가셔서 얼마나 당황했는지 모릅니다. 앞으로는 그러지 마세요. 소리쳐도 되고 화내도 되는데 가버리지는 마세요. 그렇게 가버리셔서 시간도 못 묻고, 아침부터 여기서 기다리고 있었잖습니까."

"……"

말을 하는 류의 표정에는 억울하다는 기색이 역력했다. 그리고 그 말에 세흔은 꿀 먹은 벙어리가 되어버렸다.

당황했다고 말하는 사람은 류인데 오히려 세흔이 당황했다.

화가 안 났다거나 당황했다는 이야기는 보통 지나가 버린 후에는 그냥 넘어가기 마련 아닌가? 그런데 이렇게 솔직하게 말할 줄이야!

류의 뜻하지 않은 솔직함에 세흔이 얼굴을 붉힐 때 어쩌다 바람결에 류의 말을 전해들은 사람들은 경악했다. 겉으로 보기에 속에 담긴 말은 전혀 안 할 것처럼 보이는데 사과할 기회를 엿보고 있었다느니, 당황했다느니 같은 소리를 할 줄은 생각도 못했던 것이다.

물론 류도, 세흔도 그런 주변 사람들은 신경 쓰지 않고 있었다.

본래 류은 자신 이외의 사람들에게는 철저하게 냉랭한 성격이었고 세흔은 어렴풋이 사람들이 륜을 보고 있다는 것을 알았지만 륜이 아무렇지 않은데 자신이 신경 쓰는 건 웃긴다는 생각에 무시했다.

세흔이 물었다.

"언제부터 기다렸는데?"

"아버지 출근하시고 바로 나와서 기다렸으니까 여덟 시 조금 넘어서부터 같은데요."

손을 들어 시계를 봤다. 시간은 열 시 삼십 분을 막 넘기고 있었다. 못해도 두 시간은 기다렸다는 소리다.

세흔은 미안함에 작게 한숨을 내쉬고 말했다.

"초인종을 누르지."

"좋아하지 않을 것 같아서요."

하긴 륜이 초인종을 눌렀다면 한 여사의 등쌀에 지금처럼 쉽게 집을 나서지는 못했을 것이다.

그런 생각을 하니 괜히 륜이 예뻐 보였다. 아니, 그러고 보니 잘 차려입어서 그런가? 이상할 정도로 빛나 보인다. 검은 정장 위로 부서지는 아침 햇살과 맞물려진 륜은 그야말로 눈이 부셨다.

'아하! 그래서 오늘따라 골목이 붐비는 거였군?'

세흔은 그제야 아까부터 힐끔거리는 시선의 정체를 확실히 눈치 챌 수 있었다. 그녀는 륜 모르게 주변을 휘, 둘러보았다. 시선이 마주치자 얼른 고개를 돌리는 이들이 대부분이었다.

〈주민 명명, 꿀떡 맛보기 대작전. 그 네 번째.

남자와 여자는 자석의 N극과 S극이다. 여기저기 같이 돌아다니다 보면 저절로 달라붙게 되어 있다. '꿀떡'과 둘만의 시간을 가져라. 아마 십중팔구(十中八九)는 화학 반응이 일어날 것이다. 단, 주의할 점은 주위에 쇠란 쇠는 미리 치워둘 것! N극은 S극뿐만 아니라 쇠도 끌어당긴다.〉

'그러니까, 저것들이 다 쇠 덩어리란 말이지?'

'꿀떡 맛보기 대작전'인데 조항은 꿀떡을 맛보자는 건지, 연애를 하자는 건지 구분이 가지 않는 것이었다. 그럼에도 세흔은 골목 끝에서 아직까지도 머뭇거리는 여대생들을 보며 눈을 부라렸다. 남녀노소를 불문하고 누군가가 류에게 관심을 보이는 게 싫었다. 그래서 그녀는 일부러 활짝 미소를 지으며 손을 내밀었다.

갑작스런 세흔의 행동에 류이 어리둥절한 표정으로 내밀어진 손을 보았다. 세흔은 손을 흔들었다.

"가자."

"아, 네."

미소는 전염성이 강하다.

그래서일까? 잡으라는 듯이 흔드는 세흔의 손을 말 잘 듣는 모범생처럼 냉큼 잡은 류의 얼굴에도 미소가 어렸다. 동시에 여대생들을 비롯한 구경꾼들의 얼굴이 팍 일그러졌다.

*

 열한 시 이십 분.
 시간이 애매해 시사회 후에 식사를 하기로 하고 안으로 들어섰다. 시사회는 열두 시 시작인데 영화관 안은 벌써부터 붐비고 있었다.
 시사회 장으로 들어서는 복도의 한편으로 사람 키를 간단히 넘어서는 크기의 영화 포스터가 걸려 있었다. 여름을 겨냥한 듯 시리도록 파란 하늘과 분수대를 배경으로 의사 가운을 입은 남자 두 명과 여자 두 명이 각각의 포즈를 취하고 서서 각자 다른 곳을 응시하는 모습의 포스터는 전체적으로 산뜻한 느낌을 주었다.
 절로 눈길을 끄는 포스터라 류과 세흔도 그 앞에 멈추어 섰다. 류이 포스터 안의 배우들을 보며 물었다.
 "누굽니까?"
 "응?"
 역시 포스터를 보고 있던 세흔이 제대로 알아듣지 못한 듯 되묻자 류이 덧붙여 설명했다.
 "친구가 주연한 영화라면서요."
 "아, 내 친구?"

세흔은 상대적으로 앞에 나와 있는 의사 가운의 남자를 가리켰다.
 "저기, 의사 중에 한 손을 찔러 넣고 있는 남자 있지? 쟤야."
 손길을 따라 가자 과연 배우라는 말이 나올 정도로 빼어난 외모의 남자가 매력적인 미소를 머금고 있었다.
 '주민······.'
 귀국한 지 얼마 되지 않은 륜조차 이름을 알 만큼 유명한 배우.
 말로는 제대로 표현할 수도 없을 듯한 외모의 남자는 같은 남자가 봐도 감탄이 나올 정도로 멋있었다. 그리고 그것은 자신밖에 모르고 그를 아는 이들이라면 하나같이 '싸가지가 바가지'라는 소리를 하는 륜에게도 적용이 되었다. 이미 겪을 대로 겪어봐서 스스로의 외모가 매우 빼어나다는 것을 아는 륜이다. 그런데도 만약 누군가가 저 포스터 속의 남자보다 자신이 더 잘생겼다고 생각하냐 묻는다면 '그렇다'고 쉽게 대답을 할 수가 없을 것 같았다.
 여자일 거라 생각했다. 그런데 남자, 그것도 한 번 보면 절대 잊을 수 없을 듯한 외모의 남자가 친구일 줄이야.
 "그러니까······ 저 남자가 그 친구라는 말입니까?"
 확인하듯 묻는 륜의 음성이 낮게 가라앉아 있었다. 하지만 세흔은 그저 그 음성이 매우 섹시하다는 생각만 했다.
 그녀는 가볍게 고개를 끄덕였다.

"응."

"친합니까?"

"응."

포스터를 보며 세흔은 간단하게 대답했다. 그리고 그 순간 륜의 기분은 한없이 아래로 고속 하강했다.

가족에게조차도 허용되지 않는 결벽증을 가진 륜이다. 당연히 사람들이 많은 곳은 쥐약이었다. 그래서 아플 때조차도 병원에는 가지 않는다. 아마 앞으로도 죽을병에 걸리지 않는 한은 아무리 아파도 병원에는 가지 않을 터였다. 그런데, 그럼에도 불구하고 세흔이 준 티켓인데다 오지 않으면 자신이 화가 난 것으로 오해를 할까 싶어 억지로 나왔는데 저런 남자가 친구라고?

순간 속이 비틀렸다. 눈앞이 흔들렸고 속에서 신물이 올라왔다. 지금껏 세흔이 옆에 있다는 생각에 꾹 눌러 참았던 상황들이 지금에서야 하나둘 눈에 들어왔다.

바글바글 끓고 있는 주변과 곧 닿을 듯이 지나다니는 사람들.

머릿속이 빙글빙글 돌았다. 륜은 자신도 모르게 비틀대며 뒤로 몇 걸음 물러났다. 갑자기 륜이 휘청이자 포스터를 보며 흐뭇한 미소를 짓고 있던 세흔이 깜짝 놀라 얼른 그의 팔을 잡았다.

"왜 그래? 어디 아파?"

"아, 아닙니다. 그냥 좀 어지러워서…… 괜찮아요."

중얼거리며 팔을 빼는 륜의 미간이 잔뜩 찌푸려져 있었다.

말로는 괜찮다고 하지만 절대 괜찮아 보이지 않았다. 세흔은 빠지는 류의 팔을 단단히 잡고 다른 손으로 앞으로 흘러내린 류의 머리카락을 뒤로 쓸어 넘겨주며 걱정스런 표정을 지었다.

"괜찮기는. 좀 어지러운 게 아닌 것 같은데, 많이 안 좋아?"

"아니, 별로……."

하면서도 찌푸려진 미간은 펴질 줄을 몰랐다. 그 모습을 보니 문득, 얼마 전 류이 기절했던 일이 떠올랐다.

혹시 유학을 간 게 아니라 병 치료를 하러 간 게 아닐까?

세흔이 엉뚱한 생각을 하는데 류은 어느새 식은땀까지 흘리고 있었다. 정말 많이 아픈가 보다. 세흔은 백에서 손수건을 꺼내 흘러내린 땀을 닦아주며 말했다.

"그냥 집으로 돌아갈까?"

"……그래도 됩니까?"

망설이듯 묻는 말에는 그랬으면 좋겠다는 바람이 깃들어 있었다. 세흔은 재빨리 고개를 끄덕였다.

"그럼! 당연히 되지, 안 될 게 뭐 있어? 가자."

세흔은 류의 한쪽 팔을 단단히 받치고 주차장 쪽으로 몸을 돌렸다. 그러자 세흔에게 잡히지 않은 손으로 이마를 짚은 류이 그녀의 손길을 따라 천천히 걸음을 옮겼다.

주차장에 도착해 주차해 둔 차에 올라타자 신기하게도 조금 전까지만 해도 어지럽던 눈앞이 제대로 돌아왔다. 비틀리던 속도 괜찮아졌고, 신물이 올라오던 것도 아무렇지 않아졌다. 식은

땀 역시 더 이상 흐르지 않았다. 하지만 륜은 시동을 거는 세흔을 보며 괜찮아졌으니 다시 돌아가자는 말은 하지 않았다. 세흔이 걱정해 주는 게 좋았다. 그리고 친구라는 남자를 더 이상 보고 싶지 않았다. 그래서 혹시라도 자신이 괜찮아진 것을 세흔이 눈치 챌까, 이마를 짚은 손을 내려 얼굴을 가렸다.

Rrr— Rrrrrr—
륜을 데려다 주고 돌아와 샤워를 하고 나오자 휴대폰이 정신없이 울어대고 있었다. 세흔은 머리를 털며 휴대폰을 집었다.
"응."
간단히 대답하자 휴대폰을 타고 낮은 웃음소리가 전해졌다.
[응? 내가 누군지 알고 응이야?]
"발신자 서비스 몰라? 새삼스럽게."
[이거 혁이 휴대폰인데…….]
"알아, 매니저 거라는 거."
세흔이 시큰둥하니 대답했다. 그러자 민이 놀랍다는 듯이 말했다.
[너 혁이 전화번호까지 갖고 있었어?]
"뭐, 어쩌다 보니."
별거 아니라는 식으로 대답하니 민이 못 말린다는 식으로 웃었다.
[그건 그렇고, 어떻게 된 거야? 시사회에는 왜 안 왔어?]

"갔어."

[왔어? 안 보이던데?]

민이 고개를 갸웃하고 물었다. 세흔은 툭툭, 머리를 털던 수건을 화장대 위에 올려놓으며 대답했다.

"가긴 갔는데, 보지는 못하고 돌아왔어. 다음에 개봉하면 그때 보러 갈 거야."

[왜?]

"뭐?"

[오긴 왔다면서 왜 그냥 갔냐고. 시간이 안 맞아 영화는 못 봤다고 쳐도 혁이한테 말하면 대기실까지 무사통과인 거 알잖아. 그런데 왜 나도 안 보고 그냥 갔어?]

시사회에 갈 때마다 대기실에 들르던 세흔이다. 그렇다 보니 어쩌다 한 번인데도 대기실에 들르지 않고 가버린 게 서운한 모양이었다. 쉽게 삐치거나 화를 내지 않는 민이 약간은 퉁한 음성으로 투덜대자 세흔은 피식 웃고 말했다.

"그건 류이…… 아, 넌 류이라고 하면 모르겠다. 그러니까 꿀떡이랑 같이 갔는데 걔가 몸이 안 좋아서 더 있을 수가 없었어. 어떻게 아픈 사람한테 친구가 주연 한 영화 시사회니 끝까지 보고 가자고 해?"

[……그래서 돌아간 거라고?]

"응."

화상 전화도 아니고 볼 수 없다는 것을 알면서도 세흔은 고개까지 끄덕이며 대답했다. 그러자 민이 금세 서운함을 털어낸 듯 가벼운 어조로 말했다.

[뭐, 그렇다면 어쩔 수 없지. 그래도 개봉하면 꼭 봐라?]

"알았어. 하여튼 끈질겨."

[하하하. 한 명의 관객이라도 더 끌어야 대박나지. 이왕이면 나랑 가서 한 번 보고, 어머니랑 가서 두 번 보고, 꿀떡이랑 가서 세 번 보고, 아는 친구들 다 끌고 가서 네 번 보고 그래라. 완전 대박나게.]

민은 그렇게 말하며 낄낄, 웃었다.

뒤에는 방송 관계자랑 가서 다섯 번 보고, 정리한 애인들이랑 가서 예닐곱 번 보라는 말까지 나왔다. 세흔이 뭐라 투덜댔지만 민은 들리지 않는 척 싹 무시했다. 여덟 번, 아홉 번, 계속 이어지자 결국 더 이상 참지 못한 세흔이 개봉을 하든 말든 안 봐! 하고 전화를 끊어버렸다.

끊긴 휴대폰을 들고 민은 한참 동안 웃었다. 그러다 어느 순간 뚝, 웃음을 멈췄다. 뭐가 그렇게 재미있는지 미친 듯이 웃다가 갑자기 싸늘하게 표정을 굳히는 모습에 수혁이 놀란 듯 보았지만 민은 눈치 채지 못했다. 그는 그저 가만히 휴대폰만 내려다봤다.

천천히 미간이 찌푸려졌다.

이상하다. 뭔가 느낌이 좋지 않다. 세흔과 농담 따먹기를 하는 게 즐겁기도 했지만 반대로 화가 나기도 했다. 시사회는 충분히 잘되었고 세흔이 참석하지 못한 이유도 납득이 갔다. 어디를 봐도 기분이 좋지 않을 이유가 없다. 그런데 이상하게 싱숭생숭한 느낌도 들고 기분이 착 가라앉았다. 왜인지 불쾌하기까지 했다. 그런데 아무리 생각해도 그 이유를 알 수가 없어 더 기분이 가라앉았다.

"뭐야, 이건······."

*

민에게 꿀떡을 맛보겠다고 했지만 사실 세흔 스스로도 '맛을 본다'라는 게 어디까지인지는 정확히 선을 긋지 않고 있었다.

그냥 류과 입맞춤을 하고, 키스를 하고, 또 좀 더 나아가 서로에 대해 알고 싶었다.

그러다 뜻하지 않은 사고로 입맞춤을 했다. 그런 식의 어처구니없는 입맞춤을 원한 것은 아니었지만 어쨌거나 했다. 하지만 그 이상은 없었다. 키스도 하고 또 그보다 더 깊은 뭔가를 원했지만 기회는 좀처럼 찾아오지 않았다. 같은 사고가 두 번 일어날 리 없었고 키스도, 그보다 깊은 무엇도 입맞춤과는 달라서 사고로 할 수 있는 게 아니었기 때문이다. 게다가 그들은 아직 서로에 대해 잘 알지 못했다. 그래서 더욱 세흔은 류에게로 다가가지 못했다. 그런데 뜻밖에도 너무도 좋은 기회가 갑작스레 찾아왔다.

"륜아, 넌 어쩔 거니? 정말 안 갈 거야?"
"네, 안 갑니다."
진 여사의 물음에 세흔의 옆에서 다리를 꼬고 앉아 책을 읽고 있던 륜이 생각할 것도 없다는 듯이 즉시 대답했다. 사과를 깎고 있던 한 여사가 여지없이 잘라내는 말에 섭섭한 눈빛을 했다.
"같이 가면 좋을 텐데."
"그러게. 륜이 너, 우리 오빠 못 봤잖아. 간 김에 오빠도 만나고 같이 놀면 좋은데 왜 안 가겠다는 거야?"
세흔이 한 여사의 말에 동조하며 륜을 봤다.
그 시선이 뜨거웠던 걸까? 책에 시선을 고정시키고 있던 륜이 견디지 못하고 고개를 들었다. 소파에 둘러앉은 이들의 시선이 모조리 자신에게로 향해 있는 게 보였다. 그의 결벽증이 얼마나 심한지 잘 아는 진 여사와 은 원장까지도 기대 어린 눈빛이었다.
"음. 가는 김에 세진이 얼굴도 보고, 나쁘지 않지."
"그럼요. 어디 이렇게 시간 내기가 쉬워요? 휴가라고 해도 고작 일주일인데, 혼자 집 지키는 것보다는 같이 가는 게 좋죠. 그리고 륜이 너, 미국에만 있었지 영국에는 안 가봤잖아."
은 원장과 진 여사가 한 마디씩 거들었다.
북적이는 비행기를 타는 게 싫어 미국에서 유학한 십삼 년 동안 단 한 번도 한국에 들어오지 않았다는 것을 알면서, 한 번 안

한다고 하면 어떤 말을 해도 절대 바꾸지 않는다는 것을 알면서 포기하지 못하고 설득하려 드는 은 원장과 진 여사를 보자 륜은 절로 한숨이 나왔다.

두 번 같은 말이 나오지 않게 한마디 쏘아붙이려던 륜은 바로 옆에 앉아 있는 세흔의 얼굴이 눈에 들어오자 속으로 한숨을 삼키고 말했다.

"어차피 제 표도 없지 않습니까. 그냥 저 빼고 다녀오세요."

"가겠다고만 하면 표야 지금이라도 예약을 하면 되는데 웬 걱정?"

세흔이 포크로 찍어주는 대로 딸기를 쏙쏙, 입에 넣던 완이 시큰둥한 어조로 끼어들었다.

말은 그렇게 하지만 륜이 안 갔으면 하는 기색이 말투에서 드러났다. 하지만 세흔은 그것을 느끼지 못하고 그저 완이 귀엽기만 한 듯 머리를 쓰다듬어 주며 웃었다. 그러자 막 책으로 시선을 돌리려던 륜의 눈빛이 차갑게 변했다. 완과 륜의 시선이 공중에서 부딪치자 륜이 험악한 표정을 지으며 눈을 부라렸다. 하지만 형의 사나운 시선에도 완은 겁을 먹기는커녕 턱을 치켜들었다. 어디 해볼 테면 해보라는 듯이.

'저 녀석이……'

'흥!'

반항기 어린 완의 턱짓에 륜이 책을 쥔 손에 힘을 주었다. 하지만 완은 눈도 깜짝 하지 않았다. 그렇게 두 형세가 눈싸움을 하는데도 그것을 전혀 눈치 채지 못한 세흔이 이번에는 포크로 사과를 찍어 륜에게 건네며 말했다.

"아직 완전히 휴가철은 아니니까 지금이라도 예약을 하려면 할 수 있을 것 같은데, 비행기 표 예약할까? 갈래?"

"아, 전⋯⋯."

륜 스스로도 알고 있는 사실이지만 유독 그는 세흔에게 약했다. 안 가겠다고 마음을 굳혔으면서도 세흔의 물음에는 쉽게 거절의 말이 나오지 않았다. 륜이 머뭇거리자 은 원장이 말했다.

"집에 혼자 있는 것보다 이왕이면 같이 가는 게 낫지 않나?"

"됐습니다."

은 원장이 말을 하기 무섭게 륜은 세흔에게와는 달리 딱 잘라서 거절했다. 그리고는 은 원장을 비롯한 이들을 쭉 훑어보았다.

"뭐라 말씀하셔도 갈 생각 없으니 그냥 저 빼고 다녀오십시오."

'매년 그래 놓고 새삼 제 걱정해 주는 척하지 않아도 됩니다'라는 뒷말은 삼켰다. 스스로도 자신이 그다지 정이 없고, 차갑다는 것은 알고 있었다. 하지만 세흔이 자신을 그렇게 생각하는 것은 싫었다. 그래서 평소와 달리 속에 있는 말을 마구 내뱉지는 않았다.

륜의 성격에 대해 익히 잘 아는 은 원장과 진 여사, 완은 뭔가 한마디가 더 나와야 하는데 륜이 입을 다물자 웬일이냐는 눈빛을 던졌다. 륜은 그것을 무시하고 책으로 시선을 내렸다.

그 모습을 쭉 지켜본 세흔은 속으로 한숨을 내쉬었다.

같이 휴가를 가면 하루 종일 붙어 있게 되니 자연 스킨십도 많아질 테고, 그놈의 화학 반응인지 뭔지도 일어나지 않을까 기대했는데…….

물론 가족들이 함께 가는 여행인만큼 꿀떡을 맛보는 건 무리라는 것쯤은 알고 있었다. 그래도 급조된 여섯 번째 조항에 의거하여 좀 더 친해질 필요성을 느끼고 있던 터라 나쁘지 않다고 생각했다.

그런데 안 간다는 말이지?

매년 행사처럼 가는 휴가 여행이다.

본격적인 휴가철에 돌입하기 전에 휴가 날짜를 잡고, 한 달쯤 전에 비행기 표를 미리 예약해 두는 것은 이제 당연한 일이 되어 있었다. 올해도 다르지 않아 일찍부터 날을 잡아뒀었다. 그런데 륜이 갑자기 귀국을 해 그만 휴가 여행에 륜만 쏙 빠진 상황이 되어버린 것이다.

속 편하게 있던 두 집 사람들은 날짜가 이틀 뒤로 성큼 다가오자 그제야 그 사실을 알아챘다.

보통은 그런 상황이면 섭섭해하기 마련이다.

가족들이 자신만 빼놓고 휴가를 간다는데 섭섭하지 않을 사람이 어디 있겠는가? 그런데 륜은 오히려 잘됐다는 듯이 자신만 빼놓고 갔다 오라는 말을 아무렇지 않게 했다. 당연히 징 많은 두 집 사람들은 그럴 수 없다는 생각에 같이 가고자 설득했고, 그렇게 해서 지금 상황까지 온 것이었다.

세흔이 섭섭해하는 것과는 달리 륜은 정말 아무렇지 않았다.

홀로 있는 게 너무 익숙해 사람들이 많으면 오히려 불편함을 느끼는 륜이다. 그리고 그것은 가족이라고 해도 별다를 것 없었다. 그러니 그 가족들이 몽땅 휴가를 가겠다고 하는데 나쁠 이유가 없지 않은가? 누군가를 만나러 비행기까지 타고 영국으로 갈 생각도 없고, 휴가라고 가서 스트레스를 받고 싶은 생각도 없다.

그럴 바에는 집에 남는 게 낫지.

륜은 간단하게 생각했다. 바보 같게도, 일주일간 홀로 남게 된다는 뜻이 세흔도 일주일간 볼 수 없다는 뜻이라는 것을 그때의 륜은 생각지 못했다.

이틀 뒤, 결국 두 집 사람들은 륜만 빼놓고 집을 나섰다.

"세진 형을 마지막으로 본 게 작년 이맘때였으니까 딱 일 년만인가? 진짜 기대된다. 누나도 그렇죠?"

륜이 빠지든 말든, 그저 신나기만 하는지 공항으로 가는 차 안에서 완은 세흔에게 달라붙으며 싱글벙글이었다.

삼 년 전, 영국으로 떠날 때까지 세흔이 완을 친동생처럼 돌보면서도 여자인지라 미처 메워주지 못한 부분을 메워주던 이가 바로 세진이었다. 고래 잡으러 데려간 것도 세진이고 뒷구멍으로 못된 짓 하는 법을 가르친 것도 세진이었다. 당연히 완의 마음속에는 세진 역시 엄청난 비중으로 자리를 잡고 있었다.

아마 완에게 세진은 륜보다 더 친형 같은 사람이리라.

그래서 그런가? 완은 무척이나 들떠 보였다. 뭐, 매년 휴가를 갈 때마다 그렇지만.

"누나, 왜 대답이 없어요? 누나는 안 그래요?"

세흔이 대답은 않고 멍하니 창밖만 보고 있자 완이 고개를 갸웃하며 물었다. 딴생각에 빠져 완이 뭘 물었는지 듣지 못한 세흔이 되물었다.

"뭐?"

"세진 형 만나는 거 기대되지 않느냐구요. 오랜만이잖아요."

"아, 그거? 당연히 기대되지. 일 년 만인데."

세흔은 고개를 끄덕이며 대답했다.

여타의 남매와는 달리 유난스러울 만큼 사이가 좋은 남매가 바로 세흔과 세진이다. 그런데 삼 년 전 영국으로 간 후 일 년에 한번 볼까 말까 하는 상황이니 기대되지 않을 리가 없었다. 그런데도 어째서인지 세흔은 그다지 의욕이 생기지 않았다.

'하아……'

절로 한숨이 나온다.

둘만의 시간을 가지라는 둥, 수시로 가벼운 터치를 하라는 둥, 친해지라는 둥, 꿀떡 맛보기 대작전의 조항은 많았다. 하지만 그것도 다 가까이 있을 때나 가능하다. 한국과 영국이라는, 어마어마한 산과 바다를 사이에 두고 무슨 수로 둘만의 시간을 가지고, 가벼운 터치를 하고, 친해질 수 있겠는가?

일주일.

짧다면 짧지만 길다면 긴 시간이다. 지금껏 봐온 바로 륜은 집 밖으로 나가는 걸 좋아하지 않는 듯 보였다. 하지만 그래도 혹시 아는가? 혼자 남게 되면 외로워서라도 밖으로 나가 여자를 찾게 될지.

어느새 세흔은 자신이 꿀떡을 '맛만' 보기로 했다는 사실을 까맣게 잊고 있었다. 그저 '맛만' 보려는 거니 그전에 다른 여자가 먼저 맛을 보는 것은 상관이 없다는 것도 망각하고 홀로 남은 륜이 다른 여자와 꿀떡 맛보기 놀이를 할까 걱정했다.

'아, 어쩌지?'

생각하면 생각할수록 가기 싫어졌다. 그런데 이리저리 머리를 굴려봐도 마땅히 빠져나갈 핑계가 없다.

고민하는 사이 차는 벌써 공항 주차장에 도착해 있었다.

꼼짝없이 영국으로 가야 할 판이다. 푹, 한숨을 내쉬며 짐을 내리는데 그때 세흔의 머리에 좋은 생각이 하나 떠올랐다. 세흔은 퍼뜩, 고개를 들었다. 그러자 은 원장과 정 변호사를 비롯한 두 집 사람들이 짐을 나르느라 분주하게 움직이는 게 보였다. 세흔은 살짝 한 여사에게로 다가가 어깨를 툭 쳤다. 한 여사가 무슨 일인가 하고 세흔을 보자 작게 속삭였다.

"엄마, 나 잠깐 화장실."

"시간 많지 않으니까 빨리 갔다 와."

"응."

손을 더듬어 재킷 주머니에 휴대폰이 있는지 확인한 세흔은 도망치듯 화장실로 뛰어갔다. 뒤에서 한 여자가 '어지간히도 급했나 보네'라고 중얼거리는 소리는 듣지 못한 채.

드드드— 드드드득—

며칠간 영화 홍보로 이곳저곳 불려 다니다 모처럼 시간이 나자 사무실에 나와 시나리오를 뒤적이고 있던 민은 갑자기 부르르, 책상이 떨리자 깜짝, 놀라 고개를 들었다. 지진이라도 났다 했는데 떨림의 진원지는 다름 아닌 진동으로 해둔 휴대폰이었다. 약간은 허탈하게 웃으며 휴대폰을 들어 액정을 보니 세흔이다.

무료하던 얼굴에 미소가 어렸다. 영국으로 휴가를 떠난다더니, 가기 전에 안부 전화라도 한 건가?

민은 가볍게 헛기침을 하고 폴더를 열었다.

"응."

[오 분 뒤에 나한테 전화해.]

"뭐?"

[꼭 전화해! 알았지? 끊는다.]

인사도 없이 다짜고짜 오 분 뒤에 전화하라는 말을 끝으로 전화는 끊겼다. 민은 황당한 눈으로 이미 끊긴 휴대폰을 봤다.

"뭐야……."

이거, 전화를 해? 말아?

인사도 하지 않은 괘씸죄를 생각하면 안 하는 게 맞는데 조금은 다급한 듯도 하던 세흔의 음성을 무시할 수가 없었다.

잠시간 고민하던 민은 정면으로 보이는 벽시계의 분침이 까딱까딱 넘어가 오 분째에 달하자 짧게 한숨을 내쉬고 단축 번호를 눌렀다. 혹시라도 급한 일이 있어 오 분 뒤에 전화를 하라고 한 건데 말을 안 들었다가 세흔에게 무슨 일이 생긴다면 스스로에 대한 죄책감을 감당할 자신이 없었기에.

Rrr— Rrrrrr—

[네, 정세흔입니다.]

몇 번 단조로운 신호음이 울리자 조금 전 그렇게 다급한 음성으로 말할 때는 언제고 담담하다 못해 어째 당당하게까지 느껴지는 음성이 들려왔다. 민의 한쪽 눈썹이 위로 치켜 올라갔다.

뭐야, 별일 아니었던 건가?

전화를 걸까 말까 고민하며 무슨 일이 있는 건 아닌가 싶어 걱정한 오 분의 시간이 아까워졌다.

"뭐야, 왜 오 분 뒤에 전화를 하라고 한 건데?"

[어머, 최 PD님!]

"뭐?"

[웬일이세요? 이 시간에 전화를 다 주시고.]

이게 무슨 소리야? 웬 헛소리? 미간이 절로 찌푸려졌다. 민은 어이가 없어 검지로 이마를 꾹 눌렀다.

"야, 정세흔. 갑자기 무슨 헛소리를 하는 거야? 최 PD님이라니……."

[네? 프로그램이요? 정말요? 당연히 기회가 닿는다면 하고 싶죠.]

말을 뚝, 자르고 세흔은 자기 할 말만 했다. 엉뚱한 소리만 늘어놓는 세흔의 말에 민은 황당함을 감추지 못했다.

"너…… 도대체 지금 무슨 소리 하는 거야? 오 분 뒤에 전화를 하라고 하더니 갑자기 최 PD님은 왜 찾는 건데? 좀 알아듣게 이야기를……."

[지금요? 아, 사실은 제가 지금 휴가차 영국으로 가는 중이거든요. 하지만 그래도 일이라는데 당연히 가야죠. 그럼요. 어쩔 수 없죠 뭐. 호호. 그럼 지금 바로 갈게요. 네네.]

"……."

[방송국 앞에 가서 제가 전화 드릴게요. 네, 그럼.]

그렇게 전화는 끊겼다.

민은 기가 막힌 표정으로 휴대폰을 내려다보았다.

통화가 끝나자 옆에서 듣고 있던 진 여사가 물었다.

"방송국이니?"

"네."

"새 프로그램 맡으래?"

"네."

세흔이 고개를 끄덕이고 주위를 둘러보며 난처한 표정을 지었다.

"어쩌죠? 지금 방송국으로 가봐야 할 것 같은데……."

차마 말을 끝맺지 못하고 끌자 완이 눈을 동그랗게 떴다. 통화를 들었으면 상황이 어떻게 된 건지 짐작이 갈 텐데 그럼에도 믿을 수 없는지 확인하듯 물었다.

"그럼 같이 못 가는 거예요?"

"응."

세흔이 고개를 끄덕여 확인시켜 주자 완은 펄쩍 뛰었다.

"에? 말도 안 돼! 수험생인 나도 가는데 누나가 빠지는 게 어디 있어요? 돈이 부족한 것도 아니고, 그까짓 프로그램 안 하면 되잖아요!"

세흔이 얼굴을 굳혔다.

"내가 '그까짓' 프로그램을 하는 건 돈이 부족해서가 게 아니라 어릴 때부터 꿈이었고 좋아하는 일이라서야, 은완."

"그래. 완아, 네 말이 심했어. 아무리 섭섭해도 그렇지, 세흔이 일에 얼마나 자부심을 가지고 있는지 알면서 그렇게 말할 건 뭐니? 얼른 사과해."

진 여사가 꾸짖자 세흔의 차가운 말에 움찔한 완이 풀이 죽어 고개를 푹 숙이고 사과했다.

"죄송해요, 누나. 그런 뜻으로 한 말이 아닌데……."

"알아. 그리고 나도 심했어. 안 그래도 같이 못 가게 돼서 미안한데 네가 그렇게 말하니까 섭섭했었나 봐. 이해해 줘."

세훈이 머리를 쓰다듬어 주며 말하자 완이 울상을 지었다. 같이 가자고 떼를 쓰고 싶은데 그렇게 할 수 없어 안타까운 듯했다.

가만히 지켜보고 있던 정 변호사가 중얼거리듯 말했다.

"그럼 지금 가야 하는 건가?"

"네. 시간 되면 뒤늦게라도 따라가면 되는데, 아시겠지만 새 프로그램을 시작하면 일이 많아지잖아요. 기획도 짜야 하고 의견 조율도 해야 하고. 아마 뒤따라가지 못할 거예요."

"어쩔 수 없지."

"이왕 휴가 반납하고 하는 거 잘해야 한다?"

은 원장과 진 여사가 한 마디씩 하자 세훈이 미안한 표정을 지으며 고개를 끄덕였다.

"네. 제가 없더라도 울지 마시고 재미있게 놀다 오세요."

장난스런 뒷말에 아쉬워하던 이들의 얼굴에 미소가 어렸다.

그렇게 세훈은 극적(?)으로 공항에서 영국으로 가는 비행기에 오르지 않을 수 있었다.

택시에 올라 일부러 서울 시내를 한 바퀴 돈 후 집으로 향하는데 휴대폰이 울렸다. 액정에는 '왕자병말기환자'가 떴다. 세훈은 피식 웃었다. 그렇게 통화를 끝냈으니 전화가 오는 게 당연하다.

공항에 있을 때 전화가 오지 않은 게 다행이라면 다행일까?

세흔은 혼자서 킥킥대며 웃다 택시 기사가 룸미러로 의아한 눈빛을 던지자 얼른 웃음을 멈추고 통화 버튼을 눌렀다.

"네."

[네? 사람을 그렇게 황당하게 만들어놓고 참 태평하게도 받는구나? 도대체 어떻게 된 거야? 아까 그 쇼는 뭐고. 아니, 그것보다 너 지금 어디야?]

아직까지 감정을 수습하지 못한 듯 민의 음성에는 황당함이 곳곳에 어려 있었다. 그러면서도 지금쯤 비행기를 타고 있어야 할 세흔이 전화를 받는 게 신기한 듯 묻는 말로 끝을 맺었다.

세흔은 어두워져 가는 창밖을 보며 간단하게 대답했다.

"나? 지금 택시 안."

[택시 안? 어떻게? 너 가족들이랑 영국 간다고 하지 않았어?]

"했지."

[근데?]

"근데, 할 일이 생겨서 말이야."

[할 일?]

아까 이상한 말을 늘어놓던 통화와 연관된 건가? 민이 머리를 굴리는데 세흔이 작게 속삭였다.

"응. 꿀떡 맛 좀 보려고."

그 말이 떨어지기 무섭게 휴대폰 너머로 퐈당, 하는 소리가 들렸다. 갑자기 터져 나온 소리에 세흔은 어리둥절해서 휴대폰을 봤다.

"민아?"

[아…….]

"뭐야? 무슨 소리야?"

[아니, 그게…… 갑자기 의자가 뒤로 넘어가서. 그런데, 뭐라고? 꿀떡을…… 어쩌겠다고?]

민의 음성이 떨리고 있었다. 하지만 세흔은 방금 전 의자가 넘어가며 휴대폰이 어딘가 부딪쳐서 그런 것으로 여겼다.

"생각해 보니까 이보다 더 좋은 기회는 없겠더라고. 우리 집이랑 꿀떡 집이랑, 두 집 가족들 모두 휴가를 갔으니 일주일간 꿀떡이랑 나랑 둘만 남게 되는 거잖아. 꿀떡 맛보기 대작전, 네 번째. 꿀떡과 둘만의 시간을 가져라. 십중팔구는 화학 반응이 일어날 것이다. 일주일 동안 둘만 있다 보면 굳이 내가 유혹을 하지 않아도 남자인 이상 넘어오지 않겠어? 그렇게 되면 나는 편안히 꿀떡을 맛볼 수 있게 되는 거지."

[…….]

좋은 생각이라는 듯이 음, 하고 고개를 크게 끄덕인 세흔은 기쁜 듯 깔깔 웃었다.

어째서인지 민은 한참 동안 말이 없었다. 전화가 끊겼나? 의아해서 휴대폰을 보는데 어느새 택시는 집 근처에까지 다다라 있었다. 세흔은 택시비를 지불하려 지갑을 챙겨 들며 휴대폰에 대고 말했다.

"민아, 그만 끊어야겠다. 집에 도착했거든. 거사가 성공하면 보고할 테니까 잘되도록 기도 좀 해줘. 그럼 끊는다."

꿀떡을 맛볼 거라는 세흔의 말에 갑자기 전화기 너머의 민은 초조함과 답답함을 느꼈다. 이대로 세흔에게 달려가서 그녀의 행동을 말리고 싶은데 그럴 명분이 없다. 게다가 왜 말리고 싶은 건지, 어째서 세흔이 꿀떡을 맛보지 않았으면 하는 건지 스스로의 마음을 이해할 수가 없었다.
사촌이 땅을 사면 배가 아픈, 그런 건가?
예전에는 세흔이 누구와 사귀든 아무렇지도 않았다. 꿀떡을 맛보겠다고 했을 때도, 즐거운 마음으로 조언을 해주고 작전을 짜주었다. 그만큼 민은 아무렇지도 않았다.
작년, 서른을 넘긴 기념으로 프러포즈를 했고, 그 후로도 몇 번 더 하긴 했지만 그것은 단순히 나이 더 먹기 전에 가정을 가지고 싶어서였을 뿐, 결코 세흔을 이성으로서 사랑해서가 아니었다. 지금 딱히 사랑하는 사람도 없고, 앞으로도 없을 테니 이왕이면 마음이 맞는 세흔과 결혼하는 게 좋겠다 싶었던 것일 뿐이다. 친구 같은 부부로 사는 것도 나쁘지 않으니까. 정말이지, 단순히 그런 이유였지 세흔에게 딴마음이 있는 건 결단코 아니었다. 그런데 시사회 때 자신보다 꿀떡을 먼저 챙긴 것에 이상할 정도로 서운함을 느낀 후부터 세흔에게 언제나 자신이 제일 먼저였으면 하는 바람이 생겨났다. 그것이 연예인이라는 특수

한 직업상 마음을 터놓고 이야기할 수 있는 유일한 상대가 세흔이기에 그런 건지, 아니면 또 다른 무언가가 있는 건지는 민 스스로도 확신할 수 없었다.

확실한 것은 세흔이 꿀떡을 맛보는 게 싫다는 거였다. 민은 세흔이 통화를 끝내려 하자 얼른 정신을 차렸다.

혹시라도 바로 전화를 끊어버릴까 민은 다급하게 말했다.

"자, 잠깐만, 세흔아. 그렇게 급하게 결정을 할 게……."

뚝—

"세, 세흔아? 정세흔? 야, 정세흔!!"

정신없이 소리쳤지만 통화는 끊긴 후였다.

민은 입술을 질끈, 깨물며 즉시 단축 번호를 눌렀다. 하지만 이미 전원을 꺼놓은 듯 바로 소리샘으로 넘어가는 소리만이 들릴 뿐이었다.

✽

뭔가 굉장히 허전하다.

가슴 한쪽으로 싸늘한 바람이 스며드는 것 같았다. 뜨겁게 달아올랐던 심장이 조금씩 조금씩 식어가는 느낌. 이게 외로움이라는 걸까? 너무 오래되어 잊어버렸던 감정이 새삼 되살아났다.

"하아……."

류은 깊게 한숨을 내쉬며 책장을 뒤적였다.

뭐라도 하지 않으면 스산한 바람에 식어가는 심장을 견디지 못할 것만 같았다. 그러다 창밖으로 뭔가가 어른거리자 커튼을 젖혔다.

촤르르륵—

커튼이 쳐지며 앞집 대문에 웬 사람이 서 있는 게 보였다.

커다란 여행 캐리어를 옆에 두고 안쪽을 보며 기웃거리는 사람은 충분히 수상해 보였다. 누가 봤다면 도둑이라고 오해했을 법한 모습. 하지만 륜은 그렇게 생각하지 않았다. 오히려 방금 전 길게 한숨을 내쉬던 것도 잊어버리고 미소를 지었다. 앞집 대문 앞에서 서성이는 이가 다름 아닌 세흔이었던 것이다.

륜은 얼른 고개를 들어 시계를 봤다. 비행기 시간이 다섯 시인 것으로 아는데 일곱 시가 다 되어가고 있었다.

왜 여기에 있는 거야?

신기할 정도로 기쁜 반면 의아함을 느낀 륜은 뽑았던 책을 다시 꽂고 몸을 돌렸다. 자신도 모르게 점점 빨라지는 걸음으로 계단을 지나쳐 현관문을 열고 나온 륜은 허리까지 오는 대문 앞에 서서 등을 돌리고 서 있는 세흔을 향해 물음을 던졌다.

"지금 여기서 뭐 하시는 겁니까?"

매번 감탄해 마지않는 낮고 섹시한 음성이 뒤쪽에서 들리자 굳게 닫힌 자신의 집 대문을 보고 있던 세흔의 입가에 미소가 어렸다.

초인종이라도 눌러서 불러야 하나 고민했는데 스스로 나와주니 그저 고마울 따름이다. 하지만 세흔은 고맙다는 말을 하는 대신 입가에 피어난 미소를 지우고 난처한 표정을 만들어내며 몸을 돌렸다.

"아, 륜아……."

"다섯 시 비행기 아니었습니까? 왜 여기에 계십니까?"

"그게, 일이 좀 있어서…… 어쩌다 보니 못 갔네."

세흔이 난처한 듯 눈가를 찡그리며 웃었다.

그 모습을 보며 륜은 황당하게도 기쁨을 느꼈다.

휴가 이야기가 나왔을 때만 해도 절대 따라가지 않겠다고 생각했다. 홀로 남게 되면 오랜만에 책을 읽으며 평화로운 시간을 보내리라. 그렇게 다짐했다.

그때까지만 해도 그는 세흔 역시 휴가를 갈 것이고, 가족들과 마찬가지로 일주일간 그녀를 보지 못하게 될 거라는 것을 생각지 못하고 있었다. 그러다 막상 떠나는 날이 다가오고 가족들과 함께 세흔까지 떠나자 이해할 수 없는 상실감을 느꼈다.

뜻하지 않은 외로움과 허전함.

륜은 뒤늦게라도 따라가야 하는 걸까 고민했다. 그러던 차에 세흔이 돌아왔으니 어찌 기쁘지 않을 수 있겠는가. 하지만 륜은 애써 아무렇지도 않은 척 말했다.

"근데 왜 그러고 계십니까? 들어가지 않구요."

단단히 닫혀 있는 문을 보며 고개를 갸웃하고 묻자 기다렸다는 듯이 세흔이 미간을 찌푸렸다.

"그게, 집 열쇠를 안 가지고 있거든. 뒤에 남으면서 받아뒀어야 하는 건데, 그만 깜빡해서……."

"서비스 업체를 부르시죠? 한국에 대해서는 잘 모르지만 사람 사는 곳이 다 거기서 거기인 것을 보면 여기에도 문이 잠겼을 때 전문적으로 열어주는 곳 있을 텐데요?"

세흔은 짧게 말했다.

"불렀어."

"아, 그래서 기다리는 중입니까?"

그제야 상황을 짐작한 륜이 고개를 끄덕이며 물었다. 하지만 세흔은 머리를 흔들어 그 말을 부정했다.

"아니."

"그럼요?"

"안 된다고 하더라구."

"네?"

"휴가철이라 빈집털이범이 넘쳐 나는데 내가 이 집주인인 걸 어떻게 아냐고 하더라? 확실히 알 수 없으면 문 못 열어준대. 꼭 문을 열고 싶으면 주민등록등본이라도 떼서 증명하라던데?"

세흔은 푹 한숨을 내쉬며 말을 이었다.

"미국에 있다 왔으니 알까 모르겠는데, 지금은 시간이 많이 늦어서 주민등록등본 못 떼거든? 날이 밝아야 뭘 떼든지 말든지 할 텐데……."

"그래서 어쩌실 생각입니까?"

"안 그래도 고민 중이야. 담을 타넘고라도 들어가야 할지, 아니면 하룻밤 호텔에서 묵을지."

세흔이 손가락을 꼽으며 몇 가지 선택 사항을 늘어놓자 륜의 표정이 순간 험악하게 변했다.

담을 타넘다니, 그러다 다치면 어쩌려고? 거기다 뭐? 호텔? 여자 혼자서 무슨 호텔이란 말인가?

아무리 좋은 호텔이라도 용납할 수 없다.

륜은 자신이 결정할 사항이 아님에도 주먹을 틀어쥐며 속으로 중얼거렸다. 그러다 머리카락을 쓸어 넘긴 세흔이 고개를 들자 얼른 표정을 풀었다. 그리고는 일상적인 어조로 말했다.

"차라리 우리 집에서 하룻밤 묵는 건 어떻습니까?"

"뭐?"

뜻밖의 말에 세흔이 눈을 동그랗게 뜨자 륜이 두 손을 들어 보였다.

"다른 뜻은 없습니다. 그저 원래 집안끼리 잘 아는 사이이기도 하고 방도 많으니 호텔보다는 나을 것 같아서 말입니다. 그렇게 하시죠?"

륜이 설득조로 말하자 세흔은 잠시 생각하는 표정을 지었다. 그러다 고개를 흔들었다.

"안 돼. 어떻게 그렇게 해? 혼자 있는데 내가 괜히 끼어들어서 폐를 끼칠 수는 없잖아. 그냥 호텔에 가서……."

"평소 이모, 이모부 하는 분들의 집을 바로 앞에 두고 호텔에 간다는 게 말이 됩니까? 그리고 이 일을 나중에 어머니, 아버지께서 아시면 제가 야단을 맞습니다. 하룻밤인데 그냥 우리 집에서 묵으세요."

"그래도……."

세흔이 망설이듯 말을 끌자 륜은 그답지 않게 열을 올리며 설득을 했다. 그렇게 몇 번의 설득이 이어지고 고민하던 세흔이 결국 고개를 끄덕였다. 십 분이 넘는 실랑이 끝에 원하는 대로 결론이 나자 륜은 안도의 한숨을 내쉬었다. 혹시라도 세흔이 마음을 바꿀까, 한쪽에 놓인 여행 캐리어 손잡이를 잡고 세흔을 봤다.

"그럼 들어오세요."

"아, 응."

세흔이 대답하자 륜은 만족스런 미소를 짓고 몸을 돌렸다. 그런 그를 세흔은 가만히 쳐다봤다.

〈주민 명명, 꿀떡 맛보기 대작전. 필식기(必食技).

정의 : '꿀떡을 반드시 먹는 기술'이라는 뜻으로 '사람을 반드시 죽이는 기술'이라는 뜻인 필살기(必殺技)의 아류.

조건 : 밀폐된 공간에 둘만 있어야 함.

하나. 연약한 척 쓰러져라. 그리고 엉겨붙어라! 단, 연기인 것을 '꿀떡'이 눈치 채지 못하게 사전 작업이 철저해야 한다. 수시로 약한 모습을 보여준 후 쓰러져라. 그럼 반은 성공한 것이다.

둘. 술 취한 척 달라붙어라! 썸씽의 80%가 술로 인해 벌어진다. 그 대중성을 이용하라. 단, 진짜 취해서는 안 된다. '꿀떡' 공략이 목표임을 한시도 잊지 마라. 술로 '꿀떡'의 자제력만 빼앗아도 OK. 그럼 80%는 성공한 것이다.

셋. 팔이든 다리든 어디 한 곳을 부러뜨려라. 그리고 덮쳐라! 단, 전투불능 상태로 만들되 기절시켜서는 안 된다. 정신 잃은 '꿀떡'은 아무 소용이 없음을 상기하자. 저항하지 못할 정도로만 만들면 된다. 그럼 100% 성공이다.〉

"안 오고 뭐 합니까?"

어둠 속에서도 실크 셔츠 위로 언뜻언뜻 드러나는 근육을 황홀한 듯 쳐다보던 세흔은 현관문을 연 륜이 몸을 돌려 묻자 얼른 눈을 내리깔았다. 혹시라도 방금 한 생각이 고스란히 읽힐까 봐.

꿀꺽, 침을 삼키고 마음을 가다듬은 후 눈을 치켜 올리며 말했다.

"지금 들어가려고."

"초여름이라도 밤은 춥습니다. 감기 걸리지 않게 얼른 들어오세요."

지금 자신이 어떤 상황에 처했는지 조금도 모르는 륜은 그렇게 말하고 안으로 들어갔다. 륜이 사라지자 방금 전까지만 해도 난처한 듯 어쩔 줄 모르겠다는 표정을 짓고 있던 세흔이 언제 그랬냐는 듯이 빙긋, 미소를 지었다.
 참으로 음흉해 보이는 미소가 아닐 수 없었다.

Chapter 05

거실 한쪽에 여행 캐리어를 놓은 륜이 몸을 돌려 세흔을 봤다.

"식사는 하셨습니까?"

"……식사?"

예상 밖의 질문에 세흔이 한 박자 늦게 반응했다. 륜은 그런 세흔을 보다 고개를 끄덕였다.

"네."

"아니, 아직."

신경 쓰지 않고 있었는데 그러고 보니 배가 고프다. 세흔은 슬쩍 콧등을 찡그렸다. 그러면서도 괜히 륜이 신경 쓸까 덧붙여 말했다.

"근데 괜찮아."

눈치 채지 못하길 바랐다. 하지만 륜은 지나칠 정도로 눈썰미가 좋았다. 유감스럽게도 그는 단번에 세흔이 배고프다는 사실을 알아챘다.

"잠시만 기다리세요. 이 시간에 장 보러 갈 수는 없고, 대충 있는 재료로 먹을 만한 걸 해드리겠습니다."

륜은 그렇게 말하고 소매를 걷으며 부엌으로 향했다.

사양을 하려던 세흔은 그가 부엌으로 향하자 쪼르르 그 뒤를 따라갔다. 모퉁이를 돌아가니 어느새 륜은 손을 씻고 냉장고에서 이것저것 음식 재료를 꺼내고 있었다. 감자나 버섯 같은 것을 보니 더 배가 고프다. 그래서 세흔은 사양하지 않기로 했다.

"요리할 줄 알아?"

"잘하지는 못해도 할 줄은 압니다. 혼자 산 게 몇 년인데, 매 끼니를 사 먹지 않으려면 몇 가지 요리쯤은 할 줄 알아야 하지 않겠습니까."

륜이 감자와 당근, 양파, 버섯 등을 씻으며 대답했다.

그는 깔끔한 동작으로 씻은 재료를 썰었다. 세흔은 식탁 의자에 앉아 마치 행위예술을 보는 듯한 느낌으로 그 모습을 지켜봤다. 륜은 대충 재료를 다 썰자 다시 냉장고로 가 안을 보았다.

찾는 게 없는 걸까?

륜이 가볍게 눈매를 찡그리며 허리를 폈다. 힐끗, 세흔을 봤다. 눈이 마주치자 륜이 말했다.

"고기가 없는데, 새우 괜찮습니까?"

"응. 좋아해."

세흔이 얼른 고개를 끄덕이자 륜은 새우를 꺼내 손질하고 프라이팬을 달궈 볶음밥을 만들기 시작했다.

볶음밥은 언젠가 세흔도 시도를 해봤던 요리다.

자신이 할 때는 굉장히 복잡하고 시간이 많이 걸렸던 것 같은데 륜이 하니 금방이었다. 참기름과 깨소금으로 마무리를 한 륜이 접시에 담아 세흔의 앞으로 내밀었다. 참을 수 없을 정도로 향기로운 향에 침이 꼴깍꼴깍 넘어갔다. 세흔은 륜이 건넨 숟가락을 받아 들고 크게 한입 떠 입에 넣었다. 입 안 가득 참기름 향이 퍼졌다. 세흔의 눈동자가 커다래졌다.

"와! 끝내준다. 잘하지 못한다고 해놓고, 엄청 맛있잖아!"

세흔이 감탄에 감탄을 하며 정신없이 숟가락을 뜨자 륜은 빙그레, 미소를 지었다. 시장이 반찬인지는 몰라도 맛있다고 해주니 기분은 좋았다.

륜은 세흔이 식사를 하는 동안 이것저것 시중을 들었다. 포만감이 밀려오자 그제야 생각난 듯 세흔이 아, 하고 고개를 들었다.

"참! 그러고 보니, 넌 식사했어?"

컵을 꺼내 세흔의 옆에 놓고 물을 따라주며 륜이 말했다.

"빨리도 물어보시는군요."

"너무 맛있어서 정신없이 먹느라 깜빡했어."

세흔이 미안한 듯 헤헤 웃으며 말하자 륜은 과연 저 여자가 정말 서른한 살이 맞는 걸까 하는 의심을 잠시잠깐 해보고 고개를 끄덕였다.

"했습니다, 조금 전에."

부엌에 들어왔을 때 물기 하나 없이 치워져 있던 싱크대를 생각하면 식사를 한 지 오래되었을 것 같은데……. 하지만 세흔은 그냥 넘겼다. 식사를 했으면 된 거고, 하지 않았더라도 했다고 말을 한 것을 보면 할 생각이 없다는 뜻이니 괜히 참견하기가 그랬던 것이다.

륜은 식기세척기에 접시를 돌리고 냉장고에서 딸기를 꺼냈다. 이번에도 지나칠 정도로 깔끔한 동작으로 딸기를 몇 번 씻어내더니 물기를 빼고 몸을 돌렸다.

"거실로 가죠."

"아, 응."

세흔이 고개를 끄덕이자 륜은 딸기가 든 접시를 들고 부엌을 나갔다. 그리고 그 모습을 세흔이 신기한 듯이 봤다.

만난 지 얼마 되진 않았지만 세심하게 남을 보살피는 성격으로 보이지는 않던데 잘못 봤던 모양이다. 익숙한 동작으로 하나하나 챙겨주는 륜이 무척 새롭다. 세흔은 그런 생각을 하며 부엌을 나섰다.

"하암."

즐겨 보는 드라마가 끝나자 세흔이 하품을 했다. 그다지 드라마에 관심이 없던 륜은 금세 그것을 알아챘다.

"잠이 오십니까?"

"응? 응. 피곤하네."

세흔이 끄덕끄덕, 고개를 끄덕였다. 굉장히 귀엽게 보이는 행동에 미소를 지으며 그만 들어가서 자라는 말을 하려던 륜이 멈칫했다. 미처 생각을 못하고 있었는데 그러고 보니 치워놓은 방이 없다. 어쩌지?

"난 어디서 자?"

꼭 륜의 생각을 읽은 것처럼 세흔이 딱, 맞춰서 물어왔다. 난감함에 머리카락을 쓸어 넘긴 륜은 약간 뜸을 들이고 말했다.

"그게…… 죄송합니다. 예정에 없던 일이라 방이 준비 안 되었네요. 지금 손님방을 치울 테니 잠시만 기다려 주세요."

그렇게 말하며 자리에서 일어나는데 세흔이 손목을 잡아왔다. 흠칫한 륜이 고개를 내리자 세흔이 그를 도로 자리에 앉히며 말했다.

"됐어. 밤도 늦었는데 이 시간에 무슨 청소를 한다고 그래? 난 그냥 완이 방에서 잘게."

"……완이 방에서요?"

뜻밖의 말에 륜이 눈매를 찡그리며 묻자 세흔이 고개를 끄덕였다.

"응. 지금 쓸 수 있는 방이라고 해봐야 안방이랑 네 방, 완이 방일 텐데 안방에서 잘 수는 없으니 완이 방에서 자야지. 별수 없잖아?"

"……."

동의를 구하듯 묻는 말에도 륜은 대답할 수 없었다. 미소를 지을 때는 언제고, 이미 륜의 얼굴은 일그러질 대로 일그러져 있었다.

싫다.

안방에서 잘 수 없다는 말도 이해가 됐고, 남은 방은 완의 방밖에 없으니 완의 방에서 자겠다는 말도 이해가 됐다. 머리로는 모두 이해했다. 그런데 이상하게 마음은 받아들이지 못했다.

싫었다. 그냥 무작정 싫었다. 새 시트를 간다고 해도 싫었다. 그래. 그냥, 무조건, 무작정 싫었다.

잠시 생각한 륜은 짧게 한숨을 내쉬며 말했다.

"그냥 제 방에서 주무십시오."

"뭐?"

그 말은 정말 뜻밖이었다. 세흔이 눈을 동그랗게 떴다. 하지만 륜은 이미 마음을 정한 듯 한결 편안해진 표정으로 같은 말을 반복해 주었다.

"제 방에서 주무시라구요."

"그럼 너는?"

"전 거실 소파나 완이 방에서 자든지 하겠습니다. 그럼 잠시만 기다리세요, 새 시트 갈아놓을 테니."

 륜은 그 말을 끝으로 자리에서 일어나 이층으로 올라가 버렸다. 뒤에 남겨진 세흔은 이상할 정도로 뛰는 심장에 조용히 두 손으로 가슴을 지그시 눌렀다. 혹시라도 쿵쿵대는 심장 소리가 이층까지 들릴까 봐.

 "으…… 으으…… 악!!"

 흐린 구름이 별은 물론, 달마저 가려 버렸는지 칠흑 같은 어둠으로 휩싸여 있는 집에 섬뜩한 비명 소리가 울려 퍼졌다. 소파에 앉아 책을 읽다 반쯤 잠 속으로 빠져들던 륜은 귓가를 찌르는 비명 소리에 깜짝 놀라 벌떡 몸을 일으켰다.

 "……."

 사방은 고요했다. 언제 비명 소리가 들렸냐는 듯이.

 륜은 주위를 둘러보았다. 잘못 들은 걸까? 아니면 꿈을 꾼 것이거나. 그런 생각이 들었지만 쉽사리 다시 자리에 앉지는 못했다.

 잠시 망설이던 륜은 이층 자신의 방으로 향했다. 어렴풋이 그 비명 소리가 꽤나 고음이었던 게 기억났기 때문이다. 자신의 방에 도착해 빙문 앞에 선 륜은 노크를 하려 손을 들다 멈칫했다. 만약 방금 들었던 비명 소리가 세흔의 것이 아니라면 그녀는 지금쯤 한밤중일 것이다. 그런데 굳이 노크를 해서 깨워야 할까?

 고민하던 륜은 확인만 해봐야겠다고 생각히곤 노크는 하지 않은 채 손잡이를 잡아 돌렸다.

끼익—

잘 나지 않던 문소리가 오늘따라 유난히 크게 들린다. 좀 더 조심스런 손길로 문을 열고 안을 본 륜은 멈칫했다. 어둠에 익숙해진 눈에 침대 위에 앉아 있는 세흔의 모습이 들어왔던 것이다.

'역시…… 인가?'

환청이 아니었던 모양이다. 륜은 안으로 들어서며 불을 켰다.

"아……."

멍하니 앉아 있던 세흔이 갑자기 밝아진 주위에 눈이 부신 듯 손을 들어 눈가를 가렸다.

세흔의 모습을 훑어본 륜이 눈살을 찌푸렸다.

"악몽이라도 꾸셨습니까?"

헐렁한 셔츠가 식은땀에 흠뻑 젖어 있는 게 형광등 아래 드러났다. 세흔이 몇 번 눈을 깜빡이고 눈가를 가린 손을 치웠다. 그러자 핏기 하나 없는 얼굴이 보였다. 륜은 고개를 돌려 벽시계를 봤다.

한 시.

자러 가겠다고 한 게 열한 시쯤이었으니 고작 두 시간이 지났을 뿐이다. 그런데 세흔의 얼굴은 두 시간 전과 천지차이였다.

"괜찮으세요?"

걱정스런 마음에 부드럽게 묻자 세흔이 그를 봤다. 어쩐지 멍한 듯 보이던 눈동자에 초점이 잡혔다.

"뭐?"

제대로 듣지 못한 듯 세흔이 되물었다. 륜이 대답했다.

"괜찮으시냐고 물었습니다."

"그, 그럼. 당연히 괜찮지. 후우……."

아무렇지도 않은 척 가볍게 대답을 한 세흔은 깊게 숨을 내쉬다 갑자기 무슨 생각이 들었는지 의아한 표정으로 륜을 봤다.

"그런데 자지 않고 여기는 웬일이야?"

"비명 소리가 들리기에……."

"아……."

"악몽이라도 꾸셨습니까?"

두 번째 같은 질문이었다. 하지만 세흔은 처음 들은 것처럼 륜을 보더니 고개를 저었다.

"아니, 악몽이 아니라 가위에 눌렸어. 별것 아닌데 내가 소리를 질렀나 보네. 깨워서 미안."

장난스레 혀를 내밀지만 그 순간에도 세흔의 눈동자는 끊임없이 흔들리고 있었다. 그래서 그만 가보라는 시선에도 자리를 뜰 수 없었다.

"자러 안 가?"

결국 참다못한 세흔의 축객령이 떨어졌다. 하지만 그 말에도 륜은 물러나지 않았다. 한참 동안 그녀를 가만히 쳐다보던 륜이 물었다.

"괜찮으시겠습니까?"

"……."

괜찮습니까가 아닌 괜찮으시겠습니까.

그 말 앞에는 '제가 가도'라는 말이 생략되어 있었다. 그래서 세흔은 바로 대답하지 못했다. 아까처럼 그냥 괜찮냐고 물었다면 괜찮다고 할 텐데……. 살피듯 보는 류의 눈동자가 너무 깊어, 시선을 마주할 수가 없다. 세흔은 대답 대신 눈을 내리깔고 손을 들었다. 이마를 짚는 손가락이 공중에서 가늘게 떨리고 있었다.

'이게 아닌데…….'

속으로 한숨을 내쉰 세흔이 눈을 들었다.

"그럼, 잠깐만…… 정말 잠깐만 같이 있어줄래? 그냥…… 내가 잘 때까지만 옆에 좀 있어줘. 그래 줄 수 있지?"

"그……."

"설마 내가 못 미더워서 망설이는 건 아니겠지? 거짓말이 아니라, 진짜로 내가 다른 건 다 괜찮은데 무서움은 좀 타는 편이라서 그러는 것뿐이야. 다시 가위에 눌리는 건 사양이니까. 그러니 괜히 이상한 오해는 하지 말고, 그냥 손만 잡고 잘 테니까……. 응?"

뭐라 말하려는 류의 말을 뚝 자르고 눈을 가늘게 뜨며 장난을 치듯 말하지만 그게 장난이 아니라는 것쯤은 알 수 있었다. 류은 짧게 한숨을 내쉬고 책상 의자를 가져와 침대 옆에 놓고 거기에 앉으며 역시 가볍게 농담을 하듯 말했다.

"당연히 믿습니다. 이상한 오해 같은 거 안 할 테니 주무세요."

"손!"

세흔이 한쪽 손을 내밀었다.

농담처럼 말한 '손만 잡고'라는 말을 정말 실행할 생각인가 보다. 륜은 놀랍도록 하얗게 보이는 손을 보다 잡았다. 역시나, 세흔과의 '접촉'은 그 어떤 거부감도 주지 않았다.

"누우세요."

륜이 다른 손으로 삐뚤어진 베개를 바로 하며 말했다. 하지만 세흔은 그 말을 듣지 않았다. 그녀는 물끄러미 마주 잡은 손을 내려다보다 눈을 들어 륜을 봤다.

공중에서 시선이 부딪쳤다.

그렇게 그들은 한참 동안 서로의 눈을 쳐다보았다. 빨아들이는 듯한 검은 눈동자에 이상할 정도로 가슴이 떨린다. 륜은 저도 모르게 끌리듯 세흔의 입술에 입맞춤을 했다. 세흔이 움찔하자 변명을 하듯 입을 열었다.

"인사요. 굿나잇 인사……."

뒷말은 세흔의 입속으로 사라졌다. 세흔이 륜의 손을 잡지 않은 손으로 그의 목을 끌어당겨 키스를 해왔던 것이다. 갑작스런 행동에 륜이 흠칫하는데 벌어진 륜의 입 안으로 세흔의 혀가 매끄럽게 침입했다.

"……!"

손을 잡는 것은 물론이고, 입맞춤을 하는 데에도 거부감이 없다는 것은 이미 알고 있었다. 그런데 서로의 혀가 얽히는 딥 키스에도 아무렇지 않을 줄은 몰랐다. 자연 륜은 깜짝 놀랐다. 륜의 눈동자가 커다랗게 떠졌지만 눈을 감고 있는 세흔은 그것을 보지 못했다.

그녀는 잡고 있던 륜의 손을 놓고 두 손으로 륜의 뺨을 감싼 채 깊게 깊게 키스를 했다. 혀가 얽히고 서로의 온기를 나누는 키스에 륜은 뭐라 딱히 설명할 수 없는 짜릿함을 느꼈다. 그는 반사작용처럼 눈을 감았다.

그렇게 얼마간 서로를 삼킬 듯한 키스가 이어졌다.

입술과 입술, 혀와 혀가 맞부딪치며 색스런 소리가 방 안을 울렸다. 어느새 륜은 반쯤 의자에서 일어나 세흔의 허리를 감싸 안고 있었다.

한 손으로 침대를 짚고 다른 손으로 세흔을 꼭 끌어안은 륜은, 처음으로 해보는 딥 키스에도 그것만으로는 부족한 무언가를 느꼈다. 그때, 언제였던가? 사고로 한 손 가득 들어오는 가슴을 만진 후로 지금껏 한 번도 잊지 못했던 달콤한 감각이 떠올랐다.

륜의 손이 자연스레 세흔의 가슴으로 향했다. 그러면서도 뺨을 맞은 기억 때문인지 가슴을 매만지는 손길은 조심스럽기 그지없었다.

'쿡…….'

간질이듯 가슴을 더듬는 손길에서 류의 생각이 손에 잡힐 듯 읽혀졌다. 세흔은 살짝, 긁기만 해도 피가 배어나올 듯한 류의 아랫입술을 깊게 빨고 입술을 뗐다.

쪽.

약간 올라간 눈매와 눈꺼풀 사이에 가볍게 키스를 하고 눈꺼풀이 말려 올라가며 드러난 류의 새까만 눈동자를 바라봤다.

"괜찮아."

주어도, 목적어도 빠진 말이었다. 하지만 류은 그 말이 무슨 뜻인지 알아들었다. 세흔의 가슴을 쥔 류의 손에 힘이 들어갔다. 이상하게 처음부터 망설임이라고는 없었다. 그러했기에 세흔의 허락이 떨어진 이상, 그는 참지 않았다. 기다렸다는 듯이 세흔의 목덜미를 깊게 빨아들이며 셔츠 안으로 손을 집어넣었다.

"하아……."

그녀의 맨가슴은 상상 이상으로 부드러웠다.

똑같이 피부로 이루어진 살인데 어째서 이렇게 느낌이 다른 걸까?

류은 손바닥을 펴 가슴을 문지르며 세흔의 쇄골을 따라 키스를 했다. 땀을 흘린 덕에 약간은 짭짜름한 맛이 느껴졌지만 그조차도 맛있었다. 그러다 손바닥 한가운데 딱딱한 무언가가 느껴지자 쇄골에서 입술을 떼고 고개를 내렸다

"아!"

위로 말려 올라간 셔츠 아래 드러난 가슴이 류의 시선을 사로잡았다. 뽀얀 가슴과 그 위에 꽃잎을 떨어뜨려 놓은 듯한 붉은 유두가 너무도 아름다웠다. 류은 떨리는 손을 한번 세게 주먹 쥐었다 풀고 천천히 손바닥으로 가슴을 쓸었다.

"어?"

딱딱하게 손바닥을 찌르는 것. 그것이 다름 아닌 유두라는 것을 알았다. 애무를 해주면 유두가 굳는다는 것은 알고 있었다. 하지만 그냥 아는 것과 직접 경험하는 것은 확실히 달랐다. 류은 신기한 듯 유두 끝을 잡아 꼬집었다.

"앗!"

세흔이 살짝, 허리를 비틀며 신음했다.

그 모습에 찌릿하고 아랫배가 묵직해졌다. 류은 장난스레 몇 번 유두를 튕기다 고개를 내려 입 한가득 가슴을 머금었다. 맛있는 빵을 먹듯 몇 번 야금거리다 유두를 혀로 핥았다.

손가락에 닿던 느낌과 혀에 닿는 느낌은 또 달랐다.

류은 유두를 핥고 빨고 이로 잘근잘근 씹으며 그 맛을 음미했다. 그러는 사이 신음하며 류의 입술 아래서 자지러지던 세흔도 어느 정도 정신을 차리고 류의 셔츠를 벗겼다. 만지고 싶었다. 자신도 손으로, 그리고 입술로 류을 느껴보고 싶었다. 세흔은 천천히 그의 가슴을 애무했다. 세세하게 잡힌 근육을 위에서 아래로 쓸어내렸다. 그 에로틱한 손길에 유두를 애무하던 류이 입술을 떼고 고개를 젖혔다.

"하아……."

깊게 숨을 내쉬는 륜의 모습은 감탄이 나올 만큼 섹시했다. 아, 좀 더. 좀 더……. 세흔은 허리께까지 손을 내려 륜의 허리를 매만지다 거의 충동적으로 손을 바지 속으로 밀어 넣었다.

"헉!"

륜은 순간 움찔했다.

세흔은 침대에 등을 대고 누워 륜을 자신의 위로 이끌었다. 그리고는 예술품 버금가는 매끈한 턱에 키스를 하며 얇은 천에 감싸인 륜의 남성을 두 손으로 천천히 아래위로 쓸었다.

"으……."

반쯤 일어서 있던 남성이 세흔의 손길 한 번에 발기되었다. 더 이상 륜은 이성을 유지할 수 없었다.

참을 수 없다. 그래, 더 이상은 참을 수 없었다.

그는 허겁지겁 세흔의 바지를 팬티와 함께 벗겼다. 세흔이 엉덩이를 들어 쉽게 벗길 수 있도록 도왔다.

그렇게 하얀 여체가 형광등 아래 드러나자 륜은 순간 멈칫했다.

뭐가 뭔지 알 수 없었다. 지식으로만 알고 있던 것과 직접 보는 건 다르다. 그래서 륜은 바로 욕구를 풀 수 없었다. 세흔이 위로 올라온 그에게 다시금 손을 대려 하자 살짝 피하며 고개를 아래로 내렸다. 길고 하얀 다리 사이에 부기 좋게 부풀이 오른 둔덕이 거뭇거뭇한 숲에 감싸여 있었다. 륜은 잠시 망설이다 한 손으로 세흔의 한쪽 다리를 잡아 옆으로 벌리고 다른 손으로 수풀을 헤쳤다.

"아!"

세흔이 움찔하자 수풀 사이로 드러난 분홍빛 속살도 같이 움찔했다. 그 모습이 적나라하게 눈에 보였다. 물기를 머금고 이따금씩 움찔하는 여린 장밋빛 속살이 륜을 미치게 했다. 그는 본능적으로 손가락을 움직이며 혀를 대어 맛을 보았다.

"아아……."

가늘게 신음하는 세흔의 음성이 들렸다. 검지로 목적하는 곳을 찾으며 구슬 같은 핵을 혀로 애무하던 륜은 어느 순간 검지가 어딘가로 쏙, 들어가자 퍼뜩 고개를 들었다. 그는 즉시 세흔의 위에서 허리를 폈다. 그리고는 세흔의 두 다리를 자신의 허벅지 위로 올리고 형광등 아래 드러난 곳을 잘 겨냥해 즉시 자신을 밀어 넣었다.

"윽!"

촉촉하게 젖어 있던 입구가 조이듯 그를 압박해 왔다.

그것은 약간 고통스러운 듯도 하면서 황홀한 느낌이었다. 륜은 깊게 숨을 몰아쉬고 빠르게 안으로 진입했다. 촉촉하게 젖은 세흔의 내벽이 조금의 틈도 주지 않고 사방에서 그를 압박하며 감싸왔다. 륜은 크게 숨을 몰아쉬고 단번에 끝까지 넣었다.

"아……."

세흔의 허리가 비틀리며 고개가 뒤로 젖혀졌다.

륜은 두 손으로 그녀의 엉덩이를 잡고 팔로 허리를 단단히 고정하고는 허리를 뒤로 뺐다 세차게 앞으로 밀었다. 그렇게 몇 번 같은 행위를 반복하자 처음으로 겪어보는 쾌락이 물밀듯이 밀려왔다. 그것은 거의 미칠 듯한 전율이었다. 세흔이 준비될 때까지 기다려야 한다는 것은 알고 있었다. 하지만 참을 수가 없었다. 정신없이 리듬을 타던 륜은 더 이상 참지 못하고 그대로 세흔의 안에 자신을 뿜어내고 말았다.

"하아……."

"……."

자신의 가슴 위에 이마를 대고 숨을 고르는 륜의 새까만 머리를 보며 세흔은 허탈한 표정을 지었다. 막 절정에 오르려는데 끝나 버리자 뭔가 하다가 만 듯한 느낌이 찝찝하기까지 했다.

뭐야, 선수 맞아? 처음도 아닐 텐데 이게 뭐야?

기대가 크니 실망도 컸다. 그렇다고 륜에게 뭐라 할 수도 없었다. 세흔은 속으로 한숨을 삼키고 상체를 일으켰다. 륜을 옆으로 밀려는데 갑자기 세흔의 안에 있던 륜의 남성이 부풀어 올랐다.

"아!"

수축되어 있던 안이 커지는 남성을 따라 팽창했다.

세흔의 눈동자가 커다랗게 떠졌다. 이렇게 빠른 시간에 다시 발기할 줄은 생각도 못했던 것이다.

가슴에 얼굴을 묻고 있던 륜이 고개를 들었다. 눈이 마주치자 륜이 어깨를 으쓱이고 세흔의 옆구리를 쓰다듬었다. 세흔이 만족하지 못했다는 것은 륜도 알고 있었다. 혼자서만 즐긴 것에 미안함을 느낀 륜은 이번에는 잘해야겠다고 다짐했다.

그때 갑자기 세흔이 다리로 륜의 허리를 감았다.

"음?"

륜의 한쪽 눈썹이 위로 치켜 올라갔다. 륜이 뭐라 말을 하려 입을 떼는데 세흔은 생긋 미소를 짓더니 빙글, 몸을 돌려 자세를 바꿨다.

"……!"

졸지에 침대에 등을 대고 누운 륜이 세흔을 올려다봤다. 음영이 져 표정을 볼 수는 없었지만 불빛 아래 뽀얀 가슴이 빛나는 건 확실히 보였다. 끌리듯 반짝이는 가슴을 움켜쥐는데 세흔이 륜의 가슴에 손을 얹었다. 그리고 천천히 리듬을 타기 시작했다.

"아…… 아아……."

조금씩 식어가던 공기가 다시 열기를 띠었다. 앞뒤로 엉덩이를 움직이던 세흔이 본격적으로 륜의 배를 짚고 아래위로 움직이며 리듬을 타자 세흔의 가슴을 매만지다 허리로 옮긴 륜의 손에 힘이 들어갔다.

"아아……."

"하아…… 하아……."

자세가 바뀌면서 한 번씩 움직일 때마다 좀 더 깊게 세흔의 안으로 들어가게 되자 쾌락이 처음의 배를 넘어섰다. 몰아치는 쾌감에 제대로 정신을 차리고 있을 수조차 없었다. 당연히 륜은 그 어떤 말도 하지 못했다. 그저 눈을 질끈 감고 좀 더 세흔의 안으로 깊이 들어가기 위해 세흔의 몸짓을 따라 허리를 움직일 뿐이었다.

"앗…… 아앗……."

가늘게 이어지는 세흔의 신음 소리와 살과 살이 맞부딪치며 이는 색스런 소리가 빙글빙글, 방 안을 떠돌았다. 그러다 어느 순간 터질 듯한 느낌에 륜이 눈을 떴다. 탁하게 변한 륜의 눈동자와 역시 검게 변한 세흔의 눈동자가 마주쳤다. 서로의 욕망을 고스란히 읽으며 세흔과 륜은 지금까지보다 더 큰 동작으로 엉덩이를 움직였다.

"아……."

서로에게 신호를 하듯 눈을 마주 보며 륜이 강하게 세흔의 안을 파고들며 자신을 쏟아내자 세흔의 몸이 부르르 떨렸다. 고개가 한껏 뒤로 젖혀지고 허리가 꺾였다. 또르륵, 목에서부터 흐른 땀방울이 가슴 위로 흘러내리는 것을 보며 그렇게 륜은 두 번째 절정을 맞이했다. 다행히도 이번에는 세흔 역시 절정을 맛본 듯 전율하며 쓰러졌다.

*

한 번 겪었던 가위는 다시 찾아오지 않았다.

뛰어난 테크닉에 의한 만족감보다 이유를 알 수 없는 깊은 충족감을 느낀 새벽녘의 정사로 꿈속을 헤매고 있던 세흔은 가슴을 지분거리는 손길에 조금씩 잠에서 깨어났다.

눈꺼풀이 무겁다. 아직은 아니야. 더 자고 싶어.

그런 생각을 하며 작게 이마를 찡그리는데 옅은 웃음소리와 함께 손가락 하나가 다가와 세흔의 이마를 꾹 눌러 주름을 펴주었다. 곧 그 손가락은 유두를 톡톡 튕기며 장난을 쳤다.

"으음……."

세흔이 더 이상 참지 못하고 눈을 뜨자 바로 앞에 놀랍도록 잘생긴 얼굴이 보였다.

"잘 잤어요?"

귀에 감기는 부드러운 목소리가 들리고, 뒤이어 숨이 멎어버릴 듯한 찬란한 미소가 눈에 들어왔다.

음성도 그렇고, 미소도 그렇고, 치켜 올라간 눈매와 날카로운 선의 얼굴로 인해 은연중에 흐르던 냉기는 다 어디로 갔는지 솜사탕이 따로 없었다. 포근하게 감싸주는 온기 어린 음성과 확연히 변해 버린 폭신폭신한 표정에 어째 외모까지 바뀐 듯한 느낌이 들었다.

세흔의 눈이 가늘게 떠지자 륜은 아이처럼 더욱 환하게 미소를 지으며 그녀의 허리를 꼭 끌어안았다. 그리고는 쉽게 적응이 되지 않아 눈살을 찌푸리는 세흔의 허벅지에 엉덩이를 비볐다. 반쯤 일어선 남성이 허벅지에 닿으며 꼿꼿이 고개를 치켜드는 게 느껴졌다. 처음 보는 륜의 녹아내릴 듯한 미소에 얼떨떨해하던 세흔이 결국 쿡, 하고 웃어버렸다.

"밤새 그렇게 괴롭혀 놓고, 너무하는 거 아냐?"

어려서 그런가? 지나치게 정력이 좋아 힘들어하는데도 정신없이 몰아붙이던 것을 상기하며 뾰로통하게 말했지만 륜은 아랑곳하지 않았다.

"흐응."

륜이 대답은 않고 건성으로 콧소리를 내더니 세흔의 다리 사이로 한쪽 다리를 밀어 넣었다. 그리고는 허리를 약간 올려 허벅지로 세흔의 중심부를 문질렀다.

"음……."

뚱한 표정을 짓던 것도 잠시, 세흔이 신음 소리를 냈다. 더불어 한참 동안 유두를 자극한 덕분에 이미 조금은 축축해져 있던 여성이 급격히 젖어들었다.

옅게 울리는 세흔의 신음 소리가 너무도 황홀했다.

이번에는 제대로 전희를 거칠 생각이었는데 잔뜩 성이 난 남성이 더 이상 기다릴 수 없다고 말하고 있었다. 륜은 세흔의 아래로 손을 갖다 대 확인했다. 세흔은 이미 충분히 젖어 있었다. 검지를 세워 안을 휘젓던 륜이 손을 빼내 세흔의 엉덩이를 꽉 움켜쥐고 빠르게 안으로 들어갔다.

다시 그곳에 정사의 향기가 퍼졌다.

"하아…… 하아……."

세흔이 차 오른 숨을 고르는데 그녀의 한쪽 가슴에 뺨을 대고 다른 쪽 가슴을 만지작거리던 륜이 어느 순간 고개를 들었다.

눈이 마주치자 륜은 한순간에 너무도 확 변해 버려 그에 대해 잘 알지 못하는 세흔조차 쉽게 적응할 수 없는 찬란한 미소를 한가득 지어 보였다. 그러더니 땀에 젖어 얼굴에 달라붙은 머리카락을 떼어주고는 세흔의 얼굴을 하나하나 훑으며 입을 열었다.

"언제 이야기할 겁니까?"

"음, 무슨 이야기?"

깃털처럼 얼굴 위로 살짝살짝 스치는 손길이 좋아 눈을 감고 음미하던 세흔이 건성으로 물었다. 기어오르듯이 위로 올라온 륜이 콧등에 쪽, 소리 나게 키스를 하고 웃으며 말했다.

"집안 어른들께 이야기해야 할 것 아닙니까."

무슨 말인지 알아들을 수가 없다. 세흔은 감고 있던 눈을 떴다.

"그러니까 무슨 이야기?"

다시 묻자 륜이 이상하다는 듯이 세흔을 봤다. 그럼에도 눈빛은 봄날 피어오른 아지랑이처럼 따스했다. 륜은 매끈한 어깨와 봉긋하게 솟아오른 가슴을 쓸어내리며 일상적인 어조로 말했다.

"무슨 이야기는 무슨 이야기입니까. 당연히 우리 결혼 이야기죠."

순간 세흔이 멈칫했다.

"……뭐?"

"결혼이요."

"……"

이게 웬 귀신 씨나락 까먹는 소리?

세흔은 여전히 륜이 무슨 말을 하는지 알아듣지 못했다. 아니, 알아듣긴 했지만 믿을 수가 없었다는 말이 맞으리라. 세흔이 대답은 하지 않고 멍하니 쳐다보자 륜이 눈웃음까지 치며 말을 이었다.

"결혼이라는 게 당사자 둘만으로 되는 게 아니지 않습니까. 당연히 어른들께 말씀드려야지요."

태평스런 어조로 지극히 당연한 사실을 이야기하듯 말하는 륜을 보며 세흔은 그만 경악하고 말았다.

"……겨, 결혼? 지금…… 지금 결혼이라고 했어?!"

"네, 결혼이요. 근데 왜 그렇게 놀라십니까?"

곧 튀어나올 듯 그게 눈을 뜨고 소리치는 세흔에게 륜은 간단히 고개를 끄덕이며 대답했다. 그리고는 깜짝 놀라는 세흔을 이해할 수 없다는 듯이 보더니 되묻기까지 했다.

그 지독스레 섹시한 얼굴을 보며 세흔은 지금껏 한 번두 해보지 못한 기절이 하고 싶어졌다.

    세흔은 한참 동안 말이 없었다.
    뭐가 그리도 좋은지, 만난 지 얼마 되지는 않았으나 며칠간 보아온 그 어떤 얼굴보다 밝은 얼굴로 방긋방긋 웃던 륜은 세흔의 침묵이 오랫동안 이어지자 고개를 갸웃했다.
    "왜 말이 없으십니까?"
    "설마, 진심으로 하는 말은 아니겠지?"
    륜의 물음에 말문이 트인 듯 오랫동안 침묵하던 세흔이 말했다. 믿을 수 없다는 어조였으나 륜은 그것을 눈치 채지 못했다. 그가 손 안에 착착 감기는 어깨를 만지며 되물었다.
    "뭐가 말입니까?"
    "결혼, 결혼 말이야. 그거…… 진심 아니지?"
    제발, 제발 '네'라고 한 마디만 해라. 제발!
    속으로 열심히 외치며 세흔이 다시 한 번 같은 물음을 던졌다.
    그 말이 떨어지기 무섭게 륜의 얼굴에서 웃음기가 싹 가셨다. 막 가슴을 만지려던 손이 공중에서 멈췄다. 그는 손을 내려 두 팔꿈치로 침대를 짚고 상체를 들었다.
    "그게 무슨 말입니까? 진심이 아니라니……. 그럼 지금 제가 농담이라도 하고 있다는 뜻입니까?"
    "그, 그렇잖아. 결혼이라니, 말도 안 되지. 안 그래?"

정색하고 하는 말에 뜻하지 않게 말이 더듬거리며 나갔다. 하지만 륜은 그런 세흔의 당황이 느껴지지 않는지 당당하게 말했다.

"왜 말이 안 된다는 겁니까? 청춘남녀가 함께 밤을 보냈으면 결혼을 하는 게 당연한데요."

"……."

세흔의 입이 쩍 하고 벌어졌.

기가 막혔다. 요즘 세상에 하룻밤 같이 보냈다고 결혼하는 게 어떻게 당연한 거란 말인가?

그녀는 어이가 없다는 표정으로 륜을 보다 매끈하게 잘빠진 상체가 눈에 들어오자 그의 어깨를 짚어 옆으로 밀었다. 얼떨결에 밀려난 륜이 눈살을 찌푸리는데 세흔이 상체를 일으켰다.

"우선, 옷부터 입자."

"전 그전에 이야기부터 해야겠는데요?"

시트가 아래로 내려가고 환한 아침 햇살에 맨몸이 그대로 드러나는데도 부끄럽지 않은지 륜이 고집스레 말했다.

창으로 들어오는 햇살에 비친 몸은 어젯밤 불빛 아래에서 본 것과는 차원을 달리했다. 아름다운 몸이라고 생각했다. 세세하게 자리를 잡은 근육이라든지 군더더기 하나 없는 라인이 참 아름답다고 생각했다. 남자의 몸이라는 게 이렇게 아름다운 거구나 하고 처음으로 생각했다. 그런데 아침에 본 륜의 몸은 그런 세흔의 생각보다 훨씬 더 대단했다.

살아 움직이는 조각상이 이렇지 않을까?

세흔의 취향에 정확히 맞아떨어지는 얼굴과 함께해 륜의 전신은 그야말로 그녀를 혼란에 빠뜨리고 있었다.

방금 전에 사랑을 나누었는데 지금 또 그의 몸을 어루만지고 그를 애무하고 그를 품고 싶어진다. 그런데 이런 상태에서 무슨 대화가 되겠는가?

세흔은 시트를 잡아당겨 둘둘 말고 벌떡 자리에서 일어났다. 그리고는 맨몸으로 침대에 덩그러니 남은 륜을 향해 바닥 여기저기에 널린 옷가지를 집어 던지며 소리쳤다.

"입으라면 입어!"

"……."

풀 수 없는 욕구에 대한 신경질일까? 갑자기 버럭, 소리치는 세흔을 보며 륜이 시큰둥한 표정으로 턱을 치켜들었다.

그 반항기 어린 표정에 세흔이 눈을 부라리며 험상궂은 표정을 만들어냈다. 그러자 륜은 금세 꼬리를 내려 세흔이 던진 옷자락을 집었다. 하지만 그러면서도 굉장히 불만스러운 듯, 륜은 손에 쥔 옷을 보며 입을 생각은 않고 입술만 삐쭉였다. 한 번 더 세흔이 험상궂은 표정을 지어 보이자 그제야 천천히 옷을 입었다.

그 어린아이 같은 행동에 세흔은 길게 한숨을 내쉬고 말았다.

새흔은 책상 의자에 다리를 꼬고 앉았다.

방금 샤워를 한 덕분에 촉촉하게 젖은 머리카락이 등 뒤에서 굽이쳤다. 역시 젖은 머리카락을 눈가까지 늘어뜨리고 침대에 걸터앉아 있는 륜을 보며 세흔은 팔짱을 꼈다.

고요한 침묵이 주변을 맴돌았다.

아슬아슬하게 걸쳐져 있는 침묵을 조금 전 결혼 이야기에 보인 세흔의 반응을 곱씹어본 륜이 무참히 깨버렸다.

"설마, 저 버려지는 겁니까?"

"……뭐?"

뜻밖의 말에 세흔이 한 박자 늦게 반응했다. 륜이 말했다.

"아니죠? 누나 마음대로 따먹고 이렇게 저 버리려고 하는 거 아니죠? 네? 대답해 보세요!"

설마 설마 하며 묻는 말에 세흔은 기가 막힌 눈으로 륜을 봤다.

"따먹다니? 무슨 표현이 그래? 네가 열매야? 도대체 누가 누굴 따먹었다는 건데? 그리고 어젯밤이 처음도 아니었을 텐데 그런 말, 너무 웃긴다고 생각하지 않아?"

"처음이었는데요."

"뭐?"

"처음이었다고 했습니다. 저, 어젯밤이 처음이었습니다."

"……!"

세흔의 입이 소리없이 벌어졌다.

믿을 수 없었다. 까다롭기로 유명한 취향에 괴물 같은 심미안을 자랑하는 세흔이 첫눈에 반해 버린 얼굴이다. 거기다 끝내주게 멋진 음성과 어느 장인의 혼이 담긴 예술품 버금가는 몸이다.

그런데 뭐? 처음?

말도 안 된다고 생각했다. 하지만 곧 세흔은 어딘가 모르게 납득하는 자신을 느꼈다. 그러고 보니 륜은 뭐라 딱, 꼬집어 말할 수는 없지만 서툴렀다. 그로 인해 만족하지 못한 것은 아니었지만, 어쨌거나 그랬다. 미국에서 살면서 많은 여자들을 상대했다고는 믿을 수 없으리만치 그의 손길은 능숙하지 못했다.

상황이 충분히 무르익었음에도 뺨을 맞은 일로 가슴에 손을 대는데 조심스럽던 것 하며 첫 섹스에서의 너무 빠른 사정까지.

당시에는 그냥 넘겼던 것들이 지금에 와서 하나하나 걸리고 있었다.

설마…… 설마…….

이미 머리로는 납득하고 있으면서도 믿지 않으려 하다 보니 어느새 세흔의 표정은 어색하게 굳어 있었다.

"노, 농담이지? 어젯밤에 보니 어딘가 문제가 있는 것도 아닌 것 같은데 스물여섯이나 되어서, 그 얼굴로, 그 몸으로 처음이었다니……. 게다가 십삼 년간 미국에서 살았잖아, 너!"

"십삼 년간 미국에서 살았으면 스물여섯이 될 때까지 동정이면 안 된다는 법이라도 있습니까?"

"그건……."

"설마, 어젯밤 절 유혹해 놓고 지금에 와서 책임 회피하시려는 건 아니겠지요?"

유혹? 세흔은 경악했다. 벌떡, 자리에서 일어나며 륜을 삿대질했다.

"유혹이라니, 먼저 키스를 한 건 너잖아!"

"거기서 다시 키스를 해오지 않았더라면 굿나잇 인사로 끝났을 키스였습니다. 아니, 제가 한 건 사실 키스도 아니었죠. 입맞춤. 가볍게 입술만 닿는 그런 입맞춤 아니었습니까? 만약 그때 절 잡지 않았다면 그걸로 끝났을 겁니다. 그런데 그 별것 아닌 입맞춤을 키스로 바꾼 것이 누굽니까? 누나 아닙니까?"

"그래서 지금 나더러 책임을 지라고?"

이런 황당한 경우는 처음이다. 세흔은 경악에 경악을 더해 물었다. 그런데 뜻밖에도 륜은 고개를 저었다.

"책임을 지라는 게 아닙니다."

이건 또 무슨 소리야? 책임을 회피하려는 거냐고 말할 때는 언제고? 머릿속이 복잡해 깊은 생각을 하지 못한 세흔이 반사적으로 물었다.

"그럼?"

"제가 책임을 지겠다는 겁니다."

"……."

그게 그 소리다. 결국 결혼을 하자는 소리가 아닌가?

요즘은 처녀성을 주었다고 해도 결혼을 하니 마네 하는 소리는 나오지 않는 시대다. 그런데 조선시대 여염집 아가씨도 아니고, 남자가 동정을 주었다고 결혼을 하자는 말이 나올 줄 누가 알았겠는가?

창창한 나이에 혈압이 오르는 것을 느끼며 세흔은 눈을 감았다.

그녀의 입장에서 볼 때 륜은 기대치에 한참 못 미치는 남편감이었다. 괴물 같은 그녀의 심미안을 만족시킬 만큼 지나치게 잘생긴 얼굴, MBA를 따고 올 정도로 지나치게 뛰어난 머리, 개인병원을 가진 원장의 큰아들이라는 역시 지나치게 좋은 배경. 모든 게 지나치다. 륜 같은 남자와 결혼하고 싶었다면 민이 친구 같은 부부를 하자며 제 한 몸 희생해서 구제해 주겠다고 했을 때 냉큼 받아들였을 거다.

세흔은 결혼이 하고 싶었지만 륜 같은 남자와는 아니었다.

결혼하고 나서 지나치게 잘난 남편에게 꼬이는 여자들에 대해 신경을 곤두세우고 싶지도 않고, 어디서 바람을 피우지는 않을까 불안해하고 싶지도 않다. 지나침은 부족함만 못하다고 하지 않았던가? 남들은 다 좋다고 할지 모를 조건이었지만 륜과의 결혼은 이쪽에서 사양이다.

세흔은 고개를 저었다.

"그래도 결혼은 너무하다고 생각하지 않아? 네가 아무리 처음이라도 미국에서 자란 만큼 보고 들은 건 있을 거야. 어디 말해봐. 네 주위 사람들이 첫 경험한 사람과 무조건 결혼부터 하든?"

"……."

"거봐, 대답 못하잖아. 그리고 사실 너랑 나 큰 후로는 만난 지 얼마 되지도 않았잖아? 이제 겨우 한 달은 되었을까 말까인데 아무리 하룻밤을 함께했다지만 무슨 결혼이야, 결혼이? 우선은 서로에 대해서 좀 더 알아보고……."

"그런 건 결혼을 하고 나서 알아도 된다고 생각하는데요."

성질을 죽여가며 열심히 설명을 하는데도 끝까지 결혼 결혼 하는 륜의 태도에 더 이상 참지 못한 세흔이 버럭, 화를 냈다.

"야! 네 나이가 몇인 줄이나 알아? 이제 겨우 스물여섯이야. 미국 나이로 하면 스물다섯. 생일이 지나지 않았다면 스물넷이라고! 그런데 결혼? 너무 이르다고 생각하지 않아?"

"이르다고 생각합니다."

"그런데!"

태연하게 긍정하는 륜에게 더욱 화가 났다. 세흔은 '그렇게 생각하면서 왜 결혼을 고집하고 난리야'라는 말을 모조리 생략해 '그런데'라는 한 단어로 뭉뚱그려 내며 소리쳤다. 하지만 륜은 여전히 태연했다.

"그런데 유감스럽게도 누나가 서른하나잖습니까. 만으로 하면 서른. 생일이 안 지났다면 스물아홉. 여자 나이 그거면 꽉 찬 거거든요? 거기다 서른 넘기면 아이 낳는 거 쉽지 않다고 들었습니다. 그러니 더 나이 먹기 전에 결혼해서 아이 낳아야 하지

203

않겠습니까?"

"지금 그 말은 아이 때문에 결혼을 하겠다는 거야?"

"물론 그렇지는 않습니다. 하지만 결혼을 하면 아이를 낳는 건 당연한 거고, 이왕이면 쉽게 낳는 게 좋지요. 그래서 그런 겁니다."

거기까지 말하고 륜이 세흔의 눈동자를 바라보며 성우 뺨치는 부드러운 음성으로 말을 이었다.

"결혼, 하실 거죠?"

그러나 세흔은 즉시 고개를 저었다.

"아니."

"제가 책임을 지겠다고 하지 않습니까."

"그 책임, 안 져도 돼."

"하지만 전 져야겠는데요."

"싫다니까? 안 져도 돼! 결혼도 안 해도 돼!!"

세흔이 강경한 어조로 소리치자 시종 부드럽게 설득하던 륜도 싸늘하게 변했다. 그는 침대에 걸치듯 얹고 있던 손에 힘을 주며 말했다.

"이런 식으로 나오면 집안 어른들께 말씀드릴 겁니다. 제가 책임질 일을 벌였다구요. 설마 그렇게 되었을 때 뒷일이 어떻게 진행될지 예상이 가지 않는 건 아니겠지요?"

륜의 말이 떨어지기 무섭게 세흔은 벌떡 자리에서 일어났다.

그래, 저것 때문이었다. 륜을 외면해 버릴 수 없었던 이유. 륜과 함께한 밤이 좋았던 것은 사실이지만 그것보다는 어른들이 알게 되는 게 두려워서, 어떻게든 륜의 입을 막아보려 지금껏 별 시답잖은 소리를 듣고 있었던 거였다. 하지만 더 이상은 안 된다. 더 이상은 참을 수 없어! 세흔은 성큼성큼 걸어가 한쪽에 둔 여행 캐리어를 세워 손잡이를 꺼내 잡고 빙글, 몸을 돌렸다.

그녀의 눈동자가 차갑게 빛났다.

"그렇게 협박하면 내가 벌벌 떨면서 한 번만 봐달라고 할 줄 알았어? 아니면 책임져 달라고 매달리기라도 할 줄 알았나? 혹시라도 그럴 줄 알았다면 미안하네. 난 너한테 책임져 달라는 소리 할 생각 없고, 한 번만 봐달라고 할 생각도 전혀 없거든."

"하지만……."

"어른들이 알 게 되는 거? 물론 미안하고 죄송스럽고 그래. 하지만 그렇다고 결혼이라니, 말도 안 되지. 여행에서 돌아오신 어른들께 네가 말하기 전에 내가 직접 가서 말씀드리고 만다. 지금 바로 영국에 가서 말씀드릴 테니까, 너는 집이나 지키면서 기다려. 그럼 안녕!"

흥, 코웃음을 치며 순식간에 말을 쏟아낸 세흔은 륜이 뭐라 하기도 전에 바로 방을 나가 버렸다. 쌩, 하고 찬바람이 일었다. 잠시간 멍하니 앉아서 세흔의 말을 곱씹이보던 륜은 뒤늦게 정신을 차리고 세흔을 쫓아 달려나갔다. 하지만 그때는 이미 세흔이 탄 택시가 저만치 가버린 후였다.

"헉…… 헉헉……."

거칠게 숨을 몰아쉬며 세흔이 탄 택시가 모퉁이를 돌아 사라질 때까지 노려보던 륜은 신경질적으로 머리카락을 쓸어 넘겼다.

마지막 말은 실수다.

세흔은 그것을 협박이라고 했지만 결코 협박이 아니었다. 또래 친구들과 싸우고 난 후의 어린아이도 아니고, 어른들께 일러바칠 리 없지 않은가? 세흔과 결혼하고 싶었지만 이런 식은 아니었다. 그저 계속해서 싫다고만 하는 세흔에게 화가 났을 뿐이다. 그래서 얼떨결에 뱉어낸 말일 뿐이었다. 그런데 세흔은 그 말이 못 견디게 싫었나 보다. 분명 세흔 역시 륜만큼이나 어른들이 사실을 아는 것을 원하지 않을 텐데 직접 말씀드리겠다며 가버린 것을 보면.

"하아…… 알 게 뭐야. 가든지 말든지 내가 무슨 상관……."

숨을 고르며 애써 아무렇지 않은 척 중얼거렸지만 어느새 륜은 초조한 듯 입술을 잘근잘근 씹고 있었다. 결국 그는 끝까지 말을 잇지 못하고 허리까지 오는 대문을 세게 내려쳤다.

꽝!

"젠장!"

씹듯이 욕설을 내뱉고 안으로 뛰어들어 갔다. 그리고는 한 번에 세 계단씩 오르며 이층 자신의 방으로 가 옷을 갈아입었다. 혹시라도 그녀를 놓쳤을 때를 생각해 여권과 지갑을 챙겼다. 후다닥, 밖으로 나와 택시를 잡아타는 륜의 마음은 그야말로 착잡하기 이를 데 없었다.

아침에 일어났을 때만 해도 륜은 천국에 오른 기분이었다.

얼핏 잠에서 깨어나는 순간, 온기를 느꼈다. 사람의 체온과 체향이 바로 곁에서 느껴졌다. 눈을 뜨자 지난밤 그를 미치도록 달아오르게 했던 여자가 자신의 품에 안겨 잠들어 있었다.

그 기분, 그 느낌.

처음으로 느껴보는 그 생소함은 어색함보다 뿌듯함을 가져다주었다.

뛰어나다느니, 완벽하다느니 같은 소리는 수없이 들어왔다. 하지만 아무리 그런 소리를 들어도 마음 어딘가에 자신은 정상인에 미치지 못한다는 어떤 열등감 같은 것이 자리를 잡고 있었다.

평생을 노력해도 고치지 못할 병.

그것이 있는 한은 아마 결혼 같은 건 꿈도 꿀 수 없으리라. 그렇게 생각했다. 그런 그가 처음으로 손을 잡아도 아무렇지 않은 사람을 만났다. 그저 손만 잡을 수 있겠거니 여겼는데 사고였다지만 입맞춤을 해도 아무렇지 않았다. 하지만 거기까지겠지. 기대하면 실망이 크다는 것을 알기 때문일까? 륜은 그 어떤 것도 기대하시 않았다. 그런데 함께 밤을 보내도 아무렇지 않았다. 아니, 아무렇지 않은 정도가 아니라 영원히 맛보지 못하리라 생각했던 쾌락과 절정과 전율을 경험했다.

자신과 달리 세흔에게 자신이 처음이 아니라는 것은 알았다.

결혼에 기겁을 하는 걸로 보아 자신을 결혼 상대자로는 생각도 해보지 않았음도 알았다. 하지만 포기할 수 없었다. 세흔에게 그는 그저 지나가는 많은 남자들 중에 하나일지 몰라도, 그에게 세흔은 평생을 함께할 수 있는 유일한 사람이기 때문이었다.

사랑은 아니었다. 볼 때마다 무슨 일이 생길까 기대되고, 가끔 함께 있을 때 떨리기도 하고, 편하기도 하지만 아직은 소위 말하는 '사랑'이라고 생각하지 않았다. 하지만 잡아야 했다. 평생 독신으로 살아야 한다고 생각했는데 기회가 왔다. 처음일 게 분명한 기회가.

그런 기회를 놓칠 수는 없지 않은가?

그것이 사랑 타령 이전에 세흔을 꼭 잡아야만 하는 이유였다. 세흔이 거부를 하더라도, 잡을 수 있으면 잡아야 했다. 놓쳐서는 안 됐다.

'젠장……'

륜은 속으로 욕설을 내뱉으며 이마를 짚었다.

이상하다. 정말 그렇게만 생각한다면 오히려 세흔이 영국으로 가도록 그냥 두는 게 옳았다. 그녀가 직접 가서 자신과의 일을 이야기해 주는 것보다 더 좋은 일이 어디 있겠는가? 두 집 부모님들은 그런 일을 두고 그냥 넘기지 않을 것이다. 며칠 겪진 않았지만 그 정도는 충분히 예상이 갔다. 그런데 등 떠밀어 보내지는 못할망정 잘 가는 사람을 왜 쫓고 있는 걸까? 왜?

의문이 계속해서 피어올랐다. 아침에만 해도 새로 태어난 듯

한 기분에 한없이 위로 두둥실 떠오르던 마음이 어느새 깊게 침잠되어 있었다. 그리고 륜은 그 이유 또한 알지 못했다.

＊

언제나 느끼는 거지만 공항은 한마디로 끔찍했다.

륜이 꺼리는 장소 중에서 시장과 놀이공원 다음인 장소, 공항.

귀국하면서 두 번 다시 오지 않으리라 다짐했던 곳에 누가 강요한 것도 아니고, 따지자면 굳이 오지 않아도 되는데 스스로 발을 디디고 있으니 세상사 참 오묘하다 할 수 있겠다.

웅성웅성.

여기저기서 웅성이는 소리가 중구난방으로 들려왔다.

대한민국에 사는 인간이란 인간은 다 모아놓았는지 발 디딜 틈도 없이 바글거리는 사람들 사이를 륜은 정신없이 뛰어갔다.

평소였다면 그들과 닿지 않으려 온갖 노력을 다 했겠지만, 그렇게 하면 공항 바깥에서 안쪽에 이르는 데 족히 한두 시간은 잡아먹는다는 것을 알기에 륜은 억지로 참고 사람들을 헤쳤다.

툭툭.

손에, 팔에, 다리에, 등에, 닿는 타인의 몸에 소름이 돋았다. 서두르느라 모자와 장갑을 챙겨오지 않은 게 후회되었다. 옷을 사이에 두고 닿는 것도 미칠 지경인데 가끔씩 장갑을 끼지 않은

맨손에 타인의 옷자락이나 맨살갗이 스칠 때면 자신의 손이지만 진심으로 손을 잘라내 버리고 싶어지곤 했다.

딱, 죽고 싶다.

만약 그냥 스치는 정도가 아니라 몇 초간이라도 닿아 있었다면 정말 손을 잘라 버렸을지도 모른다. 그만큼 타인과 닿는 것은 끔찍한 느낌을 주었다. 그래도 그나마 다행이라면 키가 커서 웬만한 사람은 얼굴에까지 오지 않는다는 것일까?

"하아…… 하아……."

턱을 타고 흐르는 땀을 닦을 생각도 하지 못하고 에스컬레이터를 몇 계단씩 뛰어올라 삼층에 도착했다.

표도 없을 텐데, 설마 벌써 비행기를 타지는 않았겠지?

류은 불안해지는 마음을 억누르고 탑승 라운지를 돌아다니며 세흔의 모습을 찾았다. 집을 나서며 갈아입은 셔츠와 재킷이 땀에 젖고 발이 아파왔다. 하지만 류은 잠시도 쉬지 않았다.

그렇게 얼마나 돌아다녔을까?

"아!"

막 뒤로 돌아가려던 다리가 우뚝, 멈추어 섰다. 초조하게 흔들리던 눈동자가 순간 빛을 찾았다. 탑승 수속 카운터 맞은편의 길게 늘어선 의자 앞에 서 있는 세흔을 발견한 것이다.

류은 후다닥 뛰어가 잽싸게 세흔의 손목을 낚아챘다.

"헉!"

"하아…… 하아……. 그렇게 가면…… 어떻게 합니까? 하아……."

 갑자기 불쑥 나타나 손목을 낚아채는 손길에 깜짝 놀란 세흔이 아래로 내리고 있던 고개를 들었다. 그러자 차 오른 숨을 몰아쉬며 제대로 알아듣기도 힘든 말을 늘어놓는 륜의 얼굴이 눈에 들어왔다.

 세흔의 눈동자가 커다랗게 떠졌다.

 "너……."

 "하아…… 하아……. 가지 말아요. 제가 잘못했어요. 실수였습니다. 협박할 의도로 한 말도 아니고, 어른들께 이야기할 생각도 없었어요. 그냥…… 무조건 싫다고만 하니까 화가 나서 나도 모르게……."

 숨을 고를 생각도 하지 않고 열심히 변명을 하는 륜의 모습에 세흔은 물끄러미 그를 쳐다봤다.

 딱히 뭐라 정의 내릴 수는 없지만 심장 한구석에 따뜻한 물이 차 오르는 듯한 느낌이다. 약간은 기쁘고, 약간은 뭉클하고, 또 약간은 뿌듯한, 그런 기분. 공항으로 오는 내내 륜이 쫓아오면 왜 쫓아왔냐고 쏘아붙이며 다시는 '결혼'의 '결' 자도 못 꺼내도록 퍼부어주겠다고 다짐했는데 막상 륜이 정말로 쫓아와 사과를 하자 그런 다짐들은 다 어디로 가버렸는지 하나도 생각나지 않았다.

 그냥 기분이 좋았다. 정말 영국으로 가버리기 전에 쫓아와 주어서, 아니, 그 이전에 그냥 여기까지 쫓아와 주어서, 좋았다.

그래서였을까? 잠시의 망설임 후 나온 말은 짧은 한마디가 다였다.

"알아."

당황과 흥분을 가라앉히고 나니 류이 왜 그런 말을 했는지 이해가 갔다. 하룻밤을 함께한 걸로 결혼을 이야기하는 류은 이해할 수 없었지만 무작정 싫다고만 하는 자신에게 화가 나서 부모님께 말씀드리겠다고 한 류은 이해할 수 있었다. 그래서 세흔은 짧게 안다고만 말했다. 그러자 류이 그녀의 눈치를 보며 물었다.

"그럼 이제 영국에는 안 가실 거죠?"

"그래."

고개를 끄덕이는 세흔의 얼굴에 살짝 미소가 어렸다. 그제야 류도 어느 정도 안심이 되는 듯 미소를 지었다. 그러면서도 한 치의 불안은 남아 있는 건지 꼭 잡은 세흔의 손을 놓지 못하고 손목 안쪽을 엄지로 쓸며 궁금한 듯 물었다.

"근데 정말 갈 생각이었습니까?"

"아니. 비행기 표도 없는데 어떻게 가?"

세흔이 풋, 웃고 하는 말에 류이 황당하다는 얼굴을 했다.

"그거 알면서 여기까지 오셨단 말입니까?"

"그냥, 처음에는 화가 나서 집을 나왔는데 대문을 나서니까 딱히 갈 데가 생각나지 않더라? 네가 너무 늦게 쫓아와서 택시는 잡아버렸지, 갈 데는 없지, 생각나는 대로 공항으로 가자고 말은 했는데 와서 보니 표도 없고······."

하면서 세흔이 눈을 흘겼다.

륜이 너무 늦게 쫓아와 택시를 타버린 것을 원망하는 모양이다. 만약에라도 자신이 쫓아오지 않았다면 어쩔 생각이었을까? 그 생각을 하니 절로 웃음이 터져 나왔다. 대책도 없이 무작정 공항으로 왔다니, 서른한 살이나 먹은 여자라고는 믿을 수 없을 만큼 어이없는 행동이다. 그럼에도 일부터 저지르고 보는 세흔이 왜 이렇게 귀엽게 느껴지는 걸까?

그런 생각에 륜이 쿡쿡, 웃자 세흔이 입술을 삐쭉 내밀었다. 하지만 그녀도 결국에는 웃고 말았다.

결혼에 대한 서로의 입장이 다르고 아직 그것에 대해서는 그 어떤 해결책도 나오지 않았다. 그런데도 둘은 서로의 얼굴을 보며 웃었다. 세흔은 륜이 늦지 않게 쫓아와 주어서, 륜은 세흔이 가려고만 하면 갈 수 있었는데도 영국으로 가버리지 않아서.

한 가지 일이 해결되자 긴장이 풀린 걸까? 그때 륜이 비틀거렸다.

"어, 륜아?"

갑자기 자신의 손목을 잡은 손에 힘이 들어가며 륜이 휘청이자 세흔이 놀라서 그를 붙들었다. 뚝뚝 땀이 떨어지는 얼굴이 창백하다.

세흔이 흠칫해서 다시 한 번 그를 부르려는데 후들거리는 다리를 한쪽 손으로 꾹, 누르던 륜이 더 이상 버티지 못하고 무릎을 꺾었다. 결국 그는 제대로 서 있지 못하고 세흔의 한쪽 어깨를 잡으며 쓰러졌다. 자신에게로 기울어지는 류의 몸을 떠받들며 뒤로 엉덩방아를 찧은 세흔은 당황하고 말았다.

"류, 륜아! 륜아!!"

소리치며 흔들었지만 륜은 입술만 질끈, 깨문 채 대답을 하지 못했다. 어찌나 입술을 세게 깨물었는지 입술이 터져 피가 흘렀다. 하지만 그 덕분일까? 의식을 잃는 일은 벌어지지 않았다. 륜은 세흔의 어깨에 이마를 대고 가빠오르는 숨을 몰아쉬었다. 여전히 다른 한 손으로는 세흔의 손목을 단단히 잡은 채였다.

힘이 하나도 없는 듯 축 처져 버린 륜을 겨우 부축해 의자에 앉힌 세흔은 걱정스런 표정을 지우지 못했다.

찬 음료를 마시면 괜찮아지지 않을까 싶어 이온음료를 뽑아 주었지만 륜은 한 모금 마셔보지도 않고 고개부터 저었다. 세흔은 덩그러니 손에 들린 이온음료를 내려다보았다. 그냥 뛰어온 것으로 이런다는 것은 말이 안 된다. 혹시 아픈 걸까? 그러고 보면 지난 번 기절을 한 적도 있었다. 정말 유학이 아니라 병 치료를 위해 미국에 가 있었던 것은 아닐까? 스물여섯이나 되어서 동정인 것도 그렇고······.

이런저런 추측을 하며 륜이 괜찮아지기를 기다렸다. 하지만 곧 괜찮아질 거라던 륜의 말과는 달리 창백하던 안색이 언제부턴가 새파랗게 질리기 시작하자 세흔은 더 이상은 이대로 륜을 방치하고 있을 수 없다고 생각했다.

세흔이 자리에서 일어났다.

"안 되겠다. 병원에 가야겠어. 택시 잡아놓을 테니까 잠깐만 기다려."

그렇게 말하고 뛰어가려는데 륜이 얼른 의자에 기대 뒤로 젖히고 있던 고개를 바로 하고 그녀의 손목을 잡았다. 세흔이 몸을 돌려 보자 륜이 얼굴을 찌푸리고 고개를 흔들었다.

"됐습니다. 택시 잡을 필요 없어요. 어차피 안 갈 건데요."

"뭐?"

"안 갈 거라구요. 안 가요, 병원."

머리가 아픈 듯, 륜이 콧등과 이마를 꾹꾹, 누르며 말했다. 세흔은 걱정스런 표정을 짓다 륜이 한 말을 생각하고 눈살을 찌푸렸다.

"왜?"

"……"

륜은 대답하지 않았다. 그저 계속 고개만 흔들 뿐이었다.

왜 병원으로 가지 않겠다는 건지 설명은 해주지 않고 한 손으로는 콧등을 누르고, 다른 한 손으로는 세흔의 손을 단단히 잡은 채 륜은 가지 않겠다고 고집을 부렸다. 몇 번 설득을 해보았지만 요지부동이다. 세흔은 고민했다.

어떻게 하지?

당연히 병원으로 가는 게 옳다고 생각했다. 하지만 지난번 륜이 기절했을 때 병원으로 갈 생각은 하지도 않던 진 여사와 억시 입원시킬 생각은 하지 않고 륜의 방으로 데려가 눕히던 은 원장이 생각나자 억지로 끌고 가기가 그랬다. 그러다 탐스럽게 빛나던 륜의 입술이 보랏빛으로 변하고 자신의 손목을 잡은 륜의 손이 가늘게 떨리기까지 하자 지금까지 했던 고민들이 싹, 사라졌다.

세흔은 륜의 한쪽 팔을 잡고 그를 일으키려 힘을 주었다.

"더 이상은 안 되겠다. 가자."

절레절레.

"고집을 부릴 게 따로 있지, 어떻게 이런 걸로 고집을 부리려고 해? 너 고집 센 거 알겠으니까 가자, 병원."

팔을 잡아당기며 재촉했지만 륜은 여전히 대답 대신 고개만 흔들었다. 뭐 이런 고집불통이 다 있어? 화가 난 세흔이 소리쳤다.

"이런 건 우겨서 될 일이 아니야. 넌 병원에 가야 해!"

"후우……. 아니요. 안 갑니다. 절대…… 안 갈 거예요."

대답을 회피하는 걸로 해결이 되지 않으리라 생각했는지 그제야 륜이 입을 열고 띄엄띄엄 말했다. 근데 그게 세흔의 화를 돋우었다. 고통스러워하는 게 보이는데 이유도 말하지 않고 무작정 가지 않겠다고만 하니 어찌 화가 나지 않을 수 있겠는가. 세흔이 바락 소리쳤다.

"가!"

"싫습니다."

"가자고 했어!"

"전 싫다고 했습니다."

"왜! 도대체 왜 그렇게 병원에 가지 않으려는 건데? 왜!!"

세흔이 답답함에 소리를 질렀다.

륜의 입매가 굳게 다물어졌다. 그에 세흔의 얼굴도 굳어졌다. 그녀는 륜의 팔을 단단히 잡았다.

"데려갈 거야. 무조건 데려가고 말 거야. 기절을 시켜서라도 병원으로 데려가겠어!!"

세흔이 선언하듯 소리치자 륜도 더 이상 참지 못하고 같이 소리쳤다.

"왜 이렇게…… 이렇게 귀찮게 하세요? 분명 안 간다고 했잖습니까!!"

"그러니까 왜! 내가 이해할 수 있도록 납득을 시켜야 할 거 아냐! 무조건 안 가겠다고만 하면, 내가 그냥 물러날 줄 알아? 이렇게 괴로워하면서, 힘들어하면서!"

일부러 차갑게 소리쳤지만 세흔에게는 씨도 안 먹혔다.

세흔이 더 크게 소리치며 팔을 잡아당기자 륜은 에라, 모르겠다는 심정으로 질끈 눈을 감고 소리쳤다.

"거기 가면 저 죽어요!"

느닷없이 터져 나온 말에 세흔이 멈칫했다.

"뭐?"

륜은 이를 악물었다.

다른 사람은 다 알아도 세흔만은 모르기를 바랐다. 이유는 알 수 없지만 어쨌거나 그랬다. 자신이 세흔과 결혼하려는 이유도, 다른 사람은 다 알아도 세흔만은 모르기를 바랐다. 그런데 이런 식으로 알리게 될 줄이야. 그것도 자신의 입으로.

 절로 한숨이 새어나왔다. 그는 땀에 젖은 머리카락을 뒤로 쓸어 넘기고 힘없이 방금 한 말을 반복해 주었다.

 "거기 가면 죽는다구요, 저."

 "……왜?"

 "다른 사람이 몸에 닿는 게 끔찍하니까. 그 부분을 잘라내고 싶어지니까. 그리고…… 병원에 가면 진찰을 받아야만 하니까."

 "……!"

 툭.

 륜의 팔을 잡고 있던 세흔의 손에서 힘이 풀렸다.

 다른 사람과 닿는 게 끔찍하다고 했다. 그 부분을 잘라내고 싶어질 정도라고 했다. 그렇다면 처음 만났을 때는? 지금은? 아니, 무엇보다 어젯밤은? 지금껏 별생각없이 한 자신의 행동이 륜에게는 괴롭힘이나 마찬가지였다는 말이 된다. 거기다, 어젯밤 자신이 온몸으로 전율에 기뻐할 때 륜은…….

 "미안."

 생각하기도 전에 말이 먼저 입술을 비집고 튀어나갔다.

 세흔이 손을 놓음으로써 힘없이 떨어진 자신의 팔을 보고 있던 륜이 그 말에 고개를 들었다.

"뭐가요? 뭐가 미안한데요?"

"그냥…… 잡아서. 건드려서. 키스해서. 그리고……."

"괜찮습니다."

뒤에 무슨 말이 이어질 지는 듣지 않아도 짐작이 갔다. 그래서 륜은 세흔의 말을 잘랐다. 세흔이 륜을 봤다. 어리둥절한 표정이다. 륜은 실소를 터뜨리고 손을 들어 세흔의 손을 잡았다.

방금 들은 말 때문일까? 세흔의 손이 움찔했다.

그 모습에 륜은 한탄 같은, 그럼에도 지나가는 이들의 시선을 끌어당기는 아름다운 미소를 지어 보이며 말을 이었다.

"괜찮은 사람이니까요. 누나에게는 불행이나 마찬가지겠지만 제게는 행운이게도…… 닿아도 아무렇지 않은 유일한 사람이 누나거든요."

Chapter
06

"그러니까, 단 하룻밤으로 결혼하자고 억지를 썼던 이유가 네게 닿아도 아무렇지 않은 유일한 사람이 나이기 때문이구나. 쉽게 말해서."

이십 분 넘게 침묵하고 있던 세흔이 입을 떼고 처음으로 한 말이 이거였다.

기운이 빠진 걸까? 예의상으로라도 폭탄처럼 던져진 말이 사실이냐고 한 번쯤은 확인해 볼 만한데 그런 것 없이 혼자 결론을 내리고 중얼거리듯 말하는 세흔을 보며 륜의 눈동자가 크게 뜨여졌다.

이 순간, 거짓말이라도 할 수 있다면 얼마나 좋을까? 생각 같아서는 그러고 싶었다. 하지만 그러지 못할 자신을 안다.

륜은 세흔을 잡은 손에 힘을 주었다 놓으며 입술을 깨물었다.

"물론 그런 생각이 없었다고는 못합니다."

"역시······."

더 볼 것도 없다는 식의 끄덕임에 륜이 급히 말을 이었다.

"하지만! 꼭 그 이유 때문만은 아닙니다. 만난 지 얼마 되지는 않았지만 누나라면 평생을 함께해도 괜찮을 거라는 어떤 확신 같은 게 있었으니까요. 단순히 제 유별난 결벽증이 누나에게만 통하지 않는다고 해서 결혼 이야기를 꺼낸 게 아니라는 말입니다. 사랑해서 결혼을 해도 이혼하는 마당에 그런 이유 하나로 결혼하자고 할 리 없지 않습니까."

륜은 최대한 솔직하게 말했다.

세흔에게 자신의 마음이 통했으면 했다. 유일하게 결벽증이 통하지 않는 상대였다. 만약 자신이 결혼을 한다면 그녀와 하게 되리라. 이 세상에 신이 있다면 그 신이 륜에게 정해준 단 하나의 여자가 바로 세흔이라고 륜은 확신했다. 하지만 결혼을 해도 좋을 거라는 믿음이 없었다면 세흔이 아무리 유일하게 결벽증이 통하지 않는 상대라 해도 결혼을 하자는 말을 하지는 않았을 것이다. 그것을 세흔이 알아주기를 바랐다.

다행히 세흔도 륜의 마음을 어느 정도는 이해한 듯했다. 그렇지 않았다면 세흔의 성격상 뺨이라도 치고 가버렸을 테니까. 그런데 지금의 세흔은 그렇게 하지 않고 생각에 잠겨 아무 말도 하지 않고 있었다.

천천히 머리카락을 쓸어 넘긴다. 사람들이 스쳐 지나가며 일으키는 실바람이 쓸어 넘긴 세흔의 머리카락을 한 차례씩 흔들고 지나갔다.

륜은 긴장해서 그 모습을 지켜봤다.

얼마나 지났을까. 앞쪽을 보던 세흔이 고개를 돌렸다.

"우선 자리부터 옮기자. 여기에 있는 것 자체가 힘들 것 아냐. 아까부터 새파랗게 질린 얼굴로 안절부절못하던데, 힘들어서 그런 거 맞지?"

"아……."

"가자."

세흔이 허리를 숙여 륜의 손을 잡았다. 륜이 잡힌 손을 보다 고개를 들어 세흔을 봤다.

"어디를요?"

"사람들이 없는 곳. 둘만 조용히 대화를 나눌 수 있는 곳."

세흔은 생긋, 미소를 지으며 륜의 손을 잡아당겼다.

얼떨결에 일어난 륜은 앞쪽으로 스쳐 가던 사람과 부딪칠 뻔하자 깜짝 놀라 뒤로 물러났다.

그 모습에 세흔이 풋, 웃음을 터뜨렸다. 륜은 눈살을 찌푸리면서도 킥킥대고 웃는 세흔을 보며 자신도 모르게 미소를 지었다. 닿지 않는다 해도 사람들 틈에 있다는 사실 자체가 륜에게는 큰 부담이었다. 그런데 신기하게도 단순히 세흔과 함께 있는 것만으로 어느새 가슴을 짓누르는 듯한 답답함이 많이 가셔 있었다.

류은 그것이 무척이나 신기했다.

세흔이 생각하는 '사람들이 없는 곳. 둘만 조용히 대화를 나눌 수 있는 곳'은 호텔인 모양이다.

류이 다른 사람들과 닿지 않게 애를 쓰며 한 시간가량 고생해서 공항을 빠져나온 세흔은 공항 앞에 줄줄이 이어선 택시들을 보며 잠시 고민하더니 류에게 택시는 괜찮냐고 물었다.

타인과 닿지만 않으면 상관이 없었기에 류은 고개를 끄덕였다. 그러자 세흔은 살짝 미소를 짓고 택시에 올랐다. 류이 타는 것을 본 세흔이 고개를 돌려 택시기사에게 유명 호텔의 이름을 대며 그곳으로 가자는 말을 했다.

막 택시 문을 닫던 류이 그 말을 듣고 눈을 휘둥그레 떴다.

갑자기 웬 호텔?

당연히 집으로 갈 것이라 생각하고 있던 류은 당황했다. 하지만 세흔은 한 치의 망설임도 보이지 않고 호텔 앞에서 내렸다. 그리고는 즉시 카운터로 가 객실을 하나 잡더니 어리둥절한 표정으로 로비에 서 있는 륜의 팔을 잡아당겨 엘리베이터를 탔다.

그렇게 해서 륜은 졸지에 세흔을 따라 호텔 객실로 들어서게 되었다.

"뭐 마실래?"

세흔은 마치 자신의 집이라도 되는 것처럼 익숙한 몸짓으로 한쪽 벽면에 붙어 있는 호화로운 냉장고 문을 열며 물었다. 륜은 왜인지 갑자기 머리가 아파오는 것을 느끼며 고개를 흔들었다.

"됐습니다."

"그래?"

세흔은 시큰둥하게 중얼거리고 맥주를 꺼냈다. 캔을 따 한 모금 마신 그녀는 그때까지도 가만히 서 있는 륜을 보고 말했다.

"그렇게 서 있지 말고 아무 데나 편한 곳에 앉아."

"……."

"뭐, 앉기 싫으면 말고."

륜이 입을 꾹 다물고 움직일 생각을 하지 않자 세흔이 입술을 삐쭉였다. 자신 이외의 사람들과 닿는 것 자체가 힘들다는 륜을 위해 세흔이 생각해 낸 곳은 바로 호텔이었다. 그런데 택시를 타고 오던 중에 그런 곳이 호텔 말고도 있다는 것이 떠올랐다. 공항에서 좀 멀기는 하지만 시간에 쫓기는 것도 아니고, 집으로 가도 됐던 것이다. 물론 그 외에도 둘만 있을 수 있는 곳은 의외로 많았다. 하지만 이미 호텔로 가는 중인데 길을 바꾸어 집이나 다른 곳으로 가기는 싫었다. 이유를 알 수 없지만 어쨌거나 그랬다. 그래서 온 건데 륜은 그게 불만인 듯했다.

이럴 때는 그냥 본론으로 들어가는 게 좋겠지?

세흔은 맥주 캔 두어 개를 더 꺼내 들고 창 아래 소파로 가 앉앉다. 그리고 들고 있던 맥주 캔을 테이블에 놓고 앞자리를 톡 톡 쳤다. 앉으라는 뜻이다. 륜이 눈을 가늘게 뜨자 세흔이 심술 궂게 웃었다.

"이야기하기 싫어?"

정말 웃긴 협박이다. 그런데 그게 통했다. 륜이 살풋 미간을 찌푸리고는 세흔의 맞은편 소파로 가서 앉았던 것이다.

"말씀하세요."

"음."

긍정의 뜻으로 고개를 끄덕인 세흔은 검지와 중지로 이마를 꾹, 누르고 말을 이었다.

"오면서 생각해 봤는데 난 결혼하는 거 반대야."

"……!"

창 너머로 시선을 돌리던 륜이 휙, 소리가 나게 고개를 돌려 세흔을 봤다. 언제나 세흔을 감탄하게 만들던 매혹적인 검은 눈동자가 충격으로 커다래져 있었다.

"하……."

륜이 얼굴을 쓸며 약간은 거칠게 숨을 내쉬었다.

그래. 이럴 거라고 생각했다. 처음부터 결혼 이야기에 펄쩍 뛰던 세흔이 아닌가? 게다가 자신의 병에 대해 알았다. 사랑하는 사이라면 축복이 될지도 모른다. 하지만 세흔과 륜은 그런 사이가 아니었다. 그리고 아무리 사랑하는 사이라고 해도 륜의 병이 축복이 아닌 저주라는 것은 조금만 깊게 생각하면 알 수 있는 것이었다. 그 웃긴 병이 낫지 않는 한은 무엇도 제대로 할 수 있는 게 없지 않은가 이 말이다.

놀러가고 싶어도 사람들이 많은 곳은 갈 수 없다. 함께 거리를 거니는 것은 물론이고 쇼핑 같은 것은 꿈도 꾸지 못한다. 하다못해 부부라면 흔히 함께 하는 장보는 것조차도 할 수 없는 것이다. 그런데 어떤 여자가 륜 같은 남자와 결혼을 하려 하겠는가?

싫다고 할 거라 생각했다.

사랑하는 사이라고 해도 쉽게 받아들일 수 없는 텐데 세흔이 받아들여 줄 리가 없지 않은가. 그렇게 생각했다. 각오하고 있었다. 그런데도 륜은 충격을 받았다.

마치, 버림받은 것만 같았다. 타당한 이유가 있고, 충분히 그럴 수 있다고 생각했음에도 심장이 덜컹, 내려앉았다. 그리고 그런 자신의 반응에 륜은 한 번 더 충격을 받았다. 이렇게 충격을 받을 이유가 없는데, 상상 이상으로 충격을 받는 게 이해가 되지 않았다. 사랑하지도 않으면서 왜 충격을 받는 거야? 충격받을 필요 없어. 당연한 거다. 당연해. 몇 번이나 되뇌었지만 비참한 마음은 가시지 않았다.

그때 세흔의 음성이 계속해서 들려왔다.

"내 생각은, 결혼 말고 우선 연애부터 하는 게 어떨까 하는데, 넌 어때?"

"……네?"

따끔하게 그런 병을 가지고 어디 감히 자신을 넘보느냐는 소리가 나올 거라 짐작하고 있던 륜은 너무나도 뜻밖의 말에 제대로 반응을 하지 못했다. 그런데 세흔은 그것을 륜이 승복하지 못한 것으로 알아들었는지 설득하듯 말했다.

"사실 그렇잖아. 요즘 세상에 하룻밤 같이 잤다고 무슨 결혼 이야? 그리고 너도 확신이 있네 어쩌네 하지만 사실은 그 해괴 망측한 결벽증 때문에 나와 결혼하고 싶어하는 거잖아?"

"전······."

륜이 반박을 하려 하자 세흔이 손을 들어 그의 말을 막았다.

"다른 이유를 아무리 많이 댄다고 해도 나는 네가 그 결벽증 때문에 나와 결혼을 하려고 하는 것으로밖에 안 보여."

"······."

륜은 입을 다물었다. 변명이 아닌데 상대에게 변명으로밖에 들리지 않는다면 차라리 하지 않는 게 낫다고 생각했다.

세흔이 말을 이었다.

"그렇다면 굳이 지금 결혼을 해야 할 필요는 없다는 게 내 생각이거든. 나중에 네 결벽증이 나을지도 모르는 거고."

거기까지 말한 세흔은 한숨을 내쉬었다.

"나는······ 네가 내 입장을 좀 생각해 줬으면 좋겠어. 지금까지 내가 꿈꿔왔던 결혼은 이런 게 아니거든. 배경도, 직업도, 나이도 적당한 착한 남자와 결혼해서 흔히 주변에서 볼 수 있는 그런 평범한 삶을 사는 게 내 어릴 적부터의 꿈이었어. 그런데 너는……."

'전혀 아니야. 너는 어떤 것 하나 평범하지가 않아.'

세흔은 뒷말을 삼키고 속으로만 중얼거렸다.

아무리 생각해도 륜은 정말 아니었다. 륜의 결벽증 아닌 결벽증에 대해 알게 되면서 세흔은 기쁨과 동시에 슬픔을 느꼈다. 가족들마저 피해가지 못한 결벽증이 자신에게만 허용된다는 사실에 기쁘면서도 륜과 함께 하면 앞으로 평범한 생활은 불가능할 것이란 사실에 슬펐다.

세흔은 평범하게 살고 싶었다.

평범한 사람과 결혼해서 두어 명의 아이를 낳고, 주말이면 가족들끼리 시외로 피크닉을 가고, 소풍이나 운동회가 있는 날이면 아이들을 위해 도시락을 싸고, 함께 뛰어놀고 싶었다. 그런데 륜과는 그게 안 된다. 세흔 이외의 사람들과는 닿는 것 자체가 끔찍한데 몸을 부대끼며 놀고, 운동을 하고, 그럴 수 있을 리가 없지 않은가.

당연히 딱 잘라서 안 된다고 해야 한다고 생각했다. 그럼에도 세흔은 자신도 모르게 한 가닥의 여지를 남기고 있었다.

"연애를 하다가 네가 내 속을 썩일 것 같지 않고 평범하게 살 수 있을 것 같으면 그때 결혼하자. 그전에는 연애를 하는 거야. 평범한 연인처럼 알콩달콩 연애하면서 화가 나면 싸우고, 원할 때는 마음껏 사랑도 나누고, 그러는 거 나는 나쁘지 않다고 생각하는데……."

"……."

"너도 네 억지대로 결혼을 했다가 내가 널 돌아봐 주지 않으면 괴로울 거 아냐. 또 이런 말 꺼내서 미안하지만 사실 네가 결혼하자고 한 것도 유일하게 접촉 가능한 사람이 나뿐이고, 사랑을 나누는 것 역시 지금은 나밖에 되지 않으니 그러는 거라고 생각해. 그러니까 결혼을 하는 것보다 연애를 하는 게 우선이라고 생각해. 그리고 무엇보다, 우리 만난 지도 얼마 되지 않았잖아. 우리에게는 아직 시간이 필요한 것 같아."

세흔은 거기까지 말하고 숨을 내쉬었다.

빨갛게 물든 얼굴로 숨을 고르는 세흔을 보며 륜은 자꾸만 착잡해지는 마음을 추슬렀다.

솔직히 말해 세흔의 제안은 그의 입장에서 보면 무척이나 마땅찮은 것이었다. 무엇보다 륜은 우선 세흔을 잡아두고 싶었다. 연애라는 것은, 한쪽이 승복을 하지 않더라도 다른 한쪽이 언제든지 파투 낼 수 있는, 그런 허술한 약속이 아니던가?

연애보다는 결혼이 하고 싶다. 하지만 륜은 그렇게 우길 수 없었다.

이대로 세흔과 사이가 나빠지는 것도, 그녀를 외면해 버리는 것도 할 수 없다. 그래서 륜은 억지로 고개를 끄덕였다. 내키지 않아서인지 대답은 나오지 않았다. 그런데도 세흔의 표정은 눈에 뜨일 정도로 확연히 밝아졌다. 그리고 그 모습에 륜은 피식, 웃고 말았다.

생각해 보니 자신이 너무 서두르는 감이 없지 않았던 것 같다. 이런 일은 무작정 밀어붙여서는 안 된다는 것을 모르지 않으면서.

그래, 시간을 갖자.

륜은 다짐하듯 속으로 중얼거리고 자리에서 일어났다. 처진 기분을 추스를 겸해서 일부러 세흔을 보며 빙긋, 웃었다.

활짝 미소를 짓고 있던 세흔이 갑작스런 륜의 웃음에 실눈을 떴다. 딱히 뭐라 설명할 수는 없지만 륜의 웃음이 어딘가 이상해 보였던 모양이다. 하지만 륜은 상관하지 않고 테이블을 돌아 세흔의 곁으로 갔다.

세흔이 고개를 들어 륜을 봤다.

"왜……"

"이 역사적인 날을 어떻게 그냥 지나갑니까? 당연히 연애의 시작을 알리는 키스라도 해야 하지 않겠습니까?"

의문스레 입을 여는 세흔의 입술을 엄지로 쓸며 륜이 말을 잘랐다. 그리고는 그대로 허리를 굽혀 세흔의 입술을 훔쳤다. 혀를 내밀어 아랫입술을 쪽 소리 나게 빨고 벌어진 입술 사이로 혀를 밀어 넣으려는데 세흔이 후다닥 의자째 뒤로 물러났다.

"가, 갑자기 뭐 하는 짓이야? 연애의 시작을 알리는 키스는 무슨! 이야기가 끝났으면 집으로……"

세흔은 벌떡 일어나 더듬더듬 중얼거리며 문 쪽으로 걸어갔다. 하지만 유감스럽게도 문까지 가지는 못했다. 륜이 재빨리 그녀의 손목을 잡아챘던 것이다. 빙글, 남자의 힘을 이기지 못한 세흔이 몸을 돌리자 조금 전까지만 해도 떨떠름한 표정을 짓고 있던 륜이 어느새 재미있다는 표정으로 웃고 있었다.

"사람들이 없는 곳, 둘만 조용히 대화를 나눌 수 있는 곳 운운하며 집은 놔두고 장소를 이곳으로 잡은 것부터가 기대를 하고 있었다는 뜻 아닙니까? 이제 와서 내숭 떨어봤자 안 통해요."

뺨을 매만져 오는 손에 세흔이 머리를 흔들며 소리쳤다.

"절대 그런 뜻으로 여기까지 온 게 아니야!"

몇 번이나 머리를 흔들며 자신의 결백(?)을 주장했지만 륜은 믿지 않았다. 딱히 어떤 증거도, 확신도 없었지만 지난밤 세흔이 자신을 유혹했다는 생각을 떨칠 수가 없던 륜이다. 그런 상황에서 멀쩡한 집 놔두고 호텔로 자신을 데려온 세흔을 어떻게 믿을 수 있겠는가?

륜은 절대 안 믿는다는 표정으로 세흔을 봤다.

"그럼 왜 여기로 왔습니까? 아무도 없는 집 놔두고?"

"그건……."

"보세요. 대답 못하잖습니까. 다 아는데 괜히 아닌 척은? 그럼 우리 진하게 연애 한번 해볼까요?"

하면서 륜이 세흔의 입술에 자신의 입술을 포갰다. 그리고는 장난스레 입술을 벌려 앙, 하고 이로 세흔의 입술을 깨물었다.

정말인데. 정말 다른 생각이 있어서 호텔로 온 게 아닌데.

세흔은 억울했다. 이 상황에서 그대로 넘어가면 절대 자신이 결백(?)을 륜이 믿어주지 않을 거라는 것을 알고 있었다.

　단호하게 거부를 해야 한다! 세흔은 그렇게 생각했다. 하지만 어찌 송편도 아니고 감히 꿀떡을 거부할 수 있겠는가. 그것도 얼마나 맛있는지 맛까지 본 꿀떡을 말이다.

　'아, 진짜. 이게 아닌데…….'

　속으로 중얼거리면서도 어느새 세흔은 륜의 목에 팔을 감고 있었다.

　결혼할 생각도 없으면서 얼토당토않은 '연애' 이야기를 꺼내며 륜을 잡은 이유. 아마도 이것 때문이 아닐까? 알 수 없는 끌림. 거부라고는 할 수 없는 매력. 몇 번으로는 도저히 채울 수 없는 갈증. 꿈에 그리던 이상형과 너무도 딱 떨어지는 륜은 세흔에게 처음부터 거부할 수 없는 그런 남자였다. 그래서 세흔은 속수무책으로 륜에게 빨려 들어갔다. 물론 륜은 그것을 모르겠지만.

　'쿡.'

　목을 감아오는 손길에 륜은 터져 나오는 웃음을 속으로 삼켰다.

　이러면서 아니라고 하다니. 우기려면 좀 더 싫은 척을 했어야 하는 것 아닌가? 그러면 믿진 않겠지만 그래도 믿는 척은 해줬을 텐데.

　금세 달아올라 적극적으로 몸을 기대오는 세흔이 귀엽게 느껴졌다. 륜은 입술을 맞댄 채 빙긋, 미소를 짓고 세흔의 아랫입술과 윗입술을 번갈아가며 빨았다. 세흔의 입술이 촉촉하게 젖어들자 입술 사이를 비집고 들어가 제 집처럼 세흔의 입 안을 휘젓기 시작했다.

"으음……."

세흔이 얕게 신음했다.

륜의 혀는 따뜻하면서도 차가웠다.

분명 직접 맞닿은 부분에서 온기가 퍼지는데 이상하게 아이스크림을 머금은 것처럼 차갑다. 그래서일까? 단지 키스일 뿐인데도 은밀한 곳이 두근대며 젖어들었다.

그것을 아는지 모르는지 륜은 세흔의 가지런한 치열을 쓸고 안쪽으로 밀고 들어왔다.

곧 지금껏 누구도 닿지 못한 깊숙한 곳까지 이르러 세흔과 혀를 얽었다. 오돌토돌한 륜의 혓바닥을 목 안 가득 느끼며 세흔이 팔에 힘을 주었다. 륜은 좀 더 깊게 키스할 수 있도록 고개를 아래로 내리며 옷 위로 세흔의 가슴을 움켜쥐었다.

"아……."

이미 유두는 딱딱하게 굳어 있었다.

륜은 손바닥 아래 느껴지는 망울을 천천히 쓸어내리며 세흔의 혀를 톡톡, 건드리고 물러났다.

"하아……."

세흔이 참았던 숨을 내쉬었다. 하지만 채 숨을 들이마시기도 전에 륜이 다시 입을 맞춰왔다.

부풀어 오른 입술을 깊게 빨고 혀를 밀어 넣어 세흔의 혀끝을 건드린다. 하지만 세흔이 그를 맞이하려 하면 성큼 뒤로 물러났다. 다가올 듯, 다가올 듯 가까이 왔다 멀어지고 멀어질 듯, 멀어질 듯 물러났다 다시 다가오는 혀에 세흔은 점점 안달이 나는 자신을 느꼈다. 다른 사람과의 접촉 자체가 불가능하다고 했다. 그렇다면 키스 역시 자신이 처음일 텐데 어쩌면 이렇게 상대의 마음을 잘 아는 걸까?

　혀끝으로 바깥 치열을 쓸고 이어 입가를 훑은 후 입술을 떼는 륜을 보며 세흔이 한쪽 눈을 치켜떴다.

　"어째 굉장히 능숙하다?"

　깊은 키스로 잔뜩 잠긴 음성으로 비꼬듯 말하자 륜이 싱긋 웃었다.

　"저 머리 좋다는 말 못 들었습니까? 비록 실전 경험은 어젯밤이 처음이었지만 이론은 그 이전에도 충분했었습니다. 게다가 제가 뭐든 남들보다 빨리 배우거든요."

　장난스레 하는 말에 세흔이 새침하게 말했다.

　"학습능력이 좋은 게 아니라 순전히 뛰어난 선생님 덕 아냐?"

　"선생님이 뛰어나기는 했죠. 하지만 곧 선생님과 학생의 위치가 바뀔 겁니다. 기대하셔도 좋아요."

　그 말이 떨어지기 무섭게 륜의 손이 세흔의 셔츠 안으로 들어왔다.

　"헉!"

차가운 손에 흠칫하던 세흔은 브래지어 아래로 쑥 들어온 륜의 손이 가슴을 꽉 움켜쥐자 눈을 감고 신음을 토했다.

"으음……"

낮게 울리는 신음 소리와 함께 성대가 울렸다.

입술을 내려 턱부터 시작해 목울대로 내려오며 키스를 하던 륜은 입술 아래에서 울리는 성대에 찌릿하고 펌프질을 한듯 가슴이 뛰는 것을 느꼈다. 그는 참지 못하고 이로 물어뜯듯 목울대를 살짝 물었다.

"아!"

세흔이 놀란 듯 흠칫하자 입술을 떼고 고개를 들었다.

눈이 마주치자 미안함 반, 장난 반의 눈웃음을 친 륜이 세흔의 셔츠를 브래지어와 함께 위로 벗겨냈다. 새하얀 가슴과 붉게 물든 정점이 눈 아래 드러났다. 그리고 그때부터 륜은 더 이상 느긋하게 장난을 치고 있을 수 없었다. 새벽에도, 오늘 아침에도 입 안에 넣고 질리도록 애무했던 가슴이다. 그런데도 지금 이 순간, 미치도록 머금고 싶었다.

륜은 그대로 고개를 내려 딱딱하게 굳은 유두를 물었다.

혀끝에 닿는 망울의 느낌이 황홀하다. 륜은 세흔을 뒤로 밀어붙여 벽에 기내게 하고 갓난아기처럼 세차게 유두를 빨기 시작했다. 쪽쪽, 소리가 객실 안을 울렸다. 점점 유두를 애무하는 입술이 깊어지고 그에 따라 륜의 머리를 감싸고 있던 세흔의 손에 힘이 들어갔다.

"하아……."

세흔의 허리가 뒤로 젖혀졌다.

그 신음 섞인 한숨 소리가 신호라도 된 것처럼, 륜은 더 이상 참지 못했다. 그는 즉시 허리를 잡고 있던 손을 내려 세흔의 바지 버클과 지퍼를 내린 뒤 팬티와 함께 벗겼다. 세흔은 순식간에 실오라기 하나 걸치지 않은 알몸이 되었다.

매끄럽게 라인을 그리는 선과 얼마나 부드러운지 이미 경험한 바 있는 두 가슴, 잘록한 허리, 그 아래 자리한 탱탱한 엉덩이와 지난밤 그를 안달하게 했던 수풀 속에 감싸인 은밀한 샘.

예술품이 따로 없다.

그래서인가? 커튼 쳐진 창으로 들어오는 은은한 햇살을 받은 세흔의 나신에 눈이 멀어버릴 것 같았다.

륜은 붉게 자국이 남은 세흔의 목울대를 손바닥으로 쓸고, 입술을 내려 보기 좋게 솟아오른 가슴 위에 붉은 화인을 찍었다. 세흔이 자신의 셔츠를 잡아당기자 옷을 수월히 벗길 수 있도록 도와주고 팔을 내려 그녀를 안았다. 한 손으로 엉덩이를 받치고 다른 손으로 테이블 위를 쓸었다.

우르르르—

세흔이 냉장고에서 꺼냈던 맥주 캔 몇 개와 전화기, 리모컨 등이 바닥으로 떨어졌다. 하지만 세흔도, 륜도 그것을 신경 쓰지 않았다. 륜은 한 손으로 세흔의 매끈한 배를 쓸며 다른 손으로 자신의 바지를 벗었다. 급한 마음에 벗다보니 잘 벗겨지지가 않았다. 그러자 세흔이 거들었다.

바지를 벗고 팬티까지 벗어버린 륜은 테이블 위에 누운 세흔의 무릎을 굽혀 키스했다. 깨물듯 잘근잘근 무릎을 씹으며 손으로 허벅지를 쓸었다.

따뜻하고 부드러운 피부를 따라 내려가자 약간은 거친 숲이 손에 와 닿았다. 검지를 세워 바깥에서부터 중심부로 둥글게 원을 그리다 안으로 밀어 넣었다. 그러자 이미 촉촉하게 젖어 있던 여성에서 맑은 물이 흘러나와 륜의 손가락을 적셨다. 장난을 치듯 무릎에 키스를 퍼붓던 륜이 고개를 들어 세흔을 보며 빙긋, 웃었다.

"이러면서 다른 뜻 없이 여기로 왔다?"

"나는…… 으음……."

세흔은 반박을 하려 했지만 륜의 손가락이 분홍빛 속살에 숨겨져 있던 핵을 찾아 쥐자 말을 잇지 못하고 신음성을 토했다. 륜은 구슬을 갖고 놀듯 핵을 지분거리다 엄지로 조갯살 같은 속살을 애무하며 검지와 중지를 세워 샘 안으로 밀어 넣었다.

"하악!"

세흔의 허리가 급격하게 휘어졌다. 저절로 다리가 꼬였다. 륜은 엉덩이를 잡고 있던 손으로 세흔의 한쪽 발목을 잡았다. 그리고는 세흔의 안을 휘젓던 손을 빼냈다.

"하아…… 하아……."

안과 밖을 넘나들며 괴롭히던 손이 빠져나가자 세흔이 숨을 몰아쉬었다. 하지만 그것은 시작에 불과했다. 륜이 잡은 세흔의 발목을 옆으로 벌리고 그 사이에 자세를 잡더니 바로 세흔의 안으로 자신을 밀어 넣었던 것이다.

"윽!"

"아아……."

륜은 미칠 듯이 조여오는 세흔의 안에 부르르, 떨며 잡고 있던 다리를 위로 들고 뿌리까지 밀어 넣었다.

"흐윽!"

세흔의 손이 공중을 휘젓다 륜의 어깨를 잡았다. 동시에 륜이 뒤로 물러났다. 후우, 한숨을 내쉬는 세흔의 손에서 잠시 힘이 빠져나가는 듯했다. 하지만 곧 륜이 한쪽 발목과 엉덩이를 잡고 더욱 깊숙이 들어가자 륜의 어깨를 잡은 세흔의 손에도 힘이 들어갔다.

"헉헉."

"아…… 아아……."

점점 속도가 빨라졌다. 뭐라 말을 할 수도 없었다. 그저 신음하고 또 신음할 뿐이었다. 그렇게 륜은 전진과 후퇴를 반복하며 세흔의 은밀한 곳을 넘나들었다. 륜에게 잡히지 않은 세흔의 다리가 공중으로 떠오르며 빳빳하게 굳었다. 륜이 갈 곳을 잃은 세흔의 다리를 자신의 허리에 감았다. 그리고 세차게 세흔의 안으로 돌진했다.

"하악!"

사선을 넘나드는 것 같은 아슬아슬하고 짜릿한 감각을 몰고 오는 류의 몸짓에 세흔이 정신없이 도리질을 했다. 미칠 것만 같았다. 그녀는 류의 두 어깨를 잡은 손에 힘을 주며 입을 벌렸다.

"하아…… 빨리, 빨리…… 하아……."

끝을 모르고 향해가던 질주는 이미 끝난 것이나 다름없었다. 그런데 류은 더 이상 빨라질 수 없을 거라 여기던 몸짓을 더욱 빨리하며 끝을 내지 않고 있었다. 그것이 세흔을 참을 수 없게 했다. 류의 어깨를 잡고 있던 세흔이 손톱을 세웠다.

"으……."

살갗을 파고드는 세흔의 손톱에 류이 미간을 찌푸리며 신음했다. 동시에 류의 남성이 지금까지와는 비교도 할 수 없을 만큼 강하게, 그리고 깊게 세흔의 안으로 파고들었다.

"아아……."

"헉…… 헉헉……."

몇 번에 걸쳐 같은 행동을 반복하며 자신을 모두 쏟아낸 류이 그대로 세흔의 위로 쓰러졌다. 안달하며 류을 재촉했던 세흔도 그제야 힘이 빠진 듯 가슴 위로 쓰러지는 류의 머리를 안으며 축 늘어졌다. 조금 전까지만 해도 깊은 신음 소리와 색스런 소리가 난무하던 그곳엔 차 오른 숨을 고르는 소리만이 맴돌았다.

유명 호텔답게 고풍스런 침실.

몇 번이나 광풍처럼 몰아치며 사랑을 나눈 세흔과 륜은 느긋하게 후희(後戱)를 즐기고 있었다.

"어땠습니까? 나쁘지는 않았죠? 아니, 좋았죠?"

허리를 감고 있는 세흔의 다리를 천천히 쓸어내린 륜이 울긋불긋 화인이 남아 있는 세흔의 가슴에 쪽 소리가 나게 키스를 하고 장난스레 물었다. 여전히 자신의 안을 꽉 채우고 있는 륜의 남성을 느끼며 아직도 채 가시지 않은 절정을 음미하고 있던 세흔이 눈을 떴다.

마치 오늘 아침을 재연하듯, 륜은 냉기 한 점 찾아볼 수 없는 환한 얼굴에 솜사탕처럼 달콤한 미소를 머금고 있었다. 오늘 아침에만 해도 아이 같은 모습에 같이 미소가 지어졌는데 왜 지금은 얄밉게만 보일까?

"좋았기는. 별로였어."

얄밉게 웃은 벌이라고 속으로 중얼거리며 세흔이 시큰둥하니 말했다. 그러자 륜이 멈칫했다.

"별…… 로였어요?"

"응. 테이블 위에서 다짜고짜 그게 뭐야? 내가 허리가 얼마나 아팠는지 알아? 무식하게 그냥 밀어붙이기만 하면 되는 줄 아나 본데, 그게 다가 아니거든? 앞으로 공부 더 해야겠더라."

일부러 크게 고개를 끄덕이며 말하자 처음에는 정말인가 싶어 심각하게 듣던 륜이 뒤에는 눈을 가늘게 떴다. 마치 세흔의 속을 들여다본 것처럼 의심스런 기색을 드러내며 륜이 물었다.

"정말 별로였습니까?"

"응."

"정말정말 별로였습니까?"

"아, 그렇다니까? 정말정말 별로였어. 아무래도 실전 연습이……."

신나게 말하던 세흔은 류이 엉덩이를 뒤로 빼 자신과 하나로 연결되어 있던 남성을 빼내자 순간 파르르, 떨었다. 안을 채우고 있던 류이 빠져나가자 예상치 못한 허전함과 서운함이 밀려왔다.

세흔이 눈살을 찌푸리며 류을 봤다.

"왜……."

"제가 만족했기에 그렇게 끝낸 거였는데 별로였다고 하니 만족할 때까지 해봐야 하지 않겠습니까? 좋은 선생님도 있겠다, 어디 갈 데까지 가보죠. 제가 다른 건 몰라도 체력 하나는 자신 있거든요."

세흔의 무릎을 잡아 벌리며 류이 짓궂게 웃었다. 그리고는 즉시 고개를 내렸다. 세흔이 흠칫해서 상체를 일으켰다.

"자, 잠깐! 잠깐만…… 흐윽……."

항의를 하려던 세흔은 류의 혀가 속살을 훑으며 안으로 밀려 들어 오자 더 이상 말을 잇지 못했다. 곧 세흔은 방금 한 말이 무색하게 류의 아래에서 자지러졌다.

✽

날이 어두워져 가고 있었다.

CF 촬영이 끝나자마자 달려와 기다리고 있던 민은 기어코 다리가 아파오자 벽에 등을 기대고 그 자리에 쪼그리고 앉았다.

생각 같아서는 세흔과 전화를 끊는 즉시 달려오고 싶었다. 하지만 그럴 수가 없었다.

정해진 스케줄이 있고, 그와 관련된 스태프들이 백을 넘어섰다. 모든 일이 민을 중심으로 돌아가는데 그런 상황에서 주인공이 쏙 빠진다는 것은 있을 수 없는 일이었다.

물론 현재 최고의 배우라고 해도 과언이 아닌 민이기에 다른 사람이야 뭐라 하든 촬영을 뒤로 미룰 수 있는 힘이 있었다. 하지만 프로라는 이름을 가진 민은 그러지 않았다. 자신 한 명으로 인해 백 명이 넘는 스태프에게 피해를 줄 수는 없다고 생각했기 때문이다. 그랬기에 민은 그저 빨리 촬영을 끝내려 노력하고 또 노력했다. 결국 민은 시리즈로 연결된 세 개의 CF를 만 하루 동안 끝내는 쾌거를 올렸다.

벌써 주변은 어둑어둑해져 오는데 도대체 어디를 간 거야?

모자를 꾹 누르던 민은 휴대폰을 꺼내 단축번호를 눌렀다. 하지만 여전히 소리샘으로 넘어가는 소리만이 들릴 뿐이었다.

"후우······."

민은 길게 한숨을 내쉬며 담배가 든 재킷 주머니를 톡톡 쳤다.

몸에 해롭다며 끊으라는 세흔의 우김에 하루 세 개비 이상은 피지 않기로 약속을 했었다. 그리고 오늘은 벌써 그 양을 채웠다. 그런데도 또 피우고 싶었다. 돌아오지 않는 세흔을 기다리며 하염없이 골목 끝을 보고 있던 민이 자리에서 벌떡 일어나더니 모자를 벗고 거칠게 머리카락을 쓸어 넘겼다.

"아, 진짜! 도대체 어디를 간 거야? 꿀떡 맛보겠다고 그렇게 난리더니, 설마 뒤늦게 영국으로 간 건가?"

그렇게 중얼거리던 민은 앞집을 보며 눈살을 찌푸렸다.

"그건 그렇고 저긴 왜 어두운 거야?"

불 꺼진 앞집이 자꾸만 신경에 거슬렸다. 세흔이 영국으로 갔다면 지금 세흔의 집에 불이 꺼져 있는 것은 당연하다. 하지만 분명 앞집에 사는 꿀떡은 남았다고 들었다. 그런데 어째서 저기도 불이 꺼져 있을까? 이제 겨우 아홉 시인데 벌써 자는 건 아니겠지? 아니, 처음 이곳에 왔을 때부터 불이 꺼져 있었는데 그럼 낮잠을 지금까지 자고 있다는 건가?

팔짱을 끼고 뻐딱하게 서서 앞집을 노려보던 민은 손안에서 휴대폰이 진동을 하자 얼른 액정을 봤다.

혁이. 매니저다. 민은 마땅찮은 표정으로 액정을 보고 폴더를 열었다.

"응."

[아…….]

민이 전화를 받자 왜인지 수혁은 한마디 감탄사 후 말이 없었다. 끊어졌나? 액정을 보니 아직 연결중이라 매니저의 이름을 불렀다.

"혁아?"

[지, 지금 도대체 어디 있는 겁니까! 쇼프로 녹화 잡혀 있는 거 잊었어요? 두 시간이면 충분하다고 해놓고 벌써 네 시간이나 지났는데 왜 아직도 안 와요? 아까부터 그렇게 연락을 했는데 계속 통화 중이고, 일부러 방송 펑크 낼 생각 아니라면 빨리 오세요! 내가 진짜 서러워서…….]

귀가 아프다. 민은 쩌렁쩌렁 울리는 휴대폰을 멀리 떼었다가 소리가 어느 정도 잠잠해지자 다시 귀에 갖다 댔다.

"알았다. 알았어. 지금 가. 가니까 울지 마라."

뒤에 가서는 울먹이는 수혁의 음성에 민이 달래듯 말했다. 하지만 기다리면서 꽤나 서러웠는지 수혁의 울먹임은 계속됐다.

[진짜…… 형이 안 오니까 아까부터 PD님이 나만…….]

"아, 간다니까? 삼십 분 안에 갈게. 기다려!"

그 말을 끝으로 폴더를 닫은 민은 자리를 털고 일어났다. 더 이상은 못 기다리겠다. 마음 같아서는 삼 일 밤낮이라도 기다리고 싶었지만 그럴 수가 없었다. 자신을 기다리고 있을 많은 사람들이 눈에 걸렸기 때문이다.

제발 아무 일도 없었기를…… 아니, 세흔이 뒤늦게라도 영국으로 갔기를…….

세흔에 대한 자신의 마음이 뭐든, 우선적으로 그녀가 꿀떡을 맛보지 않았기를 바라는 마음에 민은 눈을 감고 기도를 했다. 이럴 때면 남에게 피해 주기를 극도로 꺼리는 자신의 성격이 원망스러웠다. 하지만 어쩌겠는가. 그것도 주민의 일부분인 것을. 그런 생각에 한숨을 내쉰 민은 불이 꺼진 두 집을 아쉬운 듯 번갈아 보고 몸을 돌렸다.

✱

다음날.

룸서비스를 시켜 아침 식사를 하고 느지막이 호텔을 나서는데 갑자기 륜이 세흔의 손을 잡아당겼다. 세흔이 고개를 돌리자 륜은 어제 아침부터 짓기 시작한 솜사탕처럼 달콤하고 폭신폭신한 미소를 흩뿌리며 말했다.

"우리 휴대폰 사러 가요."

"휴대폰?"

"네."

말 잘 듣는 아이처럼 고개까지 끄덕이며 대답을 하는 륜을 보며 세흔은 살짝, 콧등을 찡그리고 말했다.

"돈 아깝게 왜 일부러 휴대폰을 사? 요즘 세상이 얼마나 좋아졌는데, 로밍하면 되잖아. 미국에서 쓰던 거 그대로······."

"미국에서 휴대폰 안 썼어요."

"안 썼어?"

"네."

"왜?"

"필요가 없어서요."

그 말에 세흔은 도통 이해가 안 된다는 표정을 지었다.

"그렇다면 더더욱 살 필요 없는 거 아냐? 없어도 지금껏 불편을 못 느꼈는데, 새삼스레 왜 사려고 해?"

"당연히 불편을 느꼈으니까 사려는 거 아닙니까."

"무슨 불편?"

"……."

"네가 아직 한국에 대해서 잘 모르나 본데 휴대폰 대리점에 가면 사람들이 엄~청 많아! 공항과는 비교도 되지 않을 만큼 바글바글 끓어. 그런데 고작 휴대폰을 사러 거기를 가겠다고? 웬만하면 그냥 살지?"

장난기가 발동한 세흔은 일부러 겁을 줬다. 하지만 륜은 세흔의 엄포에도 불구하고 꼭 사야 한다는 식이었다.

만난 지 얼마 되지 않는 데다 병에 대해 안 지는 더 얼마 되지 않았지만 륜이 사람 많은 곳은 피한다는 것을 대충 눈치 채고 있던 세흔이다. 그런 륜이 왜 사람들이 바글바글하다는데도 굳이 필요도 없을 듯한 휴대폰을 사려고 하는 걸까? 궁금증이 인 세흔은 왜 꼭 사야 하는지 이유를 말하기 전에는 가지 않겠다고 선언했다. 당연히 륜은 초등학생도 안 할 협박에 기가 막힌다는 표정을 지었다.

어쩌면 이런 유치한 협박을 할 수 있을까?

류은 딱, 그런 눈빛을 하고 있었다. 그런데도 세흔이 턱을 치켜들며 끄떡도 하지 않자 결국 류은 한숨을 내쉬고 입을 열었다.

"어제 그렇게 택시를 타고 가버린 누나를 보면서 제 기분이 어땠는지 아십니까? 뒤늦게 누나를 쫓으면서 휴대폰만 있었더라도, 누나의 전화번호만 알았더라도 라는 생각을 수도 없이 했습니다. 필요성을 절실히 느꼈다는 말입니다. 이 정도면 휴대폰을 사야 할 이유, 충분하다고 생각하는데요?"

말을 끝마친 류이 세흔을 지그시 내려다봤다.

그 고백과도 같은 말에 세흔은 갑자기 확하고 얼굴이 붉어지는 것을 느꼈다. 그녀는 획 고개를 돌리고 톡 쏘아붙였다.

"뭐, 뭐가 충분하다는 거야? 별거 아니면서."

말이 끝나자마자 세흔은 성큼성큼 앞으로 걸어갔다. 손을 잡힌 류이 얼떨결에 따라가며 물었다.

"어? 갑자기 어디 가시는 겁니까?"

"어디 가기는, 휴대폰 사러 간다! 잔말 말고 따라와!"

한 손으로 열심히 손 부채질을 하며 소리치자 류이 그제야 수긍한 듯 큰 걸음으로 걸어와 세흔과 나란히 걸었다. 그렇게 얼마를 걸었을까. 류이 궁금한 듯, 그러면서도 꺼려지는 듯 조심스레 물었다.

"근데 정말 대리점에 사람이 그렇게 많습니까?"

"……."

"그래도 공항보다 더 많으면 곤란한데……."

세흔이 대답하지 않자 혼자 중얼거린 륜이 다시 말했다.

"전 그냥 밖에서 기다릴 테니 누나가 사 올래요?"

세흔은 걷다 말고 그 자리에 멈추어 섰다. 그리고는 약간은 한심하다는 눈으로 륜을 봤다.

"미국에서 오다 가다 안 봤어? 사람 안 많아."

"그럼……."

"당연히 장난이었지. 거기에 속아 넘어가다니, 하여튼 순진해 빠졌어. 이 험한 세상을 어떻게 살아가려고……."

세흔은 정말 걱정스럽다는 식으로 말하며 혀를 찼다.

륜에 대해 조금이라도 아는 사람이라면 농담으로라도 하지 않을 말을 아무렇지 않게 해보인 세흔은 걸음을 빨리 했다. 스스로도 순진과는 거리가 멀다는 것을 알고 있던 륜은 잠깐 어이가 없다는 표정을 짓다 빙긋, 미소를 지었다. 자신에 대해 누구보다 잘 아는 친구, 이현이 지금 세흔의 말을 들었다면 뒤로 넘어가지 않을까 하는 생각을 하면서도 걱정해 주는 세흔의 말에 기분이 좋아지는 것은 어쩔 수 없었다.

✱

차마 집열쇠가 있다는 소리를 못해 정말 주민등록등본을 떼서 집주인과의 혈연관계를 증명하고 새 열쇠를 만든 세흔은 지금 자신의 백에서 고이 잠자고 있을 열쇠와 같은 열쇠를 보며 속으로 한숨을 내쉬었다.

정말 꿀떡 한번 맛보기가 보통 힘든 게 아니라는 생각이 들었다.

천우신조로 가위에 안 눌렸으면 어쩔 뻔했는가?

'꿀떡을 반드시 먹는 기술'이네 어쩌네 하며 필식기, 필식기 했지만 지금 생각해 보면 쓸모있는 게 하나도 없었다.

완의 일로 쳐들어가 그 난리를 쳐놓고 연약한 척 쓰러진다는 것은 말도 안 되는 것이었다. 그렇다고 술에 취한 척 달라붙기 위해 술 마시자고 꼬드기기도 그랬다.

겨우 하룻밤 얹혀 자면서 술은 무슨 놈에 술이란 말인가?

그렇다면 남은 것은 팔이든 다리든 어디 한 곳을 부러뜨리고 덮치는 건데, 미저리도 아니고 그게 뭐냔 말이다. 게다가 그렇게 되면 증거가 남는다. 팔이든 다리든 한 군데 부러뜨려 덮친 주제에 륜의 입은 어떻게 막고, 여행 다녀오신 부모님들께 륜의 부상(?)에 대해서는 또 뭐라고 한단 말인가? 가위에 눌리길 천만다행이지. 아니, 뜻밖에도 굿나잇 인사라고 륜이 먼저 키스를 해온 게 천만다행인가?

세흔은 혼자서 작게 구시렁대다 륜의 시선이 느껴지자 몸을 돌렸다.

"그럼 열쇠도 있겠다, 들어갈게. 너두 얼른 들어가."

한 가닥 아쉬움이 남았지만 아무렇지 않은 척 말하고 다시 몸을 돌렸다. 달칵, 열쇠를 넣고 비밀번호를 누르자 잠금이 해체되는 소리가 들렸다. 세흔은 한쪽에 세워둔 여행 캐리어 손잡이를 잡고 하얀색 대문을 밀었다.

"잠깐만요!"

막 안으로 들어가려는데 류이 여행 캐리어 손잡이를 잡은 세흔의 팔꿈치를 잡아당기며 소리쳤다. 갑자기 당겨진 힘에 세흔이 비틀댔다. 주춤, 뒤로 물러나는데 류이 다른 손으로 허리를 잡더니 그대로 세흔을 들어 돌렸다. 공중에 뜬 몸이 태엽 인형처럼 빙글 돌아갔다.

"……!"

세흔은 기가 막혔다.

뭐야, 이거? 아무리 20cm가 넘는 키 차이와 역시 20kg이 넘는 무게 차이가 있기로서니 이런 식으로 어린아이를 갖고 놀듯 가볍게 몸을 들어 돌리다니……. 어이가 없어 류을 쳐다보자 부끄러운 건지 어떤 건지 류이 살짝 얼굴을 붉히고 말했다.

"그냥, 부모님들 돌아오시기 전까지 우리 집에서 지내는 게 어때요?"

"뭐?"

"아니, 따로따로 지내면서 식사할 때마다 요리도 따로 하고, 밤 되면 불도 따로 켜놓고 하면서 노동 낭비, 전기 낭비 할 필요는 없다는 생각이 들어서요. 그리고 가위에 잘 놀리는 것 같던데 그 큰 집에 혼자 있는 것도 그렇고…….."

변명하듯 늘어놓는 말을 들으며 세흔은 자꾸만 위로 올라가는 입꼬리를 내리려 애를 썼다. 괘씸함이 한순간에 기특함으로 바뀌었다. 하지만 그렇다고 바로 넘어가면 안 되겠지? 솔깃한 표정을 지으면서도 세흔은 고개를 저었다.

"하지만 어떻게 청춘남녀가 일주일씩이나 같은 집에서……."

"그냥 청춘남녀 아니잖아요. 우리 오늘부터 연애하기로 한 사이 아닙니까? 방금 전까지 호텔에 같이 있다가 온 사이에요, 우리. 그런데 일주일이고 한 달이고 같은 집에서 있지 못할 이유 없잖아요?"

"그래도……."

솔깃한 표정을 지으면서도 세흔이 선뜻 알았다고 대답하지 않자 초조해진 륜이 잡은 팔을 꼭 쥐며 말했다.

"같이 지내요. 잘해줄게요."

"……그럼, 그럴까?"

남자가 여자를 잡을 때면 흔히 쓰는 '같이 살자. 잘해줄게'라는 말에 결국 세흔은 모른 척 넘어가 주었다. 얼마나 잘해줄지 기대하며.

＊

코끝을 간질이는 커피 향에 저 멀리 의식 너머를 헤매던 정신이 차츰차츰 제자리를 찾아가기 시작했다.

"으음……."

세흔은 얕은 숨을 내쉬었다.

찌뿌둥하면서도 기분 좋은 느낌. 평화롭다. 좋다.

나른한 미소를 짓고 몸을 돌려 옆으로 누우며 시트를 끌어안았다. 그렇게 다시 수면 속으로 빠져드는데 달칵, 저 너머에서 문 소리가 났다. 이어 촤르르륵, 커튼이 쳐지는 소리가 나더니 환한 햇살이 세흔의 얼굴 위로 내려왔다. 닫힌 눈꺼풀 안에서도 눈이 부셨다.

세흔이 눈을 찔러오는 햇살을 피해 시트 속으로 얼굴을 파묻는데 어디선가 실바람이 불어오더니 침대 한쪽이 묵직하게 내려앉았다.

쿡쿡, 웃음소리가 들리고 강한 손이 시트를 잡아당겼다.

시트를 빼앗아가려나 보다. 세흔은 끌어안고 있던 시트를 더욱 꼭 그러쥐며 그 속에 얼굴을 묻고 낮게 신음했다.

"으응…… 싫어……."

"뭐 하는 거예요? 고양이 놀이 합니까? 얼굴만 가리면 되는 줄 아는가 본데 여기 있는 거 다 보이거든요? 그러니까 그만 일어나세요."

웃음기 어린 음성으로 핀잔을 준 륜이 둘둘 만 시트 사이로 세흔의 이마를 콕, 찍었다.

세흔이 도리질을 하며 시트를 감은 두 팔로 얼굴을 가렸다.

쿡, 륜은 새어나오는 웃음을 참지 못했다. 매끈한 다리가 시트 밖으로 버젓이 나와 있는데 없는 척 얼굴만 가리며 숨는 세흔의 모습이 사랑스러웠다.

'어디······.'

륜은 은근한 손길로 드러난 다리를 쓰다듬었다. 그리고 점점 다리를 타고 위로 올라갔다. 발목, 종아리, 무릎을 지나 허벅지에 다다르자 바깥 허벅지를 쓸다 부드러운 손길로 다리를 살짝 벌렸다. 그러자 하얀 허벅지 여기저기에 붉은 화인이 찍혀 있는 게 보였다.

지난밤의 일을 적나라하게 드러내는 자국.

어젯밤에, 그리고 새벽에 정신없이 안고 또 안았던 몸이다. 하지만 세흔을 보고 있자니 또다시 아랫배가 묵직해지며 남성이 힘을 얻었다. 찌개가 식을 텐데······. 중얼거리면서도 륜은 그 화인을 따라 손가락을 움직였다. 조금씩 안쪽으로 자리를 옮겨가자 세흔이 저항을 하듯 다리를 오므리려했다. 륜은 쿡, 웃고 무릎을 야금야금 깨물었다.

"이미 늦었어요. 그러게 일어나라니까······."

하면서 훌훌, 옷을 벗어 던진 륜은 세흔의 위로 올라갔다.

"헉!"

갑자기 위에서 짓누르는 무게에 답답함을 느낀 세흔이 시트 사이로 얼굴을 내밀고 숨을 내쉬었다. 그러자 륜이 뾰족한 입술과 잠이 덜 깬 눈꺼풀 위에 키스를 퍼부었다. 세흔의 상체를 꽁

꽁 감싸고 있는 시트를 사이에 두고 일부러 힘을 줘 가슴을 꾹 누른 륜은 허리 아래로 손을 뻗었다. 매끈하고 보드라운 골반과 안쪽 허벅지를 쓸어내리자 세흔도 더 이상 잠을 잘 수 없겠는지 실눈을 떴다.

"뭐야……."

허스키하게 잠긴 음성이 륜의 귀를 간질였다.

륜은 두 다리로 세흔의 다리를 누르고 시트 안으로 손을 밀어 넣어 그 잠깐의 애무로 딱딱하게 굳은 유두를 쓸며 나른한 어조로 말했다.

"설마 몰라서 물으시는 건 아니겠죠?"

"너……."

무엇을 바라는지 노골적으로 드러내는 손길에 기가 막힌 듯 세흔은 잠시간 말을 잇지 못했다. 그러다 죽겠다는 듯이 말했다.

"나 피곤해. 이제 겨우 스물여섯인 너와는 달리 나는 한풀 꺾인 서른하나라고. 숨 좀 돌리자. 응?"

"돌리세요. 누가 뭐랍니까? 누나는 누나 할 일 하고, 저는 제 할 일 하고. 그러면 되는 거잖아요."

"……."

그러면 되는 거 아니거든?

세흔은 강하게 반박하고 싶었다. 말로는 숨을 돌리라고 하지만 륜의 손가락이, 입술이 잠시도 틈을 주지 않고 못살게 구는데 어떻게 숨을 돌릴 수 있느냔 말이다. 게다가 숨을 돌린다는 말은 단순히 숨을 고르겠다는 말이 아니었다.

바보가 아닌 이상 그것을 모르지 않을 텐데 륜은 능청스레 아무것도 모르는 척, 세흔을 애무했다. 피곤함에 눈 딱 감고 륜을 밀어버리려던 세흔도 뒤에 가서는 달뜬 신음을 내뱉지 않을 수 없었다. 제자는 지치지 않는 체력으로 부족한 테크닉을 훌륭하게 메우고 있었다. 그리고 넘치는 정력으로 엄청난 양의 실전 경험을 쌓으며 테크닉 역시 빠른 속도로 습득해 가고 있었다.

알몸을 감싸고 내려간 뽀송뽀송한 새 시트가 무릎 아래로 늘어졌다. 계단을 내려가는 륜의 품에 안긴 세흔은 늘어진 시트를 다리에 감아 륜의 허리에 둘렀다. 그리고는 고개를 숙여 륜의 목덜미에 얼굴을 묻었다.

방금 샤워를 한 덕분인지 샴푸 향과 샤워코롱 향이 륜 특유의 살 냄새와 뒤섞여 콧속으로 스며들었다. 시원하면서도 달콤한 향에 세흔이 좀 더 고개를 숙이려는데 엉덩이를 받쳐 안고 있던 륜이 그녀를 살짝 들어올렸다. 조금 전까지만 해도 그대로 잠들어도 될 만큼 안정적이었는데 갑자기 자세가 바뀌자 흠칫한 세흔이 고개를 들었다.

원목의 싱크대와 중앙에 자리한 고급스런 식탁.

륜의 품에 안긴 지 얼마 되지 않은 것 같은데 벌써 부엌에 도착해 있자 세흔은 말로 하지는 않았지만 놀랐다.

도착했으니 이제 그만 내려야겠지?

륜의 품이 상상 이상으로 좋았던 탓에 그런 생각을 하자 갑자기 아쉽다는 생각이 들었다. 미처 숨기지 못한 표정이 그대로 드러났지만 상대적으로 세흔에 비해 아래에 있어 그것을 보지 못한 륜은 발로 식탁 의자를 빼내더니 조심스레 세흔을 앉혔다.

"찌개만 데우면 되니까 여기서 잠시만 기다리세요."

빙긋, 웃으며 말한 륜은 식탁 위에 놓여 있던 찌개냄비를 들어 가스레인지에 올리고 불을 켰다. 그리고는 밥그릇을 꺼내 밥을 푸는 등 분주하게 움직이기 시작했다.

의자에 앉아 바닥을 끄는 시트를 돌돌 말아 그 위에 턱을 괸 세흔은 그 모습을 가만히 지켜봤다. 아쉬움은 잠시뿐이었다. 밤새 그 난리를 치고, 아침부터 지금까지 또 난리를 치고, 그것으로 모자라 이층 륜의 방에서 일층 부엌까지 자신을 안고 오고도 땀 한 방울 흘리지 않고 멀쩡한 모습으로 식사 준비를 하는 륜을 보니 그저 놀라울 따름이었다.

후루룩. 후루룩.

참 잘 먹는다. 입술이 부르트고 입 안이 까끌까끌해서 맛도 제대로 못 느끼는 세흔과는 달리 륜은 밥이고 반찬이고 할 것 없이 꿀떡꿀떡 잘도 넘기고 있었다.

처음에는 흐뭇하더니 왜 보면 볼수록 화가 날까? 물이라도 말아서 먹어야 하나 고민하던 세흔은 그대로 숟가락질을 멈췄다.

조금 전, 륜에게 안겨 욕실로 가 거울을 봤을 때 세흔은 자신의 얼굴을 보고 기겁을 했다. 하룻밤 사이에 몇 kg은 빠진 듯 헬쑥해진 얼굴과 비정상적으로 부푼 입술이 사람처럼 보이지 않았다. 그러니 어찌 놀라지 않을 수 있겠는가.

정세흔이 정세흔 같지가 않았다.

그런데 그런 그녀와 달리 륜은 뭘 그리 잘 먹었는지 하루 만에 오동통하니 살이 오른 데다 맨질맨질한 게 얼굴에서 광까지 나고 있었다. 푹, 하얀 쌀밥에 숟가락을 꽂으며 세흔이 눈을 가늘게 떴다.

그 시선을 느낀 것일까?

입 한가득 밥을 넣던 륜이 고개를 들었다. 눈이 마주치자 활짝 미소를 짓는다. 그리고 그에 세흔은 울컥했다.

밤새 시달린 걸로도 모자라 아침에 잠도 덜 깬 상태에서 시달리고, 씻겨준다면서 욕실로 데려가기에 가만히 있다가 또 시달리고, 미안하다면서 마사지를 해준다기에 의심스럽지만 그래도 '설마 또?' 하는 생각에 마음 놓고 있다가 또 시달려 온몸이 욱신욱신 쑤셔 죽겠는데 제 놈은 좋다고 싱글벙글 웃는 얼굴이라니······.

밥그릇에 꽂힌 숟가락을 잡은 세흔의 손이 떨렸다.

꺼칠꺼칠한 자신의 얼굴과는 달리 뽀송뽀송하고 탱탱한 저 얼굴, 부르튼 자신의 입술과는 달리 촉촉하고 탐스런 저 입술, 기운이 없어 흐리멍텅해진 자신의 눈동자와는 달리 반짝반짝

빛이 나는 저 눈동자, 입술이 따갑고 입 안이 쓰리고 목이 아파 밥도 제대로 못 넘기는 자신과는 달리 살판난다는 듯이 벌써 두 그릇째 밥을 퍼 넣고 있는 저 얄미운 입.

참아야 한다고 생각했다.

먹을 때는 개도 안 건드린다고 하지 않던가? 괘씸하고 얄밉더라도 화풀이는 나중에 해야 한다고 생각했다. 하지만 싹싹, 긁어먹고 또 먹을 생각인지 주걱을 드는 륜을 보자 더 이상은 참을 수 없었다.

세흔은 꼭 그러쥐고 있던 숟가락을 륜에게 던졌다.

딱!

"먹지 마!"

바락, 소리치자 밥 잘 먹다가 숟가락을 얻어맞은 륜이 이마를 감싸며 어리둥절한 표정을 지었다.

"왜……."

"왜? 지금 '왜'라고 했어?"

륜의 말을 뚝, 자르며 세흔이 한쪽 눈썹을 치켜올리고 물었다. 그리고는 륜이 대답할 틈도 주지 않고 빈정댔다.

"너한테 얼마나 시달렸는지 입술은 따갑고, 혀는 맛을 못 느끼겠고, 온몸이 쑤시고 아파서 아직 반 그릇도 못 먹고 있는데 탱글탱글한 얼굴로 볼이 미어터져라 두 그릇째 밥을 퍼 넣더니 또 먹으려 들면서, 왜?"

살벌한 어조에 그제야 일신의 위기를 느낀 걸까? 륜이 어색하게 웃으며 변명을 했다.

"하하. 배가 고파서……."

"누구는 안 고픈 줄 알아? 배가 안 고파서 지금껏 요것밖에 못 먹은 줄 아냐고! 안 먹는 게 아니라 못 먹고 있는 거라는 거 몰라!"

"아, 제대로 안 넘어가요? 죽 만들어줄까요? 아니면 뭐 먹고 싶은 거 있어요? 금방 만들어줄게요. 말만 해요."

세흔이 온갖 짜증을 내며 소리치자 볼을 볼록하게 하고 있던 음식을 꿀꺽, 삼킨 륜이 달래듯 말했다. 하지만 세흔은 눈도 깜짝하지 않았다. 그녀는 쿵, 탁자를 내리치며 소리쳤다.

"됐어! 그리고 너, 이제 그만 먹어! 또, 또……."

세흔은 눈동자를 한 차례 굴리고 소리쳤다.

"오늘 저녁 굶어!"

"……!"

*

─누군 기분 좋은 줄 알아요? 나도 괴로워서 미치겠어요!
─그게 사람 죽이고 괴로워하는 표정이야? 남에 집 유리창 깨 먹고 변상하러 온 사람 표정이지!

거실 바닥에 앉아 소파에 등을 기대고 DVD를 보는데 설거지를 끝낸 륜이 은근슬쩍 다가와 곁에 앉았다. 그리고는 테이블에 두 팔을 얹고 세흔에게로 슬금슬금 다가오며 말을 걸었다.

"재미있어요?"

세흔은 힐끗, 그를 보고 바로 화면으로 시선을 돌렸다.

상대도 안 해주겠다는 식이다. 그에 륜은 세흔에게로 당겨 앉으며 고개를 옆으로 들이밀었다. 그러자 륜의 얼굴 때문에 화면이 가려졌다. 세흔이 눈을 치켜떴다.

그걸 아는지 모르는지 륜은 정말 궁금하다는 듯이 물었다.

"근데, 나 정말 굶길 거예요?"

"……"

"나 정말 저녁 굶어요?"

"……"

"정말?"

"저리로 가."

세흔이 검지로 륜의 볼을 꾹, 눌러 옆으로 밀며 말했다.

안 밀려나려고 얼굴에 힘을 주던 륜은 세흔의 표정이 점점 험악해지자 어쩔 수 없이 화면을 가리고 있던 얼굴을 치웠다. 륜을 노려보던 세흔의 눈이 다시 화면으로 가 붙었다.

―키스 안 할 거예요? 굿바이 키스. 우리 영영 못 보는데, 이제?

―아…….

―아, 됐어! 하기 싫음 하지 마!

―해요! 해!

"나도 키스 좋아하는데……."

화면을 보며 나직이 중얼거린 륜이 힐끗, 세흔을 봤다.

작게 중얼거리기는 했지만 바로 옆에 있는 세흔이 못 들었을 리 없다. 그런데 세흔은 아무런 반응도 보이지 않았다.

잠시 기다리던 륜은 눈치를 살피다가 뒤쪽으로 가 슬그머니 세흔의 겨드랑이 사이로 팔을 밀어 넣었다. 세흔이 바로 밀어내지 않자 활짝 미소를 지으며 허리를 당겨 안으려는데 찰싹, 소리가 들리더니 곧 손등이 따가워왔다.

"치워."

하지만 륜은 오히려 더욱 세흔을 꼭 끌어안았다. 세흔의 한쪽 눈썹이 위험스레 위로 치켜 올라가자 얼른 변명하듯 말했다.

"그냥 안고만 있으려는 건데 그것도 못해요?"

"하. 네가?"

절대 안 믿는다는 어조에 륜이 억울하다는 듯이 말했다.

"그럼, 밥 잘 먹다가 숟가락으로 얻어맞았는데 설마하니 또 덤비겠어요? 나 그렇게까지 거기에 미친놈 아니에요!"

"그래?"

여전히 안 믿는다는 어조. 륜은 한숨을 푹 내쉬며 말했다.

"진짜 안 믿어주네. 제가 이떻게 하민 믿씠어요?"

세흔은 때구루루, 눈동자를 한 번 굴리더니 손등을 빨갛게 하고도 자신의 허리를 놓지 않고 있는 륜의 팔을 찰싹찰싹 때렸다.

"우선 이것부터 좀 놔."

"왜요? 또 무슨 짓을 하려고……."

"놓으라니까?"

세흔이 손가락으로 팔을 콕콕, 찌르며 말하자 륜이 마지못해 팔을 풀었다. 세흔은 리모컨으로 화면을 일시정지 시키고 벌떡, 자리에서 일어났다. 후다닥, 이층으로 뛰어갔다 온 세흔의 손에는 륜의 책상에 놓여 있던 A4 용지와 펜이 들려 있었다.

"그건 뭐 하려고……."

탁.

의문스레 묻는데 세흔이 그것을 륜의 앞 테이블에 놓았다. 그리고는 륜의 맞은편에 앉았다.

륜은 자신의 앞에 놓인 백지와 펜을 보다 고개를 들었다.

"이게 뭐예요?"

"종이하고 펜."

방금 전까지만 해도 뚱하니 있더니 금세 기분이 좋아졌는지 세흔은 생긋, 웃으며 대답했다. 그걸 묻는 게 아닌데. 륜이 속으로 중얼거리며 종이와 펜을 들어보는데 세흔이 테이블에 두 팔을 지탱하고 앞으로 상체를 기울이며 말했다.

"거기에다 지금부터 내가 부르는 대로 적는 거야. 알겠지?"

"뭘요?"

"음…… 이를 테면, 정세흔과 은륜의 즐거운 연애를 위해 앞으로 일주일간 은륜이 지켜야 할 수칙 같은 거라고나 할까?"

"네?"

이게 무슨 소리? 난데없이 웬 수칙?

뜬금없는 세흔의 말에 륜은 무슨 소리를 하나 싶어 세흔을 뚫어지게 바라봤다. 하지만 세흔은 아랑곳하지 않고 말했다.

"하나. 은륜은 정세흔에게 하루 십 회 이상 키스하지 않는다."

순간 륜의 입이 딱 벌어졌다. 세흔이 턱짓으로 종이를 가리켰다.

"뭐 해? 안 적어?"

"그, 그게 뭐예요?"

"못 들었어? 정세흔과 은륜의 즐거운 연애를 위해 앞으로 함께할 일주일간 네가 지켜야 할 수칙이라니까. 빨리 적어."

륜이 펄쩍, 뛰었다.

"말도 안 돼요! 하루에 십 회 이상 키스를 하지 않는다니, 그런 게 어디 있어요? 하고 싶으면 하는 거지."

"그래서, 안 적겠다는 거야?"

"……"

입을 꾹, 닫고 대답하지 않자 세흔은 즉시 자리에서 일어났다. 륜이 얼른 세흔의 손목을 잡았다.

"어디 가려구요?"

"집에 가려고 그런다. 내 입술과 혓바닥이 위협을 받고 있는데 어떻게 더 있어? 나 갈래."

"아니, 키스하는데 왜 입술과 혓바닥이 위협을 받아요? 그리고 키스하면 좋은 점, 몰라요? 치아도 건강해지고 다이어트에도 효과가 있고 노화도 방지되고 스트레스도 없애주고 면역 체계도 향상시켜 준다는데 그 좋은 걸 왜 횟수 제한까지 해가면서 해요? 말이 안 되잖아."

"……안녕. 잘 있어."

"아, 알았어요. 알았어. 적을게요."

륜은 세흔의 요구가 순 억지라고 생각했지만 차마 그렇게 말하지는 못한 채 속으로 한숨을 내쉬며 말도 안 되는 수칙을 종이에 적어 내려갔다. 그러다 무슨 생각이 들었는지 고개를 들었다.

"근데 그거 누가 세는데요? 설마 키스할 때마다 한 번, 두 번, 세 번. 이러면서 세는 건 아니죠?"

"넌 그냥 해. 내가 셀 테니까."

"내가 누나를 어떻게 믿고? 아홉 번밖에 안 했는데 열 번 했다고 할지도 모르잖아요."

"그럼 너도 세든지! 얼른 적기나 해!"

세흔이 테이블을 톡톡, 치면서 재촉하자 륜은 불만스런 표정을 지었지만 결국 끝까지 적었다.

세흔이 말을 이었다.

"둘. 잦은 키스로 정세흔이 밥을 먹지 못하면 고통을 분담하는 뜻으로 은륜도 굶는다."

"……."

"셋. 정세흔과 은륜은 침대에서, 그리고 밤에만 사랑을 나눌 수 있으며 하루 삼 회 이상 하지 않는다."

두 번째 수칙에 어이가 없다는 표정으로 세흔을 보던 륜은 세 번째 수칙을 듣자마자 벌떡, 자리에서 일어났다.

"진짜 말도 안 돼!!"

"뭐가 말이 안 돼?"

"그럼 그게 말이 됩니까? 왜 섹스라고 하지 않고 사랑을 나눈다고 하는데요? 말 그대로 사랑을 나누는 행위이기 때문 아닙니까? 그런데 그런 숭고한 행위를 어떻게 시간과 장소를 정해서, 거기다 횟수까지 정해서 해요? 이건 억지야!"

버럭, 소리치자 세흔이 고개를 끄덕였다.

"그래, 억지지."

어? 웬일? 순순히 수긍하는 세흔을 이상하다는 듯이 보는데 세흔이 어깨를 으쓱이고 또 자리에서 일어났다.

"그럼, 안녕."

륜이 재빨리 세흔의 손목을 잡았다.

"진짜 이럴 거예요?"

"이러지 않음 나 죽어! 이 피폐해진 몰골을 봐!"

세흔이 얼굴을 들이밀며 소리쳤다. 하지만 륜은 시큰둥했다. 그는 세흔의 여기저리를 훑어보고 뚱하니 중얼거렸다.

"뭐가 어떻다는 거야? 예쁘기만 하구만."

느낀 그대로 한 말이었지만 세흔은 믿지 않았다. 그녀는 흥, 코웃음 치고 말했다.

"마음에도 없는 소리 해가면서 일부러 띄워줘도 소용없어."

"마음에 없는 소리 아닌데……."

"그래서, 안 적겠다고?"

대답하지 않으면 이 뒤에 무슨 말이 나올지 안다. 륜은 미치겠다는 표정으로 세흔을 보며 애원조로 말했다.

"기어코 시간 제한, 장소 제한, 거기다 횟수 제한까지 하겠다구요?"

"……."

"순 독재자."

작게 중얼거린 말인데 그걸 또 들었는지, 세흔이 한쪽 눈썹을 치켜 올렸다.

"뭐라고?"

"아니에요."

륜은 도리도리 고개를 젓고 푹, 한숨을 내쉬었다. 그리고는 세흔을 자리에 앉히고 두 번째 수칙과 세 번째 수칙을 휘갈겨 썼다.

괴발개발 날아가는 글씨에도 불구하고 그 내용을 만족스레 본 세흔이 네 번째, 다섯 번째 수칙을 줄줄이 읊었다. 물론 그 수칙들도 륜에게는 얼토당토않은 것들이었다. 당연히 그때마다 륜은 말도 안 된다며 반발했다. 하지만 그때마다 세흔이 '안녕.

잘 있어'라고 말하며 자리에서 일어나자 얼마 지나지 않아 륜은 반항하기를 포기했다.

  펜을 놓은 륜은 기진맥진해서 소파에 등을 기대고 축, 늘어져 있다가 뒤늦게 생각난 듯 물었다.
"그럼 이제 저녁 안 굶어도 되는 거죠?"
"아니."
륜은 깜짝 놀랐다.
"아니라니, 진짜 나 저녁 굶길 거예요?"
"응."
  세흔은 앞뒤로 가득 적힌 A4 용지를 집으며 간단히 고개를 끄덕였다. 륜은 경악했다. 비록 자신이 좀 심하긴 했지만 그래도 이 정도까지 했으면 봐줄 만도 한데, 정말 너무한다 싶었다. 그래서 륜은 그 후로 세흔의 뒤를 졸졸 따라다니며 정말 저녁을 굶어야 하냐고 묻고, 또 물었다. 좀 치사한 방법이기는 하지만 귀찮으면 봐주지 않을까 싶어서였다. 하지만 세흔은 끄떡도 안 했다.
  결국 시간이 흐르고 흘러 저녁식사 시간이 되었다.
  메뉴는 야채 죽괴 소고기 산석, 달걀 국이었다. 낮에 숟가락을 던진 보람이 있었다. 세흔이 만족스레 식탁을 보고 자리에 앉아 죽을 한 숟갈 뜨는데 륜이 맞은편에 앉으며 물었다.
"나 정말 굶어요?"

세흔은 죽을 입에 넣으며 고개를 끄덕였다.

"응."

"정말?"

"응."

"정말정말?"

세흔이 고개를 들었다.

"아까부터 지금까지 물은 거 다 합치면 999번은 될 거다. 언제까지 같은 말 하게 할 거야? 먹지 마. 굶어. 알겠어?"

"왜 그래야 하는데요?"

탁, 숟가락으로 죽 그릇을 친 세흔이 말했다.

"그걸 몰라서 물어? 안 그래도 힘이 넘쳐 나는데 저녁까지 먹고 나면 밤새도록 날 얼마나 괴롭히겠어? 그래서 그런다. 좀 살아보려고!"

당연히 륜은 항의했다.

"하지만 아까 이상한 거 잔뜩 썼잖아요! 그거 내세워서 키스도, 사랑을 나누는 것도 제대로 못하게 하면서 밥까지 굶기려고 하다니 너무하는 거 아니에요?"

"절대 너무하는 거 아니야."

세흔이 딱, 잘라서 말하자 륜은 입을 다물었다. 하지만 뿡하니 볼을 부풀리는 게 불만이 많은 모양이었다. 아무렇지도 않은 척 죽을 먹던 세흔은 시간이 갈수록 마음이 불편해지자 힐끗, 륜을 봤다. 비 맞은 강아지마냥 축 처져 있는 게 눈에 걸렸다.

이럴 때 봐주면 안 되는데…….

앞으로 편한 삶을 영위하기 위해서는 굳게 밀고 나가야 한다는 생각이 들었지만 륜이 작게 한숨을 내쉬는 소리가 들리자 결심이 흔들렸다. 그때 기다렸다는 듯이 륜에게서 꼬르륵, 소리가 들렸다.

세흔은 미간을 찡그렸다. 눈에 보이지만 않으면 싹 무시해 버릴 수 있는데 바로 앞에서 배고파하는 모습을 보고 있으려니 이상하게 마음이 쓰였다. 그리고 사실 굶으라고는 했지만 륜이 먹으려고만 하면 세흔 몰래 충분히 먹을 수 있다. 그런데 저렇게 꼬르륵 소리가 날 때까지 굶은 걸 보니 륜이 참 착하다 싶었다.

세흔은 눈을 내려 죽 그릇에 시선을 두고 작게 말했다.

"뭐 좀 먹든지."

륜이 퍼뜩 고개를 들었다.

"네?"

"배고프면 조금만…… 먹으라고."

"아!"

륜은 벌떡, 자리에서 일어났다. 화색을 띠는 얼굴을 보자 순간 왜인지 등골이 싸늘해져 세흔이 얼른 말을 덧붙였다.

"조금만 먹으라고 했어! 딱 한 그릇만 먹어! 알았어?"

"네!"

륜이 희희낙락하여 죽 냄비를 들고 오자 세흔의 얼굴이 찡그려졌다.

"한 그릇만 먹으라고 했잖아."

"한 그릇이잖아요."

"그건 한 냄비지."

"음. 그런가?"

의외로 우기지 않고 수긍을 한 륜은 휘휘, 주위를 둘러보다 웬만한 국그릇의 두 배는 됨직한 대접을 들고 왔다. 그리고는 거기다 죽을 덜려고 했다. 깜짝 놀란 세흔이 소리쳤다.

"뭐 하는 거야?"

"이건 그릇이잖아요. 여기다 먹으려구요. 한 그릇."

"……."

씨익, 웃으며 하는 말에 기가 막혀 말이 안 나왔다.

세흔이 놀러나간 어이를 찾는 동안 륜은 남은 죽을 모조리 대접에 담더니 싹싹, 긁어서 먹었다. 그리고 그날 세흔은 횟수제한을 했음에도 불구하고 동이 터올 때까지 륜에게 시달려야 했다. 시간 제한, 장소 제한, 횟수 제한까지 하면서 미처 경과시간은 제한하지 않은 스스로를 원망하며 세흔은 륜의 시달림에서 벗어나기를 포기했다.

뭐, 죽지만 않으면 되는 거지.

*

날씨가 너무 좋다.

이상하게 눈이 빨리 떠지자 기지개를 켜며 창밖을 내다본 세흔은 갑자기 무슨 생각이 들었는지 눈을 빛내며 계단을 내려갔다.

부엌으로 가자 식사 준비를 하는 륜이 보였다. 세흔은 자신에게 등을 보이고 서서 달걀을 휘젓고 있는 륜에게로 후다닥, 달려가 등에 매달렸다. 갑자기 뭔가가 달려와 등에 올라타자 순간, 깜짝 놀랐던 륜은 금세 웃음을 터뜨렸다.

"하하. 웬일이에요? 깨우지도 않았는데 일어나고."

"뭐 해?"

세흔이 어깨 너머로 고개를 들이밀며 묻자 륜이 세흔의 목을 당겨 뺨에 키스를 하고 대답했다.

"달걀찜 하려구요. 좋아하죠?"

"내가 그런 말 했었나?"

"달걀 국 잘 드셨잖아요. 달걀 좋아하는 거 맞죠?"

"닭도 좋아해."

세흔이 냉큼 대답하자 륜이 쿡, 웃고 말했다.

"그럼 점심때는 백숙 만들어 드릴게요. 냉장고에 사다 놓은 닭이 있는가 모르겠네. 뭐, 없으면 배달시키면 되는 거고."

낮게 중얼기린 륜은 뒤쪽으로 손을 보내 세흔의 허리를 잡아 돌렸다.

가볍게 안아 식탁 위에 앉혀놓고 다 휘저은 달걀을 중탕 그릇에 담았다. 랩을 씌우고 가스레인지에 얹어 불을 켠 후 몸을 들려 세흔에게로 다가왔다. 식탁에 손을 짚어 두 팔 사이에 세흔을 가둔 륜은 입술을 내밀며 눈을 감았다.

"모닝 키스, 안 해줘요?"

두 손으로 륜의 얼굴을 잡은 세흔이 쪽 소리가 나게 키스했다. 그리고는 활짝 웃으며 소리쳤다.

"우리 빨래하자!"

입술에 닿은 촉촉한 온기와 세흔만의 향을 음미하고 있던 륜이 갑자기 튀어나온 엉뚱한 소리에 눈을 떴다.

생글생글 웃고 있는 세흔을 보니 웃음이 나왔다.

"빨래요?"

"응."

"뭐 빨 거 있어요? 그럼 내놓으세요. 세탁기가 있는데 왜 고생을 사서 해요?"

"아니아니, 그런 거 말고."

세흔이 머리와 손을 흔들며 말하자 륜이 고개를 갸웃했다.

"그럼요?"

"이불 빨래 같은 거 말이야. 날씨가 너무 좋아서 빨래하고 싶어. 우리 밖에 나가서 이불 빨래하자."

"흠."

이불 빨래라……

륜은 잠시 생각했다. 딱히 빨 만한 게 생각나지 않았다. 륜이 귀국하면서 짐 정리와 더불어 대청소, 이불 빨래를 모조리 했었기 때문이다. 이래저래 머리를 굴려본 륜은 그래도 그중에 가장 오래 썼다고 할 수 있는 자신의 방 침대 시트를 걷어 빨기로 결정했다.

찰팍찰팍.
"저기도, 저기도."
찰팍. 찰팍찰팍.
"아니, 거기 말고 저기. 잘 좀 밟아봐. 아까부터 자꾸 같은 곳만 밟고 있잖아. 그 옆에도 밟아야지."

무릎까지 바지를 걷어붙이고 하얀 시트를 꾹꾹 눌러 밟던 발이 그 순간 뚝, 멈추었다. 그 발의 주인인 륜이 잠시도 쉬지 않고 입을 놀리는 세흔을 어이가 없다는 듯이 보고 물었다.

"날씨가 너무 좋아서 빨래하고 싶다고 하지 않았습니까?"
"그랬지."
"근데 왜 아까부터 저만 밟고 있습니까?"
"난 바쁘잖아."
"비눗방울 만드느라요?"

돌계단에 앉아 있던 세흔이 륜의 물음에 후우, 하고 빨대를 불었다.

"봐, 예쁘지?"

이리저리 날리는 비눗방울을 가리키며 딴소리를 하는 세흔을 기가 막힌다는 듯이 본 륜은 절레절레 고개를 젓고 고개를 내려

다시 빨래를 밟았다. 그러자 방금 전까지만 해도 공중으로 비눗방울을 날리던 세흔이 류에게로 비눗방울을 날리기 시작했다.

처음에는 한두 방울씩 날아오던 비눗방울이 점점 수를 불리더니 나중에는 수십 개가 한꺼번에 날아왔다.

그렇게 날아온 비눗방울은 몸에 닿으며 터졌다. 한두 방울이면 상관이 없는데 수십 방울이 되다 보니 얼마 지나지 않아 류의 옷이 축축하게 젖었다. 그중에는 얼굴에 닿아 터진 비눗방울도 있어서 얼마 지나지 않아 눈도 따가워졌다. 그제야 뭔가 이상함을 느낀 류은 따가운 눈을 찡그리며 고개를 들었다.

"혹시, 아까 욕실에서의 일을 두고 지금 복수하는 겁니까?"

열심히 적었던 수칙이 무색하게 방금 전 욕실에서 한바탕 했던 일을 떠올리며 류이 물었다. 그러자 줄기차게 날아오던 비눗방울이 바로 그 순간 뚝, 멎었다.

"그걸 이제 알았어?"

"……."

긍정을 뜻하는 말에 류은 아무 말도 하지 않고 고무 욕조에서 나와 성큼성큼 돌계단으로 걸어갔다.

세흔이 고개를 내려 하얀 거품이 묻은 류의 발을 봤다.

"너, 그러고 나오면 어떡해? 잔디 다 망가지…… 악!"

갑자기 류이 쪼그리고 앉은 세흔을 그대로 안아 들자 깜짝, 놀란 세흔이 비명을 질렀다. 하지만 류은 아랑곳하지 않고 쌀가마니를 들듯 세흔을 어깨에 짊어졌다. 그리고는 시트와 거품이 범벅이 된 고무 욕조로 돌아와 짊어지고 있던 세흔의 허리를 잡아 높이 들었다. 순간 당장 내려놓으라고 고래고래 소리를 지르던 세흔의 눈에 두려움이 떠올랐다.

"야, 너…… 너 설마…… 설마……."

세흔이 차마 말을 잇지 못하는데 륜이 고개를 들어 그녀를 봤다. 눈이 마주치자 세흔의 입이 벌어졌다. 륜의 눈동자는 추호의 망설임도 없이 이대로 그녀를 던져 버릴 거라고 말하고 있었다.

세흔이 더듬더듬 말했다.

"마, 말도 안 돼. 아, 아니지? 응? 아니지? 그치?"

"……."

"너 모르나 본데 나 비눗물 싫어해! 것도 엄청 싫어한단 말이야. 던지기만 해봐. 절대…… 악!"

첨벙—

채 말을 끝맺지 못하고 세흔은 비눗물을 뒤집어썼다. 머리카락이고 옷이고 할 것 없이 모조리 젖어버린 세흔은, 축 늘어져 앞으로 내려온 머리카락을 뒤로 쓸어 넘기고 눈을 치켜떴다. 그러자 무표정한 눈으로 볼 때는 언제고 륜이 쿡쿡 웃으며 욕조에 손을 짚고 허리를 숙였다. 그는 짓궂은 미소를 머금고 세흔의 뺨에 튄 거품을 닦아주며 말했다.

"빨래를 하자고 한 사람은 누난데 저 혼자 다 할 수는 없잖아요. 같이 해야지."

"푸우. 나까지 빨려고 한 건 아니고?"

미처 다물지 못한 입으로 들어온 비눗물을 뱉어내며 세흔이 비꼬았다. 륜은 부드러운 손길로 세흔의 얼굴을 쓸었다.

"설마요."

"하! 무지막지하게 내던져 놓고, 설마아?"

"네, 설마요. 내던지다니, 그럴 리가 있습니까? 손이 미끄러진 거예요. 근데 이왕 이렇게 된 거 같이 빨죠 뭐."

"아, 그래?"

세흔이 륜을 노려봤다. 그러다 무슨 생각이 들었는지 갑자기 목소리를 바꿔 부드럽게 물었다.

"그런데 넌?"

"네?"

"넌 안 빨아?"

"그……."

갑작스런 목소리 변화에 적응을 못하고 있던 륜은 고무 욕조를 짚고 있던 자신의 손을 세흔이 덥석, 잡자 눈을 동그랗게 떴다. 동시에 세흔이 180도로 표정을 바꿔 방긋, 미소를 지었다. 그녀는 륜이 뭐라 말할 틈도 주지 않고 그대로 손을 잡아당겼다.

"헉!"

첨벙—

두 번째로 거품 물이 튀었다.

미처 방비를 하지 못해 그대로 세흔의 위에 엎어진 륜도 순식간에 거품 범벅이 되었다. 그리고 그 모습에 세흔은 속이 다 후련하다는 표정으로 깔깔, 웃음을 터뜨렸다. 맑고 깨끗한 웃음소리가 공중으로 퍼져 나간다. 그 아이 같은 모습에 결국 륜도 웃어버렸다.

Chapter 07

심심할 거라 생각했다.

커다란 집에 둘만 남았다. 그중 한 사람에게는 심각한 결벽증이 있어 함께 있는 사람을 제외하면 다른 사람과는 같이 있을 수 없다. 그러다 보니 두 사람은 다른 곳으로 가지 않고, 누구도 부르지 않고 일주일간을 단둘이서 보내야만 했다. 심심하지 않을 리 없다.

세흔은 그렇게 생각했다.

그런데 뜻밖에도 그 일주일은 무척이나 즐거웠다. 매일매일 새로운 일이 터지다 보니 심심해할 틈도 없었다.

어쩌다 가끔 시간이 나면 느긋하게 DVD를 보거나 책을 읽었다. 그리고 그 시간들도 심심하다거나 지루하다는 생각은 들지 않는 꽤나 유쾌한 시간이었다. 그저 함께 있는 것만으로도 가슴이 포근해지고 즐거운, 그런 느낌이었다. 절대 륜과는 결혼을 하지 않겠다고 다짐했으면서도 문득문득, 이런 생활이라면 결혼을 해도 나쁘지 않겠다 싶은 생각도 드는 그런 나날이었다.

그렇게 세흔에게도, 륜에게도 만족스런 일주일이 눈 깜짝할 사이에 지나가고 여행을 떠났던 가족들의 귀가가 내일로 성큼, 다가왔다.

―마지막엔 키스를 해야 돼.
―치! 야, 이건 멜로 영화가 아니야. 액션 영화잖아.
―야, 네가 잘 모르고 있는 거야. 우리나라 사람들은 멜로 영화를 좋아하게 되어 있어.

"내일부터는 이렇게 하루 종일 같이 있을 수는 없겠네요. 아, 아쉬워서 어쩌죠?"

"응?"

한가롭게 소파에 등을 기댄 륜의 다리 사이에 앉아 그의 가슴에 등을 기대고 DVD를 보던 세흔은 륜의 말을 이해할 수가 없어 고개를 갸웃하고 물었다.

"그게 무슨 말이야? 내일부터 하루 종일 같이 있을 수 없다니?"

"그렇잖아요. 양가 부모님들 계시는데 밤낮으로 함께 있을 수는 없잖습니까. 안 그래요?"

"뭐?"

머리카락을 쓸어 넘겨주며 귓등을 간질이던 륜은 세흔이 갑자기 소리를 지르자 흠칫 놀랐다. 세흔이 벌떡, 상체를 일으켰다.

고개를 돌려 륜을 보는 세흔의 얼굴이 잔뜩 찌푸려져 있었다.

"지금 그게 무슨…… 아!"

말을 하다 말고 아차 했다. 바로 뒤에 걸려 있던 달력이 눈에 들어왔던 것이다. 잊고 있었는데 그러고 보니 내일이 륜의 집에서 함께 지낸 지 일주일째가 되는 날이었다. 그리고 그 말은 곧 영국으로 여행을 떠났던 양쪽 가족들이 귀가하는 날이라는 뜻도 되었다.

그것을 깨달은 세흔은 륜의 품에서 벗어났다.

"누나……?"

"우리 이야기 좀 하자."

갑자기 세흔이 정색을 하자 륜은 자신도 모르게 긴장했다.

언제였던가? '정세흔과 은륜의 즐거운 연애를 위해 앞으로 일주일간 은륜이 지켜야 할 수칙'에 대해 열변을 토하기 전과 비슷한 느낌이 온몸을 엄습했다. 또 무슨 황당한 소리를 하려고 분위기 잡는 거야? 불안하게. 하지만 속마음과 달리 륜은 아무렇지도 않은 척 물었다.

"무슨 이야기요?"

"음, 그러니까……."

—뭐가 마음에 안 들어. 바꿔야 돼.

—어떻게?

말을 하다 뒤에서 시끄러운 소리가 들리자 리모컨을 들어 화면을 껐다. 그리고는 류의 맞은편에 앉아 짧게 심호흡을 하고 말했다.

"나는, 우리가 연애한다는 거 비밀로 했으면 좋겠어."

"……!"

순간 류의 눈동자가 커다랗게 떠졌다. 황당한 소리를 할 거라고 생각은 했지만 이런 소리일 줄은 몰랐던 것이다. 그것을 봤는지 못 봤는지 세흔이 눈동자를 때구루루 굴리고 물었다.

"류이, 네 생각은 어때?"

말이 떨어지기 무섭게 류은 표정을 굳히고 말했다.

"지금 그걸 말이라고 하십니까? 당연히 저는 싫습니다!"

"왜?"

정말 모르겠다는 식으로 묻는 말이 기가 막히다. 류은 어이가 없다는 표정으로 세흔을 보다 되물었다.

"그럼 누나는 왜 우리 사이를 비밀로 하려는 건데요?"

"그건……."

한번 들어나 보자는 생각으로 물었는데 세흔이 얼굴을 붉히며 말을 끌더니 곧 손을 들어 붉어진 얼굴을 가리며 말을 이었다.

"쪽팔려서……."

"네?"

설마 그런 엉뚱한 이유일 거라고는 생각도 못한 륜이 황당하다는 눈으로 보자 세흔이 발끈해서 소리쳤다.

"그렇잖아! 너랑 나, 다섯 살이나 차이난다는 거 잊었어? 네가 수영 이모 젖을 빨 때 나는 동네를 누볐고, 네가 중2일 때 난 대학생이었어. 네가 대학교 입학할 때 난 졸업한 후……."

"죄송하지만 저 모유 안 먹었는데요."

"뭐?"

륜이 갑자기 불쑥, 끼어들어 반박하자 세흔은 어리둥절한 표정을 지었다. 순간 륜이 무슨 말을 한 건지 제대로 알아듣지 못한 것이다. 하지만 륜은 아랑곳하지 않고 말했다.

"분유 먹었습니다, 저. 그리고 누나가 대학교 입학할 때 전 이미 대학생이었고 누나가 졸업할 때 전 졸업을 한 상태였습니다. 제가 괜히 유학 간 거 아니거든요."

"……."

할 말이 없다. 근본적인 이야기는 세흔과 륜이 다섯 살의 나이 차이가 난다는 것이었는데 예를 든다는 것이 어쩌다 보니 그들의 상황과 맞지 않아 초점이 흐려지고 있었다.

그래, 그렇게 잘난 놈이다 이거지?

세흔은 이마를 짚으며 숨을 내쉬고 말했다.

"내가 지금 하려는 말은 너랑 내가 다섯 살이나 차이난다는 거야. 네가 모유가 아니라 분유를 먹었다느니, 나보다 대학교를 먼저 들어갔다느니 같은 게 아니라."

 다섯 살 차이가 난다는 것은 처음부터 알고 있었다. 그런데 왜 계속 다섯 살 '이나'라고 말을 할까? 꼭 일부러 거리를 두려는 것처럼. 못마땅한 표정으로 보던 륜은 세흔이 무슨 뜻인지 알겠냐는 표정을 짓자 어쩔 수 없이 알아들었다는 뜻으로 고개를 끄덕였다.

 같이 고개를 끄덕인 세흔이 말을 이었다.

 "그런 상황에서 우리가 연애하는 거 알려져 봐. 다들 나를 어떻게 보겠어? 우리나라는 미국이랑은 달라서 한두 살도 아니고 다섯 살씩이나 차이나는 연상연하 커플은 좋게 보지 않아. 띠동갑 커플도 남자가 나이 많은 쪽이면 도둑놈 소리 듣고 넘어가지만 여자가 나이 많은 쪽이면 비난받는다고."

 "……."

 "그리고 우리가 결혼이 아니라 연애를 하기로 한 게 아직 서로 사랑에 대한 확신이 없어서 아니었어? 그 말은 연애를 하다 너와 나 둘 중에 한 명이 아니다 싶으면 중간에 사귀는 걸 그만둘 수도 있다는 뜻인데 만약에라도 나중에 우리 연애하는 거 다 알린 후에 그렇게 되면 두 집안 사이가 어떻게 되겠어? 우리 때문에 잘 지내는 두 집안의 사이를 망치는 일은 없어야 할 거 아니야. 안 그래?"

 이 정도면 알아들었겠지?

다다다, 정신없이 말을 늘어놓은 세흔은 숨을 몰아쉬며 속으로 미소를 지었다. 하지만 예상과는 달리 세흔이 말을 하면 할수록 륜의 표정은 굳어갔다. 급기야 세흔이 말을 끝마치자마자 륜은 눈을 감아버렸다.

그러잖아도 항상 마음에 걸렸었다. 언제 깨질지 알 수 없는 연애를 한다는 것이 무척이나 싫었다. 륜에게 세흔의 그런 태도는 언제든 뒤로 빠질 계산을 하고 있는 것으로밖에 여겨지지 않았다. 그런데 그것으로도 모자라 가족들에게 숨기자니? 그 말은 한마디로 나중에 기회만 되면 내빼겠다는 소리가 아닌가?

결혼도 안 돼, 가족들에게 알리는 것도 안 돼라니, 완전 단물만 다 빼먹고 도망가겠다는 심보다. 그럼에도 륜은 거부를 할 수가 없었다. 조심스레 자신을 올려다보는 세흔의 표정이 너무도 간절해 보여서 륜은 일그러지는 표정을 애써 수습하며 고개를 끄덕였다. 수락을 뜻하는 끄덕임에 세흔의 얼굴이 순식간에 화악, 살아났다. 개화하듯 피어나는 세흔의 얼굴을 보며 륜은 속으로 한숨을 내쉬었다.

'하아……. 나 왜 이렇게 이 여자에게는 약한 거지?'

스스로도 자신을 이해할 수가 없었다.

지금껏 다른 사람의 감정 따위 신경 쓴 적은 한 번도 없었다. 괜히 우주 최강의 싸가지, 인조인간 따위로 불린 게 아니란 말이다. 세흔을 만나기 전까지만 해도 륜은 단 한 번도 하고 싶은 말을 삼킨 적이 없었다. 상대가 울든 말든 할 말은 했고 뒷감당은 당연히 안 했다. 이십육 년 동안 그렇게 커왔다.

그런데 지금 자신의 모습은 뭔가? 세흔의 말 한마디에 쩔쩔매는 꼴이라니……

황당하고 어이가 없었다. 그럼에도 륜은 예전처럼 굴지 못했다. 세흔의 화난 모습이라거나 아픈 모습, 슬픈 모습이 보기 싫었다. 그에 더해 난감해하거나 당황하는 모습도. 속셈이 뻔히 들여다보이는 데도 고개를 끄덕인 것은 오로지 그 이유 때문이었다.

✱

여행 캐리어를 받아 든 세흔이 한 여사를 보고 말했다.

"우와! 우리 엄마, 일주일 사이에 피부가 뽀송뽀송해진 게 십 년은 더 젊어진 것 같다. 그렇게 좋았어?"

"그럼, 좋고말고. 얼마나 재미있었다구. 너도 같이 갔으면 좋았을 텐데 일이 다 뭐라고. 세진이가 얼마나 섭섭해한 줄 아니? 다음에 귀국하면 너 아주 혼쭐을 내주겠다더라."

주먹을 쥐고 콕, 이마를 쥐어박는 시늉을 하며 하는 말에 세흔은 풋, 웃고 말았다.

"오빠는 잘 지내? 건강하고?"

"정세진이 누군데. 건강 빼면 시첸데 당연히 건강하고 잘 지내지. 내가 애들 하나는 튼튼하게 잘 낳았잖니?"

한 여사는 한차례 자화자찬을 하고 배가 고프다면서 부엌으로 향했다. 그 뒤를 따라 현관으로 들어서던 정 변호사가 멈칫하더니 세흔을 이리저리 살폈다. 세흔이 의아한 듯 정 변호사를 봤다.

"왜 그렇게 보세요? 뭐 묻었어요?"

얼굴을 문지르며 하는 말에 정 변호사가 되물었다.

"무슨 일 없었지?"

"당연하죠. 타지로 간 아빠, 엄마도 멀쩡한데 가만히 집에 있는 저한테 무슨 일이 있을 턱이 없잖아요?"

무슨 이야기를 하나 싶어 귀를 기울이고 있던 세흔은 뜻밖에도 아버지가 안부 인사를 하자 너스레를 떨며 말했다. 실눈을 뜨고 그 모습을 살펴보던 정 변호사가 작게 중얼거렸다.

"뭔가 달라진 것 같은데, 오랜만에 봐서 그런가?"

뭐라 딱 표현하기는 힘들지만 분위기라고 해야 할까, 주변을 맴도는 공기라고 해야 할까. 세흔은 일주일 사이에 무엇인가 달라져 있었다. 하지만 몇 번을 훑어봐도 그게 무엇인지는 알 수가 없어 정 변호사는 살피던 눈길을 거두고 같이 식사하자는 말을 하고 한 여사를 따라 부엌으로 갔다.

왜 저러시지?

정 변호사의 뒤를 보며 고개를 갸웃한 세흔이 부엌으로 향하는데 어디선가 벨소리가 났다. 주머니에서 휴대폰을 꺼내 액정을 봤다. '에너자이저 꿀떡' 륜이다. 세흔의 얼굴에 미소가 피어올랐다.

"응."

[……그렇게 저 버리고 가니까 좋아요?]

"버려? 내가 언제 널 버렸어?"

[아침 식사 끝나기 무섭게 인사도 없이 짐 싸들고 후다닥 가 버렸으면서 그럼 버린 게 아니란 말입니까?]

"아, 그건 부모님이 돌아오시기 전에 준비해야 하는 게 있어서 그랬지. 짐도 풀어야 하고, 일주일간 산 표시는 내야 할 거 아냐."

[그래서 잘 넘어갔습니까?]

"그럼! 내가 좀 똑똑해? 이 정도는 식은 죽 먹기지."

[흠. 근데 우리 집은 어쩌죠?]

"뭐가?"

[일주일간 두 명이 산 흔적이 곳곳에 남아 있는데 그거 제대로 못 치웠거든요. 제 병에 대해 뻔히 다 아는 부모님께 친구를 데려왔다고 할 수도 없고. 어쩌죠?]

난처하다는 듯이 묻는 말에는 웃음기가 어려 있었다. 하지만 세흔은 그것을 눈치 채지 못했다. 그녀는 당황해서 말했다.

"야! 무, 무슨 흔적이 곳곳에 남았다는 거야? 식 재료 줄어든 거야 그간 식료품 배달해서 채웠으니 모를 거고, 빨래해 놓은 내 옷은 다 챙겨왔는데……."

[쌀은요?]

류이 말을 뚝, 자르며 물었다. 세흔은 더욱 당황했다.

"싸, 쌀?"

[네. 저 혼자 먹었다고 하기에는 쌀이 너무 많이 줄었다고 생각하지 않을까요?]

'헉!'

세흔은 급히 속으로 숨을 삼켰다. 그러고 보니 그렇다. 아무리 류이 갑자기 식욕이 당겨 많이 먹는다 하더라도 두 명 분을 일주일 동안이나 먹었다는 것은 말도 안 되는 거였다.

"아, 어쩌지?"

[이렇게 된 거 차라리 그냥 일주일간 누나가 우리 집에 와서 살았다고 솔직하게 말을 하는 게…….]

"뭐? 너 그걸 말이라고……."

"세흔아, 누구랑 이야기하는 거야? 같이 식사하겠더니, 전화하니?"

부엌 쪽에서 한 여사의 음성이 들려오자 세흔은 급히 휴대폰을 손바닥으로 막고 부엌을 향해 소리쳤다.

"아니, 아니. 나 지금 가! 잠깐만."

하고는 입가를 손으로 가리며 휴대폰에 대고 작게 말했다.

"끊어. 지금은 끊고 나중에 다시 이야기하자. 바보 꿀떡!"

[네? 바보 꿀떡? 그게 무슨…….]

갑자기 튀어나온 엉뚱한 말에 류이 의아한 듯 묻는데 세흔은 그대로 폴더를 닫아버렸다. 그리고는 휴대폰에 대고 혓바닥을 날름, 내밀고 부엌으로 뛰어갔다.

※

　륜은 이미 끊어진 휴대폰을 내려다보다 고개를 갸웃했다.
　"바보 꿀떡? 그게 뭐야? 떡이 먹고 싶다는 말인가?"
　그것도 그냥 떡이 아닌 꿀떡을.
　시장에 가는 것은 죽기보다 싫다. 그래서 륜은 방 안을 거닐며 고민했다. 시장에 가지 않고 최대한 빠른 시간 안에 꿀떡을 손에 넣을 수 있는 방법을. 무슨 좋은 수가 없을까? 턱을 톡톡, 두드리며 고민을 하는데 예고도 없이 벌컥, 방문이 열렸다.
　"형, 식사하래."
　뚝. 방 안을 서성이던 발길이 멈췄다. 동시에 입가에 머물고 있던 작은 미소도 사라졌다. 륜은 열린 문 사이로 나타난 완을 쳐다봤다.
　"노크하는 법 몰라?"
　"아……."
　"무슨 일이지?"
　"식사, 식사하라고 엄마가……."
　싸늘한 륜의 말에 당황한 완이 자신도 모르게 더듬거렸다. 하지만 륜은 그조차도 다 듣지 않고 고개를 끄덕인 후 걸음을 옮겼다. 그러다 문 앞에 선 완이 길을 가로막고 있자 눈꼬리를 치켜올렸다.

"비켜."

오스스, 소름이 돋을 듯한 차가운 음성이다.

감정이라고는 찾아볼 수 없는 무심한 눈동자. 가족을, 그리고 동생을 보는 눈이라고는 믿을 수 없을 정도다.

뭐냐고, 아무리 오랫동안 헤어져 지냈고 그간 자주 만나지는 못했지만 그래도 가족인데……. 입술을 삐죽이며 속으로 투덜댔지만 그럼에도 완은 군말 않고 옆으로 비켜섰다.

힐끗, 완을 쳐다본 류은 그를 지나쳐 방을 나갔다. 그리고 그 뒤를 불퉁한 얼굴로 방문을 닫은 완이 따랐다.

달그락달그락.

네 명이 식사를 하고 있음에도 이따금씩 식기 부딪치는 소리가 들리는 것 외에 아무 소리도 들리지 않아 은 원장 일가의 저녁 식사 시간은 때아닌 침묵에 휩싸였다.

은 원장이야 본래 말이 없는 성격이니 그렇다 치고, 식탁 분위기를 좌지우지하는 진 여사도 오늘은 어째서인지 입을 꾹 다물고 있었다. 슬슬 주변의 눈치를 살피는 것이 뭔가 할 말이 있기는 있는데 입이 떨어지지 않는 모양이었다. 평소와 달리 너무도 조용한 진 여사의 모습에 은 원장과 완이 힐끗거리며 식사 중간중간에 그녀를 쳐다보았지만 류은 무덤덤하게 그릇을 비워 갈 뿐이었다.

스윽.

소리 한 번 내지 않고 식사를 끝낸 륜이 자리에서 일어났다. 동시에 진 여사의 고개가 륜 쪽으로 꺾였다.

"륜……."

"어머니."

"응?"

뭐라 말을 꺼내기도 전에 륜이 자신을 부르자 흠칫, 놀란 진 여사가 반사적으로 대답했다. 그러다 보니 쇳소리가 섞여 나왔다. 은 원장과 완이 젓가락질을 멈추고 진 여사를 봤다. 하지만 륜은 여전히 담담했다.

"근처에 잘하는 떡집 전화번호 좀 알려주십시오."

"떠, 떡집?"

갑자기 엉뚱한 소리를 하는 아들로 인해 진 여사는 당황했다. 하지만 륜은 아무렇지도 않은 듯 간단히 고개를 끄덕였다.

"네."

"왜? 떡 먹고 싶어?"

"……."

"음. 알았어. 있다 가르쳐 줄게."

진 여사가 수락하자 륜이 몸을 놀렸다. 막 발을 떼는데 진 여사의 두 번째 쇳소리가 부엌을 울렸다.

"아, 참!"

은 원장과 완이 고개를 들어 진 여사를 봤다.

"어디, 몸이 안 좋소? 목소리가 영 안 좋은데?"

"그러게요. 여행 후유증인가?"

은 원장과 완이 걱정스레 한 마디씩 했다. 진 여사는 눈짓으로 두 부자를 침묵시키고 륜에게 물었다.

"우리 영국에 가 있는 동안 혹시 집에 친구 불렀었니?"

"네?"

겉으로 드러내지는 않았지만 륜은 깜짝 놀랐다.

세흔에게 쌀이 줄어 알아볼지도 모른다는 말을 한 것은 장난이었다. 다른 사람도 아니고 치밀한 성격의 륜이 쉽사리 흔적을 남겨놓았을 리가 없지 않은가.

식 재료와 마찬가지로 쌀도 가족들이 돌아오기 전에 배달시킨 것으로 채워놨고 세흔의 것은 양말 한 짝도 남아 있지 않았다. 그런데 진 여사의 입에서 친구를 불렀었냐는 말이 나올 줄이야. 뭘 보고 그런 소리를 하는 건지 알 수 없어 불안했지만 륜은 시치미를 뚝 뗐다.

"그게 무슨 소립니까? 친구라뇨? 유학을 간 게 열세 살 때고, 지금은 이상한 병까지 달고 있는데 친구 같은 게 있을 리가 없잖습니까?"

비꼬듯 말하자 진 여사가 아차, 해서 말했다.

"아, 그런가?"

"그렇죠. 괜한 소리 하지 마시고 이따 떡집 전화번호나 주십시오."

륜은 거기까지 말하고 혹시라도 진 여사가 뭔가 꼬투리를 잡을까 얼른 몸을 돌렸다. 성큼성큼, 빠른 걸음으로 부엌을 빠져나가는 륜을 보며 진 여사는 고개를 갸웃했다.

 물론 흔적은 없었다. 하지만 어딘가 달랐다.

 굳이 무엇이 그렇게 다르냐고 묻는다면 진 여사는 식기가 그렇다고 대답했을 것이다. 밥그릇 두 개. 국그릇 두 개. 수저와 젓가락 각각 두 벌. 혼자 먹기 위해 차렸다고 하기에는 많은 반찬 수.

 모두 깨끗하게 씻겨 있었지만 건조대에 나와 있는 식기의 수가 걸렸다.

 륜의 성격상 설거지를 미뤘을 리 없다. 식사하고 다음 식사 때까지 설거지가 하기 싫어 그릇을 더 꺼냈다고는 생각하기 힘들다는 말이다. 거기다 간편하게 식사를 하거나 보통 하루 두 끼를 먹을 만큼 굶는 것을 생활화하는 륜이 만들어놓은 갖가지 반찬에, 찌개에, 국이라니…….

 확실히 이상했다. 하지만 그렇다고 누가 왔었다고 생각하기에는 륜의 말마따나 십삼 년 만의 귀국인데 초등학교 때 친구가 지금까지 연락이 될 리 없었고, 륜의 병 역시 가벼운 게 아니었다.

 '이상한데…… 정말 이상한데…….'

 속으로 그렇게 중얼거리면서도 진 여사는 그냥 넘겼다. 그만큼 진 여사가 생각하기에 륜의 병은 심각했다.

"최대한 빨리 하면 언제까지 됩니까? ······내일까지 됐으면 합니다. 네. 내일 아침까지요. ······아침 여덟 시까지 배달해 주신다면 떡값을 두 배로 드리겠습니다. ······주문이 밀려 정 안 된다면 다른 떡집에 연락을 할 수밖에요. 저는 내일 아침까지 꿀떡이 필요합니다."

통화를 하던 륜은 완이 이층으로 올라오자 힐끗 그를 봤다 수화기에 대고 빠르게 말했다.

"아, 잠깐만요."

그는 손으로 수화기를 막고 완에게로 고개를 돌려 말했다.

"잠깐만 기다려. 통화 끝내고 할 이야기 있으니까."

완의 대답은 듣지도 않고 수화기를 막고 있던 손을 떼고 아마도 떡집 주인인 듯한 수화기 너머의 사람에게 말했다.

"확답을 주십시오. 되면 되는 거고, 안 되면 다른 떡집에 연락을······ 네, 여덟 시입니다. ······물론 그때까지 배달된다면 두 배로 드리겠습니다. 그럼."

통화를 끝내고 수화기를 내려놓자 완이 호기심을 드러냈다.

"갑자기 무슨 떡이야? 미국이라는 데가 떡을 흔히 볼 수 있는 곳도 아니고 일부러 찾아서 먹었을 것 같지도 않은데, 먹어보기는 했어?"

"무슨 상관이야? 알 것 없어."

차갑게 말한 륜이 맞은편 소파를 가리켰다. 남처럼 잘라내는 말에 기분이 팍 상했지만 그래도 가족이고 형이란 생각에 완은 순순히 가서 앉았다. 검지와 중지로 이마를 꾹 누른 류이 툭 말을 던졌다.

"저번에 말했던 것 같은데 귀담아 듣지 않는 것 같아서 다시 말한다. 앞으로 세흔 누나와 친하게 지내지 마. 알겠어?"

"……."

'세흔 누나?'

얼마 전까지만 해도 세흔을 '앞집 여자'라고 부르던 류이 세흔을 '누나'라고 하자 완은 울컥했다. 나이를 따져도 그렇고, 집안끼리의 친분을 생각해도 류이 세흔을 누나라고 부르는 게 맞는데 왜인지 울화가 치밀었다. 단지 자신과 같이 세흔을 '누나'라고 한 것뿐인데 류에게 세흔을 빼앗긴 듯한 느낌까지 들었다. 갑자기 지난번 별 이유도 없이 맞았던 일이 떠올랐다.

완은 목까지 올라온 화를 억지로 가라앉히며 쏘아붙였다.

"이거야말로 형과 상관없는 문제 아냐?"

류의 한쪽 눈썹이 위로 치켜 올라갔다.

"뭐?"

"그렇잖아. 내가 세흔 누나와 친하든 말든. 형이 뭘 모르나 본데 세흔 누나랑 나, 기억도 나지 않는 순간부터 지금까지 쭈욱 함께였어. 형은 상상도 하지 못할 만큼 오래전부터 그랬단 말이야. 근데 지금에 와서 어떻게 안 친하게 지내? 그게 말이 된다고 생각해?"

웃기지도 않는다는 식으로 한껏 비꼬아 말하자 류의 눈빛이 싸늘하게 식었다.

세흔과 완이 연인 사이가 아니라는 것은 누구보다 류이 더 잘 알고 있었다. 그런데도 완의 말은 하나하나 다 거슬렸다. 단지 동생일 뿐이라도, 류은 세흔이 완과 친한 게 싫었다. 게다가 완은 세흔을 그냥 누나로 보고 있지도 않았다. 그런데 어떻게 그냥 넘길 수 있겠는가.

아니, 사실은 다 핑계다. 정말 솔직한 심정은 세흔이 자신만을 봐줬으면 하는 것이었다.

세상에 단 한 명. 정세흔에게만은 한없이 약해지는 게 바로 은류이었다. 그런 자신이 세흔에게 완과 친하게 지내지 말라는 말을 할 수 있을 리 없다. 그것을 누구보다 잘 아는 류이기에 세흔은 그냥 두고 완을 잘(?) 타일러 둘 사이를 갈라놓을 생각이었다.

그는 지독하게 낮은 음성으로 경고하듯 말했다.

"친하게 지내지 말라면 친하게 지내지 마."

"내가 왜 그래야 하는데?"

"뭐?"

"내가 왜 그래야 하냐고. 형이 뭐라고? 무슨 이유로?"

류은 피식, 웃고 완을 봤다.

"그걸 지금 몰라서 묻는 거냐?"

"그럼 내가 알면서……."

"지난번에 내가 말했지? 수험생이면 공부나 하라고."

완의 말을 뚝, 자른 륜이 차갑게 쏘아붙이자 완이 입술을 씰룩였다. 뭐라 반박을 하려고 입을 여는데 륜이 한발 빨랐다.

그는 훗, 코웃음 치고 말했다.

"너 반에서 중간은 가냐? 그 머리로, 그 성적으로 대학 가기에도 급급한데 헛생각이나 해서 정말 재수, 삼수하고 싶어?"

"나는……."

"좋든 싫든!"

이번에도 완의 말을 중간에 뚝 잘라 버린 륜이 말을 이었다.

"난 네놈 형이고, 난 다른 건 몰라도 내 동생이 재수하는 꼴은 못 봐. 전문대 가는 꼴도 못 보고, 지방 대학 가는 꼴도 못 봐. 만약에라도 제대로 공부 안 해서 수도권 내의 4년제 대학에 못 들어가면 정말 죽여 버릴 거다. 그러니 앞으로는 딴짓 하지 말고 공부만 해. 혹시라도 딴생각하는 기미가 조금이라도 보인다면 어머니께 말씀드려서 내가 직접 과외를 하든지 네놈 과외할 때 옆에서 감시할 테니. 알겠냐?"

"……."

차가운 얼굴로 내뱉는 협박에 완은 순간 할 말을 잃었다.

*

"하아……."

벤에 타자마자 민은 깊게 한숨을 내쉬며 눈을 감았다.

밖에서는 아직도 팬들이 꺅꺅, 소리를 질러대고 있었다. 하지만 민에게는 그 소리가 들리지도 않았다. 보조석에 올라탄 수혁이 들고 있던 보온병에서 홍차를 따르며 말을 걸었다.

"피곤하죠, 형?"

민이 눈을 떴다. 그의 눈동자는 충혈되어 있었다.

"당연하지. 그걸 말이라고 하냐? 난데없이 일주일간 봉사활동이라니, 그것도 아프리카까지 가서. 다시 생각해도 끔찍하다."

부르르, 떨며 말하자 수혁이 따른 홍차를 건네며 미소를 지었다.

"그런 것치고는 애들을 돌볼 때 표정이 너무 좋던데요? 피부만 다르지 않았다면 형이 몰래 낳아놓은 아들, 딸로 착각했을지도 몰라요. 오죽하면 카메라 감독님도 계속 '그래, 그래'만 연발하셨을까."

민은 홍차를 한 모금 마시고 손바닥으로 이마를 눌렀다.

"음, 아이들은 좋아. 힘든 사람들을 돕는 것도 나쁘지 않아. 솔직히 연예 프로 쫓아다니면서 광대 짓 하는 것보다 훨씬 낫지."

"근데 왜 그렇게 짜증을 냈어요? 우리끼리만 있을 때 얼굴이 어찌나 험악한지 말도 못 붙이겠던데."

"그건 통신이……."

말을 하다 말고 민은 신음했다.

느닷없이 잡힌 스케줄로 일주일간 아프리카에서의 봉사활동. 그 자체는 무척 좋았다. 몸은 피곤해도 마음은 따뜻해지는 좋은 일이지 않은가. 민은 그런 봉사활동을 좋아했다.

한 달에 한 번, 또는 두 달에 한 번 익명으로 기부를 했고 후원하고 있는 고아원도 다섯 곳이 넘었다. 그는 그 정도로 어렵게 사는 이들을 돕는 것을 좋아했다. 딱히 자기만족이라기보다 아파하는 사람을 그냥 보아 넘기지 못하는 성격이었다. 그래서 방송 프로그램에서 봉사활동 같은 게 있으면 물어보지 말고 그냥 수락하라고 말을 해놓았었다.

하지만! 하지만 이건 아니지 않은가?

어째서 하필이면 두 팔 걷고 말리지도 못하게 세흔이 꿀떡을 맛보겠다고 선언한 바로 그 다음날 저녁에 끌려가듯 떠나야 했느냔 말이다.

민은 그것이 불만이었다.

거기다 그 흔한 전화조차 제대로 되지 않는 오지다 보니 연락조차 할 수가 없었다. 그러니 어찌 기분이 좋을 수 있겠는가. 그야말로 민에게는 초조함과 불안감에 불타는 일주일간이었다.

"재충전도 할 겸 며칠 쉴 테니까 스케줄 빼놔."

시계를 본 민은 시간도 늦은 데다 피곤하기도 해서 차마 지금 세흔의 집으로 가지는 못하고 내일을 기약하며 수혁에게 일렀다. 그리고 그 말에 수혁은 싱긋, 웃으며 작게 중얼거렸다.

"이럴 줄 알고 이미 다 빼놓았네요."

*

아침이다.

어스름한 방 안에 약간은 쌀쌀한 공기가 맴도는, 여느 때와 별다를 것 없는 그런 아침. 잠에서 깨어난 륜은 눈도 뜨지 않고 습관처럼 옆을 더듬었다. 하지만 지난 일주일과는 달리 옆은 평평했다. 허한 공기가 손가락 사이사이를 스치고 지나가는 듯했다.

"헉!"

번쩍, 륜의 눈이 떠졌다.

급히 숨을 들이키며 팔꿈치로 침대를 짚고 상체를 일으켜 옆을 보았다. 텅 빈 옆 자리를 보는 륜의 눈동자가 풍랑을 만난 돛단배처럼 흔들렸다. 그러다 곧 무엇을 깨달았는지 잔뜩 굳어 있던 어깨를 늘어뜨렸다.

"하……."

한숨인지, 감탄인지 구분이 가지 않는 소리를 작게 내뱉은 륜은 이불을 걷고 일어나 앉았다. 지난 일주일간 세흔의 자리였던 옆 자리를 잠시간 쳐다보다 손을 들어 가만히 가슴을 눌렀다.

두근두근.

여전히 심장은 뛴다. 그런데도 뭔가가 비어버린 듯한 느낌이었다. 심장인지 위인지 폐인지 모르겠지만 장기가 하나 빠져나간 느낌. 그래서 그런가? 이상할 정도로 불안하고 답답했다. 가만히 있을 수 없을 만큼.

륜은 벌떡 일어나 정신없이 방 안을 거닐기 시작했다. 지난 이십육 년간 계속되어 왔고 일주일 전까지만 해도 혼자서 깨어나는 것에 익숙했던 륜이다. 그런데 어째서 이렇게 불안한 걸까? 어째서 이리도 허전한 걸까?

단지 일주일을 같이했을 뿐인데, 마치 평생을 그래 왔던 것처럼 세흔과 함께 일어나지 않는 아침이 어색해 죽을 지경이었다.

"하아……."

길게 한숨을 내쉬며 머리카락을 쓸어 넘겼다.

황당하게도 지금 이 순간 륜은 미치도록 세흔이 보고 싶었다. 세흔이 없는 아침은 불안해 견딜 수 없을 만큼.

성큼성큼 창가로 걸어간 륜은 커튼을 걷고 창문을 열었다. 이른 아침의 찬바람이 들이닥쳤지만 아랑곳하지 않고 창틀에 손을 얹고 고요하게 잠긴 앞집을 바라보았다.

그렇게 얼마나 지났을까.

어둑어둑하던 주변이 점점 밝아지고 인적 없던 골목에 하나둘씩 지나가는 사람들이 생겨났다. 문 뒤쪽이 시끄러워지고, 식사하라는 소리도 아련히 들려왔다. 하지만 륜은 손가락 하나 움직이지 않고 창 너머 앞집만 바라봤다.

그렇게 또 얼마간의 시간이 흐르자 차 한 대가 나타나 륜이 집 앞에 섰다. 하얀색 차체에는 '달에 사는 토끼가 빚은 떡'이라는 푸른색 글자가 써져 있었다.

눈을 가늘게 뜨고 보던 륜은 뒤늦게 무슨 말인지 알아보고 탁, 창틀을 쳤다.

"아, 꿀떡!"

고개를 돌려 벽걸이 시계를 보니 딱 여덟 시였다. 얼른 창에서 멀어져 옷장으로 달려간 륜은 허겁지겁 옷을 꿰어 입고 지갑을 챙겨 그대로 몸을 돌려 방을 나섰다. 일층에서는 은 원장이 출근 준비를, 완이 등교 준비를, 진 여사가 외출 준비를 하고 있었다. 그러다 계단을 내려오는 륜을 발견한 진 여사가 미소를 지으며 말을 걸어왔다.

"잘 잤니?"

"네."

륜은 간단하게 대답하고 현관으로 향했다.

대문 밖에는 '달에 사는 토끼가 빚은 떡' 로고가 새겨진 하얀색 떡 상자를 든 직원으로 보이는 남자가 초인종을 누르려 하고 있었다. 그러다 륜이 나타나자 흠칫, 놀란 표정을 지었다. 초인종을 누르지도 않았는데 나타날 줄은 몰랐던 모양이다. 아니면 기가 막힐 정도로 빼어난 륜의 외모에 놀란 것이든지.

륜은 상대의 몸에 닿지 않도록 조심스레 떡 상자를 건네받은 뒤 역시 닿지 않도록 조심하며 떡값을 지불했다.

"감사합니다. 다음에 또 이용해 주세요!"

떡집 직원의 인사를 뒤로한 채 륜은 현관문을 열고 집 안으로 들어섰다.

빠른 걸음으로 나간 륜이 고소한 향기를 풍기는 떡 상자를 들고 나타나자 진 여사가 킁킁, 냄새를 맡고 물었다.

"아침부터 웬 떡이니? 그렇게 먹고 싶었어?"

세흔이 먹고 싶어하더라고 말할 수 없었던 륜은 대충 고개를 끄덕였다. 지금껏 한 번도 떡을 먹는 걸 본 적이 없던 가족들이었기에 륜이 떡을 마중 나갈 만큼 좋아했었나 싶어 의아해했다. 하지만 그간 가족이라고 하기도 부끄러울 만큼 교류가 없었기에 사실을 알 수는 없었다.

뭐, 좋아했었나 보지.

그렇게 생각하고 모두 하던 일을 계속했다.

륜은 테이블에 떡 상자를 놓고 소파에 앉아 팔걸이를 손가락으로 두드리며 은 원장의 출근, 완의 등교, 진 여사의 외출을 기다렸다.

가만히 앉아 있기도 힘들 만큼 초조했지만 꾹 참았다.

륜의 귀국 후 외출을 할 때면 항상 그랬듯 문단속에 대해 단단히 이른 진 여사를 마지막으로 모두 사라지고 홀로 남게 되자 륜은 바로 테이블에 놓이둔 떡 상자를 들었다. 문을 열다 휴대폰을 안 챙긴 걸 알고 다시 후다닥, 이층으로 올라가 휴대폰을 챙겼다.

"후우. 후우."

꽤나 서둘렀는지 별로 움직인 것 같지 않은데 숨이 찼다. 대문을 앞에 두고 선 륜은 떡 상자를 옆구리에 끼고 휴대폰을 들었다. 아, 그러고 보니 고작 떡을 주겠다고 부르기에는 너무 이른 시간인가? 갑자기 그런 생각이 들자 륜은 눈살을 찌푸렸다. 대문을 열까 말까, 세흔에게 전화를 할까 말까 망설일 때였다.

달칵.

놀랍게도 마치 륜의 마음을 읽은 것처럼, 바로 그 순간 앞집 현관문이 열리며 세흔이 쏙, 튀어나왔다.

"아……."

륜은 할 말을 잃었다.

이것을 뭐라고 해야 할까? 눈을 뜨기 무섭게 한없이 불안하고, 초조하고, 허전하던 마음이 세흔을 보자마자 싹 사라지는 느낌. 더도 덜도 말고 딱 그랬다. 세흔을 보자 따뜻한 기운이 가슴 가득 들어차며 뭐라 이루 말할 수도 없는 충만함이 심장에서부터 온몸 곳곳으로 퍼져 갔다.

좋았다. 그냥, 마냥 좋았다.

미로를 헤매다 출구를 찾은 기분이었다. 진부하지만 어긋났던 톱니가 맞물리고, 잃어버렸던 반쪽을 찾은 그런 느낌이었다. 그리고 그것을 깨닫는 순간, 륜은 자신도 모르게 웃고 말았다.

"하…… 하하…… 하하하……."

절로 웃음이 나왔다. 어이가 없었다.

어쩌면 이렇게까지 모를 수 있을까?

이른 아침, 눈을 뜨자마자 미치도록 보고 싶은 여자. 안 보면 죽을 것만 같은 여자. 단 일주일을 함께했을 뿐인데 이십육 년의 생활을 어색하게 만드는 여자. 그저 얼굴을 본 것만으로도 온 세상을 다 가진 듯한 느낌을 주는 여자. 한 여자를 보며 그런 마음을 갖는다는 게 뭘 뜻하는지 모를 만큼 륜은 바보가 아니었다.

"하…… 하하……."

사랑. 사랑이었다.

륜은 그 순간 그것을 확신할 수 있었다. 자신이 세흔을 사랑한다는 것을. 륜은 활짝, 미소를 지었다. 너무 기뻐서. 너무 좋아서. 너무 벅차서. 그리고…… 바로 앞에 서 있는 세흔의 존재가 너무 고마워서.

'아…….'

한편, 륜의 미소를 본 세흔은 그만 멍해지고 말았다.

지금까지 수많은 미소와 웃음을 보았지만 륜의 미소는 그 어떤 미소나 웃음보다도 깨끗했고, 순결했으며, 아름다웠다. 그래서 세흔은 그 후로도 한참 동안 정신을 차리지 못했다.

유난히 검은색과 하얀색의 경계가 뚜렷해 볼 때마다 세흔을 감탄케 한 눈동자가 보이지 않을 만큼 가늘어진 눈, 위로 치켜 올라가 차갑게 보이던 평소와는 달리 아래로 처진 눈매, 반대로 위로 말려 올라간 육감적인 입술의 꼬리, 그 사이로 드러난 세하얀 치아, 한쪽 볼에만 살짝 패인 지금까지 본 적이 없던 보조개.

그냥 아름다운 게 아니었다.

그 미소는, 세흔이 지금껏 한 번도 본 적이 없는 것이었다. 온전히 신뢰할 수 있는 이에게나 보여줄 듯한 무방비한 미소. 륜의 미소는 바로 그것이었다. 그래서일까? 갑자기 세흔의 심장이 주체할 수도 없을 만큼 세차게 뛰기 시작했다.

'왜, 왜 저렇게 웃는 거야? 심장 벌렁거리게. 아, 미치겠네. 그만 좀 뛰어라, 심장아. 이러다 터지겠다.'

미친 듯이 질주하기 시작한 심장이 불안할 정도다.

혹시라도 이렇게 고장이라도 난 것마냥 폭주해 대다 그대로 멈춰 버리는 건 아닐까 하는 생각까지 들었다. 세흔은 몇 번이나 심호흡을 했다. 하지만 이미 고장 나버린 심장은 아무리 호흡을 가다듬어도 제자리로 돌아올 생각을 하지 않고 있었다.

쿵— 쿵쿵— 쿵쿵쿵—

'아씨, 쪽팔리게 다 들리겠다. 저 녀석은 왜 갑자기 이상한 미소를 보여주고 난리야? 심장이 적응을 하지 못해서 몸살을 앓잖아!'

세흔은 눈을 치켜뜨고 륜을 쏘아봤다.

이게 다 이른 아침부터 사람 정신 못 차릴 정도로 이상한 미소를 보여준 륜의 잘못이다. 엄연히 심장의 주인은 정세흔이었건만 세흔은 자신의 뜻대로 움직여 주지 않는 심장을 은륜의 탓으로 돌렸다. 그렇게 하지 않으면 이유를 찾을 수 없었기 때문에.

영원히, 사랑을 할 수 없을 거라 생각했다. 아니, 그전에 죽을 때까지 누구와도 아무렇지 않게 접촉하는 일은 없을 거라 생각했다. 그런데 세흔을 만나면서 십 년 만에 처음으로 '접촉'했다. 그때 알았어야 했다. 세흔이 자신의 운명이라는 것을. 하지만 륜은 몰랐다. 알고자 하지도 않았다. 그냥 신기하다고만 생각했다. 조금은 불안감도 느꼈다. 세흔의 앞에서만은 한없이 약해지는 자신을 불만스레 생각했던 것도 같다.

그랬는데, 지금에 와서야 륜은 알 수 있었다. 자신에게 정세흔이라는 여자의 존재가 어떠한 것인지를.

신이 륜을 위해 준비해 둔 유일한 인연, 운명.

애정이 무엇인지 처음으로 가르쳐 준 사람, 사랑이라는 것이 무엇인지 처음으로 느끼게 해준 사람, 받는 기쁨보다 주는 기쁨이 더 크다는 것을 알려준 사람, 그저 존재하는 것만으로도 행복을 주는 사람, 눈에 담을 수 있고 가슴에 담을 수 있어 충족감을 주는 사람, 퍼주고 또 퍼줘도 자꾸만 뭔가를 주고 싶은 사람.

륜은 세흔이 자신을 흘겨뵈도 상관하지 않고 대문을 열었다. 그리고는 성큼성큼 세흔의 앞으로 다가갔다. 세흔의 집 대문을 사이에 두고 지금껏 들고 있던 떡 상자를 불쑥 내밀었다.

"음?"

한껏 흘겨볼 때는 언제고 세흔의 눈동자에 의문이 떠올랐다. 그러다 륜이 상자를 흔들자 반사적으로 두 손을 내밀어 상자를 받아 들었다. 세흔이 고개를 갸웃했다.

"뭐야, 이건?"

'달에 사는 토끼가 빚은 떡' 로고가 륜 쪽에 있어 보지 못한 세흔이 아래에서 올라오는 향긋한 향기에 의아해서 묻는데 대뜸 륜이 손을 들어 올려 그녀의 뺨을 감쌌다.

"어?"

하는데 저만치 떨어져 있던 륜의 얼굴이 눈 안에 가득 들어찼다. 곧 반쯤 벌어진 세흔의 입술 위로 륜의 입술이 내려앉았다.

촉…….

촉촉하고 부드러운 소리가 주변을 울렸다. 세흔의 눈동자가 동그랗게 떠졌다. 륜이 누구나가 지나다닐 수 있는 골목에서, 대문을 사이에 두고 키스를 해올 줄은 미처 상상도 못했던 것이다.

얼떨떨하기도 하고 놀라기도 해서 다가올 때보다 좀 더 도톰해진 입술이 멀어지는 것을 보며 황당해하는데 륜의 얼굴이 다시 내려왔다. 입술을 훑고 입 안으로 스며들며 숨결만 불어넣고 다시 떨어졌다. 그렇게 장난이라도 치듯 륜은 가볍게 또 깊게 키스를 해왔다.

몇 번의 키스가 이어지고 마지막으로 지금까지보다 월등히 깊어진 키스로 입천장과 치열, 혀를 애무하고 빠져나간 륜은 반쯤 넋을 빼놓은 듯한 세흔의 얼굴에 눈꼬리를 접으며 웃었다.

촉촉하게 젖은 세흔의 입술이 벌어졌다.

"가, 갑자기 무슨……."

"계피 좋아해요?"

툭, 던진 물음은 엉뚱하게만 들렸다.

이른 아침, 세흔이 나오기를 기다리고 있다 갑자기 활짝 웃어 잘 가던 심장을 고장내 놓고, 들고 있던 정체불명의 상자를 건네줘 두 손을 차단시킨 후 느닷없이 입맞춤을 하더니, 뭐? 계피를 좋아하냐고?

어이가 없어 가만히 쳐다보기만 하자 륜이 물었다.

"싫어하지는 않죠? 계피랑 생강."

대답을 하지 않자 '생강'이 추가되었다. 세흔은 여전히 대답하지 않고 륜을 봤다. 그러자 륜이 울상을 지으며 물었다.

"싫어해요?"

"아니, 그렇지는 않은데……."

곧 울음이라도 터뜨릴 것처럼 침울해하는 표정에 세흔이 중얼거리듯 대답하자 륜이 금세 표정을 바꿔 활짝 미소를 지었다. 그리고는 세흔의 두 뺨을 잡아 쪽, 짧지만 강렬한 키스를 하고 말했다.

"그럼, 삼십 분 후에 봐요."

륜은 그 말을 끝으로 후다닥, 자신의 집으로 가버렸다. 정체불명의 상자를 들고 홀로 남게 된 세흔은 얼떨떨해하다 상자 안에서 고소한 향기가 나자 뭔가 싶어 들여다보려 했다.

대충 쭈그리고 앉아 아직도 따끈따끈한 상자를 무릎 위로 올려놓고 열려고 할 때 머리 위에서 목소리가 들려왔다.

"뭐 하냐?"

조금은 어이가 없다는 듯한 음성에 상자를 열다 말고 고개를 들었다. 그러자 방금 전까지만 해도 륜이 서 있었던 자리에 서서 대문 위에 두 팔을 얹고 있는 민이 보였다.

"어? 웬일이야?"

"웬일은. 어머니 여행 다녀오셨을 거 아냐. 인사차 들렀다."

"이 이른 아침에?"

세흔이 고개를 갸웃하며 반문하자 민이 어떻게 그럴 수 있냐는 표정을 짓더니 혼자서 호들갑을 떨어대기 시작했다.

"우와~ 이른 아침 따지고 늦은 밤 따져 가며 만나야 하는 사이였구나, 우리? 알다시피 나한테 친구라고는 정세흔 하나뿐인데 다른 사람도 아니고 어떻게 네가……. 그간 친구 줄 거라고 사인 받은 거, 몰래몰래 사진 찍은 거 모조리 인터넷 경매로 팔아먹은 거 알았지만 그래도 하나뿐인 친구라고 나는 고소도 안 했는데 너는…… 너는……."

민은 차마 말을 끝맺지 못했다.

'그럼 친구가 둘만 되었으면 고소했겠네' 하고 중얼거리던 세흔은 민이 고개를 숙이자 괜히 미안해졌다. 가늘게 떨리던 음성이 꼭 울고 있는 것만 같았다. 세흔이 변명처럼 말했다.

"나는 그런 뜻으로 한 말이······."

"그리고! 아홉 시도 넘었는데 이른 아침은 무슨 이른 아침이야? 웃기지도 않아서. 괜히 쭈그리고 앉아서 거지 흉내 내지 말고 문이나 열어."

벌떡, 고개를 든 민이 훗, 코웃음 치고 대문을 탕탕 쳤다. 고개를 숙이고 있기에 우는 줄 알았더니 웃었던 모양이다.

세흔의 눈매가 샐쭉해졌다.

'행복한 남자, 주민'의 연기가 뛰어나다는 것은 세흔이 알고 대한민국이 안다. 하지만 아무리 그래도 그렇지, 친구를 속여? 지 말마따나 자신은 하나뿐인 친군데. 세흔은 벌떡 일어나 그대로 몸을 돌렸다. 문은 무슨 문? 담을 넘어서 오든지 말든지. 심술궂은 마음으로 들어가 버리려는데 뒤쪽에서 초인종이 울렸다.

피리리릭.

휙, 소리가 나게 몸을 돌렸다. 그러자 민이 엄지를 들어 보였다.

그러니까, 세흔이 안 열어줘도 문을 열어줄 사람은 얼마든지 있다는 뜻인 듯했다. 그리고 마치 그것을 증명이라도 하듯 '어머, 민아!' 하는 한 여사의 외침과 동시에 삐익 — 문이 열렸다.

"놀다 가라."

퉁명스레 말한 세흔이 이층으로 올라가려 하자 한 여사의 옆에 달라붙어 살갑게 말을 주고받던 민이 얼른 세흔의 손목을 잡았다.

"야, 정세흔. 너 너무하는 거 아냐? 이런 식으로 바쁜 시간 쪼개가며 놀러온 친구를 방치하려 하다니. 잊었나 본데 나 엄연히 네 친구야!"

세흔은 어디서 개가 짖나 하는 표정으로 민을 힐끗 보고 말했다.

"엄마 보러 왔다면서? 난 내 할 일 할 테니까 넌 네 볼일 보시지?"

"너한테도 볼일 있어."

민은 그렇게 말하고 세흔의 퉁한 태도에 쯧쯧, 혀를 차고 있는 한 여사를 봤다.

"어머니, 저 세흔이랑 면담 좀 할게요. 그래도 되죠?"

한 여사는 흔쾌히 고개를 끄덕였다.

"그럼, 되고말고. 할 이야기 있음 해야지. 다 끝나면 내려와. 우리 민이, 통신도 안 들어오는 아프리카까지 갔다 오느라 힘들었을 텐데 몸보신하게 갈비탕 해놓을 테니까."

"네. 금방 이야기 끝내고 내려올게요."

그 잠깐 사이에 언제 그런 이야기까지 했대?

놀라워하는 세흔을 두고 눈웃음을 치며 한 여사에게 애교를 떤 민이 그녀의 손을 잡은 채 계단을 올라갔다. 옆구리에 떡 상자를 끼고 민에게 한쪽 손을 잡혀 끌려가는 세흔은 황당함을 금치 못했다.

"뭐, 뭐야? 주민, 너 지금 뭐 하는 거야? 야!"

"……."

정신없이 소리쳤지만 민은 들은 척도 하지 않았다.

우는 척 속인 대가와 미안하다고 하지 않고 초인종을 누른 대가, 본인의 의사를 무시하고 끌어온 대가는 방 안에 들어서서 단단히 치렀다.

들고 있던 상자를 책상 위에 올려둔 세흔이 의자에 앉아 팔짱을 끼고 가만히 노려보았던 것이다. 말 한마디 하지 않고 한참 동안 노려보기만 하자 난처해진 민이 이래저래 애교스런 표정을 지으며 말을 걸었다. 하지만 무슨 말을 하던 싹, 무시하고 노려보기만 하는 세흔의 냉담함에 결국 민이 두손두발을 다 들었다.

"미안, 진짜 미안해! 반성! 진심으로 반성하고 있으니까 그만 화 풀어라. 응?"

애교 섞인 눈웃음을 치며 용서를 빌자 그제야 새침하게 노려보던 세흔이 눈동자에서 힘을 풀었다. 민은 그만 피식, 웃고 말았다. 뒤끝 없는 성격. 민이 세흔과 친해진 게 바로 이것 때문이었다.

"아프리카는, 왜 갔어?"

방금 전까지만 해도 입 꾹 다물고 있을 때는 언제고 세흔이 아무렇지도 않게 묻자 민이 방 안을 굴러다니는 쿠션을 양팔에 하나씩 끼고 침대가에 앉으며 대답했다.

"방송 때문에. 봉사활동 하는 프로 있잖아, 그거였어. 보통은 국내에서 하는데 이번에 100회 특집인가 해서 아프리카 간 거야."

"며칠 있었는데?"

"일주일 정도? 어제 돌아왔어."

세흔은 그제야 민의 눈 아래 다크서클이 눈에 들어왔다. 눈여겨보지 않으면 발견하지 못할 정도였지만 그래도 민이 했을 고생이 생각되어 마음이 아팠다. 하지만 세흔은 속마음과는 달리 민에게 핀잔을 줬다.

"피곤할 텐데 좀 쉬지 뭐 하러 왔어?"

말과는 달리 자신의 눈동자에 염려의 빛이 가득하다는 것을 세흔은 모르는 모양이다. 민은 피식, 웃었다.

"말했잖아, 볼일 있다고."

"볼일?"

"응. 근데 그건 뭐야?"

민이 책상 위에 놓아둔 상자를 보며 호기심을 드러냈다. 아까부터 어디선가 고소한 냄새가 난다 싶었는데 그게 바로 저 상자에서 나는 냄새라는 것을 그제야 알아챘던 것이다. 역시 상자 안에 뭐가 들었을까 궁금해하고 있던 세흔은 상자 쪽으로 몸을 돌리며 대답했다.

"몰라."

"몰라?"

"응. 받은 거거든."

그러고 보니 세흔은 대문에서부터 저 상자를 들고 있었다. 아마도 자신이 도착하기 바로 전에 받았었나 보다.

민은 고개를 끄덕이고 물었다.

"누구한테?"

"륜이……."

대답을 하다 말고 세흔은 입을 닫았다.

열린 상자에서 김이 모락모락 피어올랐다. 동시에 은은히 퍼지던 고소한 향기가 방 안 가득 퍼졌다. 냄새만으로도 입에 군침이 돌았다.

뭐야? 뭔데 저래?

고개를 갸웃한 민이 침대에서 일어나 세흔에게로 다가갔다. 꽤나 황당한 표정으로 상자 안을 보고 있던 세흔이 뒤늦게 기척을 느끼고 허둥지둥 상자를 닫으려 했다. 하지만 이미 민은 어깨 너머로 상자 안의 내용물을 봐버린 후였다.

"웬 꿀떡?"

하다가 민도 멈칫했다. 그는 뭐라 딱히 형용할 수 없는 기기묘묘한 표정으로 세흔을 봤다.

"너…… 아까 뭐라고 그랬어? 이걸 누가 줬다고?"

"……."

"륜이라면 그……."

못 들었기를 바라며 입을 꾹 닫고 있던 세흔은 푸하핫, 웃음을 터뜨리는 민을 보며 와락, 얼굴을 구기고 말았다.

"푸핫! 꿀떡이 꿀떡…… 하하! 푸하하하!"

제대로 서 있기조차 힘든 건지 민은 간질 환자처럼 웃으며 뒤로 넘어갔다. 그러더니 방바닥을 치며 웃어대기 시작했다. 어찌나 심하게 웃는지 민만 없었다면 꿀떡을 준비한 륜의 황당한 행동에 역시 폭소를 터뜨렸을 세흔이건만 지금은 웃음이 하나도 나오지 않았다. 점점 세흔의 얼굴이 구겨지는 것도 모르고 민은 배를 잡고 뒹굴뒹굴 구르며 웃어댔다.

결국 민은 이십 분가량 웃다 세흔에게 지근지근 밟히고 십 분 더 웃고 세흔에게 등이 빨갛도록 얻어맞은 후에야 웃음을 멈췄다.

"어땠어?"

삼십 분간 미친 듯이 웃어댄 죄로 세흔에게 싹싹 빈 민이 눈치를 보며 묻자 세흔이 시큰둥하니 되물었다.

"뭐가?"

"꿀떡을 맛본 소감 말이다. 어…… 땠어?"

일상적인 어조를 가장했지만 그 가운데에는 숨길 수 없는 긴장이 스며들어 있었다. 세흔이 기가 막힌다는 표정으로 민을 봤다.

"나 아직 입도 대지 않았거든? 포장된 거 지금 막 뜯는 거 뻔히 봐놓고 웬 헛소리? 이 안에 꿀떡이 들어 있을 줄 알았다면 절대 네 앞에서 뜯는 어처구니없는 짓을 저지르지는 않았을 거다. 내가 바본 줄 알아?"

"그 꿀떡 말고!"

기가 막힌 표정의 세흔보다 더 기가 막힌 표정으로 민이 소리쳤다. 세흔이 흠칫했다.

"이 꿀떡 말고?"

"그래! 그 꿀떡을 준 꿀떡 말이다. ……어땠어?"

역시나 같은 질문을 하는 민의 음성은 긴장으로 낮게 가라앉아 있었다. 세흔이 대답은 않고 다시 포장된 떡 상자를 보자 민은 일부러 크게 웃었다.

"하하하. 뭐야? 영국도 안 갔다면서 설마 일주일씩이나 시간이 있었는데 바보처럼 맛도 못 본 것은 아니겠지?"

정곡을 찌른 것에 당황해 얼굴을 붉히며 '아, 몰라!' 따위의 소리가 나오길 기대했다. 세흔의 얼굴이 붉어졌다. 하지만 그것은 당황 때문이 아니었다. 세흔은 오히려 미소를 짓고 있었다. 만족스러운 듯도 하고, 행복한 듯도 한 그런 미소. 그 모습에 민의 얼굴이 굳어졌다.

설마…… 설마…….

"야, 정세흔. 뭐라고 말 좀……."

"그게, 맛만 보려고 했는데……."

"……맛만 보려고 했는데?"

꿀꺽, 침을 삼키고 묻자 세흔이 헤, 하고 웃더니 말했다.

"어쩌다 보니 통째로 다 먹어버렸어."

"……."

툭. 민의 손에 들려 있던 쿠션이 바닥으로 곤두박질쳤다. 하지만 민도, 세흔도 그것을 느끼지 못했다. 민은 순간 머릿속이 텅 비어버려서, 세흔은 지난 일주일간의 즐거웠던 시간을 되돌아보느라.

한참의 시간이 흘러 겨우 정신을 추스른 민이 더듬더듬 물었다.

"그, 그래서 어땠는데?"

정세흔이라는 여자가 하룻밤을 같이 보냈다고 해서 마음까지 빼앗기는 생각없는 여자도 아니고, 차라리 이것으로 꿀떡에 대한 흥미가 사라졌다면 그것도 나쁠 것 없겠다는 생각이 들자 민은 저도 모르게 미소를 지었다. 하지만 그 미소는 세흔의 대답에 종적도 없이 사라졌다.

"음……. 좋았어, 무척. 근데 그보다 민아, 너 내 취향 알지? 내가 어떤 외모의 남자를 좋아하는지. 좋게 말하면 섹시하다, 냉미남이다, 라는 소리 나오는 얼굴이고 나쁘게 말하면 참 싸가지없어 보인다, 진짜 못됐게 생겼다, 냉정하고 차갑겠다, 라는 소리 나오는 얼굴 좋아하잖아, 내가. 그리고 지금까지 그렇게 생긴 남자치고 성격 좋은 놈 한 번도 못 봤다는 것도 알지? 딱 그 얼굴에 그 성격 소리 나오는 놈들밖에 없었으니까. 근데 다르다?"

"……뭐가?"

민의 음성이 귀를 기울이지 않으면 들리지도 않을 만큼 지독하게 가라앉아 있었다. 하지만 세흔은 자신만의 생각에 빠져 그것을 느끼지 못했다.

"우리 륜이는 생긴 건 진짜 싸가지, 밥맛 소리 나오게 생겼는데 엄청 착해. 순수하고 순하고. 말이 좀 없고 수줍음을 많이 타서 그렇지 완전 진국이야, 진국! 뭐 하나 모자라는 게 없다니까? 정말……."

마치 봇물이라도 터진 것처럼, 세흔은 한 번 말문이 터지자 정신없이 말을 쏟아냈다. 끝을 모르고 이어지는 '우리 륜이' 타령에 민은 허탈한 표정을 짓지 않을 수 없었다. 언제부터 알았다고, 어느새 '우리 륜이'냐? 한마디 하고 싶었지만 참았다. 대신에 그는 자리에서 일어났다.

"……말하지도 않았는데 어떻게 알았는지 매일 내가 좋아하는 음식으로…… 어? 왜 일어나?"

"나 갈래."

"벌써?"

이른 아침부터 웬일이냐고 할 때는 언제고, 놀다 가라는 말만 던지고 자신의 방으로 가버리려 할 때는 언제고, 이제는 벌써 가냐고 묻는다. 민은 어이가 없다는 표정으로 세흔을 보다 낮게 한숨을 내쉬며 말했다.

"일 있어."

"그래? 그럼 할 수 없지."

며칠 스케줄을 다 빼놓았다는 것을 알지 못하는 세흔은 고개를 끄덕이고 자리에서 일어났다.

갈비탕 다 되어가는데 벌써 가냐며 아쉬워하는 한 여사를 뒤로하고 민은 세흔의 집을 나섰다. 웬일로 문밖까지 배웅해 줄 생각인지 세흔이 민의 뒤를 따라 나왔다.

현관문을 닫고 나오는데 민이 서 있었다.

"안 가고 왜……."

말을 하다 민의 시선을 따라 앞을 본 세흔이 입을 닫았다.

대문 밖에는 륜이 서 있었다. 자신의 집 벽에 등을 기대고 서서 어딘가로 전화를 걸다 세흔과 눈이 마주치자 휴대폰을 닫는 걸 보니 세흔에게 전화하던 중이었던가 보다. 민과 세흔을 번갈아본 륜의 눈동자에서 순간 불꽃이 튀는 듯했지만 워낙 찰나여서 세흔은 자신이 본 것을 확신하지 못했다.

륜이 천천히 벽에 기대고 있던 몸을 일으켰다.

"누구야?"

성큼성큼 다가오는 륜을 보며 민이 세흔에게 물었다. 하지만 시선은 륜에게 고정시킨 채였다.

륜은 마치 민이 이 자리에 없는 것처럼 세흔만을 보고 있었다. 그러다 민이 질문을 던지자 그에게로 고개를 돌렸다. 막 세흔이 대답을 하려 입을 떼는데 륜이 한 발 먼저 말했다.

"세흔 누나 애인입니다."

대답과 동시에 다가온 륜에게서 계피 향이 확, 풍겨왔다. 민은 자신도 모르게 눈살을 찌푸렸다.

"애인?"

세흔에게 지금껏 많은 애인들이 있었다는 것은 알고 있었다. 하지만 지금은 아니었다. 결혼을 하겠다며 만나던 애인들마저 모두 정리하고 선을 보고 다니는 시기가 아닌가? 그런데 애인? 묘한 느낌이 들어 마음에 걸렸다. 민이 고개를 돌려 세흔을 봤다.

누구냐고 묻는 시선에 세흔이 말했다.

"응, 애인이야. 요기 앞집에 살아."

세흔의 힌트에 륜이 꿀떡임을 알아본 민은 아무리 홀랑 잡아먹었다지만 어째서 둘이 애인 사이가 되었는지, 어째서 그에 대해 한마디도 이야기해 주지 않았던 건지 궁금했다. 하지만 그것은 나중에 물어보기로 결정하고 륜에게로 고개를 돌렸다. 일부러 남자가 봐도 반할 듯한 매력적인 미소를 그려내며 손을 내밀어 악수를 청했다.

"처음 뵙겠습니다. 세흔이 친구, 주민입니다."

륜은 내밀어진 손을 보고 고개를 들었다. 차게 민을 쏘아보다 세흔이 옆에 있음을 상기하고 말했다.

"은륜입니다."

"반갑습니다."

"네."

민이 미소를 지으며 내민 손을 흔들었지만 류은 대충 대답하면서 여전히 손을 잡지 않았다. 류의 결벽증에 대해 잘 아는 세흔은 가볍게 넘겼지만 민은 그렇지 못했다. 그는 허전한 자신의 손을 들어보다 고개를 들어 류을 봤다. 눈이 마주치자 민은 코웃음 치고 싶어지는 것을 간신히 속으로 억눌렀다.

'하! 뭐? 겉보기에는 냉랭하고 차게 보이지만 말이 좀 없고 수줍음을 많이 타서 그렇지, 순수하고 착해? 말도 많고 탈도 많다는 연예계에 몸담고 있으면서도 지금껏 저렇게 온기라고는 단 한 점도 찾아볼 수 없는 차가운 눈은 본 적이 없는데, 저런 눈을 가진 놈이 순해? 순한 놈들이 지난겨울에 다 얼어 죽었는가 보지?'

류이 어떤 남자인지 민은 첫눈에 꿰뚫어 봤다. 유감스럽게도 민보다 더 오래 류을 알아온 세흔은 아직도 모르는 듯했지만.

Chapter 08

식탁 위에 차려진 시럽을 뿌린 꿀떡과 잣, 곶감을 동동 띄운 수정과는 보기에도 먹음직스러웠다. 하지만 세흔은 륜이 그것들을 내왔을 때 꿀떡 몇 점과 수정과 몇 모금을 먹은 후로 지금껏 보고만 있었다. 맞은편에 앉아 자신의 몫으로 놓인 수정과에는 입도 대지 않고 세흔을 보고 있던 륜이 꿀떡 접시와 수정과를 조금 더 앞으로 내밀었다.

"왜 안 드세요? 드세요, 누나."

"……"

"조금만이라도 드세요. 네?"

"……"

결국 륜은 나직이 한숨을 내쉬었다.

"누나, 화났어요?"

상체를 기울이며 조심스레 묻자 지금껏 말 한마디 없이 아래를 보던 세흔이 꿀떡과 수정과에 시선을 고정시킨 채 입만 움직여 대답했다.

"아니."

"에이~ 화났는데요 뭘. 애써 준비한 수정과도 몇 모금 마시지 않고, 꿀떡 먹고 싶다 그랬으면서 그것도 처음에 몇 점 집어 먹고 말았잖습니까. 왜 그렇게 화났어요?"

가라앉은 분위기가 조금이라도 밝아지기를 바라 일부러 밝은 어조로 물었다. 하지만 세흔은 굳은 얼굴로 여전히 륜을 보지 않고 대답했다.

"화 안 났어."

누구도 믿지 않을 말이었다. 저렇게 굳은 표정으로 하는 말을 누가 믿을까. 당연히 륜도 그 말을 믿지 않았다.

"왜 화났는데요? 응? 말해봐요."

"……."

부드러운 어조로 재촉하자 세흔은 아예 입을 다물어 버렸.

그 후로도 몇 번 말을 걸었지만 한 번 입을 다문 세흔은 자물쇠라도 채운 것처럼 입을 봉해 버렸다. 세흔에게서 대답을 얻을 수 없다는 것을 알아챈 륜은 왜 세흔이 화가 났는지에 대해 나름대로 자신이 추측한 것을 하나하나 늘어놓았다.

"혹시 제가 눈치없이 누나가 그 사람, 누나 친구를 바래다주는데 대문 앞에서 기다리고 있어서, 그래서 화났어요?"

"……."

"아니면 제가 멋대로 누나 애인이라고 해서?"

"……."

"그것도 아니면, 음…… 누나 친구가 손 내밀었는데 제가 악수를 안 해줘서? 그래서 화났어요?"

그 말이 떨어지기 무섭게 아래를 보고 있던 세흔이 눈을 치켜떴다.

"내가 애야, 그런 것 가지고 화를 내게? 우리 애인 사이인 거 맞고, 나도 네가 나 아닌 사람과는 손끝 하나 닿을 수 없다는 거 알아!"

어디 그런 얼토당토않은 소리를 하냐는 투로 반박하자 륜이 빙긋 미소를 지었다. 화를 내든 말든 그저 세흔이 처음으로 눈을 맞춰준 게 기쁜 모양이었다. 륜이 얼굴을 가까이 들이밀며 물었다.

"그럼? 그것도 아니면 뭣 때문에 그렇게 화난 거예요? 제대로 말을 해줘야 알 것 아닙니까. 그러니 말해봐요, 왜 화났는지."

"……."

"제가 누나 친구를 그렇게 보내 버려서? 그래서 화난 거예요? 응?"

그제야 세흔이 작게 한숨을 내쉬었다.

"후우. 너랑 나, 다섯 살 차이나. 그거 알지? 그 말은 민이랑 너도 다섯 살이나 차이가 난다는 거야. 근데 너 아까 어떻게 했어? 서로 인사 끝내기 무섭게 '왜 왔습니까?', '볼일 더 남았습니까?', '지금 가시는 중인 거 같은데 그만 가시죠?' 그게 내 친구한테 할 태도야?"

이번에는 륜의 추측이 정확했는지 지금껏 최대한 말을 아끼던 세흔이 봇물이라도 터진 것처럼 다다다, 쏘아붙였다. 그리고 그 말에 륜은 한쪽 눈을 찡그리며 난처한 미소를 지었다. 정말 화가 났구나 생각하면서. 그렇게 륜은 단순히 세흔이 화가 나 지금껏 입을 다물고 있었다고 생각했지만 사실 세흔은 화가 났다기보다는 속이 상해 있었다.

아침 일찍 불쑥 나타나 머리 위로 내려앉은 햇살보다 더 환하게 미소를 짓던 륜. 장난처럼 키스를 퍼붓고 대뜸 계피와 생강을 좋아하냐고 묻던 륜. 무엇 때문인지 느닷없이 꿀떡을 준비한 륜. 꿀떡과 함께 내놓으려고 삼십 분 뒤에 보자는 말만 하고 달려가 수정과를 만든 륜.

세흔도 바보가 아닌 이상, 꿀떡이 따끈따끈했던 이유를 모를 리 없었다. 이른 아침 갓 만들어낸 꿀떡을 세흔에게 주기 위해 떡집에 주문을 하고 아침부터 떡이 오길 기다렸을 륜······.

치기 어린 아이 같지만 세흔은 그런 륜을 자랑하고 싶었다.

이런 남자가 내 애인이라고, 그렇게 말하고 싶었다. 결혼을 하겠다고 만나던 남자들을 다 정리해 놓고 애인을 만든 이유. 연하는 남자 취급도 하지 않던 세흔이 다섯 살이나 어린 남자와 연애를 하는 이유. 이런 남자이기 때문이라고, 그렇게 말하고 싶었다. 그런데 그런 세흔의 마음도 몰라주고 민을 막 대한 륜이 미웠다. 륜을 오해할 민을 생각하니 속이 상했다. 그래서 힘들게 준비했을 꿀떡도, 수정과도 눈에 들어오지 않았다.

"죄송해요. 저는 그냥…… 수정과, 식으면 맛이 없으니까……."

변명을 하듯 하는 말에 세흔이 휙 소리가 나게 고개를 돌렸다.

수정과가 놓인 탁자 주변을 탁탁 치며 기가 막힌다는 표정을 짓는 세흔을 보고 륜은 자신의 변명이 시원찮았다는 것을 알았다. 얼려서 먹는 게 맛있을 거라는 생각에 세흔을 부르러 간 동안 급속냉동을 시켜뒀더니 어느새 수정과에 살얼음이 얼어 있었던 것이다.

륜은 항복의 뜻으로 손을 들었다.

"농담이에요, 농담. 사실은, 그 사람이 우리 집에 들어오는 거 싫어서 그랬어요. 그냥 두면 누나가 같이 가자고 할까 봐. 누나 친구인데, 혹시라도 닿을까 겁내는 모습 보여주는 거 싫었거든요. 그래서 빨리 보내고 싶어서, 무례하다는 거 알면서도 일부러 그렇게 대했어요. 죄송해요."

역시 거짓말이었다.

겁내는 모습을 보여주기 싫은 게 아니라 그냥 주민 그 자체가 싫었다. 세흔의 친구라는 사실도 싫었고 남자가 봐도 멋있는 남자라는 사실도 싫었다. 그래서 무조건 빨리 보내 버리고 싶었다. 그리고 사실 륜은 본래 다른 사람은 신경 쓰지 않고 마음대로 해버리는 성격이기도 했다.

하지만 그것을 모르는 세흔은 혹시라도 얼굴 표정에서 거짓말이 드러날까 푹, 고개를 숙이고 있는 륜을 보며 마음이 짠해지는 것을 느꼈다. 잡아먹을 듯이 볼 때는 언제고 어느새 부드러운 시선으로 륜을 보았다.

"부담스러웠어?"

"음…… 조금."

하면서 살짝, 고개를 든 륜이 어색한 미소를 지었다.

그 미소는 아침에 보았던 미소와 같으면서도 달랐다. 한없이 신뢰하고 아끼는 사람에게나 보여줄 듯한 무방비한 미소라는 건 같았지만 햇살처럼 빛나던 아침의 미소와는 달리 지금의 미소는 달빛처럼 은은했다. 하지만 아름다운 것도, 세흔의 넋을 빼놓는 것도 같았다.

세흔은 자신도 모르게 륜을 따라 미소를 지었다. 그러자 무슨 생각이 들었는지 갑자기 륜이 벌떡, 자리에서 일어났다. 식탁을 돌아 세흔에게로 간 륜은 허리를 굽혀 하얀 목덜미에 입술을 묻었다. 입술과 닿은 피부에서 불꽃이 피어올랐다.

세흔은 얼굴이 확, 달아오르자 부끄러워져 목을 움츠렸다.

"아침부터 왜 이래?"

하면서도 륜을 밀어내지는 않았다. 목덜미에 닿은 륜의 입술이 미소를 짓는 게 느껴졌다. 륜은 이로 목을 잘근잘근 씹고 신음하듯 말했다.

"이거 어쩌죠? 꿀떡이랑 수정과 다 드실 동안 어떻게든 참으려고 했는데, 더 이상은 안 되겠어요."

"고작 하루 지났다, 하루. 어제아침까지만 해도 함께 있어놓고……."

핀잔을 주다 륜이 턱을 잡아 돌려 입술을 맞춰오자 곧 키스에 빠져들었다. 말로는 고작 하루라고 했지만 세흔 역시 륜에게 굶주려 있기는 마찬가지였다.

시간은 상대적이라 하루가 한 시간 같은 사람이 있듯 하루가 일 년 같은 사람도 있는 법이었고, 륜이나 세흔에게 하루는 후자처럼 느껴졌다.

Rrr— Rrrrrr—

늦은 밤 휴대폰이 울렸다.

막 자려고 누우려던 세흔은 얼굴을 확, 구기며 화장대에 놓아둔 휴대폰을 들었다. 이 늦은 시간에 웬 전화질이야? 실례라는 것도 몰라? 투덜대며 액정을 본 세흔의 얼굴이 펴졌다. 실례라는 것도 모르고 늦은 시간에 전화질을 한 사람은 다름 아닌 왕자병말기환자, 민이었다.

"왜?!!"

일부러 꽥, 소리치자 잠시간 휴대폰이 잠잠했다. 그러다 민의 의심스럽다는 음성이 들려왔다.

[……지금 선수 치는 거지?]

"뭐?"

[너 내가 뭐라고 할까 봐 미리 선수 치는 거잖아, 지금. 아냐?]

무슨 똥딴지같은 소리를 하나 하는 눈으로 휴대폰을 힐끗, 쳐다보던 세흔은 곧 아차했다. 륜에 대해 그 어떤 언질도 해주지 않은 상황에서 륜과 민이 정통으로 맞닥뜨렸던 낮의 일이 떠오른 것이다.

'그런 거였군.'

왜 민이 이 늦은 시간에 전화를 했는지 그제야 이해가 갔다. 이럴 줄 알았으면 받지 않는 건데. 후회했지만 이미 늦었다. 그래서 세흔은 모르는 척 시치미를 떼기로 했다.

"뭐, 뭘 선수 친다는 거야? 내가 뭘 잘못했다고?"

자신도 모르게 음성이 떨려서 나왔다. 이런! 흠칫해서 얼른 휴대폰을 막고 목을 가다듬는데 민이 추궁하듯 되물어왔다.

[그럼 잘했다는 거야?]

"흠흠. 잘했는지는 모르겠지만 잘못한 건 없다는 거지, 내 말은."

[호오? 그래?]

"……"

[내가 그렇게 많은 조언을 해주고, 작전까지 짜주었는데 꿀떡이랑 사귀기로 했으면서 나한테는 한 마디도 말 안 하고, 아무것도 모르는 체 집 앞에서 꿀떡이랑 마주치게 하고, 거기다 날 그런 식으로 보내놓고 아무 잘못도 안 했다는 말이야?]

"그, 그건……."

[너 왜 말 안 했어?]

말을 끌며 열심히 변명을 생각하는데 민이 툭, 던지듯 묻자 세흔은 멈칫했다. 한차례 눈동자를 굴린 세흔이 말했다.

"딱히 말을 안 한 게 아니라, 그냥 깜빡했어."

[흐음…….]

"근데, 륜이 어땠어?"

이걸 믿어줘, 말아? 하는데 세흔이 화제를 바꾸자 민은 피식 웃었다. 화제를 바꾸려는 노력이 가상해서라도 기꺼이 동조해주지. 하지만 그럼에도 되묻는 민의 음성은 불퉁했다.

[무슨 말이 나올 거라 생각하는데?]

"글쎄. 하지만 좋은 소리는 나오지 않을 거라는 거 알아. 근데 있잖아. 륜이 원래는 진짜진짜 순진하고 순하고 착한 애거든? 거짓말이 아니라 진짜 오늘은 상황이 좀 좋지 않았어. 그러니까 네가 이해해 줘. 나중에……."

[어떻게 그렇게 장담하냐?]

말을 툭, 자르고 묻는 말에 세흔은 어리둥절한 표정을 지었다.

"뭐?"

[어떻게 그렇게 장담을 하냐고. 뭘 믿고?]

"말했잖아. 오늘 상황이 별로 좋지 않아서……."

[그걸 말하는 게 아니야!]

민이 답답하다는 듯이 소리치자 세흔이 어리둥절한 표정을 지었다.

"뭐?"

[순 빛 좋은 개살구! 네가 뭘 잘 모르나 본데, 남자들은 보이는 거랑은 달라. 꿀떡도 네가 생각하는 것처럼 순진하고 착하고, 또 뭐라고 했지? 그래, 순하고! 그렇지 않을지도 모른다는 말이야.]

"난 또 뭐라고. 상관없어. 나한테만 순진하고 순하고 착하면 돼. 나 아닌 여자들에게 그렇지 않으면 더 좋지 뭐."

민이 푹, 한숨을 내쉬었다.

[어휴, 네가 그 여자들과 같을 수도 있다고는 생각 안 하냐?]

"안 해."

세흔의 자신만만한 말에 민은 흠칫했다.

뭘 믿고 이러는 거야? 륜에게 접촉 가능한 여자가 세흔뿐이라는 것을 모르는 민은 혹시 세흔의 이 말도 안 되는 확신이 '사랑' 때문은 아닐까 생각했다.

[너 설마 꿀떡과 결혼할 생각은 아니겠지?]

조마조마한 마음에 심장이 쿵쿵, 뛰어댔다.

그것은 단순히 요 근래 이상해진 자신의 마음 때문이 아니었다. 그것보다는 오히려 세흔을 생각해서였다. 아무리 자신이 재미있는 것, 흥미로운 것을 찾아다니는 놈이라지만 친구의 평생이 걸려 있는 상황에서 재미를 위해 방관할 정도로 미친놈은 아니기 때문이었다.

민이 본 은륜이라는 세흔의 새 애인은 정말 차가운 남자였다. 때에 따라서는 한 치의 망설임도 없이 마음을 돌려 버릴 수 있는 남자. 딱 그래 보였다. 세흔이 그런 남자와 연애를 한다고 하니 걱정이 되지 않을 리 없었다. 그런데 세흔은 그런 민의 마음을 아는지 모르는지 피식 웃고 말했다.

"설마? 그건 진짜 설마다."

너무도 쉽게, 또 아무렇지 않게 하는 말에 민은 혹시 자신이 잘못 들었나 싶어 확인하듯 다시 물었다.

[그 말은, 아니라는 뜻이야?]

"당연하지. 좀 말이 되는 소리를 해라! 내가 지금껏 귀찮아서 너한테는 말하지 않았는데, 너 내 희망사항이 뭔 줄 알아?"

[희망사항? 뭔데?]

"평범하게 사는 거."

[뭐?]

이게 무슨 소린가 싶어 묻자 세흔이 설명하듯 말했다.

"너무 튀지도, 뒤지지도 않게 평범하게 사는 거. 평범한 집안에 당장 돈에 벌벌 떨지 않을 정도만 되는 평범한 직업, 잘나지도 못나지도 않은 평범한 외모의 착한 남자와 결혼해서 주변에서 흔히 보는 그런 부부가 되는 거. 그게 내 꿈이야."

[…….]

민은 세흔의 꿈이 이런 것일 줄은 한 번도 생각해 보지 못했다.

그렇다면 지금껏 농담하듯 해온 프러포즈를 그리도 쉽게 거절했던 이유가 이 때문이었던 건가?

그제야 민은 대한민국 최고의 매력남으로 꼽히는 자신을 아무렇지도 않게 뻥뻥 차대던 세흔의 태도가 이해되었다. 하지만 그녀가 모르는 게 있었다. 무엇보다 정세흔 자체가 튄다는 것 말이다. 평범하지 않은 집안, 평범하지 않은 외모, 평범하지 않은 성격의 정세흔과 모든 점에서 평범한 남자는 맞지 않다. 그런데 그것을 모르다니…….

절레절레 고개를 젓는데 세흔의 음성이 이어졌다.

"정말정말 평범하게 살고 싶은데, 륜이랑은 그게 안 돼."

[왜? 너무 잘나서?]

"그런 것도 있고, 다른 것도 있고……. 참, 아까는 미안했어."

대충 얼버무리던 세흔이 불쑥, 사과를 하자 민은 어리둥절해졌다.

[뭐가?]

"낮에 네가 손 내밀었을 때 륜이 악수 안 한 거 말이야. 그거 절대 네가 싫어서 그런 거 아니거든? 그러니까 네가 좀 이해해

주라."

[……]

"왜 대답이 없어? 화났어?"

[그걸 왜 네가 사과하는지 모르겠다. 그리고 꿀떡이 날 싫어하는 게 아니라는 것을 네가 어떻게 알아?]

첫눈에 서로가 서로를 마음에 들어하지 않았다는 것을 민도, 륜도 알고 있었다. 그런데 세흔이 륜은 자신을 싫어하지 않는다고 하자 피식, 마른 웃음이 새어나왔다. 하지만 전화상이라 그것을 모르는 세흔은 가볍게 눈살을 찌푸리며 생각했다.

뭐, 민에게는 말해도 괜찮겠지. 소문 내고 다닐 녀석도 아니고.

민에게 세흔이 하나뿐인 친구이듯 세흔에게도 민은 하나뿐인 친구였다. 그렇기에 비록 륜의 개인적인 비밀이나 마찬가지지만 굳이 숨기고 싶지 않았다. 자신에게 소중한 두 사람이 친해지기를 바랐고 민이 륜에게 상처 주는 일이 없기를 바랐다. 륜에게 접촉은 공포나 마찬가지인데 다음에 또 악수하자고 덤비거나 괜히 부딪치는 일이 있어서는 안 되지 않겠는가? 륜이 민을 꺼리게 되는 일이 벌어지지 않도록 미리미리 주의를 줘놓는 것도 나쁘지 않겠다 싶어 세흔은 담담하게 말했다.

"사실은 륜이한테 병이 있어."

[병?]

"응. 결벽증 비슷한 건데 좀 심해서 다른 사람들과는 접촉 자체가 불가능해. 가족들도 그렇고. 아까 악수 안 한 것도 그래서 그런 거야. 그러니까 기분 나빠하지 마. 다음부터 륜이 만날 때는 주의 좀 해주고."

세흔은 아무렇지도 않게 말했지만 민은 그 속에서 이상함을 느꼈다. 분명 세흔은 꿀떡을 통째로 다 먹어버렸다고 했다. 가족들조차도 접촉이 불가능할 정도로 심각한 결벽증인데 어떻게 세흔과는……

[너는?]

"응?"

[가족들과도 접촉이 불가능하다면서? 그런데 넌 어떻게 꿀떡이랑 사귈 수 있냐고. 혹시……]

"나만 예외거든."

기다렸다는 듯이 들려온 음성은 굉장히 뿌듯한 듯 들떠 있었다. 혼자만 예외라는 게 기쁜 모양이다. 하지만 민은 충격에 그것을 느끼지 못했다. 세흔의 말이 너무도 예상 외였던 것이다.

[너만?]

"응. 신기하지?"

[……]

"어쨌거나 미안했어."

민은 짧게 심호흡을 하고 말했다.

[됐어. 근데 그럼 너 그것 때문에 꿀떡이랑은 결혼이 안 된다고 한 거야? 결벽증이 너무 심각해서 평범하게 살 수 없으니까?]

"뭐, 그런 것도 있고, 아까 말했듯이 륜이 너무 잘났기도 하고."

그렇게 말하지만 민은 직감적으로 느꼈다. 그전에야 어땠든 지금이라면, 륜에게 결벽증만 없다면 세흔이 륜과의 결혼을 망설이지 않을 거라는 것을.

평범한 남자와 결혼해 평범하게 살고 싶다는 세흔. 그래서 지금껏 민의 프러포즈를 장난처럼 거절해 왔다. 그런데 그리도 잘났다는 륜은 결벽증만 아니었다면 결혼을 할 수도 있다? 믿을 수가 없었다. 자신과는 되지 않던 것이 륜과는 된다. 그렇게 생각하니 지끈지끈 머리가 아파왔다. 이마를 짚는데 세흔이 중얼거리듯 말했다.

"근데 있지, 나 정말 가끔은 륜이랑 결혼하는 것도 나쁘지 않다는 생각을 할 때가 있다? ……왜일까?"

[……]

고개를 갸웃하며 삐쭉, 입술을 내미는 세흔의 모습이 눈앞에 그려졌다. 민은 짚고 있던 이마를 꾹, 눌렀다. 눈앞이 어질어질했다. 그녀는 모르겠다는 듯이 말하지만 민은 안다. 평범한 삶을 원한다면서, 결벽증이 있는 륜과는 결혼할 수 없다고 하면서 때로는 그것도 나쁘지 않다는 생각을 하는 이유.

사랑. 이 세상 모든 것을 다 포용할 수 있는 단 하나의 단어.

꿈도, 심각한 병도 장애가 될 수 없게 만드는 무서운 말. 세흔은 그것을 말하고 있었다. 이미 륜에게로 마음이 기울어졌다고,

륜을 사랑하고 있다고, 그렇게 말하고 있었다.

"어? 민아? 왜 말이 없어? ……끊겼나? 야, 주민!"

휴대폰 반대편에서 열심히 그를 부르는 세흔의 음성을 들으며 민은 조용히 폴더를 닫았다. 마치 통신상의 문제로 통화가 끊긴 것처럼.

휴대폰을 소파로 던지고 테이블 위로 축, 늘어졌다. 한참 동안 멍하니 있는데 소파에 파묻힌 휴대폰이 울어댔다.

Rrr— Rrrrrr—

"형, 전화 안 받을 거예요?"

민이 세흔과 통화를 하기 전부터 옆에 있던 수혁이 아프리카에서 찍은 촬영 컷을 정리하며 물었다. 민은 대답 대신 푹 고개를 숙였다. 받기 싫다는 뜻인가? 고개를 갸웃하고 다시 이리저리 흩어진 촬영 컷을 챙기는데 민이 불쑥, 물었다.

"혁아, 나 세흔이 사랑하는 거 아니지? 그치?"

수혁이 고개를 돌려 민을 봤다.

의자 위에 발을 얹고 무릎을 굽혀 그 위에 이마를 대고는 머리를 감싸 안고 있는 모습이 꼭 궁지에 몰린 사자 같았다. 수혁은 잠시 생각했다. 어떻게 하지? 잘못 말했다가 슬럼프라도 오는 거 아냐? 말을 가려서 해야 하나 고민되었지만 수혁은 그냥 솔직하게 말하기로 했다.

"사실 난 잘 모르겠어요. 세흔 누나 일이라면 만사 제쳐 두고 뛰어가는 거나 시도 때도 없이 문자 넣고 전화하고 만나고 하는 거 보면 사랑하는 것도 같은데……. 지금껏 형, 세흔 누나가 누구랑 연애를 하던 뭘 하던 신경 안 썼잖아요. 어떤 때 보면 잘되라고 막 도와주고. 아무리 장난치는 거, 재미있는 거 좋아한다 해도 사랑하는 여자가 다른 남자랑 연애하는데 도와주는 미친 남자는 없거든요?"

"……."

"원래 사랑하면 소유하고 싶고 독점하고 싶어진다잖아요. 그런데 형은 그런 게 없으니까……."

철렁.

순간 민의 심장이 뚝 하고 떨어졌다.

그놈에 꿀떡인지 뭔지를 맛볼 수 있게 조언을 해주었으면서도 때때로 세흔을 자신만의 것으로 해버리고 싶다고 느끼던 충동. 꿀떡은 물론, 그 누구에게도 세흔을 주고 싶지 않아 괴롭던 마음. 꿀떡을 통째로 먹어버렸다는 말에 착잡해지던 마음.

그렇다면 그것이, 지금 자신이 느끼고 있는 이 감정이 '사랑'이었단 말인가? 세흔을, 친구라고만 생각했던 그 정세흔을 사랑하게 되었다? 근데 그 사랑하는 여자를 지금껏 다른 남자에게 밀어주고 있었다?

기가 막혔다. 정말, 기가 막혔다.

민은 '꿀떡'에 대해 처음으로 말하며 망설이던 세흔에게 흥미를 느껴 꿀꺽해 버리라고 충동질하고, 하나하나 작전까지 짜준 자신의 행동을 떠올리며 질끈 눈을 감고 말았다. 왜 그랬을까? 도대체 왜?!

후회된다. 후회돼서 미칠 것만 같았다.

'뭐, 이젠 너무 늦어버렸나?'

끓어오르는 마음을 억지로 가라앉히며 속으로 중얼거리다 무슨 생각이 들었는지 갑자기 탁자를 내리치며 벌떡, 자리에서 일어났다.

"늦기는 뭐가 늦어! 그냥 확 깨버릴 테다!!"

"혀, 형?"

당황한 듯 수혁이 불렀지만 영화 속 악당에게서나 나올 법한 말을 내뱉은 민은 그대로 자리를 박차고 나가 버렸다.

*

오랜만의 모임이라 늦은 밤, 외출에서 돌아온 진 여사는 집안 가득 은은히 배어 있는 계피 향에 어리둥절한 표정이 되었다. 향을 따라 부엌에 갔다 온 진 여사가 문을 열어주고 나서 테이블 위에 올려둔 책을 집어 드는 륜에게로 고개를 돌렸다.

"웬 수정과니? 륜아, 네가 수정과 만들었어?"

책을 집어 들던 륜의 손이 허공에서 멈추었다. 하지만 곧 그는 자연스레 허리를 펴며 대수롭지 않은 어조로 대답했다.

"먹고 싶어서요."

"뭐? 무슨 그런 말도······."

'안 되는'이라는 말을 삼키며 진 여사는 십삼 년이나 지났으니 륜의 식성이 변했을지도 모른다고 생각했다.

떡이라고는 근처에도 안 가던 륜이 십삼 년이 지나서 아침 일찍부터 꿀떡이 먹고 싶다며 배달을 시키고, 또 밖에 나가 떡을 기다리기까지 하지 않았던가. 그러니 수정과를 좋아하게 되었을 수도 있겠지. 그렇게 억지로 자신을 이해시킨 진 여사는 어릴 때부터 입맛이 까다로워 계피하면 치를 떨던 륜이 과연 수정과를 얼마나 잘 만들었을까 호기심을 드러내며 부엌으로 가다 무슨 생각이 들었는지 멈추어 섰다.

"나 수정과 마실 건데 륜이 너도 마실래?"

"저 계피 싫어하는 거 잊으셨습니까? 그리고 어머니도 늦었는데 이왕이면 아침에 드세요."

더 생각해 볼 여지도 없다는 듯이 계단 쪽으로 몸을 돌리며 하는 륜의 말에 진 여사의 입이 절로 벌어졌다. 잠시 어이가 없다는 표정으로 륜을 본 진 여사는 허탈하게 웃으며 말했다.

"아, 그랬었지? 난 또······."

'입맛이 바뀐 줄 알았지.'

속으로 뒷말을 중얼거리는 진 여사의 눈이 어느새 가늘어져 있었다. 하지만 다행인지 불행인지 몸을 돌리고 있던 륜은 그것을 보지 못했다.

피리리릭.

그때 초인종이 울렸다.

은 원장도, 완도 귀가한 지 오래됐고 진 여사를 마지막으로 더 올 사람도 없는데 초인종이 울리자 의아한 표정으로 륜이 몸을 돌렸다. 진 여사와 륜은 서로의 얼굴을 보며 고개를 갸웃했다.

올 사람도 없는데…….

귀찮음에 작게 한숨을 내쉰 륜이 현관으로 가 화면을 봤다. 그 순간 륜의 얼굴이 구겨졌다. 아침에 보았던 주민이란 남자였다. 잠시 그대로 화면만 보며 서 있자 화면 속의 남자가 팔짱을 끼고 있다 안쪽을 힐끔거리더니 손을 들어 다시 한 번 초인종을 누르려 했다.

뒤쪽에 진 여사가 있는 것을 떠올린 륜은 얼른 수화기를 들었다.

"무슨 일입니까?"

다짜고짜 묻자 화면 속 남자, 민이 한쪽 눈썹을 치켜 올렸다. 초인종을 누르기는 했는데 바로 륜이 대답할 줄은 몰랐던 모양이다.

[할 이야기가 있어서 말입니다. 늦은 시간에 이런 식으로 찾아와 죄송하지만, 잠시 이야기를 좀 할 수 있을까요?]

꽤나 당당하게 면담을 요청하는 민을 보며 륜은 눈살을 찌푸렸다.

싫다. 만나는 것 자체가 싫었다. 자신이 세흔 말고 좋아하는 사람이 있기도 한지도 의문이지만 어쨌거나 륜은 저 지독하게 매력적인 남자가 무척이나 싫었다. 주는 것 없이 미운 사람. 딱 그 짝이었다. 하지만 민은 자신이 싫다고 해도 쉽게 물러날 것처럼 보이지 않았다.

정말 짜증나는 남자야. 속으로 중얼거린 륜은 수화기에 대고 말했다.

"지금 나가겠습니다."

어둑어둑해진 골목에는 인적이라곤 없었다.

황량한 골목을 사이에 두고 륜과 민은 각자 륜의 집과 세흔의 집 벽에 등을 기대고 서 있었다. 마치 쌍둥이처럼 팔짱을 끼고 삐딱하게 서서 잠시간 서로의 얼굴을 쳐다봤다.

차가운 빛이 어린 륜의 눈을 보며 민은 속으로 실소를 터뜨렸다.

'저런 눈으로 보는데 날 싫어하는 게 아니야? 정세흔, 네가 잘못 생각했어. 유감스럽게도 저 녀석이나 나나, 서로를 굉장히 싫어하고 있다고. 네가 상상도 못할 만큼 나는 저 녀석이 싫어. 그리고 아마 저 녀석도 그만큼…… 아니, 그보다 더! 나를 싫어할걸?'

속으로 확신에 가까운 추측을 하는 민을 보며 륜은 실눈을 떴다.

'저놈은 왜 저기에 등을 기대고 있는 거야? 마치 자기 집이라

도 되는 것처럼. 기분 나쁘게⋯⋯.'

민이 세흔의 집 벽에 등을 기대고 있는 것조차 마음에 안 들어 눈살을 찌푸리는데 무겁게 내려앉은 침묵을 깨고 툭 던지듯 민이 물었다.

"세흔이의 꿈이 뭔지 아십니까?"

"⋯⋯."

뜬금없이 나온 물음에 륜이 대답 대신 찌푸려진 눈살을 조금 더 찌푸려 보였다.

팔짱을 풀어 두 손을 바지에 찔러 넣으며 민이 말했다.

"평범하게 사는 거. 너무 튀지도, 뒤지지도 않게 사는 거. 그게 세흔이 꿈이랍니다. 알고 있었습니까?"

"⋯⋯."

륜은 여전히 말이 없었다. 하지만 민은 아랑곳하지 않았다. 민은 마치 일 인극을 하는 연극배우처럼 주절주절 홀로 말을 늘어놓았다.

"평범한 집안에, 당장 돈에 벌벌 떨지 않을 정도만 되는 평범한 직업, 잘나지도 못나지도 않은 평범한 외모의 착한 남자와 결혼해서 주변에서 흔히 볼 수 있는 그런 부부가 되는 거. 그게 세흔이 꿈이랍니다."

"알고 있습니다."

그래, 들었던 기억이 난다. 언젠가 배경도, 직업도, 나이도 적당한 착한 남자와 결혼해서 흔히 주변에서 볼 수 있는 그런 평범한 삶을 사는 게 어릴 적부터의 꿈이라고 했었던 세흔을 륜은 기억하고 있었다.

륜의 대답이 뜻밖인 듯 민은 살짝 눈동자를 부풀렸다.

"알고…… 있었습니까?"

륜이 천천히 고개를 끄덕이자 민이 피식, 웃었다.

"알고 있었다? 알면서도 세흔을 붙잡아두고 있었다?"

중얼거리듯 같은 말을 몇 번 반복한 민이 륜을 쏘아보았다.

"은륜, 내가 재미있는 이야기 하나 해줄까?"

벽에 기대고 있던 등을 떼고 몸을 곧추세우며 민이 말을 걸었다.

지금까지 써오던 경어는 어디로 갔는지 어느새 그는 반말이었다. 하지만 륜은 신경 쓰지 않았다. 어차피 서로에게 호감이 없다는 것을 첫 대면에서 알았는데 예의 차려봐야 눈 가리고 아웅 하는 식이라고밖에 생각되어지지 않았던 것이다.

민은 륜의 대답도 듣지 않고 말을 이었다.

"세흔이 결혼을 하겠다고 마음먹고 맞선을 보겠다고 했을 때 내가 그랬어, 나와 결혼하자고."

순간 륜의 한쪽 눈썹이 위로 치켜 올라갔다.

민의 음성이 계속해서 들려왔다.

"물론 그전에도 몇 번 그런 말을 한 적이 있었지. 단순히 연예인이라는 직업상 평생토록 누군가를 진심으로 사랑할 수 없을 거라 생각했기에 그럴 바에는 세흔과 친구 같은 부부가 되는 것도 나쁘지 않다고 생각하고 한 말이었지만, 어쨌거나 프러포즈는 프러포즈였는데 그때 세흔이 어땠는 줄 알아?"

"……."

"이 년 연속 대한민국 최고의 매력남, 신랑감 1위인 '행복한 남자, 주민'을 두고 단 한 번의 망설임도 없이 싫다고 했어. 딱 잘라서, 싫대. 그때는 왜 그러는지 몰랐는데 지금은 알아. 나와의 결혼은 평범하게 살고 싶어하는 세흔의 꿈에서 벗어나기 때문이었어. 그런데 넌 뭐냐?"

"……."

류은 여전히 대답하지 않았다. 하지만 턱을 치켜드는 게 민의 말을 고깝게 듣고 있음을 나타냈다. 민의 프러포즈를 세흔이 거절하지 않았다면 왼 때처럼 발이라도 날렸을지 모르겠지만 거절을 했다니, 화는 나지만 참을 만했던 것이다.

잠시간 그런 류을 보던 민이 걸음을 옮겼다.

뚜벅뚜벅.

한발한발, 류에게로 다가가는 민. 류의 눈썹이 조금씩 위로 치켜 올라갔다. 그러다 한 걸음 정도를 두고 민이 서자 류이 눈동자만 움직여 민을 보았다. 민이 주머니에 넣고 있던 한 손을 빼냈다. 그리고는 슬로우 모션처럼 천천히 류에게로 뻗었다.

흠칫하던 류이 어느 순간 눈을 가늘게 떴다.

어떻게 알았는지는 모르겠지만 민이 자신의 병을 알고 있다는 것을 직감적으로 알아챘다. 민은 지금 자신을 시험하고 있었다. 아니, 륜의 병이 어떤 것인지 그에게 주지시키려 하고 있었다. 사회생활 자체가 불가능한 병이라는 것을, 륜에게 확인시키려 하고 있었다.

륜은 가만히 이를 악물었다. 그에 따라 턱이 실룩였다.

눈이라고 감아볼까? 하다가 민의 손끝이 어깨에 닿으려 하자 거의 반사적으로 옆으로 피했다. 아차, 싶어 고개를 돌리자 한쪽 입꼬리를 끌어 올려 웃는 민의 얼굴이 보였다.

그는 륜에게 닿지 못한 자신의 손끝을 들어 보이며 말했다.

"쿡. 지금 그 행동, 설마하니 그게 뭘 뜻하는지 모르는 건 아니지?"

"……."

"너와 함께라면 세흔은 절대 자신이 원하는 평범한 삶을 살 수 없어. 그 흔한 데이트 한 번 제대로 할 수 없고, 결혼을 한다고 해도 장도, 쇼핑도 함께할 수 없을 거야. 말만 부부지 부부로서 함께 할 수 있는 게 아무것도 없다는 말이지."

"……당신이 상관할 일이 아닐 텐데?"

뿌득, 이를 갈며 하는 말에 민이 고개를 저었다.

"아니. 예전에도, 지금도 내가 상관할 일이야. 예전에는 세흔의 하나뿐인 친구로, 지금은 세흔에 대한 사랑을 깨달은 남자로. 이 정도면 충분히 상관해도 된다고 생각하지 않아?"

륜은 다문 입을 더욱 꽉, 다물었다.

어쩐지 싫다 했다. 처음 영화 포스터로 그를 봤을 때부터 마음에 안 들었다. 직접 만나 대화 한 번 나눠보지 않았는데도 지독하게 싫던 남자였다. 그저 세흔의 친구라는 사실만으로 그렇게 싫을 수 있는 건가 싶을 정도로 싫고 또 싫었다. 오늘 낮에 세흔과 함께 세흔의 집에서 나오는 것을 보며 흠씬 두들겨 패주고 싶다는 생각까지 했었다.

왜 그런가 했더니…….

"아이가 태어나도 그래. 그 아이가 커서 유치원에 들어간다고 쳐. 입학식에 갈 수 있어?"

패버리고 싶다.

깐죽거리는 민의 말이 거슬렸다. 륜이 자신도 모르게 주먹을 꽉 틀어쥐는데 민이 말을 이어졌다.

"졸업식은? 학교에 들어가 소풍을 가면? 운동회는? 학예회는? 도대체 네가 무엇을 할 수 있지? 그리고 만약에라도 그 병이 아이들에게조차 적용된다면? 그래서 아이들을 만지지 못한다면?"

"……!"

미처 생각해 보지 못했던 문제다.

세흔과 결혼해 아이를 낳고 싶다는 생각만 했다. 빨리 결혼해서 세흔을 쏙 빼닮은 아이를 낳아야지, 그렇게만 생각했다.

세흔이 낳은 아이니 당연히 만질 수 있다고 생각했던 걸까?

민의 가정은 너무도 뜻밖이었다. 그리고 그만큼 기분이 나빴다. 하지만 륜은 단호하게 그렇지 않을 거라고 말하지 못했다.

그 스스로도 그럴지도 모른다는 생각이 문득 들었던 것이다.

마치 그 생각을 읽은 것처럼, 민이 말했다.

"세흔은 아이를 좋아해. 그런데 친자식조차도 외면하는 아빠를 원할까? 네가 아무리 잘나도 그 병은, 세흔에게 그 어떤 행복도 줄 수 없어. 그런데도 네 이기심 하나로 세흔을 끝까지 붙잡아둔다?"

민은 비웃듯 웃고 말을 이었다.

"그 말은 네가 세흔을 진심으로 사랑하지 않는다는 뜻이야. 사랑하는 여자를 불행 속에 빠뜨리는 것은 절대 사랑한다고 할 수 없으니까! 안 그래?"

"……."

륜은 아무 말도 할 수 없었다.

한참 동안 그를 바라보던 민이 몸을 돌려 갈 때까지, 뿌리라도 내린 것처럼 륜은 그 자리에 못이 박혀 그대로 서 있었다. 완연한 어둠이 머리 위로, 어깨 위로 내려앉고 나서도 륜은 한참 동안 멍하니 서 있었다.

사실은, 모르지 않았다. 몰랐던 것이 아니었다. 억지로 생각하지 않으려 했다. 너무도 잘 알았기에 일부러 외면하고 있었다, 모르는 척, 아무것도 모르는 칙하고 있었을 뿐이다. 주변의 권고로 유학을 갈 만큼 어릴 때부터 뛰어난 머리로 두각을 드러낸 륜이다. 그런 륜이 민조차도 금방 생각해 낸 것들을 생각하지 못했을 리가 없지 않은가? 알고 있었다, 모두.

"하아……."

참았던 숨을 내쉬며 눈을 감았다.

세흔을 사랑한다는 사실을 깨닫기 전까지는 상관없었다. 누구보다 자신이 먼저였으니까. 평생 홀로 외롭게 살 수는 없지 않은가?

누군가가 필요했다. 그 사람이 얼마나 아파하든, 그런 것은 상관하지 않기로 했다. 그리고 륜은 그 사람을 세흔으로 정했다. 유일하게 닿아도 아무렇지 않은 사람이었기에.

그랬는데, 지금은 그게 안 된다. 그렇게 쉽게 생각할 수가 없었다.

자신이 세흔의 곁에 머문다면 그녀 역시 외톨이가 될 거다. 혼자 고독하고, 혼자 외로워하면 될 것을 세흔까지 끌어들일 필요는 없는 거다. 서로 사랑한다 해도 힘든데 자신을 사랑하지 않는 세흔을 끝까지 잡는 건 비겁한 짓이었다. 물론 자신을 위해 충분히 비겁해질 수 있는 륜이다. 하지만 그게 세흔이라면?

륜은 고개를 저었다.

안 된다. 다른 사람은 다 되어도 세흔만은 안 된다. 놔야 한다. 세흔을 위해서, 그만 놔줘야 한다. 그것을 깨닫게 되자 륜은 더 이상 서 있을 수가 없었다. 쓰러지듯, 그는 천천히 자리에 주저앉았다.

"하아…… 하아……."

100m를 전력 질주한 사람처럼 륜은 머리를 감싸 안으며 숨

을 몰아쉬었다. 하얀 입김이 검게 물든 공중을 수놓았다. 점점 싸늘해지는 기운이 얇은 옷을 뚫고 들어왔지만 륜은 그저 눈을 질끈 감을 뿐이었다.

병은, 운명의 사람이 누군지 가르쳐 주었지만 그 운명의 사람과 함께할 수 없음도 가르쳐 주었다. 륜은 그 사실이 너무도 슬펐다.

*

이상하게 눈이 빨리 떠졌다.

침대에서 일어난 세흔은 크게 기지개를 켜며 창 쪽으로 걸음을 옮겼다. 커튼을 치고 창을 여는데 그 아래에서 맨바닥에 고개를 숙이고 앉아 있는 한 남자가 눈에 들어왔다.

"어?"

잘못 본 건가 싶어 손을 들어 눈을 비볐다. 하지만 몇 번을 비벼도 그는 사라지지 않았다. 그리고 그것을 깨닫는 순간 누군가가 조명이라도 비춘 것처럼 세흔의 얼굴이 환해졌다. 그녀는 자신이 잠옷을 입고 있다는 것도 잊은 채 후다닥, 방을 뛰쳐나갔다.

"헉!"

막 잠에서 깨어나 옷을 입던 한 여사가 쿵쾅거리는 소리에 놀라 거실로 뛰어나왔다. 그러자 맨발로 계단을 뛰어 내려오는 세흔이 보였다. 흐트러진 잠옷 차림에 머리조차 빗지 않고 현관으로 달려가는 딸의 모습에 한 여사는 기겁을 했다.

"너, 지금 그 꼴로 어디를…… 세흔아! 세흔아!!"

쫘앙—

목이 터져라 불렀지만 어느새 세흔을 삼켜 버린 현관문만이 한 여사의 앞에서 소리를 내며 닫혔다. 놀란 것도 잠시, 한 여사의 눈빛이 묘하게 변했지만 이미 집을 나가 버린 세흔은 그것을 보지 못했다.

"하아…… 하아…… 하아……."

바닥에 뭐가 떨어져 있기라도 한 걸까?

세흔이 대문 앞까지 달려와 목을 길게 빼며 숨을 몰아쉬는데도 륜은 숙이고 있던 고개를 들지 않았다. 마치 동상처럼, 어스름하니 밝아져 오는 골목에 앉아 바닥만 보고 있다. 빨개진 볼로 숨을 고르던 세흔은 자신이 왔음에도 륜이 아래만 보고 있자 삐쭉, 입술을 내밀었다.

자는 거 아냐?

"흠흠."

괜히 소리 내서 헛기침을 했다. 하지만 륜은 여전히 바닥만 뚫어져라 쳐다보고 있었다. 천천히 깜빡이는 눈꺼풀이 그가 자고 있지는 않음을 보여주고 있었지만 어딘가에 정신을 던져 놓고 온 듯 륜은 미동도 없었다. 몇 번 더 헛기침이 반복되고, 뒤에는 피라도 토할 듯 쿨럭쿨럭거리자 그제야 알아챈 듯 륜이 고개를 들었다.

눈이 마주치자 세흔이 생긋, 미소를 지었다.

"거기서 뭐 해?"

대문에 팔을 얹어 거기에 턱을 괴고 물으며 방긋방긋 웃는 세흔은 왠지 현실 같지가 않았다.

푸르스름하던 주변이 조금은 밝아지며 금빛 가루 같은 햇살이 세흔의 머리 위로 내려와 앉았다. 한 폭의 그림 같은 그 모습을 멍하니 보는데 그것을 오해했는지 한차례 눈동자를 굴린 세흔이 말했다.

"아니, 나는 환기시키려고 창을 열었는데 네가 있어서…… 반가워서 그냥…… 절대 네가 나올 때까지 지켜보고 있다가 나온 거 아냐!"

"……"

"지, 진짜야!!"

륜의 침묵을 의심의 뜻으로 받아들였는지 세흔이 억울하다는 표정으로 소리쳤다. 그 모습을 보니 심각하고 절망적인 상황에서도 절로 미소가 지어졌다. 륜은 피식 웃고 말했다.

"알아요."

지켜보고 있었다면 밤새도록 내가 여기 있었다는 것을 모를 리 없다. 아니, 그전에 대뜸 나와서 집으로 들어가라고 말했을 거다. 그리고 지금 세흔의 모습 역시 그녀가 막 잠에서 깨었음을 보여주고 있었다.

헝클어진 머리카락과 잠옷.

어째서 저 모습조차 이리도 사랑스러운 걸까? 어째서? 너무 아름다워서, 사랑스러워서 눈이 멀어버릴 것 같았다.

륜은 천천히 눈을 감았다가 떴다.

"근데 거기서 뭐 해? 언제부터 나와 있었어? 곧 있음 사람들도 많이 돌아다닐 텐데 왜……."

"어떤 데이트 좋아하세요?"

자다 일어나 마른 입술을 축이며 이것저것 묻는 세흔의 말을 자르고 륜이 툭, 물음을 던졌다. 세흔의 눈동자가 살짝 부풀어 올랐다.

"데이트? 무슨 데이트?"

"그냥 데이트. 연인들이 흔히 하는 그 데이트 말입니다. 누나는 어떤 데이트를 좋아하세요?"

"……데이트, 그런 거 별로 상관없잖아. 굳이 여기저기 돌아다녀야 데이트가? 연인이 함께하면 그게 데이트지."

잠시 생각하던 세흔이 힐끗, 륜을 보고 그렇게 말했다.

민을 만나지 않았다면 그냥 넘겼을 대답. 하지만 지금은 그럴 수 없었다. 세흔이 왜 그렇게 말하는 건지 모를레야 모를 수가 없었다. 하지만 륜은 모르는 척 물었다.

"책 좋아하던데 서점 가는 거, 도서관 가는 거 좋아하죠? 그런 데서 하는 데이트는 어떻습니까?"

"서점이나 도서관에서 하는 데이트? 좋지. 커피 한 모금과

책, 얼마나 낭만적이야? 우습지만 나 그런 거 한때 꿈이었거든. 지금껏 한 번도 해본 적 없어서……."

꿈을 꾸듯 말하다 아차, 했다. 세흔은 얼른 말을 이었다.

"아, 근데 지금은 그런 데이트 별로야. 사고 싶은 책 있으면 인터넷으로 사도 되고. 요즘 세상이 얼마나 발달했는데 서점에, 도서관이야? 피곤하게. 그냥 집에서 노는 게 백배는 낫지. 안 그래?"

"……."

그렇다고, 대답할 수 없었다.

바보도 아닌데 자신을 배려해서 하는 말이라는 것을 모를 리 없었다. 륜은 아무렇지도 않게 말하며 생긋, 웃는 세흔에게 같이 미소를 지어주었다. 하지만 그러면서도 륜은 가슴이 아팠다.

남들처럼 데이트를 할 수 없는 것.

그것은 가장 작은 일에 속했다. 륜과 함께한다면 앞으로는 그보다 더한 일들이 계속해서 벌어질 것이다. 그런데 그때마다 세흔에게 미안해서 어떻게 할까. 단순히 사랑하는 마음만으로 세흔을 행복하게 해줄 수 있을까? 그것도 세흔은 자신을 사랑하지도 않는데. 과연 세흔에게 그런 희생을 강요할 수 있을까?

생각하면 할수록 마음이 착잡해져 갔다. 그에 따라 어색하게 지어진 미소도 점점 퇴색되어 갔지만 세흔은 그것을 눈치 채지 못했다. 아니, 세흔에게는 그조차도 아름답게만 보였다.

세흔이 고개를 한쪽으로 기울이며 다시 꿈속으로 빠져들듯 멍하니 그를 보는데 륜이 천천히 일어났다. 밤새도록 앉아 있어 쥐가 난 다리가 고통을 호소했지만 무시하고 세흔에게로 다가갔다. 엉망으로 헝클어진 머리카락을 손빗질해 귀 뒤로 넘겨주고 한쪽 어깨가 드러난 잠옷을 바로해 주었다. 몇 개 풀려 크림색의 가슴이 드러난 단추도 채워주었다.

그의 손을 따라 눈동자를 움직이는 세흔의 모습이 눈물이 날 만큼 사랑스러웠다. 륜은 참지 못하고 반쯤 벌어진 입술에 도장을 찍듯 쪽, 소리 나게 키스를 했다. 세흔의 눈이 동그랗게 떠졌다. 가볍게 웃음을 흘린 륜은 아쉬움을 접고 몸을 돌렸다. 놀란 듯 보는 세흔을 남겨두고.

오늘따라 은씨 집안의 아침은 빨랐다.

달그락달그락.

소리를 내며 식사를 하던 은 원장은 옆에서 식사는 하지 않고 쉼없이 쫑알대는 진 여사를 귀찮은 듯 바라봤다. 식사 중 대화는 권장할 만한 사항이라지만 이건 대화가 아니라 수다였다. 그냥 진 여사 혼자 떠드는. 그간 륜의 이상 행동에 대한 것에서부터 어제저녁에 있었던 일까지, 몇 번이나 반복되는 이야기에 계속 듣고 있다가는 체할 것 같아 은 원장은 젓가락을 놓았다.

"그게 어때서?"

은 원장이 끊임없이 이어지는 수다를 자르며 묻자 진 여사는 화를 내기는커녕 그렇게 묻기를 기다렸다는 듯이 소리쳤다.

"이상하잖아요! 당신은 아무렇지 않아요?"

은 원장은 잠시 생각하는 표정이 되었다가 말했다.

"식성이 바뀌었나 보지."

"아이가, 지금까지 내가 한 말을 뭐로 들은 거예요? 뒤에 내가 수정과 마실 건데 같이 마시겠냐고 물으니까 계피 싫어하는 거 잊었냐고 하더라니까?"

워낙 길게 이어진 수다라 뒤에 가서는 반쯤 건성으로 듣고 있던 은 원장이 그제야 이상함을 느낀 듯 고개를 들었다.

"계피 싫어하는 거 잊었냐고 하더라고?"

"그렇다니까요."

"그러면서 수정과는 먹고 싶어서 만들었다고 하더라고?"

"네!"

확인차 묻는 말에 진 여사가 열성적으로 고개를 끄덕이자 은 원장이 천천히 손을 들어 턱을 쓰다듬었다.

"흐음······."

모순도 이런 모순이 없다.

먹고 싶어서 수정과를 만들었다면서 수정과의 주재료인 계피가 싫다니? 이게 말이 되냔 말이다. 귀국한 후로 날이 갈수록 이상해지는 아들의 행태에 은 원장이 륜에게 정신과 상담이라도 받으라고 권해야 하는 것 아닐까 고민하는데 진 여사가 고개를 들이밀며 은근히 말했다.

"혹시······."

병원으로 데려가기는 힘들고 정신과 의사를 데려오자는 쪽으로 생각을 맞추어가던 은 원장이 잠시 생각을 접고 눈을 들어 아내를 봤다. 진 여사가 한 손으로 입을 가리며 속삭이듯 말했다.

"륜이 병, 나은 거 아닐까요?"

말이 떨어지기 무섭게 은 원장이 말도 안 된다는 표정을 지었다.

"설마?"

"하지만, 그러잖아요. 그전에 여행 다녀왔을 때 나와 있던 식기 수 하며, 식성은 여전한 것 같은데 아침 댓바람부터 꿀떡인지 뭔지 배달시킨 것하며, 먹지도 않을 수정과를 만든 것까지. 지난번 여행 갔다 온 후로 륜이가 달라졌다구요. 당신, 그거 못 느꼈어요?"

"그래도 그게 어디 나을 병인가? 그처럼 아무렇지 않게 나을 거였으면 지난 십 년간 그 고생을 왜 했겠소?"

"지난 십 년간 타인과는 손끝 하나 닿을 수 없던 륜이 세흔이랑은 아무렇지 않았잖아요. 그러니 혹시 알아요? 그간 세흔이처럼 닿아도 아무렇지 않은 친구를 사귀었을지? 게다가 어제는 웬 남자가 찾아와서……."

달칵.

은 원장이 관심을 보이자 흥에 겨워 신나게 이야기를 늘어놓던 진 여사는 현관문이 열리며 륜이 나타나자 반색을 하며 뛰어갔다.

"륜아, 너 혹시……."

손바닥으로 눈두덩을 문지르며 계단으로 올라가려던 륜이 멈칫했다. 여전히 손바닥을 이마와 눈두덩에 올려둔 채 고개를 돌리자 진 여사가 꿀꺽, 침을 삼키고 조심스레 물었다.

"혹시 말이야. 네 병, 그거 다 나은 것 아니니?"

"……그게 무슨 말입니까?"

"아니, 계피 싫어하면서 수정과를……."

"그게 말이 된다고 생각하십니까?"

륜이 진 여사의 말을 뚝 잘랐다. 그러잖아도 착잡하던 터에 진 여사가 병에 대해 이야기를 꺼내자 어이없는 웃음밖에 안 나왔다.

그는 한쪽 입꼬리를 말아 올리며 비꼬듯 말을 이었다.

"제 병이 그냥 결벽증인 줄 아십니까? 손끝만 닿아도 팔을 잘라내고 싶어집니다. 가끔은 죽고 싶을 때도 있습니다. 흔히 보는 결벽증이나 강박증도 쉽게 치료되지 않는데 그런 병이 나을 리 없지 않습니까? 아마 평생 그럴 일은 없을 테니 괜히 기대하지 마십시오."

"……."

듣고 보니 그렇다.

진 여사가 망연자실하여 서 있자 륜이 충혈된 눈을 가리며 꽤나 지친 음성으로 말했다.

"그럼 전 피곤해서 올라갑니다. 식사 안 할 테니 부르지 마세요."

꾸벅, 고개를 숙인 륜은 그대로 몸을 돌려 계단을 올라갔다. 걸음걸이가 어찌나 무거운지 곧 땅으로 꺼질 듯했다.

좀 싸가지가 없고, 상대를 가리지 않고 하고 싶은 말은 다 하고, 내키는 대로 사는 아들이지만 그만큼 병에 관한 것을 제외하고는 지금껏 단 한 번도 약한 모습을 보여준 적이 없던 륜이었다. 그런데 그런 그가 축 처져 계단을 오르자 진 여사는 괜히 쓸데없는 말을 꺼내 아들의 마음만 상하게 했다는 생각이 들어 푹 한숨을 내쉬었다.

"후우……."

하지만 그보다는 실망이 이만저만 아니었다.

여행 후 식기 수에 의문을 품고 있다 지난밤 계피를 싫어하면서 수정과를 해놓은 것과 웬 남자가 찾아왔던 것에 설마 설마 하면서도 여자라도, 하다못해 친구라도 생긴 것은 아닐까 기대를 했었는데 역시나 아니었던 것이다. 진 여사가 다시 한 번 푹 한숨을 내쉬는데 식사를 끝내고 부엌을 나오던 은 원장이 한마디 했다.

"거 보시오, 아니라잖소. 아닐 것 같더라니 괜히 애 마음만 상하게 쓸데없는 소리는 해서……."

"당신, 출근 안 해요?"

진 여사가 도끼눈을 하고 보자 은 원장은 찔끔해서 소파 등받이에 걸쳐 둔 외투를 집어 들었다.

"안 그래도 지금 가려고 했소, 지금."

혹시라도 불통이 튈까 은 원장은 얼른 현관으로 향했다. 문을 나서며 가장의 권위가 바닥으로 떨어졌다느니 어쨌다느니 투덜댔지만 아침부터 진 여사와 한판 하고 싶은 생각은 추호도 없는 은 원장이었다.

휴대폰을 내려다보던 세흔이 어느 순간 중얼거렸다.

"이상해."

잘근잘근, 입술을 씹다 길게 1번을 눌렀다. 멀찍이 떨어뜨려 놓은 휴대폰에서는 단조로운 통화 연결음이 오랫동안 이어졌다. 그러다 기어코 소리샘으로 넘어가자 세흔의 한쪽 눈썹이 위로 치켜 올라갔다.

"이게, 진짜……."

입술을 꾹, 깨문 세흔은 오기라도 부리듯 연이어 단축번호를 눌렀다.

족히 열 번을 걸었는데 여지없이 그 열 번 다 오랜 통화 연결음 후 소리샘으로 넘어갔다. 문자를 보낼까 하다가 지난 일주일 동안 스무 통이 넘는 문자를 보냈음에도 단 한 번도 오지 않은 답 문자를 생각하고 폴더를 닿았다. 휴대폰을 꼭 틀어쥐며 화를 삭이다 결국 참지 못하고 침대로 휴대폰을 던져 버렸다.

밀띡, 자리에서 일어난 세흔은 방 안을 서성였다.

"뭐 하자는 짓이야? 지금 나랑 밀고 당기기 해? 누가 연애하 쟀지 줄다리기 하쟀어? 진짜, 잡히기만 해봐라. 아주 반 죽여놓 고 말 거야."

들어주는 사람은 아무도 없는데 마치 꼭 누가 듣고 있기라도 한 것처럼 투덜대던 세흔은 팔짱을 끼며 털썩, 침대에 걸터앉았 다.

"하아……."

길게 한숨을 내쉬며 잘근잘근 씹어대 이미 빨갛게 변한 입술 을 다시 한 번 꾹 깨물었다.

이해를 할 수가 없었다.

휴대폰을 산 후로 수시로 문자하고 전화를 하던 륜이다. 그런 데 그런 륜이 벌써 일주일째 전화는 물론 문자도 없었다. 아니, 없는 게 다 뭔가? 보내는 문자에도 답을 하지 않고 전화는 아예 받지도 않는다.

그뿐이면 휴대폰이 고장 났으려니, 잃어버렸으려니 했겠지 만. 완의 과외를 하러 갈 때면 그 병으로 어디를 간 건지 대부분 륜은 집에 없었다. 그리고 간혹 있을 때는 잠을 자고 있었다. 물 론 그것도 진 여사에게 전해 들은 것일 뿐, 문을 걸어 잠그고 있 어 확인할 길은 없었다.

"날 피하는 거야. 이건 날 피하고 있는 거라고!"

세흔은 버럭버럭 소리치다 푹 고개를 숙였다.

처음부터 륜과는 결혼할 생각이 없던 세흔이다. 그래서 연애를 하자고 했다. 결혼을 할 수는 없다는 생각에.

그런 세흔의 입장에서 보면 륜이 먼저 피해주는 것은 오히려 잘된 거였다. 커다랗게 앞을 막고 있던 장애가 알아서 떨어져 나갔겠다, 이제 맞선이나 보고 다니면서 신랑감을 물색하면 되지 않은가? 그렇게 맛보고 싶었던 꿀떡도 실컷 맛봤고, 원하는 대로 결혼도 할 수 있다. 세상에 이보다 더 좋을 수는 없을 거다.

그런데 왜 이렇게 불안한 걸까? 왜 이렇게 답답한 걸까?

우울했다. 짜증나고 신경질이 났다. 물론 화도 났다. 왜인지 가끔은 슬프기도 했다. 그리고 지금은, 그냥 륜을 보기만이라도 했으면 좋겠다는 생각뿐이었다.

Rrr— Rrrrrr—

기다렸다는 듯이 울리는 휴대폰.

짜증난다는 듯이 침대로 던질 때는 언제고 세흔은 얼른 그것을 주워 들었다. '에너자이저 꿀떡' 륜이었다. 세흔의 얼굴이 기묘하게 일그러졌다. 웃으려는 것 같기도 하고 화를 내려는 것 같기도 했다. 그녀는 짧게 숨을 몰아쉬고 통화 버튼을 눌렀다.

"어디야? 집이야?"

대뜸 묻자 휴대폰 너머로 희미한 웃음소리가 들리는 듯했다. 곧 지난 일주일간 듣지 못했던 지독하게도 낮은, 그래서 잔뜩 화가 난 지금 이 순간에도 섹시하게만 들리는 륜의 음성이 들려왔다.

[여기 놀이터입니다. 아파트 단지 있는 곳에 있는 놀이터. 아세요?]

"알아."

[그럼 여기로 나오시겠습니까? 저 할 이야기 있는데.]

"잘됐네. 나도 할 이야기 있거든? 지금 갈 테니까 기다려."

세흔은 자신이 할 말만 하고 탁, 바로 폴더를 닫아버렸다. 그리고는 탕, 세게 발을 구르며 침대에서 일어나 옷걸이에 아무렇게나 걸어둔 재킷을 낚아채며 뿌득 이를 갈았다.

"은륜! 너, 죽었어!"

저녁에서 밤으로 넘어가는 그 사이.

불그스름하게 물들어가는 하늘은 아름다웠다.

이십육 년의 생을 살아오며 지금껏 한 번이라도 이렇게 오랫동안 하늘을 본 적이 있었던가? 눈가를 가리는 머리카락을 쓸어 넘기며 륜은 생각했다. 이리저리 기억을 더듬어봤지만 한 번도 없었던 것 같다.

륜은 피식, 웃어버렸다.

손을 내려 주머니에 찔러 넣었다. 주머니 안에는 휴대폰만 덩그러니 남아 있었다. 지난 일주일간 세흔이 문자를 보내오고, 전화를 해온 그 휴대폰이. 손끝으로 휴대폰을 툭툭, 건드리듯 만지자 차가운 기운이 손끝을 타고 올라왔다. 그 기운을 느끼며 륜은 천천히 눈을 감았다.

"정세흔……."

못한다. 못 끝낸다. 못 놓는다. 절대, 그럴 수 없다.

륜의 머릿속에는 한 가지 생각뿐이었다. 지난 일주일간 충분히 노력해 봤다. 보지 않으려고, 생각하지 않으려고, 노력하고 또 노력했다. 하지만 되지 않았다.

못 놓겠다. 죽더라도, 놓을 수 없어!

"정세흔…… 정…… 세흔……."

고장 난 라디오처럼, 륜은 계속 같은 이름을 반복해서 불렀다.

길게 숨을 몰아쉬고 감았을 때처럼 천천히 눈을 떴다. 일주일간 계속된 고민 끝에 내린 결론은 의외로 간단했다. 륜은 세흔에게 맡기기로 했다. 모든 것을, 세흔에게 맡기기로 했다.

단 한 번, 달아날 수 있는 기회를 주겠어. 내게 잡히기 싫다면 단호하게 뿌리치고 가야 할 거야. 아무리 내가 안타까워 보여도, 아무리 내가 불쌍해 보여도, 한 치의 망설임도 없이 그렇게 가버려. 그렇게 가버리면…… 그러면…… 죽을 만큼 아파도 놓아줄게. 놓아줄 거야. 다시 미국으로 가버리는 한이 있어도 놓아줄 거다. 절대 잡지 않아. 그러니까 달아나려면 이번뿐이야. 단 한 번, 이번 힌 번뿐이야. 한 번뿐…….

뚜벅뚜벅.

저만치서 걸음 소리가 들렸다. 희미하던 모습이 점점 뚜렷해지며 곧 인간의 형상을 그렸다. 정세흔, 그녀였다. 지난 일주일간 너무도 보고 싶었던 여자. 어느새 륜의 마음을 온통 차지해 버린 그녀. 그녀가 다가온다. 한 걸음, 한 걸음. 그에게로 다가오고 있었다. 화가 많이 났는지 씩씩대며 걸어온 세흔이 륜의 앞에 섰다. 서너 걸음을 사이에 두고 멈추어 서서 륜을 노려봤다.

사정없이 위로 치켜 올라간 눈매, 삐쭉대는 입술.

일주일 만에 보는 세흔은 여전히 아름답고 여전히 사랑스러웠다. 륜은 웃었다. 활짝 미소를 지었다. 짜증나 미치겠다는 표정의 세흔과는 반대로 기뻐서 어쩔 줄 모르겠다는 듯이 웃고, 또 웃었다. 약이 오를 만큼 생글거리는 륜의 모습에 세흔이 더 이상 참지 못하고 버럭 소리쳤다.

"야! 너, 왜 웃고……."

"헤어져요, 우리."

마치 세흔이 운을 떼기를 기다린 것처럼, 불쑥 튀어나온 이별 통보에 애써 맞추어놓은 퍼즐처럼 세흔의 얼굴이 일그러졌다. 하지만 륜은 여전히 웃고 있을 뿐이었다. 울고 싶은데 울 수는 없으니까.

Chapter 09

파삭—

여름인데 낙엽이라도 굴러다니는 걸까?

어디선가 낙엽 부서지는 소리가 들렸다. 인적 없는 놀이터 주변을 드리우던 짙은 노을이 어느새 어둠 속으로 스며들고 있었다. 그럼에도 세흔은 머리 위로 뜨거운 햇볕이 내리쬐는 듯한 느낌을 받았다.

뜨겁다. 타버릴 것처럼 머리가 뜨거웠다.

환상 속을 떠도는 듯한 묘한 기분에 마음까지 싱숭생숭해졌다. 세흔은 혀를 내밀어 마른 입술을 축였다. 바닥을 보다 고개를 들어 룬을 봤다 하지만 세흔의 눈동자는 허공을 헤매고 있었다. 류의 말을 이해하지 못한 듯했다. 그것을 증명하듯 세흔이 멍하니 물었다.

"지금…… 뭐라고 했어?"
"못 들으셨습니까?"
"……."

세흔은 대답하지 않았다. 류은 꿀꺽 침을 삼켰다.

"헤어지자고 했습니다. 더 이상 제 동정을 가져갔다느니 어쨌느니 하면서 책임지라는 둥, 결혼하자는 둥 하지 않을게요. 그렇게 억지 쓰지 않겠습니다. 정말로 끝내요. 헤어져요, 우리."

더 이상 류은 웃고 있지 않았다. 그래서 농담하냐고, 지금 장난치냐고 소리칠 수 없었다. 진심으로 보였다. 아니, 진심이었다. 류은, 지금 농담이나 장난이 아닌 진심을 이야기하고 있었다.

쿵―

심장이 떨어졌다.

쿵― 쿵쿵―

떨어진 심장이 굴러간다. 떼굴떼굴, 자꾸만 굴러가고 있었다. 하지만 세흔은 그것을 잡지 못했다. 잡을 생각도 하지 못했다. 숨이 찼다. 가만히 서 있는데도 숨이 턱까지 차 올랐다. 갑자기 변해 버린 류을 이해하려 애를 썼지만, 지금은 숨을 쉬는 것조차도 너무 벅찼다.

"가, 갑자기 왜 그래? 왜……."

몇 번이나 숨을 몰아쉬고 난 후에 꺼낸 말이 겨우 그거였다. 륜은 잠깐 눈을 감았다 뜨고 말했다.

"그냥. 더 하기 싫어서요. 더는 누나에게 피해 주고 싶지 않습니다. 저랑 결혼하는 것 자체가 누나에게는 피해잖아요. 그리고 사실 누나도 저랑 연애하자고 한 거, 결혼하자고 우기는 절 달래기는 해야겠는데 결혼하기 싫어서 그런 거 아닙니까?"

"……."

"그러니 지금이라도 떨어져 주겠다는데 고마워해야죠. 거머리처럼 안 달라붙으니 좋아해야죠. 안 그렇습니까?"

"……."

다 사실이다. 륜의 입을 막기는 막아야겠는데 결혼을 하기는 싫어서 연애를 하자고 했다. 맞는 말이었다. 그런데 왜 이렇게 거슬릴까? 사실인데도, 세흔은 륜의 말이 몹시도 듣기 싫었다.

언제부터였을까? 이대로 시간이 가서 륜과 결혼을 하게 되어도 괜찮을 거라는 생각을 하고 있었던 모양이다. 그래서 륜의 갑작스런 이별 선언이 너무도 충격적이었다. 심장이 떨어져 나갈 만큼, 충격적이었다. 그리고 그것을 세흔은 그제야 깨달았다.

세흔은 부들부들 떨리는 입술을 꾹 깨물고 소리쳤다.

"나, 나는 떨어져 달라고 한 적 없어!!"

륜은 피식 웃어버렸다.

"이거 새삼스레 왜 이러십니까? 양가 어른들께 비밀로 하고 연애를 하자고 했을 때부터 제가 이렇게 나오기를 바랐던 것 아니었어요? 누나 지금 이러는 거 제 눈에는 가식으로밖에 안 보입니다. 그러니 그냥 가세요. 보내 드리겠습니다."

담담한 어조였다. 너무 담담해서, 세흔은 륜이 자신을 조금이라도 좋아하기는 했는지 의문이 들었다.

가만히 세흔을 보던 륜이 자조적으로 웃으며 중얼거렸다.

"하긴 뭘 제대로 할 수 있겠어? 놀이공원을 마음껏 갈 수 있나, 도서관에서 책을 읽으며 데이트를 즐길 수 있나, 그렇다고 카페에서 커피 마시며 음악을 들을 수 있나. 봄이면 벚꽃놀이, 가을이면 단풍놀이라는데 그런 것들을 할 수 있나, 바다를 마음대로 갈 수 있나."

말을 하던 륜은 갑자기 눈이 빠질 듯이 아파오는 걸 느끼곤 손을 들어 손바닥으로 눈두덩을 꾹 누르며 말을 이었다.

"그거 다 감수하고 결혼한다고 해도 아이들이 태어나면? 소풍이 가고 싶어도, 운동회가 하고 싶어도 무엇 하나 할 수 있는 게 없잖아?"

"……."

륜은 크게 숨을 들이쉬었다.

"거기다 만약에라도 이 웃기지도 않는 병 때문에 친자식들조차 만지지 못하게 된다면? 하하…… 정말 저주야, 저주. 그런데 내가 무슨 권리로 누나를……. 말도 안 되지. 안 그래요? 어차피 누나 저 사랑하지도 않잖습니까. 그러니 그냥 우리 여기서 끝내요. 더 이상은 나도 하기 싫어. 피곤하고…… 지쳐."

말만이 아니라 정말로 지친 듯 륜은 피곤해 보였다.

한참 동안 눈두덩을 누르고 있던 륜이 한숨과 함께 흐트러진 머리카락을 쓸어 넘겼다. 그 모습이 묘하게 세흔을 포기하겠다는 뜻으로 보였다. 병이 낫지 않는 한 그에게 세흔은 유일한 결혼 상대자였다. 유일하게 접촉 가능한 사람이었다. 그런데 이토록 쉽게 포기를 하다니? 믿을 수가 없었다.

반쯤 넋을 잃고 보는데 륜이 그녀에게로 고개를 돌렸다.

"접수됐죠? 그럼……."

어둠에 물들어 륜의 얼굴이 반밖에 안 보였다. 세흔은 그 반을 뚫어져라 쳐다봤다. 잠시간 세흔을 보던 륜은 크게 숨을 들이키며 발을 들었다. 그리고 천천히 내디뎠다.

저벅…… 저벅…….

륜이 걸음을 옮겼다. 놀이터 입구에 서 있는 세흔에게로 한 걸음, 한 걸음 다가갔다. 멍하니 서 있는 세흔에게로 그렇게 걸어갔다.

잡아줘요. 한 번만, 이번 한 번만 저 좀 잡아줘요.

어느새 세흔의 바로 앞에 다다른 륜은 속으로 기도하면서 그녀의 곁을 스쳐 지나갔다.

한 번만…… 한 번만…….

수없이 외쳤지만 세흔은 끝내 그를 불러주지 않았다.

참담함에 눈이 감겼다. 륜은 이를 악물고 떨어지지 않는 걸음을 떼었다. 젖 먹던 힘까지 다해 금방이라도 주저앉을 듯 후들 거리는 다리에 힘을 줘 한 걸음. 한 걸음. 세흔에게서 멀어져 갔다. 그렇게…… 그렇게. 영원히 세흔에게서 멀어질 것만 같았다. 그때였다.

"돈 많이 벌면 돼!"

세흔이 갑자기 버럭, 소리쳤다.

놀이터를 나서던 류이 멈칫했다. 세흔이 무슨 소리를 하는 건지 알 수 없었다. 하지만 류은 더 이상 움직이지 못했다. 얼마나 그렇게 서로 등을 마주하며 있었을까. 심호흡을 한 세흔이 천천히 몸을 돌렸다. 그리고는 여전히 등을 보이고 선 류의 등에 대고 말을 이었다.

"내가…… 내가 돈 많이 벌면 돼. 돈 많이 벌어서, 놀이공원이 가고 싶으면 하루 통째로 빌리면 돼. 도서관에서 책을 읽으며 데이트를 즐기고 싶으면 방 한 개를 책으로 가득 채워서 그곳에서 데이트를 즐기면 돼. 카페에서 커피를 마시며 음악이 듣고 싶으면 옥상이라도 개조해서 카페를 만들고 그곳에서 커피를 마시면서 음악을 들으면 돼. 벚꽃놀이가 가고 싶으면 정원에 벚꽃나무를 심으면 되고, 단풍놀이가 가고 싶으면 단풍나무를 심으면 돼."

류이 몸을 돌렸다.

드디어 세흔과 류은 서로를 마주 보게 되었다.

"바다가 보고 싶으면 무인도를 하나 사서 그곳에 별장을 짓고 가고 싶을 때마다 가면 되고, 수영이 하고 싶으면 집에 수영장을 만들면 돼. 소풍이 가고 싶으면 사람들이 없는 곳으로 소풍을 가면 되고, 운동회가 하고 싶으면 뒤뜰에 운동장을 만들어서 우리끼리 하면 되잖아. 북적이는 게 좋으면 아이를 많이 낳으면 돼. 나는 네가 아이들까지 만지지 못할 거라고는 생각하지 않아. 그래도 천에 하나, 만에 하나 혹시라도 네가 아이들을 만지지 못한다면……."

입술을 타고 흘러나온 음성에 물기가 어렸다. 세흔은 짧게 숨을 몰아쉬고 말을 이었다.

"그때는 내가 네 몫까지 많이 안아줄게. 너는 그냥 멀찍이 서서 아이들과 대화를 많이 해주면 돼. 그러면 돼. 그러면 되는데, 왜…… 왜 헤어지자는 말을 해? 왜 끝내자는 말을 해? 왜……."

툭—

세흔은 말을 잇지 못했다. 뜻밖에도 세흔의 눈에서 말간 물이 맺히더니 바닥으로 떨어졌던 것이다. 순식간에 맺힌 눈물은 흘러내릴 틈도 없이 뚝뚝, 떨어졌다. 울 생각은 없었다. 본래 눈물을 잘 흘리는 것도 아닌 데다 울고 싶지도 않았다. 그런데 느닷없이 후두둑, 눈물이 떨어지자 세흔은 깜짝 놀랐다. 그리고 그것은 륜도 마찬가지였다.

인생을 건 단 한 번의 도박이 성공해서 기뻤다. 하지만 눈물을 흘리는 세흔을 보니 너무도 마음이 아팠다.

그냥 무조건 애원할 걸, 소매라도 잡고 거머리처럼 매달릴 걸.

혹시라도 한순간 마음이 약해져 그를 받아주었다가 나중에 후회라도 할까 이런 방법을 선택한 자신을 흠씬 두들겨 패주고 싶었다. 끊임없이 흘러내리는 세흔의 눈물에 어쩔 줄을 몰라 안절부절못하던 륜은 뒤늦게 후다닥, 달려가 세흔을 꼭 끌어안았다.

"미안…… 미안해요."

"왜…… 왜……."

흐느끼는 세흔의 울음소리가 마음을 저몄다. 셔츠를 축축하게 적시는 세흔의 눈물이 가슴까지 파고들었다. 곧 그것은 온기를 띠고 륜의 심장에 차곡차곡 들어찼다. 아프게, 그리고 기쁘게.

"미안해요. 미안해요. 헤어질 수 없으면서 헤어지자고 해서 미안해요. 마음 아프게 해서 미안해요. 눈물 흘리게 해서 미안해요. 차라리 그냥 매달릴 걸, 애원하고 억지를 쓸 걸, 그러지 않고 마음에도 없는 소리해서 미안해요. 제가…… 다 잘못했어요. 미안해요."

달래듯 중얼거리며 세흔의 머리를 쓰다듬어 주었다.

달래면 더 운다고 누가 그러던가? 마치 그 말을 증명이라도 하듯 륜이 한 마디씩 할 때마다 세흔의 울음소리는 점점 높아져 갔다. 그러면 륜은 한층 더 분주하게 사과를 했고, 역시 그럴 때마다 세흔의 울음소리도 더 커졌다. 그렇게 세흔의 울음과 륜의 달램은 끝도 없이 이어졌다.

혹시라도 누군가와 닿을까 겁이 났던 걸까?

비록 날이 어두워지긴 했지만 그리 추운 날씨도 아닌데 하얀색과 푸른색 셔츠를 겹쳐 입고 있던 륜이 손수건 대신 안쪽 셔츠를 벗어 눈물에 젖은 세흔의 얼굴을 깨끗이 닦아주었다. 그러다 무슨 생각이 들었는지 장난을 치듯 빙글빙글 웃으며 물었다.

"제가 그렇게 좋아요?"

"뭐?"

아직도 눈물의 흔적이 고스란히 남은 세흔의 눈이 치켜떠졌다. 하지만 륜은 아랑곳하지 않고 보드라운 세흔의 볼을 잡아당겼다.

"귀여운 우리 누나. 지금 자신이 얼마나 엄청난 고백을 했는지 압니까? 이건 완전 자기 목숨보다 날 더 사랑한다는 소리잖아. 세상 사람들 모두가 외면하더라도 나만은 놓칠 수 없다는, 그런 뜻 맞죠?"

"그, 그건……."

"언제부터예요? 도대체 언제부터 날 이렇게까지 사랑한 거야? 내가 눈치 채지도 못한 사이에 이렇게나 날 사랑하다니. 이거 엄청 부담스러운데? 근데 혹시라도 나 없음 누나 죽겠다고 할까 봐 거절하지도 못하겠다. 이거야 원, 나 발목 단단히 잡힌 거잖아?"

"……."

뭐라 말도 하지 못하고 기가 막혀 돌아가시겠다는 표정을 짓는 세흔을 보며 륜은 뻔뻔하게 웃었다.

"그래도 어쩔 수 없지. 그냥 크게 인심 써서 결혼해 줄게요. 고맙죠?"

"……"

이 순간 세흔은 한 가지 생각밖에 들지 않았다, '당했다' 라는.

*

저녁 식사 후 세흔의 가족과 륜의 가족들은 티타임을 가졌다.

본래 성수기, 비수기 할 것 없이 바쁜 일이긴 하지만 요 근래 특히 소송이 많아 사흘이나 나흘에 한 번 꼴로 모이는 저녁 식사에 자주 빠지던 정 변호사가 모처럼 시간이 나는지 웬일로 참석을 했다. 대신에 점점 수능이 다가오는 수험생 완은 그럼에도 불구하고 꼬박꼬박 참석을 하더니 오늘은 도저히 안 되겠던지 아직 하교를 하지 않아 빠져 있었다.

사각사각. 사각사각.

사각사각…… 사각…… 사각…….

하나둘, 분주하게 움직이던 포크가 거두어졌다. 즐겁게 이어지던 대화도 어느 순간 뚝, 끊어졌다.

테이블 위에는 여전히 딸기와 사과가 담긴 접시가 놓여 있었지만 은 원장 내외도, 정 변호사 내외도 더 이상 과일을 들지 않았다. 그들은 조금은 어이가 없다는 표정으로 한쪽을 보았다. 그곳에는 세흔과 륜이 앉아 있었다.

륜이 펼쳐 놓은 책을 곁눈질하며 포크로 딸기나 사과를 찍어서 륜의 입에 넣어주는 세흔. 그것을 당연한 듯 받아먹는 륜.

모든 게 어색했다.

그전에 세흔이 포크로 딸기와 사과를 찍어 륜과 완에게 번갈아 준 적은 있었지만 직접 입에 넣어준 적은 없었기에 지금의 광경은 한마디로 이상했다. 그런데 세흔과 륜은 아무렇지 않은 모양이었다.

"어때?"

"음, 맛있어요."

"지금 먹은 사과, 내가 깎은 거다?"

세흔이 자랑하듯 말했다. 륜이 책에서 눈을 떼고 세흔에게로 고개를 돌리며 빙긋, 미소를 지었다.

"그래서 더 맛있어요."

"그치?"

생글생글 웃는 세흔을 보며 양가의 어른들은 그대로 얼어붙었다.

지금 저게 뭐 하는 짓일까?

이제는 어이가 없다 못해 황당하다는 눈으로 보는데도 세흔과 륜은 서로의 입에 사과와 딸기를 넣어주기에 여념이 없었다.

'내가 깎았다' 2탄 '내가 씻었다'에, '그래서 더 맛있다' 2탄 '역시 그럴 줄 알았다'가 이어졌다. 은 원장 내외와 정 변호사 내외는 아예 넋을 빼놓고 그 모습을 지켜봤다.

그렇게 얼마나 지났을까. 갑자기 세흔이 고개를 들었다.

"아, 참!"

그제야 생각났다는 듯이 세흔이 짝, 손뼉을 치자 얼을 빼놓고 있던 두 집 가족들이 몇 번 머리를 흔들었다. 정신을 차리려는 것이다. 그런데 세흔은 그런 가족들의 노력을 물거품으로 만들었다.

"우리 날 잡아줘요."

"무슨 날?"

거의 반사적으로 한 여사가 물었다. 세흔이 륜에게로 고개를 돌렸다. 륜이 이렇게 불쑥 말을 해도 되냐는 듯 걱정스런 시선을 던졌지만 세흔은 그저 얼굴을 보는 것만으로도 좋은지 방긋방긋, 웃고 한 여사에게로 다시 고개를 돌렸다.

"무슨 날은 무슨 날이야? 내가 결혼할 날이지."

"……누구랑?"

세흔의 한쪽 눈썹이 위로 올라갔다.

"엄마, 지금 장난해? 당연히 륜이랑 하지 내가 누구랑 결혼하겠어? 그러니까 이모랑 점집에라도 가서 길일 좀 받아줘. 날 잡아서, 그냥 가족들끼리 조촐하게 결혼식 하자. 알았지? 다들 알았죠?"

"……"

은 원장도, 정 변호사도, 진 여사도, 한 여사도, 모두 입만 벌린 채 아무 말도 하지 못했다. 한순간에 그곳에 정적이 찾아들었다.

날벼락도 이런 날벼락이 없었다.

각자가 서로의 딸이, 또 아들이 어딘가 이상하다고는 생각했었다. 어딘가 달라진 묘한 분위기와 평소에는 하지 않던 이상 행동을 하는 등등, 근래 요상한 모습을 보이고는 했었다. 하지만 이런 일이 벌어질 줄은 꿈에도 생각지 못했다.

사귀는 줄도 몰랐는데 대뜸 결혼을 하겠다니?

당연한 듯 말하는 세흔과 류을 보며 은 원장 내외도, 정 변호사 내외도 기겁을 하지 않을 수 없었다.

집에 있는 것을 그렇게 좋아하던 딸이 시도 때도 없이 밖으로 나가는 것에 혹시 세흔에게 남자가 생긴 것은 아닐까, 그래서 맞선을 그만 보겠다고 한 것은 아닐까 의심하고 있었던 한 여사였다. 하지만 그 남자가 다름 아닌 류일 줄은 상상도 하지 못했다. 그래서 한 여사는 번개라도 맞은 듯한 충격을 느꼈다.

그렇다고 진 여사의 충격이 덜하냐 하면 그건 또 아니었다.

귀국 후 시종 이상한 모습만 보여주던 류에게 혹시 여자가, 또는 친구가 생긴 것은 아닐까 기대를 했었다. 하지만 얼마 전 늦은 밤 나가 아침 일찍 들어온 류에게 확인했다 대판 실망하지 않았던가? 그런데 난데없이 결혼을 하겠다니? 그것도 다름 아닌 세흔과. 그럼 병은?

　양가의 어른들은 핵폭탄이라도 얻어맞은 듯한 눈으로 세흔과 륜을 번갈아보았다.

　거짓말이지? 거짓말이지? 진짜야? 설마? 설마??

　말로 하지는 않았지만 눈으로, 그들은 끊임없이 묻고 있었다.

　주변을 쭈욱, 훑어본 세흔이 입술을 삐쭉, 내밀었다. 다들 안 믿는 눈치다. 왜 저런 눈으로 보는 거야? 세흔은 발끈해서 소리쳤다.

　"진짜야!"

　은 원장과 정 변호사를 보며 다시 한 번 소리쳤다.

　"진짜예요!!"

　"진짜…… 결혼을 하겠다고?"

　"네!"

　"……너희 둘이?"

　"네!"

　믿을 수 없는 듯 대표로 해서 확인차 물은 은 원장이 몇 번이나 반복 물음을 던졌다. 그리고 그때마다 세흔은 꼬박꼬박 고개를 끄덕이며 대답해 주었다. 그러자 은 원장의 시선이 륜에게로 향했다. 너는? 하는 눈빛에 륜은 그걸 말이라고 하냐는 눈으로 보며 단호하게 고개를 끄덕였다.

　"어머어머! 잘됐다!"

　한차례 정신적 공황이 지나가자 한 여사가 아이처럼 박수까지 치며 좋아했다.

그러잖아도 탐이 나던 륜이다. 하지만 나이 차이가 많아 차마 잘되었으면 싶은 마음을 드러내지 못하고 있었는데 이렇게 둘이 좋아 결혼을 하겠다고 하니 너무도 기뻤다. 정 변호사가 은 원장 쪽을 보았다.

"다섯 살이나 차이 나는데 괜찮은가?"

"그거야 상관없지만 세흔이는 완이랑······."

진 여사가 은 원장의 옆구리를 쿡 찔렀다.

"어머, 이이는? 완이나 세흔이를 마음에 두고 있지, 세흔이한테 완이는 친동생이나 마찬가지예요. 그런데 어디다 엮으려고 그래요? 하지만 륜이한테는 병이······."

하며 걱정스레 세흔을 보았다. 아무리 자신의 아들이라지만 병까지 있는 륜은 세흔의 짝으로 너무 부족하다 싶던 것이다.

진 여사의 눈빛이 무엇을 묻는 건지 알아챈 세흔이 방긋 웃으며 말했다.

"그 병, 저는 예외예요."

"뭐?"

"륜이 병, 그거 전 괜찮다구요. 다른 사람들은 다 안 되는데 전 안아도, 키스를 해도 괜찮거든요. 운명인가 봐요. 헤헤."

쑥스러운 듯 웃자 륜이 곁에 앉아 있는 세흔의 머리를 쓰다듬어 주었다. 무심한 듯 보이만 애정 어린 손길에서 사랑이 묻어났다. 세흔에게 단단히 빠졌나 보다. 언제 저렇게 되었을까? 왠지 머리 한쪽이 아련해지는 느낌에 진 여사가 그 모습을 한참 동안 바라보다 말했다.

"그래도 다른 사람과의 접촉 자체가 불가능하니까 앞으로 제대로 사회생활도 못할 텐데…… 정말 괜찮겠어?"

"평생 바람피울 일 없고 좋죠 뭐."

그렇게 간단히 결정을 내릴 문제가 아닌데. 아직 세흔이 륜의 병에 대해 자세히 몰라 저런 속 편한 소리를 하는 것은 아닐까? 그런 생각에 진 여사는 여전히 걱정을 떨치지 못하고 정 변호사에게로 고개를 돌렸다.

"형부, 괜찮겠어요?"

묻기 무섭게 진 여사는 륜이 가지고 있는 병이 어떤 병인지, 얼마만큼 심각한지 등등에 대해 줄줄 늘어놓기 시작했다.

세흔이 듣기에 과장된 면이 많다 싶을 만큼 진 여사는 륜의 병을 정말 심각하고 무서운 병으로 만들었다. 나중을 위해서라도 차라리 과장을 할지언정 숨기거나 축소시켜서는 안 된다는 게 진 여사의 생각이었던 것이다.

"흠."

오늘 처음 륜의 병에 대해서 들은 정 변호사는 턱을 쓸며 잠시 고민하다가 륜을 봤다.

"그 병이라는 것 때문에 사회생활을 못한다는 게 문제가 아니라 일을 할 수 없다는 것이 문제야. 그렇게 되면 자연 수입도 없을 터, 앞으로 뭐 할 텐가? 우리 세흔이 먹여 살릴 수는 있지?"

"몸이 이래서 사람들과 부대끼며 생활할 수는 없지만 세흔 누나나 앞으로 태어나게 될 우리 아이들 정도는 충분히 먹여 살릴 수 있습니다. 미국에서 유학할 때 주식으로 모아둔 돈도 좀 있구요."

"……!"

은 원장과 진 여사조차도 처음 듣는 소리였다. 모두들 놀랍다는 표정으로 륜을 봤다. 한 여사가 눈을 반짝이며 물었다.

"어느 정도?"

"그냥, 몇 년 정도는 누나랑 같이 놀면서 생활해도 될 정도요."

"그 몇 년이 몇 년인데?"

세흔이 옆구리를 찔렀지만 한 여사는 집요했다. 륜은 가볍게 미간을 찌푸리며 계산을 해보더니 대답했다.

"음. 흥청망청 쓰지 않는다면 세흔 누나랑 저, 그리고 우리 아이들 두어 명이 오십 년은 놀면서 지낼 수 있을 정도예요. 하지만 세흔 누나가 원하는 거라면 뭐든 해줄 겁니다. 혹시라도 모자라면 앞으로 더 벌면 되는 거구요."

"그럼 됐다."

무엇보다 중요한 것은 서로에 대한 사랑.

물론 그 사랑으로도 되지 않는 게 세상에는 많이 있었다. 하지만 먹고 살 수만 있다면 크게 신경 쓸 것은 아니라는 게 정 변호사의 생각이었나. 뜻밖에도 륜이 심각한 병을 가지고 있기는 하지만 그래도 처자식을 먹여 살릴 능력이 충분하다면 큰 문제는 아니다 싶었다. 게다가 다른 사람도 아니고 막역한 집안의 큰아들인데다 인물 좋고, 인품 역시 믿을 만하니 딱히 반대할 이유가 없었다. 그래서 정 변호사는 더 묻지 않고 허락했다.

정 변호사가 찬성하자 모든 것이 일사천리였다.

무작정 기뻐한 한 여사야 말할 것도 없고 혹시라도 륜이 부족하지 않나 걱정을 하던 진 여사도 정 변호사의 허락에 마음을 놓았다. 방황하는 완을 제자리로 돌려놓았을 때부터 세흔을 완의 짝으로 생각하고 있던 은 원장이 조금은 아쉬움을 드러냈지만 다름 아닌 륜의 짝으로 결정되었기에 그 역시 금세 아쉬움을 털어내고 둘을 축복해 주었다.

모두를 기겁시킨 저녁 티타임은 그렇게 끝이 났다.

끼익—

세흔의 집 앞에 흰색 아우디 한 대가 와서 섰다. 륜의 손을 잡고 륜의 집을 나서던 세흔이 고개를 갸웃했다.

"저거 민이 차 아냐? 이 시간에 웬일이지?"

맞잡은 손이 살짝 굳었지만 그것을 느끼지 못한 세흔이 대문을 열고 성큼성큼 걸어나갔다. 그때 달칵, 소리가 나며 운전석에서 한 남자가 내렸다. 예상했던 대로 민이었다. 륜의 표정이 살벌하게 변했지만 그것을 보지 못한 세흔이 반가워하며 말을 걸었다.
"민아! 너 파리에 갔다더니, 돌아왔네?"
"결혼한다면서?"
민이 세흔과 류을 번갈아보며 불쑥 묻자 세흔이 고개를 갸웃했다.
"어? 어떻게 알았어?"
"어머니께서 가르쳐 주시더라."
"하여튼, 우리 엄마 빠르다, 빨라. 내가 먼저 말하려고 했는데 벌써 너한테 전화해서 말씀하셨어?"
"전화는 내가 했어. 안부 인사차 한 건데…… 좀 놀랐다. 그리고 사실 빠른 것도 아니잖아. 너 가족들한테 선언한 지 열흘 넘었다면서?"
왜 자신에게는 말을 하지 않았냐는 눈빛에 세흔이 헤 웃었다.
"말하려고 했는데 네가 한국에 없었잖아."
"나 파리에 휴대폰 들고 갔거든? 로밍 서비스는 괜히 있는 거 아니다. 알겠냐, 정세흔?"
따끔하게 한소리 한 후 류에게로 시선을 돌렸다. 그러자 곧 잡아먹을 듯 자신을 노려보는 류의 살기 어린 눈빛과 정통으로 부딪쳤다.
다섯 살이나 어린 녀석이…….
축하 인사를 해주려다 말고 민은 말의 방향을 틀었다.

"결국 하네? 일부러 세흔이 아닌 네 녀석에게 현실을 가르쳐 준 건데, 강도가 약했나? 이럴 줄 알았으면 좀 더 강펀치를 날려 볼 걸. 아, 아쉬워라~"

잔뜩 빈정대는 말에 륜의 눈빛이 더욱 차가워졌다. 륜은 세흔의 손을 잡지 않은 손으로 주먹을 꽉, 틀어쥐었다.

저놈 때문에 내가 얼마나 고민하고, 얼마나 힘들었는데…….

만약 세흔이 그때 자신을 잡아주지 않았다면 그는 미국으로 돌아가 평생 빈껍데기로 살아야 했을 것이다. 절박하고 힘들었던 마음. 세흔이 불러주길 마음속으로 기도하며 놀이터를 빠져나갈 때의 절망감. 그 참담함. 아직도 그 느낌이 생생하게 남아 있었다. 그런데 뭐? 강도가 약했나? 좀 더 강펀치를 날려볼 걸? 아, 아쉬워라? 이게 게임인 줄 아나!

패버리고 싶었다. 한 사람을 그렇게 힘들게 하고도 아무렇지 않은 저 매끈한 얼굴을 묵사발 내주고 싶었다. 하지만 바로 옆에 세흔이 있어 륜은 이를 악물고 참았다.

그때 의아해하는 세흔의 음성이 들려왔다.

"그게 무슨 소리야? 가르쳐 주다니? 륜이에게 뭘 가르쳐 줬는데?"

륜을 보며 민이 히죽 웃었다. 그리고는 발끈해서 쏘아보는 륜에게 시선을 고정시키고 삐딱하게 말했다.

"뭐긴 뭐냐? 지독한 병을 안고 결혼을 한다는 게 어떤 건지 아주 톡톡히 가르쳐 줬지. 평범하게 살길 바라는 너에게, 자신이 얼마나 해악을 끼치는 존재인지 말이야. 근데 의외야, 이렇게 쉽게 결혼을 결정하고."

평소답지 않게 민은 시니컬한 미소를 머금고 빈정빈정, 계속 빈정댔다. 반가움으로 가득하던 세흔의 얼굴이 굳어졌다.

그렇다면 갑자기 달라졌던 류의 태도가, 일주일 동안 연락이 없다 불쑥 연락해 헤어지자던 이별 통보가 민 때문이었단 말인가? 그가 뭐라고? 친구라고 해서 남의 연애사에 끼어들어도 된다고 누가 말했지?

화가 났다. 민이 류에게 했을 소리들이 손에 잡힐 듯 알 수 있어서 마음 아팠다. 자신이 민에게 류의 병에 대해 이야기하지만 않았더라면……. 스스로에 대해서도 화가 났다. 그런 뜻으로 한 말이 아니었다. 류에게 그런 악담을 하라고 알려준 게 아니었다.

세흔이 버럭, 소리쳤다.

"나는 주의하라고, 다음에 만나면 조심해 달라고 네게 류이의 병에 대해 알려준 거였어! 그래서 알려준 거라고! 근데 너는 비겁하게……."

민이 세흔의 말을 뚝, 잘랐다.

"알 게 뭐야."

"뭐?"

"알 게 뭐냐고. 그냥 둘이 확, 깨져 버렸으면 좋겠는데 비겁이고 치사고, 그런 거 따질 리 있잖이. 안 그래?"

"너…… 너……."

아무렇지 않게 둘이 깨져 버렸으면 좋겠다고 말하는 민을 보며 세혼은 기가 막혀 말을 잇지 못했다.

누구보다 민이 축복해 줄 거라고 생각했다. 처음 꿀떡에 대해 이야기한 것도 민이고, 하나하나 작전을 짜준 것도 민이다. 륜에 대한 마음을 털어놓은 것도 민이 유일했다. 그래서 륜과 결혼한다고 하면 누구보다도 좋아하며 축하해 줄 거라 생각했다. 그런데…….

민의 폭탄발언에 세혼이 충격을 받은 듯 입만 벌리고 아무 말도 하지 못하자 지금까지 가만히 있던 륜이 나섰다.

그는 세혼을 자신의 뒤로 보내며 민을 쏘아보았다.

"그만 하지."

민이 피식, 웃었다.

"뭘? 진심을 이야기하는 거? 아니면 앞으로도 계속될 훼방?"

"……계속 훼방을 놓을 생각이냐?"

기가 막혀 묻자 민이 뻔뻔한 표정으로 고개를 끄덕였다.

"당연하지. 웃기지도 않는 병을 가진 남편을 두는 게 얼마나 힘든 일인데. 네 녀석 병이 다 낫기 전까지는 결혼을 하든 말든 수시로 나타나서 훼방 놓을 거다. 난리굿을 해서라도 갈라놓고 말 테니까 그게 싫으면 그 황당하고, 어이없고, 짜증나고, 같잖고, 괴상하고, 웃긴 병이나 고칠 생각을 해. 안 그러면 평생 쫓아다니면서……."

퍼억—

우당탕.

민은 말을 끝맺지 못하고 뒤로 나자빠졌다. 더 이상 참지 못한 륜이 주먹을 날렸던 것이다.

비릿한 맛이 났다. 입 안이 터진 모양이다. 더불어 입술도.

민이 따끔거리는 입술을 손등으로 닦자 피가 묻어났다. 손등을 내려다보던 민이 고개를 들었다.

"하! 깡패 새끼냐?"

"어디 더 지껄여 보시지?"

눅눅한 어둠이 륜의 얼굴 위로 내려앉았다.

그래서일까? 륜은 더욱 위협적이고, 고압적으로 보였다. 하지만 민은 아무렇지 않게 웃었다.

"못할 줄 알아? 좋게 말 할 때 세흔이랑 헤어져. 구질구질한 병 가지고 있으면서 세흔이한테 달라붙어 있지 말란 말이야. 성질도 더러운 게 착한 척 내숭이나 떨면서 세흔이 옆에 진드기마냥 붙어 있는 거 짜증나서 더는 봐줄 수가……."

퍼억—

"으……."

륜은 민의 멱살을 잡아당겨 다시 한 번 뺨을 후려쳤다. 그리자 민이 다시금 뒤로 나동그라졌다. 그런 민을 내려다보며 륜이 주먹을 꽉, 틀어쥐고 말했다.

"더 해봐."

이번에는 발로 밟아줄 테다. 반 죽여놓고 말 거야.

다짐하듯 속으로 중얼거리는데 따뜻하고 보드라운 손이 류의 손을 잡아왔다. 류은 흠칫하고 말았다.

어렵게 세흔의 손을 잡았다. 죽을 것만 같아서, 세흔을 놓으면 자신이 죽어버릴 것 같아서 염치불구하고 잡았다. 그런데 그런 류을 민이 자꾸만 흔들었다. 아직도 자신이 옆에 있을 때 세흔이 행복할 수 있을까 확신할 수 없었던 류은 이성을 잃었다. 그래서 세흔의 존재도 잊고 민에게 주먹을 날렸다. 그러다 뒤늦게 자신의 손을 잡은 세흔을 깨닫고 낭패 어린 표정이 되었다.

실망할까? 무지막지하게 주먹을 날리는 자신에게 화를 낼까?

떨리는 가슴을 부여잡고 고개를 돌리자 손수건을 꺼내 류의 손을 닦아주던 세흔이 눈을 맞추어오며 걱정스레 물었다.

"괜찮아?"

세흔은 아무렇지 않아 보였다. 실망을 하지도, 화를 내지도 않았다. 도리어 놀란 눈빛이었다. 류은 멍해져서 반사적으로 대답했다.

"뭐가요?"

"뭐? 아니, 그게······."

거의 반사적인 대답. 아무렇지 않아 보이는 표정. 억지로 참는 거라 생각했는데 아니었단 말인가? 세흔은 지금의 사태를 이해할 수 없었다.

"그 녀석이야 당연히 괜찮지. 때린 놈이 아픈 거 봤냐? 괜찮지 않은 건 나야! 내가 얻어터졌다고!!"

연이어 류에게 얻어맞은 민이 일어날 생각도 안 하고 외쳤다. 하지만 민에게 화가 많이 나 있던 세흔은 친구의 외침을 깨끗이 무시하고 류의 손을 닦은 손수건을 보았다. 하얀 수건에 검붉은 피가 묻어났다. 아마도 민의 입술이 찢어지며 묻었을 피가.

"우와! 그래, 사랑하는 사람이 생기니 하나뿐인 친구는 필요 없다 이거지? 맞은 건 난데 때린 녀석에게 가서 손수건 들이미는 건 어느 나라 예법이냐? 이럴 줄 알았어, 이럴 줄 알았다고! 내가 이럴 줄 알고 확 깨버리려고 한 건데. 서러워서 진짜……."

민이 끊임없이 종알거렸지만 세흔은 싹 무시했다. 잠시 손수건을 들여다보던 세흔이 고개를 들어 류을 봤다.

"류아, 너 병……."

"어?"

세흔이 왜 이러나 싶어 보던 류도 그제야 그녀가 하려는 말이 뭔지 알아채고 의문성을 터뜨렸다.

이상했다. 잠시잠깐 손대는 것조차 꺼려 싸울 때도 발로만 싸우던 자신이 주먹으로 사람을 때리고, 그것으로 모자라 상대의 피가 묻기까지 했는데도 아무렇지 않다니? 혹시 병이 나은 건가? 하다가 천에 하나, 만에 하나 민도 세흔처럼 낳아도 아무렇지 않은 사람일지도 모른다는 생각이 들었다. 세흔 역시 같은 생각을 했는지 미소를 지으려다 말고 의심스런 눈으로 손수건과 널브러져 있는 민을 번갈아봤다.

그때였다.

"떨어져!!"

갑자기 우렁찬 외침이 그들을 강타했다. 고막이 떨어져 나갈 듯한 충격에 세흔, 륜, 민 할 것 없이 눈살을 찌푸리는데 커다란 덩치의 남자 한 명이 후다닥 달려오더니 세흔을 륜에게서 떼어냈다.

"뭐야? 왜 달라붙어 있고 난리야! 땀띠 나게."

"와, 완아……."

그랬다. 여름이긴 하지만 한여름도 아니고, 거기다 밤인데 잠깐 붙어 있었다고 땀띠가 날 리 없건만 말도 안 되는 소리를 하며 세흔을 륜에게서 떼어내고 그 사이에 떡 버티고 선 이는 다름 아닌 귀가 중이던 완이었다.

그런 완을 보며 륜은 천천히 손을 들어 자신의 어깨를 쓸었다. 세흔을 떼어내던 완과 닿은 어깨.

"……이상해."

륜은 눈살을 찌푸렸다.

그래, 이상했다. 아무리 생각해도 이상하다는 생각밖에 들지 않았다. 아무렇지도 않았다. 남녀노소를 불문하고 닿기만 해도 돋던 소름, 속에서부터 올라오던 거북함, 의지와는 상관없이 일던 혐오감, 팔을 떼어내고 싶던 끔찍함이 지금은 조금도 들지 않았다.

조금 전 민에 이어 세흔과 마찬가지로 완도 예외일까?

물론 아니었다. 언제였던가? 세흔의 일로 화가 나 발로 완을 때릴 때 슬리퍼를 신고 있었음에도 거북함을 느꼈었다. 방으로 돌아가 몇 번이나 샤워를 하기까지 했다. 그런데 지금은…….

"왜 아무렇지도 않지? 왜?"

의문스레 중얼거리는 륜의 음성이 고요한 골목으로 울려 퍼졌다.

완을 보며 반가움 반, 어이없음 반의 표정을 짓던 세흔이 그 말에 휙, 소리가 나게 고개를 돌렸다.

"그게 무슨 말이야? 설마 너……."

"아……."

눈이 마주치자 둘은 경악했다.

그러고 보니 닿지 않아도 주변에 사람들이 모여들면 절로 들던 어색함이나 불안이 륜과 민의 소동으로 인적 드물던 골목에 사람들이 하나둘, 모여들고 있는데도 전혀 느껴지지 않았다.

나은 것이다. 언제부터였는지는 모르겠지만 끔찍하도록 괴롭히던 병이 사라진 것이다.

세흔과 륜은 반쯤 얼이 빠져 서로의 얼굴을 쳐다봤다. 이 믿을 수 없는 사태가 꿈인 것만 같아서. 그렇게 그들은 서로의 얼굴을 보며 현실을 인식하려 했다. 한참동안 서로의 얼굴을 보던 세흔과 륜의 얼굴에 드디어 미소가 피어올랐다.

나았다! 정말 나았다!

그것을 확실히 깨닫자 세흔은 환호성이라도 지르고 싶었다.

누구보다 기뻐할 륜에게 달려가 꽉 안아줄까 하다가 무슨 생각이 들었는지 아, 하더니 눈살을 찌푸리며 중얼거렸다.

"그러고 보니 평생 바람피울 일 없는 것 하나는 안심이었는데 이제 남편에게 달라붙을 여자들에 대해 걱정을 해야 하는 건가?"

"남편?"

완이 세흔의 말에서 거슬리는 단어 하나를 걸러냈다. 하지만 륜은 그런 완을 아는 척도 하지 않고 세흔에게로 다가갔다.

"불안해요?"

"뭐?"

"그래서 이 결혼, 무르고 싶어요?"

눈을 동그랗게 뜨는 세흔에게 농담인 듯, 장난인 듯 륜이 물었다. 그러면서도 작게 흔들리는 눈동자는 장난으로라도 세흔이 '그래'라고 말할까 겁을 내고 있었다.

그것을 정확히 읽어낸 세흔은 그만 웃고 말았다.

"이상해. 엄청 잘난 남편을 두게 되었는데 하나도 안 불안해. 왜지?"

그제야 륜도 미소를 지었다.

"그거야 제 병이 나았다고 해도 제 마음과 접촉할 수 있는 사람은 이 세상에 오로지 누나뿐이기 때문이죠."

말과 동시에 륜이 세흔의 손을 꼭, 잡았다. 맞잡은 손을 내려다본 세흔이 미소를 지었다. 그렇게 그들은 서로를 보며 활짝,

미소를 지었다. 그리고 그런 둘을 바닥에 주저앉은 채 반쯤 어이가 없다는 눈으로 보던 민이 대충 사태를 짐작하고 비꼬았다.

"허이구? 아주 자알~ 논다. 어디 닭살 돋아서 살겠어?"

방긋방긋 웃던 세흔과 륜이 휙, 고개를 돌려 민을 쏘아보는데 등 뒤에서 착 가라앉은 완의 음성이 들려왔다.

"그것보다, 지금 이게 무슨 상황인지 알았으면 좋겠는데 누가 설명 좀 해주지?"

다행이라고 해야 할지 불행이라고 해야 할지 세흔과 륜의 결혼 발표 때 그 자리에 없었던 완은 그날 처음으로 륜과 세흔의 결혼 사실을 알게 되었다.

완이 알게 되었을 때의 반응을 쉽게 예상할 수 있었던 양가 어른들이 자신이 첫 핵폭탄을 터뜨리는 것을 피하려고 너도 나도 팔밀이를 하느라 그때까지 완에게 사실을 알리지 않고 있었던 것이다. 그래서 과외가 없는 날 세흔이 찾아와도 그냥 싱글벙글, 양가가 자주 모여도 그저 세흔을 만난다는 것에 싱글벙글이었던 완은 그때서야 하늘이 무너지는 듯한 충격을 받았다.

처음에는 망연자실했다.

시간이 흐르자 황당함과 어이없음을 느꼈다.

좀 더 시간이 흐르자 세흔에게 자신이 친동생 이상은 되지 못함을 깨달으며 하루하루 지날 때마다 조금씩 포기해 오던 마음을 완전히 접었다. 그리디 더 많은 시간이 흘러 어느 정도 냉정히 사태를 파악할 수 있게 되자 그제야 완은 세흔의 결혼 상대자가 다름 아닌 륜인 것을 생각해 냈다.

침울해하기는 했지만 그래도 그런대로 현실을 깨달아가던 완은 그만 머리를 쥐어뜯으며 절규하고 말았다.

"안 돼! 그 차갑고, 성질 더럽고, 싸가지없고, 재수없는 인간이랑 어떻게 꽃 같은 세흔 누나가……. 안 돼! 절대 안 돼!! 난 반대야! 무조건 반대야!! 반대, 반대!!"

륜이 친형이고 세흔이 형수로 들어온다는 사실을 망각하고 완은 친누나를 악당에게 시집보내는 동생의 심정이 되어 극구 반대를 하기 시작했다. 손으로 엑스 자를 그려가며 고래고래 소리를 치는 완을 은 원장과 진 여사가 어이가 없다는 표정으로 보았다. 그리고 륜은 뒤늦게 난리를 치는 동생에게 싸늘한 어조로 경고했다.

"은완. 너, 내 병 다 나은 거 잊었냐? 아주 죽고 싶어 발악을 하는구나? 지난번에 그렇게 터지고도 부족한 모양이지? 이번에는 발만이 아닌 손도 쓸 테니까 진짜 죽고 싶지 않으면 알아서 기어. 알겠냐?"

살벌한 협박이었다.

하지만 완은 그에 굴하지 않고 별별 짓을 다 했다. 누구보다 세흔을 반기는 은 원장과 진 여사에게는 통하지 않을 듯해 정 변호사와 한 여사의 뒤를 졸졸 따라다니며 륜이 얼마나 극악한 인간인지에 대해 열변을 토하기도 하고, 세흔에게 어릴 적 륜의 만행을 늘어놓기도 했다. 하지만 세흔도, 정 변호사 내외도 요지부동이었다.

결국 완은 그 좋아하는 음식을 마다해 가며 단식 투쟁까지 불사했다. 하지만 떠난 기차는 세워주지도, 되돌아오지도 않았다.

Epilogue
01

살인적인 더위가 기승을 부리는 한여름.

도심의 외곽에 위치한 결혼식장은 아침부터 인산인해를 이루었다.

열두 시에 식이 시작되는데 아직 열 시도 되지 않았건만 고급스런 차가 몰려들며 각계각층의 유명인사들이 속속 모습을 드러내고 있었다.

뜨거운 햇볕이 내리쬐는 야외로 식장을 잡아서인지 어째 오늘따라 한층 더 더운 듯했다. 하지만 식장 중앙에 위치한 오층 분수대와 식장 주변을 감싸듯 둘러싼 인공 폭포가 찌는 듯한 더위를 한풀 꺾어주고 있었다. 결혼식이 아닌, 무슨 파티인 양 곳곳에서 웨이터와 웨이트리스가 시원한 음료까지 제공하고 있어 다행히 하객들에게서 불만이 터져 나오는 일은 벌어지지 않았다.

식장의 입구.

이야기 책에서나 나올 법한 카라 꽃 장식의 화려하고 고급스런 문 앞에는 신랑신부 측 가족들과 신랑이 나와 하객을 맞이하고 있었다.

"어머어머! 웬일이니? 진짜 잘생겼다!"

"정 선배 완전 땡 잡았다니까? 어디서 저런 남자를 건졌대?"

"지금껏 별별 유명 연예인은 다 봤지만 저렇게 독특한 분위기를 가진 미남은 처음 봤어. 눈이 부시다, 아주."

"꼭 진짜 귀족이나 왕족 같다. 그치?"

"어, 너도 그 생각했어? 나도 어디 왕족이 아닐까 했는데."

소곤소곤.

한쪽에서 몇몇 여자들이 모여 수다를 떨고 있었다.

어딘가를 힐끔힐끔 쳐다보며 호들갑을 떠는 그녀들의 정체는 방송작가, 즉 신부 측 하객들이었다. 그리고 그런 그녀들이 주시하고 있는 남자. 깃과 소매에 태극 문양의 다이아몬드를 박아 넣은 연보랏빛 예복과 그 탓에 더욱 짙게 보이는 검은색 머리카락을 뒤로 깔끔하게 쓸어 넘긴 이는 다름 아닌 이 결혼식의 주인공, 신랑 은륜이었다.

눈을 내리깔아 긴 속눈썹으로 눈동자를 감추고 팔짱을 낀 모습이 마치 한 폭의 그림을 보는 것만 같았다.

말 한마디 하지 않고 있는데도 쉬이 범접하지 못할 기운이 풀풀, 풍겨 나와 엄연히 오늘의 주인공이건만 누구도 가까이 하려 하지 않았다. 그래서일까? 어째 그 주변의 공기만 따로 순환하는 듯했다. 그리고 그것에 하객들은 더욱 감탄을 했다. 하지만 이 넓은 세상에 각양각색의 사람들이 있고 백 명이 있다고 해서 그 백 명의 생각이 같을 수는 없듯, 보는 사람마다 감탄을 자아내는 그 모습을 못마땅하게 보는 이들도 물론 있었다.

'쯧. 악수 한 번을 하지 않다니, 병이 나으나 안 나으나 똑같군.'

'언니, 형부 보기 민망해서……. 쟤는 누구를 닮았나 몰라?'

은 원장과 진 여사가 차마 대놓고 말하지는 못하고 속으로 한 마디씩 했다. 하지만 그때까지도 은륜, 정세흔 결혼 결사반대 투쟁 중이던 완은 속으로 투덜대는 것에서 그치지 않고 꽤나 기고만장한 자세로 서 있는 형에게 따졌다.

"뭐 하자는 거야, 지금? 병도 다 나았으면서 왜 축하인사를 안 받아줘? 결혼하기 싫다, 이거야?"

틱틱거리며 쏘아붙이자 륜이 완에게로 고개를 돌렸다. 표정 하나 없는 차가운 얼굴로 한쪽 눈썹만 위로 치켜 올렸다.

"누가 결혼하기 싫대?"

"그럼? 도대체 왜 그러고 있는 건데?"

"내 마음이다. 병이 나았든 안 나았든 다른 사람과 닿는 것 자체가 불쾌하고 싫어. 그리고 지금껏 내게 악수하러 오는 사람도 없었잖아? 그럼 됐지, 뭐가 불만이야?"

"그거야 형이 분위기를 잡고 있으니까……."

"은완. 1절만 해라. 더 하면 맞는다. 나 경고했다?"

더 이상은 못 들어주겠던지 륜이 눈을 가늘게 뜨며 완의 말을 잘랐다.

혹시라도 못 알아듣는다면 직접 몸으로 실행할 의사도 있음을 기꺼이 드러내며 협박을 하자 완이 안면을 와락, 구겼지만 결국 입을 다물었다. 그러자 꽤나 오만한 표정으로 동생을 보던 륜이 고개를 원위치시켰다. 약간은 삐딱한 자세로 팔짱을 끼고 눈을 내리깐 모습이 누구 말마따나 이제는 사라진 왕족을 보는 것만 같았다. 그만큼 지금의 륜은 오만하고 거만하며 당당하고 기품이 있었다.

끼이익—

그때 식장 입구에 리무진 한 대가 와 섰다.

짙게 선팅 된 검은색 리무진은 많은 유명인사들 소유의 차 사이에서도 눈에 띄었다. 보조석 문이 열리며 한 건장한 남자가 내렸다.

딱 보기에도 경호원임을 알 수 있는 그는 뒤로 걸어가 절제된 동작으로 뒷문을 열었다. 그러자 검은색 차체와 상반된 눈처럼 새하얀 웨딩드레스를 입은 여자가 모습을 드러냈다.

한 올 남김없이 틀어 올린 머리카락은 꽃 모양의 진주 장식으로 고정되어 있고 그로 인해 드러난 매끈한 이마가 태양 아래 빛이 났다. 눈이 부신 듯 실눈을 뜨고 드레스 자락을 들지 않은 손으로 햇살을 가렸지만 뜨거운 공기마저 피할 수는 없어 붉은 입술 끝에 물기가 어렸다. 시원스레 어깨를 드러낸 드레스는 아름다운 여체를 꼼꼼히 감싸며 허리까지 내려가 넓게 퍼졌고 끝단에는 역시 꽃 문양의 진주 장식이 수를 놓고 있었다. 화려하면서도 천박하지 않은 단아한 멋과 고귀한 아름다움을 뽐내는 여자. 이 결혼식의 또 다른 주인공, 신부 정세흔이었다.

신랑신부 측, 하객 측 할 것 없이 식장 입구에 있던 이들의 시선이 일제히 한곳으로 모이자 공기가 미묘하게 변했다. 그것을 알아챈 륜이 아래로 내리고 있던 눈을 들었다. 뒤늦게 리무진 앞에 선 세흔을 본 륜의 얼굴 표정이 확, 바뀌었다.

오만하고 거만한 권위, 당당한 기품은 다 어디로 갔는지 륜은 잃어버린 엄마를 찾은 아이처럼 활짝, 미소를 지으며 세흔에게로 달려갔다.

"누나."

사람들의 시선을 받으며 드레스 자락을 추스르던 세흔이 고개를 들었다. 륜을 보자 그녀의 얼굴에도 미소가 피어났다.

"륜아."

"도대체 오늘따라 왜 이렇게 아름다운 겁니까? 다들 누나에게서 눈을 뗄 줄 모르잖아요. 질투나게."

"질투나?"

"당연하죠. 혹시라도 아름다운 우리 누나, 조금이라도 닮을까 얼마나 겁이 나는지 알기는 아십니까?"

괜히 사람들의 시선을 막는 시늉을 하며 너스레를 떨자 세흔이 생긋 미소를 짓고 륜을 위에서 아래로 쭈욱 훑어 내렸다.

"그러는 넌? 나는 네가 닮을까 무섭다. 너무 멋있는 거 아냐?"

"정말? 정말 멋있어요?"

"그럼! 최고로 멋있어."

아이처럼 좋아하며 묻는 말에 세흔이 엄지를 들며 고개를 끄덕였다.

한껏 치켜세워 주자 륜은 웃음을 멈출 수가 없는 듯 방긋방긋 웃으며 손수건을 꺼내 세흔의 이마와 입술을 조심스레 닦았다.

"여기서 이러고 있지 말고 신부대기실로 가요. 거기에는 에어컨도 있고 시원한 음료도 있어요."

"그래? 야외인데, 이벤트 업체에서 고생 좀 했겠다."

에어컨이 있다는 소리에 세흔이 신기한 듯 말하자 륜이 대충 얼버무리듯 웃었다.

병이 나아도 사람들이 많은 곳이나 야외는 아직 익숙하지 않은 륜이다. 그럼에도 그는 야외에서 결혼식을 하고 싶다는 세흔의 의견을 흔쾌히 받아들였다. 덧붙여 식장까지도 직접 꾸몄다. 그러면서 가장 신경을 쓴 곳이 황당하게도 신부대기실이었다.

식 시작 전까지 세흔이 있을 곳.

조금의 불편도 없게 해주고 싶었다. 그래서 며칠간 이벤트 업체와 입씨름을 해가며 에어컨을 설치했다. 물론 세흔은 그것을 모르겠지만 륜은 그녀가 알아주지 않아도 상관없었다. 세흔이 편하기만 하면 된다. 그것이 륜의 생각이었다.

륜은 이리저리 흐드러진 드레스 자락을 정리해 한 손으로 들고 다른 손을 세흔에게로 내밀었다.

"그럼 갈까요?"

내밀어진 손을 본 세흔이 고개를 들어 륜을 봤다. 륜이 빨리 잡으라는 듯 내민 손을 흔들자 그제야 손을 잡으며 미소를 지었다.

"좋아."

그 일련의 과정을 지켜본 하객들은 참으로 어울리는 커플이라는 둥, 신랑이 신부를 정말 사랑하는 것 같다는 둥, 선남선녀가 따로 없다는 둥의 말을 했지만 은 원장과 진 여사, 완은 그저 기가 막힌다는 표정을 지을 뿐이었다.

이 무슨 해괴망측한 광경이란 말인가? 다른 사람도 아니고 저 은륜이 착한 척 내숭을 떨며 생글거리다니?

은 원장과 진 여사의 아들이자 완의 형인 그 은륜이 맞는 걸까? 비록 지난 십삼 년간 자주 만나지는 못했지만 그래도 이십육 년간 보아온 그 은륜이 과연 맞는 걸까? 상대를 가리지 않고 폭언, 비꼼, 빈정거림을 생활화하던 그 차갑고 냉정하고 싸가지 없고 재수없던 은륜과 동일인물이 맞는 걸까? 혹시 도플갱어 아닐까?

　별별 생각이 다 들었다.

　결혼 발표 후 자주 함께하는 모습을 봐왔고, 세흔에게만은 더 없이 따뜻한 륜의 모습도 봐왔지만 그럼에도 익숙해지지는 않는 듯 가족들은 가면연극을 방불케 하는 륜의 이중적인 모습에 치를 떨었다.

　륜의 손을 잡고 신부대기실로 향하던 세흔이 못 볼 것을 본 것마냥 부르르 떨며 눈을 가리는 은 원장 내외와 완을 보고 고개를 갸웃했다.

　"왜들 저래? 무슨 일 있나?"

　의아한 듯 묻자 세흔을 따라 뒤를 본 륜이 눈을 가늘게 떴다. 몸서리를 치는 가족들의 행동이 무엇 때문인지 충분히 짐작이 갔다. 하지만 륜은 아무것도 모르겠다는 식의 순진한 표정을 지어내며 말했다.

　"저도 몰라요. 어쨌든 날도 더운데 얼른 가요, 누나."

　륜의 뻔뻔한 말에 가족들이 더욱 기가 막힌 듯 뒷목을 부여잡았지만 그조차도 륜은 못 본 척 세흔을 이끌고 신부대기실로 향했다.

　신부대기실에 죽치고 앉아 있는 륜은 싱글벙글이었다.

　예사롭지 않은 외모와 행동에 헤어디자이너와 이벤트 도우미, 신부 들러리들이 힐끗힐끗, 쳐다봤지만 륜은 신경 쓰지 않앉다. 그저 세흔을 보고 있는 것만으로도 좋은 듯 그는 눈도 깜빡이지 않고 세흔만 봤다. 그러다 세흔이 뭔가 필요하다 싶어 말을 하려 하면 그전에 어떻게 알았는지 재깍재깍 가져다주기까지 했다. 그 특이하다면 특이한 행동에 신부 들러리들이 작게 소곤거렸지만 그 역시 륜은 신경 쓰지 않았다.

그렇게 얼마나 있었을까. 벌컥, 문이 열리며 완이 나타났다.

"형!"

자신을 부르며 나타난 동생이 못마땅한 듯 륜이 미간을 찌푸렸다. 하지만 륜은 화를 내는 대신 시계를 봤다. 식 시작할 시간이 되었나 싶었던 것이다. 하지만 유감스럽게도 식 시작까지는 아직 삼십여 분이 남아 있었다. 륜의 미간이 더욱 찌푸려졌다.

"무슨 일이야?"

평이한 어조였지만 그 속에 깃든 위화감을 완은 재빨리 잡아냈다.

세흔이 곁에 있는 이상 그 광폭한 성격을 여기서 드러내지는 않겠지만 저 더러운 성질을 건드렸다가는 두고두고 후회하는 일이 생길 거다. 그런 생각이 들자 절로 소름이 돋았다. 하지만 완은 결코 륜이 무서워서가 아니라고 속으로 중얼거렸다.

뭐, 똥이 무서워서 피하나? 더러워서 피하지.

하지만 그런 중얼거림과는 달리 빨리 륜의 시야에서 벗어나고 싶은 듯 얼른 용건을 꺼냈다.

"밖에 형 친구라는 사람들이 와 있어. 좀 나와봐."

"친구?"

한쪽 눈썹을 치켜 올리며 묻는 말에 완이 고개를 끄덕였다. 그에 륜은 별 웃기지도 않는 소리를 다 듣는다는 식으로 코웃음을 쳤다.

"나한테 친구가 어디 있어? 헛소리하지 말고 나가봐. 식 시작 전에는 갈 테니까."

"하지만 친구라고……."

"없다니까. 친구 같은 거 만든 적 없어."

륜의 음성이 조금 날카롭게 올라갔다. 지금 당장 안 꺼지면 나중에 시간을 내서라도 죽도록 패주겠다는 말투였다. 하여튼 성질 한 번 진짜 더럽다니까. 세흔 누나는 왜 이런 반쯤 미친 남자를 좋아하는 거야?

륜만큼이나 짜증이 난 완이 그대로 나가 버리려는데 지켜보고 있던 세흔이 물었다.

"완아, 그 사람들 륜이 친구가 맞기는 맞아?"

"안 그래도 그 사람들도 그 은륜이 결혼을 하는 게 믿기지 않는지 몇 번이나 확인을 했어요. 근데 다른 건 몰라도 그 사람들이 말하는 은륜이 형인 건 확실해요."

"그래?"

세흔이 륜의 소매를 잡아당겼다. 헛소리 늘어놓지 말고 빨리 꺼지기나 하라는 눈빛으로 완을 노려보던 륜이 고개를 돌렸다. 어느새 온화해진 눈빛으로 보지 세흔이 말했다.

"나가보지 그래? 진짜 친구일 수도 있잖아."

륜이 한쪽 눈을 찡그리며 꽤나 난처한 표정으로 세흔을 봤다.

"그럴 리가 없습니다. 저 정말 친구 없었거든요. 누나도 알잖습니까. 제 병이 어떤 병이었는지. 그런데 그런 병을 가지고 어떻게 친구를 사귈 수 있겠어요? 안 그래요?"

세흔과 완이 같은 말을 했는데 대접은 천지 차이였다.

완이 말할 때는 광폭한 성질을 그대로 드러내며 차게 쏘아보더니 세흔이 말하자 부드러운 눈빛으로 짜증 한 번 내지 않고 조근조근 설명을 한다. 진짜 사이코라니까. 세흔 누나만 불쌍하지. 속으로 불만스레 중얼거리던 완이 갑자기 생각난 듯 손가락을 튕겼다.

"참, 그러고 보니 그 사람들 중에 축의금을 낸 사람 이름이 장이현이라고……."

"뭐?"

설명을 하다 말고 예뻐 죽겠다는 눈으로 세흔을 보던 륜이 그 말에 고개를 돌렸다.

"장이현? 확실해?"

"모르지, 확실한지는. 다만 그 사람이 그렇게 말했다는……."

"안경 쓰고 좀 착해 보이는 얼굴 아니었어?"

"착해 보인다기보다는 공부 잘할 것 같은 얼굴이었어. 안경은 쓰고 있었고."

맞는 모양이다. 연락을 안 해서 올 줄 몰랐는데. 꽤나 뜻밖인 듯 놀랍다는 표정을 짓고 있던 륜이 자리에서 일어났다. 세흔이 물었다.

"정말 친구야?"

"그런 것 같아요."

"친구 없다면서?"

놀리듯 반박하자 륜이 피식, 웃었다.

그는 꿀처럼 달 것 같은 붉은 입술을 엄지로 쓸다가 허리를 숙여 키스했다. 동그래진 세흔의 눈동자를 보며 다시 한 번 웃어 보인 후 허리를 폈다.

"친구는 없는데, 친구 비슷한 녀석이 딱 한 명 있거든요. 연락을 안 해서 올 줄 몰랐는데, 어떻게 듣고 왔나 봐요. 아쉽지만 나가봐야겠어요. 금방 갔다 올 테니까 울지 말고 기다려요."

"누가 운다는 거야."

장난기 어린 말에 세흔이 입술을 삐쭉였다.

아, 방금 키스를 했는데……. 그 모습을 보자 참을 수가 없었다. 륜은 다시 한 번 세흔의 입술을 훔치고 이마를 콕, 찍었다.

"여기에 빨리 안 오면 울어버릴 거라고 쓰여 있거든요? 그러니까 괜히 아닌 척하지 말고 얌전히 기다려요. 바로 올 테니까."

세흔이 뾰로통한 얼굴로 쏘아봤지만 륜은 아랑곳하지 않았다. 오히려 능청스레 윙크까지 하는 뻔뻔함을 선보였다. 그리고는 완에게로 고개를 돌렸다. 세흔에게서 시선이 떨어지자마자 눈동자에 냉기가 어렸다.

그 모습에 완은 푹, 한숨을 내쉬었다.

세흔만 안 보면 더러운 성질이 드러나니, 이중인격자가 따로 없다. 어쩌면 저렇게 세흔에게 하는 행동과 다른 사람들에게 하는 행동이 다를까? 이제는 놀라는 것도 지겹다. 지겨워.

"가자."

완이 기막혀하며 속으로 중얼거리는데 말과 함께 륜이 신부대기실을 나섰다. 완은 절레절레 고개를 젓다 얼른 륜을 따라 나갔다. 세흔과 조금만 붙어 있어도 그때는 가만히 있다 세흔이 없을 때면 완에게 온갖 신경질을 다 부리는 륜이다 보니 뒤에 남았다가 또 무슨 불똥이 튈지 알 수 없었기 때문이다. 이러다 늙지, 늙어. 열아홉밖에 되지 않았건만 세상 다 산 듯 한숨을 내쉰 완은 성큼성큼, 걸어가는 륜의 뒤를 쫓았다.

"진짜야? 정말 그 륜의 결혼식이 맞는 거야?"

"그렇다니까? 아까 이현과 륜의 아버지라는 사람이 하는 이야기 못 들었어? 맞다잖아."

"그렇지만 도저히 믿을 수가……."

"혹시 누가 장난치는 것은 아닐까?"

"그렇게 생각하면서 여기까지 왜 왔어?"

"그거야 혹시나 해서……."

식장 입구 한쪽에는 이국적인 외모를 뽐내는 외국인들이 진을 치고 있었다. 한꺼번에 많은 수의 외국인이 나타나자 입구에 있던 이들의 시선이 그쪽으로 몰렸지만 그들은 저들끼리 대화를 주고받기에 바빠 보였다. 뚜렷한 이목구비에 이지적으로 생긴 동양인 한 명을 빼고 외국인으로만 구성된 이들은 다름 아닌 륜을 찾아왔다던 '친구'들이었다. 그리고 맨 앞에 선 그 유일한 동양인이 바로 장이현이었다.

륜의 귀국으로 허전하기는 했지만 평소와 그다지 다를 것 없는 생활을 하던 이현은 몇 다리 건너 륜의 결혼 소식을 듣고 경악했다.

지난 십 년간 옆에서 봐왔다. 륜의 병이 얼마나 심각한지는 누구보다 그가 잘 알고 있었다. 어떻게든 고쳐 주려고 노력했지만 그러면 그럴수록 나을 수 없을 거라는 생각이 들던 병이다. 끝내 귀국할 때까지도 륜은 여전했다. 그런데 그런 은륜이 결혼을 한다니?

어이가 없었다.

손끝만 닿아도 치를 떨면서 어떤 여자의 인생을 망쳐 놓으려고?

륜의 병이 나았을 거라고는 상상도 하지 못한 이현은 무모한 짓을 저지른 친구의 행동에 한숨을 내쉬었다. 우선 소문의 진상부터 파악하자. 그리고 나서 정말 결혼을 하는 거라면…… 말리자. 아무리 친구라지만 멀쩡한 한 여자의 인생을 망치는 것을 보고 있을 수는 없지 않은가.

그런 생각에 서둘러 귀국 준비를 했다.

갑작스런 그의 행동에 친구들이 의문을 품었다. 혹 집에 무슨 일이라도 생긴 것은 아닌가 싶어 끈질기게 묻자 그러잖아도 귀국 준비로 바쁘던 이현은 귀찮은 마음에 륜의 결혼 소식을 전해 줬다. 역시나, 소식을 들은 이들은 말도 안 된다며 고개부터 저었다.

Impossible! 있을 수 없다!

그래서 그들은 이 믿지 못할 소식의 사실 확인을 위해 우르르, 한국행 비행기에 몸을 실었고 지금의 상황까지 온 것이었다.

"장이현."

동생이라며 륜을 부르러 간 완과 함께 기다리고 기다리던 인물이 나타나자 이현은 그만 질끈 눈을 감고 말았다. 맙소사. 동시에 이현의 뒤쪽에 있던 이들이 륜을 보고 웅성거렸다.

"오, 이런! 진짜야. 진짜였어."

"오 마이 갓!"

"이런 말도 안 되는 일이……."

경악하며 부르짖는 소리가 들리지도 않는지 그들에게는 시선 한 번 주지 않고 곧장 이현에게로 간 륜이 손을 내밀어 악수를 했다.

"헉!"

안경 속 이현의 눈동자가 더 이상 커질 수 없을 정도로 커졌다. 하지만 륜은 아무렇지도 않게 마치 어제 헤어진 사이처럼 인사했다.

"오랜만이다."

"너…… 너……."

이현은 륜에게 잡힌 손을 보며 경악해 말을 잇지 못했다.

어떻게 이런 믿지 못할 일이?! 혹시 이거 꿈 아냐? 어째 저 녀석 눈빛도 좀 부드러워진 것 같고……. 그래, 꿈이다. 꿈일 거야. 현실일 리가 없어! 속으로 부르짖었지만 맞잡은 손을 타고 올라오는 온기가 결코 꿈이 아니라고 말하고 있었다. 그래서 이현은 기절이라도 하고 싶었다. 그리고 유학 시절의 륜을 아는 이들이 그 황당한 광경에 이현과 썩 다르지 않은 모습으로 경악해 비명을 질렀다.

"헉!"

"오, 갓!"

"갓! 맙소사……."

미친 듯이 신을 찾으며 새된 비명을 질러대는 이들의 행동에 하객들이 신기한 듯 봤다. 역시 그들은 싹 무시해 버린 륜이 말했다.

"부르지는 않았지만 이왕 온 거 결혼식은 보고 가라. 시간 되지?"

"무, 물론……."

"그럼 난 바빠서 이만 가야겠다. 신부가 기다려."

생각만 해도 좋은지 어느새 뮨의 입가에 기분 좋은 미소가 어렸다.

 십 년을 함께 했지만 손에 꼽을 만큼밖에 본 적이 없는 귀한 미소에 다시 한 번 이현은 공황 상태에 빠졌다. 더불어 심각한 결벽증의 류이 이현의 손을 잡는 해괴한 광경에 반쯤 미쳐서 울부짖으며 신을 찾아대던 이들은 처음 보는 류의 부드러운 표정과 미소에 믿을 수가 없겠던지 몇 번이나 눈을 비비며 보더니 또다시 미친 듯이 신을 찾아댔다. 하지만 류은 아무렇지도 않게 힐끗, 그들을 한 번 보고 몸을 돌렸다.

 이 좋은 날 정말 울음을 터뜨릴 리 없건만 혹시라도 세흔이 울까 겁이라도 나는지 신부대기실로 돌아가는 류의 걸음이 꽤나 분주했다.

＊

 태양이 머리 위에 다다르자 뜨겁던 공기가 한층 더 달아올랐다.
 하늘은 가을 하늘이 가장 높고 푸르다는데 그 못지않게 오늘의 하늘도 높고 푸르렀다. 그리고 그 새파란 창공과 시원한 녹음을 배경으로 류과 세흔의 결혼식이 진행되고 있었다.
 "그럼 신랑 입장이 있겠습니다. 아침부터 많은 하객 여러분들의 시선을 끌었던 신랑은 그만 애태우고 입장해 주시기 바랍니다. 신랑 입장!"

사회자의 말이 끝나자 카라 꽃 장식의 화려하고 고급스런 문이 열렸고 연보랏빛 예복을 차려입은 륜이 당당하게 걸어나왔다.
 정면으로 향하는 시선은 흔들림이 없었고 걸음 걸음에는 힘이 넘쳐 났다. 외양만으로는 최고의 신랑감이라 해도 과언이 아니라 곳곳에서 감탄사가 터져 나왔다. 그리고 거기에는 약간의 울음이 동반된 사라의 체념 어린 한숨도 섞여 있었다. 단상에 다다른 륜이 멈추어 서서 몸을 돌렸다. 사회자의 말이 이어졌다.
 "이제 오늘의 주인공, 신부 입장이 있겠습니다. 제가 지금껏 본 그 어떤 신부보다도 아름다운 신부이니 하객 여러분들의 뜨거운 박수를 기대하겠습니다. 다만 오늘 결혼하는 신부이니만큼 반하지는 말아주십시오. 그럼 신부 입장!"
 장난기 어린 말에 하객들이 쿡쿡, 웃는데 방금 신랑이 나타났던 문이 다시 열리며 새하얀 웨딩드레스를 입은 세흔이 모습을 드러냈다.
 "아!"
 "와아……"
 놀랍도록 아름다운 신부의 모습에 입을 떡, 벌리고 있던 하객들은 신부가 한 걸음씩 내디딜 때마다 감탄과 경탄을 터뜨렸다.
 특이하게도 세흔은 정 변호사의 에스코트를 받지 않고 홀로 단상까지 걸어갔다. 계단 아래로 내려와 기다리고 있던 륜이 팔을 내밀자 세흔이 팔짱을 꼈다. 태연한 척 행동했지만 둘 다 긴장하고 있었던지 닿은 팔과 손이 살풋 떨렸다. 그것을 알아챈 륜과 세흔은 서로의 얼굴을 쳐다보고 피식, 웃어버렸다.

"다음은 신랑과 신부의 맞절을 하는 순서가 되겠습니다. 얼굴만 봐도 좋은 건 이해하지만 결혼식 중이니 신랑신부는 그만 웃고 마주 봐주시기 바랍니다."

하지만 륜도 세흔도 웃음을 그치지 않았다. 하객들 사이에서 웃음이 터져 나왔지만 그들은 여전했다.

만면에 미소를 머금고 그윽한 눈빛을 던지는 신랑과 뺨을 붉게 물들이며 살짝살짝 미소를 베어 무는 신부는 영락없이 사랑에 빠진 모습이었다. 그래서 륜의 내숭에 치를 떨던 가족들도, 유학할 때와 너무도 다른 모습에 경악하던 이현을 비롯한 친구들도 그런 자질구레한 것들은 다 잊고 마음껏 축복을 해주었다.

"다음으로는 이 자리에 계신 하객 여러분 앞에서 신랑신부의 결혼을 약속하는 혼인서약이 있겠습니다."

사회자의 말이 끝나자 륜이 빙글, 몸을 돌렸다. 그리고 세흔의 어깨를 잡아 마주 볼 수 있도록 돌리고는 부케를 쥔 세흔의 손을 꼭 잡았다. 신랑의 돌발행동에 놀란 듯 눈을 동그랗게 뜬 세흔을 보며 륜이 고백이라도 하듯 떨리는 음성으로 말했다.

"오늘 이 시간을 저는 평생 잊지 못할 겁니다. 많이 부족하고 많이 모자란 저를 받아준 그대의 용기에 감사를 드리며 저 신랑, 은륜은 가족과 일가친척, 내빈 여러분들의 축복 속에서 그대 정세흔을 아내로 맞아 영원히 함께할 것을 서약합니다. 지금껏 그대에게 많은 것을 배웠지만 여전히 부족하고 모자라 앞으로 그대와 저의 결혼생활이 늘 화목하고 순탄하지만은 않겠지만 그조차도 제게는 행복일 것이며 현세에도, 또 내세에도 저, 은륜은 그대만의 영원한 사랑의 반려가 될 것을 그대 정세흔과 가족, 그리고 오늘 참석해 주신 내빈 여러분들 앞에서 정중히 서약합니다."

"……."

한마디 한마디가 너무도 절절하여 순간 식장은 침묵에 휩싸였다.

그렇게 얼마나 흘렀을까. 뒤늦게 정신을 차린 듯 한 발 늦게 곳곳에서 박수와 감탄이 터져 나왔다.

"하!"

"와아……."

감탄에 감탄을 하는 하객들 사이에서 세흔은 여전히 반쯤 얼이 나가 륜을 쳐다보기만 했다.

"저…… 신부?"

이어져야 할 신부의 혼인서약이 없자 사회자가 세흔을 불렀다. 마치 꿈에서 깬 듯 세흔은 그제야 정신을 차렸다.

아! 어쩌지? 륜의 고백 같은 혼인서약에 밤새도록 준비했던 혼인서약문이 하나도 기억나지 않았다. 쿵쾅쿵쾅, 미친 듯이 뛰어대는 심장 소리만이 들릴 뿐이었다. 난처함에 입술을 깨물며 고개를 들자 부드럽게 미소를 짓고 있는 륜의 얼굴이 보였다.
'아······.'
진정제처럼, 곧 튀어나올 듯 뛰어대던 심장이 륜의 미소에 서서히 가라앉았다. 차츰차츰 가라앉다 어느 순간부터 조금씩, 조금씩 기분 좋은 떨림을 전해주는 것을 느끼며 꿀꺽, 침을 삼킨 세흔이 입을 열었다.
"저 역시 오늘 이 시간을 평생 잊지 못할 겁니다. 제게 그대가 처음으로 사랑을 고백한 날이기 때문입니다. 영원토록 잊지 못할 감동적인 고백을 해준 그대에게 감사를 드리며 저 신부, 정세흔은 가족과 일가친척, 내빈 여러분의 축복 속에서 그대 은륜을 남편으로 맞아 생사고락(生死苦樂)을 함께할 것을 서약합니다. 많은 나이에도 불구하고 아직 철이 덜 들어 그대와 저의 결혼생활이 마냥 좋지만은 않겠지만 그 모든 것을 사랑이 감싸줄 것이라 믿으며 현세에도, 또 내세에도 저, 정세흔 역시 그대만의 영원한 사랑의 반려가 될 것을 이곳에 계신 모든 분들 앞에서 정중히 서약합니다."
처음부터 끝까지, 세흔은 륜에게서 눈을 떼지 않았다. 또렷하고 깨끗한 륜의 눈동자가 촉촉하게 젖어들었다. 떨리던 아랫입술이 작게 벌어지며 륜에게서 물기 어린 음성이 들려왔다.
"누나······."
"사랑해, 륜아."
"저두요. 이 세상 그 누구보다 누나를 사랑해요. 행복하게 해줄게요."

 가슴 떨리게 뛰어대는 심장 소리를 들으며 작게 맹세를 속삭일 때였다.

 촤라라라―

 "아! 눈이다!"

 "진짜 눈이다. 눈 온다, 눈!"

 갑자기 여기저기서 소란이 일었다. 서로의 귀에 사랑을 속삭이던 륜과 세흔이 고개를 들었다. 그러자 쨍쨍, 햇볕이 내리쬐는 공중을 수 놓는 하얀 가루가 눈에 들어왔다.

 "어?"

 콧잔등에 떨어진 눈이 사르륵, 녹자 세흔의 눈에 놀라움이 어렸다.

 "진짜 눈이네? 륜아, 눈이야!"

 신기한 듯 소리치는데 저쪽에서 꽃잎도 있다는 둥, 꽃잎과 눈이 같이 떨어진다는 둥 하는 소리가 들려왔다. 한여름에 흩날리는 눈이라는 것부터가 의심스럽던 세흔이 꽃잎 소리에 고개를 돌렸다. 그러자 낭패 어린 표정으로 이마를 짚고 있는 륜이 보였다.

 "너……."

 "식 끝날 때 뿌리라고 했는데……."

 어긋난 타이밍에 륜이 작게 중얼거리며 푹, 한숨을 내쉬었다.

 그러니까 이 한여름에 눈과 꽃잎을 같이 뿌리는 계획을 짠 사람이 다름 아닌 륜이었단 말이지? 그런데 그만 타이밍이 어긋나 이런 사태가 벌어진 거고. 대충 짐작이 간 세흔이 웃음을 참고 위로의 말을 건네려는데 댕— 댕— 어디선가 기다렸다는 듯이 종소리가 울려 퍼졌다. 다시 한 번 어긋난 타이밍에 륜의 얼굴이 와락 구겨지자 세흔은 더 이상 참지 못하고 웃음을 터뜨렸다. 그러자 얼굴을 구기고 있던 륜도 그냥 웃어버렸다.

"하하! 하하하!"

맑은 웃음소리가 공중을 타고 멀리멀리 퍼져 나갔다.

Epilogue
02

—그럼 소개해 드리겠습니다. 이 남자에게는 어떤 수식어를 써야 할까요? 최고의 DJ? 최고의 배우? 그보다는 아마 '행복한 남자'가 아닐까 합니다. 조금 있으면 할리우드로 진출하는 자랑스런 한국인, 주민 씨입니다. 어서 오세요!

TV에서는 생방송 토크쇼, '스타와의 입맞춤'이 방영되고 있었다.

산뜻한 푸른색 계열의 정장을 입은 남자가 방청객식에서 니타나 무대 위로 올라갔다.

모델 뺨치는 훤칠한 키와 몸매, 매료될 듯한 마스크, 쉽게 소화하기 힘든 푸른색 정장을 마치 자신을 위해 만들어진 옷이라도 되는 것처럼 멋들어지게 입고 있는 남자. 그는 다름 아닌 민이었다.

―안녕하세요. 오랜만에 뵙습니다.

목례를 하며 인사하는 음성은 녹아내릴 듯 감미로웠다.

MC의 손짓에 따라 자리에 앉으며 미소를 짓자 방청객석에서 신음과 열광이 동시에 터져 나왔다. MC가 눈이 부셔 어지럽다는 모션을 취하기도 했다. 예의상 하는 인사가 오가고 일상적인 화제로 포문을 연 대화가 어느 정도 무르익자 그때를 기다렸다는 듯이 MC의 사적이면서도 흥미 가득한 질문들이 날아들기 시작했다.

―음. 사석에서도 굉장히 인기 많으실 것 같은데 지금까지 여자 친구 몇 명이나 있으셨어요?

―글쎄요, 잘 기억 안 나는데요?

민이 대답을 회피하자 MC가 짓궂은 표정을 지었다.

―그건 무척 많았다는 뜻? 그런 뜻인가요?

―후후, 글쎄요.

민이 가볍게 웃음을 흘리며 역시 대답을 회피하자 MC가 안달한 표정으로 물었다.

―그럼 현재는요? 여자 친구 있으시죠?

당연히 있을 거라는 식이다. 민은 고개를 저었다.

―아니요, 유감스럽게도 없습니다.

―에? 정말이세요?

―네.

 웬일로 이번에는 딱 부러지는 대답이다. 하지만 그것 역시 마음에 들지 않는 듯 MC가 말도 안 된다는 표정으로 야유를 했다.

―에이, 거짓말. 지금 멘트는 대외적으로 하는 말이죠? 그렇죠?

―아닌데요? 정말 없습니다.

―어? 정말일까? 정말이에요? 어째 믿어지지 않는데…….

 귀여운 척, 고개를 갸웃갸웃하며 MC가 말을 끌었다. 민이 피식 웃고 말했다.

―하지만 사랑하는 사람은 있습니다.

―네?

 갑자기 터져 나온 고백에 MC는 깜짝 놀랐다.

 보통 이럴 때는 MC가 짓궂게 나가도 끝까지 잡아떼는 게 정상이다. 그런데 민이 느닷없이 시키지도 않은 충격 고백을 하자 MC는 놀라지 않을 수 없었다. 그것은 방청객들도 마찬가지여서 일순 무대 전체가 침묵에 휩싸였다. 너무 충격을 받으면 비명도 나오지 않는다더니 딱 그 짝이었다.

 무대 주변을 쭈욱 훑어본 민이 말했다.

―사랑하는 사람은 있습니다. 가족처럼, 친구처럼, 연인처럼. 그렇게 사랑하는 사람은 있어요. 그런데 포기했습니다.

―…….

느닷없는 충격 고백에 이어 포기 선언까지.

완전 대박이다. 생방송이라 더더욱. 나중에 시청률 얼마 나왔는지 물어봐야지. 혹시 역대 시청률 갱신하는 거 아냐?

속으로 그런 생각을 하며 MC가 물었다.

―고백은 하셨어요?

―아니요.

민이 고개를 저으며 말하자 MC는 다시 한 번 놀랐다.

―아니, 그런데 왜 사랑하는 사람을 포기해요? 차인 것도 아닌데?

―차인 거나 마찬가지거든요. 그 친구에게는 저 아닌 사랑하는 남자가 있습니다. 그러니 제가 물러나야죠.

빙긋, 습관처럼 웃으며 하는 말에 다시 한 번 충격이 무대 전체를 휩쓸었다.

'행복한 남자, 주민'이다. 이 년 연속 대한민국 최고의 매력남, 최고의 신랑감으로 꼽힌 그 주민. 그런데 다른 사람도 아니고 주민이 사랑하는 여자에게 고백 한 번 해보지 못하고 물러난다니? 믿을 수가 없었다. 연인이 있든 없든, 빼앗으려고만 하면 빼앗을 수도 있을 것 같다는 게 MC는 물론 그곳에 있는 방청객들 모두의 생각이었다.

―빼앗아야겠다는 생각은 해본 적 없으세요?

그곳에 있는 모두를 대표해서 MC가 물었다. 결코 좋은 소리를 들을 수 없는 질문이었기에 어조는 무척이나 조심스러웠다.

민은 피식 웃어버렸다.

―그것도 어느 정도 여지가 있을 때나 해보는 생각 아닙니까? 세상에서 꿀떡이 가장 맛있다고 하는 친군데, 빼앗으려고 해도 빼앗을 수 있을 리가 없지요. 그래서 일찍이 포기했습니다.

―네? 꿀떡이요?

빼앗을 엄두도 못 내봤다는 말보다 민의 말속에 담긴 단어 하나가 더 궁금한 모양이다.

MC가 고개를 갸웃하며 묻자 민이 웃으며 대답했다.

―네, 꿀떡이요. 그 친구가 사랑하는 남자를 처음 봤을 때 제게 그랬거든요, 꿀떡이라고. 그렇게 먹음직스러웠나 봐요.

"……."

믿을 수 없다는 듯이 입을 떡 벌리고 화면을 보던 세흔이 뒤늦게 정신을 차리고 주변을 두리번거렸다.

리모컨은 어디 간 거야? 왜 안 보여? 좀 있으면 륜이 나올 텐데…….

사랑하는 사람이 어쩌고 시작하기에 처음에는 자신의 이야기가 아닌 줄 알았다. 어쭈? 민이 녀석, 사랑하는 사람 있으면서 내게 말도 안 해줘? 하면서 괘씸하게만 생각했다. 그런데 뒤에 '꿀떡' 이야기가 나오자 더 이상 느긋하게 보고 있을 수가 없었다. 사랑하는 사람이고 뭐고, 그런 건 귀에 들어오지도 않았다.

장난을 치자는 건지, 먼저 결혼한 친구에게 골탕을 먹이자는 건지 민은 대한민국 전체로 방송되는 TV에서, 그것도 생방송 토크쇼에서 극비나 마찬가지인 '꿀떡' 이야기를 하고 있었다.

혹시라도 륜이 알게 된다면…….

'안 되지. 절대 안 돼!'

절레절레 고개를 저은 세흔은 아무렇게나 널려 있는 잡지를 마구 뒤지기 시작했다. 소파에 얹힌 쿠션을 치우고, 바닥에 깔린 카펫까지 들췄지만 리모컨은 보이지 않았다.

"아씨, 어디에 있는 거야?"

신경질적으로 테이블을 보는데 테이블 유리 너머로 바닥에 떨어진 리모컨이 보였다. 아, 찾았다! 좋아하며 유리 아래로 손을 넣어 리모컨을 쥔 세흔이 얼른 채널을 바꾸려고 할 때였다.

"꿀떡?"

뒤쪽에서 들리는 지독하게 낮으면서도 섹시한 음성.

순간 세흔은 그대로 얼어붙어 버렸다. 뻣뻣하게 굳은 목을 억지로 움직여 뒤를 보니 어느새 샤워를 끝낸 륜이 목에 수건을 두른 채 팔짱을 끼고 TV 화면을 보고 있었다. 세흔이 돌아보자 눈을 돌려 세흔에게로 시선을 맞춘다.

자연스레 한쪽 눈썹을 위로 치켜뜨고 그녀를 보는 륜.

"저게 무슨 소립니까?"

얼마나 맛있게 이야기하는지 자신도 그날 꿀떡을 사 먹었다는 둥, 슬쩍 봤더니 휴대폰에도 무슨 꿀떡이라고 이름이 저장되어 있더라는 둥, 화면 속에서 민은 신나게 사랑하는 사람과 꿀떡에 대한 이야기를 늘어놓고 있었다. 설마…… 설마 눈치 챈 건 아니겠지?

'죽일 주민. 이런 식으로 폭로를 해? 어디 두고 보자.'

"나, 나도 모르지. 민이 사랑하는 사람이 누군지도 모르는데……."

속으로 이를 갈면서 세흔은 더듬더듬 말했다. 그러자 륜이 이상하다는 듯이 세흔을 보며 말했다.

"주민 씨 사랑하는 사람 누나잖아요."

"……!!"

"그렇다면 그 꾸, 꿀떡이라는 게, 설마 나?"

륜이 팔짱을 풀고 손가락으로 자신을 가리켰다.

"하, 하하…… 그게……."

어설프게 웃으며 세흔이 뭐 좋은 변명이 없을까 머리를 굴리는데 륜이 중얼거리듯 말했다.

"그러고 보니, 좀 오래된 일이긴 한데 지난번에 통화를 할 때 '바보 꿀떡' 이라고 한 적 있었는데 그때 나에게 바보라고 하면서 꿀떡이 먹고 싶다는 말을 하려던 게 아니라……."

륜은 말끝을 흐리며 뚫어질 듯 빤히 세흔을 봤다.

안 되겠다. 이미 다 아는데 무슨 변명이 통해? 세흔은 후다닥, 자리에서 일어났다. 그리고는 얼른 소파 뒤로 피신했다. 이미 들통난 거, 세흔은 뻔뻔하게 소리쳤다.

"그럴 수도 있지 뭘! 사람이 사람을 부르는데 꼭 이름으로만 부르라는 법 있어? 내가 어떻게 부르든! 그리고 네가 얼마나 맛있게 생겼는지 알아? 딱 보자마자 꿀떡 생각이 나더라니까? 그러니까 이건 내 탓만이 아니야. 맛있게 생긴 네 잘못도 있다고!"

"내 탓도 있다면서 왜 슬금슬금 도망갑니까? 이리 오시죠?"

류이 목에 두르고 있던 수건을 테이블 위로 던지고 세흔에게로 다가갔다. 그러자 세흔이 그만큼 더 뒤로 움직였다.

"도망가지 말라니까요?"

"내, 내가 뭐가 무서워서 도망을 가? 뭐가 무서워서! 나 절대 도망가는 거 아냐! 도망가는 게 아니라 그…… 그…… 아! 집에 보, 볼일이 있어서……."

"무슨 집이요? 여기가 누나 집인데 다른 데 또 집 있습니까?"

"그, 그러니까…… 치, 친정 말이야! 아까 전화할 때 엄마가 오라고 했는데 내가 깜빡했네? 갔다 올 테니까 저녁에 봐."

빠르게 말을 뱉어낸 세흔은 혹시라도 류에게 잡힐까 후다닥, 현관으로 도망을 갔다. 그에 류도 대치 상태에서 벗어나 소파를 돌아 현관으로 뛰었다. 워낙 운동신경이 뛰어나다 보니 꽤 거리가 멀었음에도 세흔이 현관문을 열고 도망가기 전에 아슬아슬하게 허리를 낚아챌 수 있었다.

"헉!"

강한 힘에 끌려 류의 품에 푹 파묻힌 세흔이 급히 숨을 들이켰다. 류이 허리를 꽉 조이며 살벌한 음성으로 속삭였다.

"어딜 도망가려고 그래요?"

"도, 도망은 무슨!"

버럭, 소리친 세흔이 뒤로 고개를 젖혀 륜을 쏘아보며 입술을 삐쭉였다. 자기 잘못은 하나도 없다는 식으로 억지를 쓰는 그녀가 왜 이렇게 귀여워 보일까? 왜 이리도 사랑스러울까? 정말 병이다, 병. 십 년 넘게 이어져 온 병이 나았다 했더니 다른 병이 생겨 버렸다. 그 이름하여 정세흔 병. 타인과 닿기만 해도 소름이 끼치던 결벽증과는 반대로 세흔과 닿기만 해도 가슴속이 따뜻해지는 그런 병. 그래서일까? 이번 병은 그전 병과 달리 전혀 힘들지 않았다. 오히려 행복했다. 그래서 륜은 참지 못하고 세흔을 꼭 끌어안으며 웃음을 터뜨렸다.

"하하하. 진짜, 내가 못살아."

하지만 륜은 알고 있었다, 말과는 달리 세흔 때문에 자신이 산다는 것을. 그래서 지금 이 순간이 너무도 행복했다.

작가후기

어느 날 갑자기 즐겁게, 정말 즐겁게 글이 쓰고 싶어졌습니다.

머리 아프게 고민하지 않고 쓰고, 또 읽을 수 있는 글. 꽈배기처럼 꼬지 않아도 악랄한 조연이 없어도 즐겁게 읽을 수 있는 글. 그런 글이 쓰고 싶었습니다. 그렇게 시작한 글이 『누나 못 믿어?』입니다. 그리고 여우 같은 앙큼함과 토끼 같은 천진함이 묘하게 어우러진 세흔과 우주최강의 싸가지와 순진무구의 이중적인 면모를 유감없이 드러내는 륜은 쓰는 내내 저를 즐겁게 해주었습니다.

처음부터 끝까지, 무작정 신나게 쭉쭉 나갑니다. 즐겁게 서로 알콩달콩할 뿐, 억지로 상처를 주고 상처를 받는 것도 없습니다.

그러다 보니 어쩌면 심심해할지도 모르겠습니다. '어라? 벌써 끝?' 하며 책을 덮는 순간 아쉬움을 드러내는 분들이 있을지도 모르겠습니다. 하지만 순전히 즐겁게만 읽을 수 있는 글이 하나쯤은 있는 것도 괜찮지 않을까요? 저는 그런 생각을 했습니다.

'오빠 못 믿어? 손만 잡고 잘게' 라는 주변에서, 또는 드라마에서 흔히 듣는 전형적인 말을 모티브로 하여 쓴 글, 『누나 못 믿어?』.

심각한 갈등없이 밝고 명랑한 글이지만 이 글에도 그 나름대로 주제가 있습니다. 그것은 사랑한다면 그 사람의 모든 것을 포용할 수 있어야 한다는 것입니다.

정상적인 사회생활이 불가능한 병을 가진 륜과 너무도 정상적인 삶을 살고 있는 세훈, 누구에게도 접근을 허용하지 않는 만큼 한번 허용한 상대에게만은 깊게 마음을 주는 륜과 단순히 맛(?)을 보기 위해 가벼운 마음으로 륜에게 접근한 세훈. 결코 평범하지 않은 륜과 평범하게 살고 싶어하는 세훈. 어떻게 봐도 어울릴 수 없는 이 두 사람이 사랑을 하게 되는 이야기, 그리고 그 사랑이 결국에는 모든 것을 포용하게 되는 이야기. 『누나 못 믿어?』는 그런 스토리입니다.

교과서적이고 전형적인 이야기지만 결국에는 이것이 진실 아닐까요?

저는 그런 사랑을 꿈꿉니다. 그리고 많은 분들이 그런 사랑을 하기를 바랍니다. 또한 지금도 곳곳에서 그런 아름다운 사랑이 예쁘게 피어나고 있기를 바랍니다. 그렇기에 세훈과 륜을 통해 제 생각을 들려드리고 싶었습니다. 그것이 이 글을 읽으시는 분들께 전해지기를 바랍니다.

자, 전해졌습니까?

그럼 항상 제 곁에 함께하는 가족과 급한 일정에도 불구하고 많은 관심을 가져주시고 애써주신 이종민 주임님, 편집분들, 그리고 청어람 관계자 여러분들께 깊은 감사를 드리며 짧은 넋두리를 마칩니다.

2006년 11월
—민휘 드림.

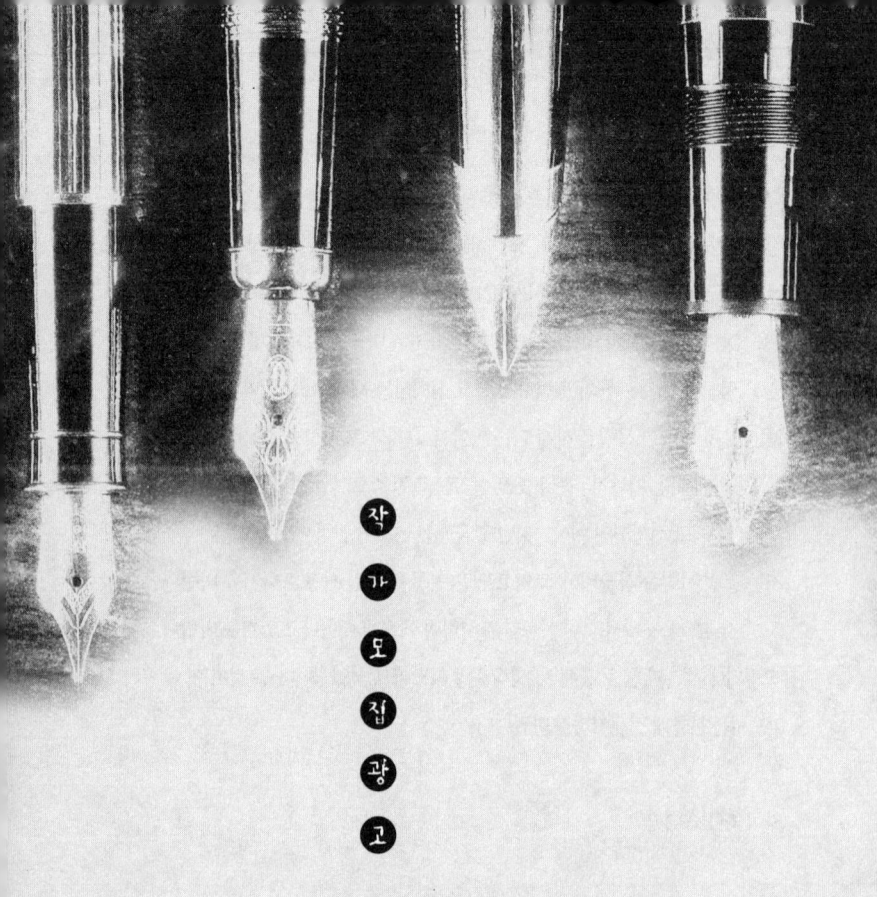